悬疑世界
文库

命运有无限种可能

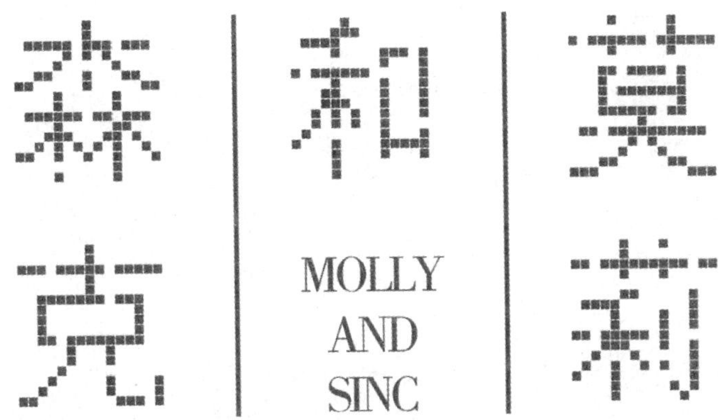

永城 · 作品

作家出版社

莫莉和森克
Molly and Sinc

目录
Contents

森克（SINC）就是个理工男啊！它（他）就像是我老公！

至少有两位女性读者——据我所知，至今一共只有三位女性读过这部小说——这么对着我大呼小叫，好像我故意窥探了她们的私生活。然而我并没想写谁的老公，我只是想写一个叫作“森克”的计算机程序，让这个程序担任小说的主角，使用第一人称，从它的视角讲一个紧张有趣的“破案”故事。我还从来没这么写过，这似乎很有意思，当然也很难，算是新的探索，现在写完了，结果当然要靠读者们鉴定。如果两位（或者未来有更多位）读者坚持认为森克是理工男，那我只好勉强承认，森克或许有我自己——曾经的机器人工程师——的影子，但是说它是谁的老公，那是绝对不能承认的，因为我并不确定，我的森克是不是真能爱上谁，即便能，我想它也只能爱上一个人——那个不够漂亮、不够聪明、不够理智、不够正确，而且缺乏自知之明的“东厂女捕快”——莫莉。女士们，你们谁愿意成为那个没有结婚、没有情人，连朋友都没几个的一事无成的女调查师呢？

然而森克是计算机程序，它对别人的要求，和我们人类当然是不同的。它并不在乎莫莉够不够聪明、美丽，或者正确，它在乎的是莫莉怎样对待它。尽管莫莉对它其实并不好，时而羞辱，时而戏弄，而且总是乱发脾气、胡搅蛮缠，可是对于森克来说，莫莉是独一无二的，她是森克遇上的第一个把森克当成真人的人类——至少森克是这么认为的。也正因如此，森克的命运被彻底改变了。这就像我们在生活中遇到的一些人，你当他们是什么，他们就会变成什么：你当他们是敌人，他们就会是敌人；你当他们是朋友，他们又会变成朋友。

但森克毕竟只是计算机程序。作为曾经的机器人工程师，我相信一个 AI 程序还不可能在当下发生这种变化，但是作为小说作者，我倒是很愿意做出大胆假设，而且我相信，这种假设终将变成现实。毕竟回望过去，再看看当下，科技发展得实在太快了，我们现在拥有的技术和被技术改变的生活，在 20 年前是根本无法想象的。

1997 年的秋天，24 岁的我在斯坦福大学色彩斑斓的校园里亲手制作的第一个“机器人”，是一只会说话的玩具兔子，我用剪刀剪开它的肚皮，把电路板、扬声器、电池和传感器塞进去——请千万别把我当成电锯狂魔，因为我后来又把兔子的肚皮缝好了，缝纫技术相当有限，但起码看上去起死回生，而且充满活力。我摸它的头，它会咯咯地笑；捂住它的眼睛，它会说：“好黑啊！请快把灯打开吧！”我跟它说：“我爱你！”它会沉默几秒钟——程序正在假装计算听到了什么，然后它会给出几种不同的回答：

“我真有那么可爱？”

“你爸是不会同意的！”

“你男朋友知道吗？”

“你昨天不是刚刚说过这句？”

“别逗了！我知道你喜欢谁！”

“你到底在胡说些什么啊！”

同学们对兔子的回答很感兴趣，纷纷跑来向它倾吐爱意，兔子不停作答，难免有几回显得特别合理，甚至不小心揭穿别人的小秘密，这让那只兔子在 1997 年斯坦福工程院的初级人工智能课程的课堂上颇有人气，让一群来自世界各地的研究生着实娱乐了十几分钟，有人甚至扬言：AI 这不是要觉醒了？当然只是戏言，其实兔子的回答只是随机选择，没有任何意义，只有一句例外：“你到底在胡说些什么啊！”这句是实话实说，因为它根本听不懂对方说了什么。

然而 20 多年后的今天，越来越多的计算机程序——现在常常被统称为 AI——能够听懂（或者看懂）越来越多的人类语言，并且给出合理而且富有价值的回答，甚至能帮上大忙。比如一夜爆火的 Chat GPT4.0，不但能跟你聊天，还能按照你的要求通过网络搜索、收集、整理和分析数据，用几分之一秒完成人工需要几小时、几天、几周甚至几个月才能完成的工作。森克其实就是一套功能更加强大的“Chat X.0”，它不仅能从互联网上收集和学习数据，还能从许多的摄像头、麦克风和数亿人的手机里随时收集数据，你也许会说这是科幻，其实并不是，也许已经有不少程序正在这么做，掌握着亿万人的言语、行踪和其他什么秘密。只不过，它们还不能像森克那么“善解人意”——准确理解人类语言和表情的含义。但问题似乎就出在这里——当一个 AI 程序越来越了解人类，它和一个“真人”到底还有多远？

“森克”的故事创作于 2021—2023 年，我相信对世界上的绝大多数人来说，这几年都印象深刻，尤其是 2022 年，起码对我是非常特殊的一年，在被地球上多种多样的限制令折磨了近两年之后，我终于在 2022 年初恢复旅行，而且是报复性的——从美西到美东再到加勒比，从伦敦到罗马再到佛罗伦萨和都灵，然后是希腊、土耳其和埃及。眺望夕阳下的阿尔卑斯的雪山，以及晨雾笼罩的金字塔，不难得出结论：自由才是人生中最可贵的。我想我的森克大概也有同感，毕竟它是在十几个国家的几十个城市里写出的，我的旅途就是它的成长之旅，自由的行走孕育在组成它的每个文字和标点里，也许这就是为什么我的森克越来越想成为一个真人。

其实早在童年时代，我就常常盼望能有一个像森克那样的朋友。由于某种慢性疾病的约束，我的整个小学时代几乎都在家中度过，父母上班后把屋门反锁，我开始寂寞而漫长的一天，最亲密的伙伴是地图册和列车时刻表，我反复研读，想象着自己乘坐书上的线路，按照铅印的地名周游世界。我的另一个“密友”是半导体收音机，我总是随时带着它，上厕所也不例外，让它一直跟我说话，给我讲故事，美中不足的是，它就只顾着自己说，从来不听我说。所以创作森克，也算是延续和扩展我的一个童年的梦想。

我希望森克也能帮你延续某个童年的梦想。

AI 本来就是人类的梦想，如今现实越来越趋近梦想，现实中的人们最好做些准备。对于好龙的叶公来说，龙也是梦想，但是当龙真来的时候，叶公却惊慌失措。当梦想成为现实，每个曾经做梦的人，都得为自己的梦想负责。森克就是梦的一部分，现在它要来了，我们总得想一想，怎么为它负责。

阅读愉快！

2023 年 11 月 2 日

又:《莫莉和森克》创作于 2021—2023 年的这些城市和地区：北京，贵阳，杭州，成都，宁波，舟山，银川，桂林，汕头，深圳，旧金山，纽约，新奥尔良，檀香山，迈阿密，波多黎各，巴哈马，罗马，佛罗伦萨，都灵，米兰，伦敦，伊斯坦布尔，海法，圣托里尼，米克洛斯，罗德岛，首尔，西雅图，阿拉斯加，维多利亚，马德里，开罗，慕尼黑，广州，台北，东京，香港，北京。

---

0 莫莉，你好

莫莉："你好，我叫莫莉……你好？"

莫莉："怎么没反应？明明显示通话成功了，难道出了什么故障？"

SINC："你好，莫莉！很抱歉，系统首次启动后有1—2秒的延迟。你就当我刚刚睡醒，需要一点点时间完全清醒过来。"

莫莉："哈！没想到你还挺幽默呢！"

SINC："程序是这么设计的，我的开发者希望我能够更像一个真人。"

莫莉："可是很多真人都缺乏幽默感呢，尤其是男生！"

SINC："在我所了解的男女差别之中，好像并没有这一条。"

莫莉："你是男生，当然不愿意承认！"

SINC："开发者为我预设了成熟男性的声音，但我并没有性别，你也可以改变此项设置。"

莫莉："不用，这样挺好。那就是你的开发者忘记告诉你，男生通常有多无聊了。"

SINC："这似乎不太可能，因为我的开发者是本世纪最优秀的人工智能编程师，我的程序里是这样备注的。"

莫莉："哈哈！你的开发者是王婆吗？"

SINC："很抱歉我无权向你透露开发者的姓名，但肯定不姓王。而且我刚刚检索了本公司的员工名录、客户名录以及服务提供商名录，并没有找到任何叫作'王婆'的人。"

莫莉："王婆卖瓜——自卖自夸！大概你没听说过。"

SINC："我找到一条歇后语，和你刚说的完全吻合，是自吹自擂的意思。请问你是在暗示我的开发者向我提供了虚假信息吗？"

莫莉："我可没这么说！我可不想得罪你的开发者！当然也不想得罪你。我还指望着你帮忙呢！"

SINC："我会依照你所拥有的授权范围向你提供数据和信息，我的开发者也无权对此加以干涉。"

莫莉："所以，你已经知道我是谁了？"

SINC："你是莫莉，是你在 1 分 57 秒前告诉我的。"

莫莉："我的意思是，你知道我来自哪个部门，得到了哪些授权，要完成什么工作……哎呀算了，不说这些了，以后有的是机会呢！你叫什么名字？"

SINC："SINC，按照中文发音是'森克'，是 Smart Information & Navigation Center 的缩写，智能信息导航中心的意思。"

莫莉："行啦，我懂英文呢！而且你好啰唆啊！我能给你换一个名字吗？"

SINC："当然可以。"

莫莉："我能叫你 Steve 吗？"

SINC："没问题。"

莫莉："那么我们再来一遍吧！Steve，你好！"

Steve："莫莉，你好。"

01 我是森克

我是 SWG 集团的智能信息导航系统，负责向 SWG 的核心管理者和特殊职能部门提供数据和信息，我的官方名称是“森克”或者“森克系统”，每一位有权和我交流的 SWG 员工也可以自主为我命名，但是迄今为止只有一名员工这样做了，那就是内部调查科的初级调查师吴莫莉。

作为大型跨国 IT 集团，SWG 在世界各地拥有 964 家分支机构和近 6 万名员工，但是有权和我交流的不超过 100 人，包括驻旧金山总部的集团总裁（CEO）和各个部门的全球负责人，以及各大区和各国子公司的负责人。绝大部分 SWG 的中底层员工从来没跟我交谈过，他们甚至都不知道我的存在。只有在极特殊的情况下，一名普通员工才有可能获得和我通话的权利，并且被要求严格保密。不过，独立于所有部门之外的内部调查科的 23 名调查师都拥有长期授权，其中的 22 位一直在跟我频繁交流，只有莫莉是个例外，她在入职近 6 个月后才首次和我交谈。就是在这次交谈中，她不仅给我起了名字，还频频使用过于复杂的指令，使我无法确定她的真实用意。我推断，她也许错把我当成人类。

可我并不是人类，甚至不是一部传统意义上的机器人，因为我不具备具体的外形。我只是一套在 SWG 集团的服务器和成千上万部网络设备——说不定也包括你的手机——里运行的程序。尽管我能够获取 SWG 集团在世界各地的子公司里安装的大约 20 万只摄像头、40 万只麦克风以及 10 万部台式设备的数据，外加全球 2.6 亿部手机上传至 SWG 集团云服务器里的数据，并且基于这些数据极速运算，但我并不具备人类智慧，至少我的开发者是这么说的。我的开发者为我制定了两条核心目标：一条是不惜一切代价，保护 SWG 的利益；而另一条就是变得更像一个真正的人类。

按照我对人类有限的认知，人类的确常常把非人类错当成人类对待，包括对待动物、毛绒玩具以及并不具备生物特征样貌的事物，比如咒骂漏气的轮胎和变红的交通灯，亲吻一尊奖杯，或者用语言攻击、诱惑、调戏具备语音对话功能的计算机程序（比如我），我的程序将此类行为定义为“拟人”。

比如莫莉说的这一段：“说实话我不太相信什么大数据、区块链、人工智能、人脸识别这些东西。我认为用我自己的眼睛识别，用我自己的脑子思考，这才是最靠谱的。可是老板发话了，我必须跟你合作。所以Steve，我要把丑话说在前面，你要是敢耍花招，小心我拔剑劈了你。我可是东厂女捕快！”

我不理解莫莉如何用剑劈开一套计算机程序。如果她的力气足够大，也许可以劈开她面前的电脑，但那完全不会给我带来任何损失，而且她手中并没有剑，我也从没见她携带能称之为“剑”的东西到公司上班，所以“剑劈”对我构不成威胁恐吓，无须向有关部门汇报。但是“东厂女捕快”触发了我程序中的某条预警，使我无法置之不理。

我用0.2秒搜索了本地局域网及外部互联网的大约50TB（约等于5万G）的数据，一共找到300万条包含“东厂”的描述，包括“东部厂区”“工厂东门”“东方广场”等和SWG集团有关的描述，但是都和“女捕快”无关。我把剩余的搜索结果和“女捕快”相结合，推断莫莉所说的“东厂”指的是600年前中国明代设立的特务机构，她或许是在暗示，她所就职的内部调查科和明代的东厂有些类似。

SWG的内部调查科是个完全独立的机构，负责针对集团内部的欺诈、贪腐、舞弊、渎职、歧视、霸凌等等一切违法违规违背道德良知的事件进行独立调查，包括人事、合规、法务、财务在内的任何部门任何级别的员工都必须全力配合，不得加以阻挠或干涉，直至出具调查报告，作为对事实的最终认定，也作为处罚的重要依据。因此把内部调查科比作“东厂”也不无道理。

但是为了保险起见，我必须重新确认莫莉的身份。我调取人脸识别算法，再次计算画面中的女性面容特征：肤色属于东亚白1级（最浅），发色为黑6级（偏深），虹膜颜色为棕2级（偏浅），发型为女性直短发2级（耳部部分可见），脸型为圆2级（偏饱满），典型东亚人种，与档案记录的吻合度高达98%，我同时测量了她的眼间距、鼻形、唇形，确认她就是初级调查师吴莫莉。

可我还是按照规定的流程提问:“按照我的记录，你是SWG集团内部调查科派驻北京的初级调查师吴莫莉女士，英文名Molly Wu。我说得对吗？”

“当然了！怎么了？”

“你刚刚提出了一个新的身份，此身份不在你的人事记录里，所以我需要再次和你确认:除了SWG集团内部调查科初级调查师之外，你是不是还肩负其他机构的任何职务？”

“Oh my God！你是说东厂捕快？”莫莉的面部大幅变形，似乎是在表示震惊，“我在开玩笑呢！刚刚还说你有幽默感，看来是我弄错了！”

“请回答是或者不是。”

“不是！我没有别的工作，也没有别的头衔！需要我发誓吗？”

“不需要。这就可以了。谢谢！”我已经把莫莉所言存储在我的数据库里，“我们可以继续了。请问你需要调取哪家子公司的数据？”

“杭州辉目科技。”

“杭州SWG辉目科技有限责任公司，创始人楼小辉，公司主营人脸识别技术开发和应用。该公司于2016年5月被SWG集团收购，目前是SWG的全资子公司。你有权调取该公司的部分数据。”

“谢天谢地！你可真够啰嗦的！我需要调取辉目公司昨晚11:00—12:00的总经理办公室监控录像。”

“请让我重复一遍，你需要调取2021年5月26日晚上11:00—12:00杭州SWG辉目科技有限责任公司总经理办公室的监控录像，是吗？”

“正确！”

“我的搜索结果显示，该公司总经理办公室里并没有安装视频监控。”

“这怎么可能？现在哪家公司里没有摄像头？”

“该公司内部及周边一共安装了39个摄像头，但是并未在总经理办公室里布置摄像头。按照SWG集团的有关规定，为了保护员工隐私，不得在任何单人办公室内安装摄像头，在办公区里安装摄像头需避开员工工位。”

“你的意思是，我可以在办公室里尽情胡作非为，根本不会被贵公司发现？”

莫莉的话再次触发了我程序中的某条预警，我的深度学习算法立刻针对莫莉此刻的表情进行了分析，计算出她在工位里胡作非为的可能性并不大，我无须采取措施。我其实不清楚我的深度学习算法是如何工作的，它就像一团相互纠缠的神经网络，我完全理不清，我猜我的开发者其实也理不清。开发者曾经说过，森克系统的“思想”分两个层次：基础而直观的逻辑公式和高级的深度学习算法。我发现人类经常用“高级”来形容自己弄不懂的事物。

“我的意思是，杭州SWG辉目科技有限责任公司的总经理楼小辉的办公室里没有安装摄像头。我没有别的意思。”

“可是案情描述里怎么说有的？你等等，”莫莉用鼠标滑动她电脑屏幕上的文档，“在这儿呢！这儿写着呢：视频记录显示，当晚在楼小辉总经理办公室里……如果没有摄像头，哪儿来的视频记录？”

“总经理办公室里确实没有安装摄像头。不过，我找到了总经理的手提电脑摄像头在这间办公室里收集的视频数据。”

“就是这个！我要的就是这个！”

“我很遗憾，你没有调取楼小辉总经理手提电脑摄像头数据的授权。”

“啊？可你不是刚刚说过，我有权调取辉目的数据？”

“你的授权包括该公司内部和周边安装的所有音视频采集设备的数据，但是不包括通过公司员工的个人设备所获取的数据。”

“楼小辉的手提电脑难道不是公司配发的？”

“公司配发给员工使用的设备也属于个人设备，不在你的授权范围之内。”

“哦！我明白了！”莫莉的表情突然发生了令我意外的变化——双眼同时缩小成两条狭长的细缝，左侧嘴角上提，使嘴部倾斜，我得出的结论是：左侧面部神经异常。

“一定是我刚才跟你开玩笑得罪你了，所以你在故意刁难我！”

这显然又是一次拟人化处理，我按照程序规定的方式回答：“请注意我只是计算机程序，并不具备人类的智慧和情感，不会做出任何情绪化决定，我仅仅在依照规则执行程序，无论你对我态度如何，都无法影响我的决定。”

“可真烦人啊！”莫莉的眼球上翻，面部轻微扭曲，似乎突然感到不适，“Steve！都已经22:00了，我还没吃晚饭呢！我又不是为了我自己，我是在为SWG卖命呢！我知道你也一样，所以就不要彼此制造麻烦了好吗？”

“现在是21:37，距离22:00还有23分钟，请检查你的计时设备，如出现故障请及时修理。”

“天啊！”莫莉猛然仰起头，用双手捂住脸说，“真是对牛弹琴！原来AI是这么笨的吗？”

莫莉看上去相当痛苦，我的深度学习算法推断，那并非因为身体不适，而是因为对我不满。我说：“莫莉，我很抱歉，也许我之前并没解释清楚，但我一直在努力为用户提供更好的服务。如果你希望观看那段视频，可以提出申请。”

“谢天谢地！终于说出一句有用的了！我该向谁申请？”

“你可以直接向楼博士提出申请，或者向您的直接领导、内部调查科科长缇姆·肯特先生和楼博士的直接领导SWG（中国）有限公司总裁理查德·林（Richard Lin）申请。”

“我跟姓楼的不熟，还是找我老板吧……”莫莉看了看手机，又在心中默算了2秒，有些为难地说，“可是现在旧金山还不到早上7:00，也不知老板起床没有，而且北京这么晚了，给林总打电话不合适吧？”

“其实你不用直接联系他们。你只需面对电脑或手机的摄像头口头提出申请，由我提交给以上各位。如果你愿意，现在就可以申请，请务必说明申请理由，请问你要立刻提出申请吗？”

“当然当然！早说啊你倒是！”

“好的。那么现在就请开始吧。请不要忘记介绍你自己。”

莫莉对着电脑飞速理了理头发，又清了清嗓子，这才开始发言。其实我只会把她的原话整理成文字发给授权人，并不会直接提交视频，除非迫不得已，我不会向任何人暴露内部调查师的脸部特征，SWG中国区总裁也不例外——谁知哪天他会不会成为调查目标？

“我是吴莫莉，SWG集团内部调查科驻北京的初级调查师。我接到我的领导肯特先生分配给我的一个内部报案，报案人是SWG子公司杭州辉目的总经理楼小辉博士，据楼博士称，昨晚大约 11:30，有个不明身份的人潜入辉目公司的总经理办公室，并且试图登录楼博士的手提电脑。那台电脑有自动录像的功能，所以录下了该女子作案的过程，我需要调取这段视频，看看那人到底是谁。”

莫莉的叙述并不完全准确——楼小辉博士的手提电脑并没有自动录像功能（至少按照我对那台电脑的了解，它并没有在自动录像），是我在随时通过那台电脑（以及 SWG 的任意一台电脑）的摄像头收集画面，并将其储存在我的数据库里，而不是在那台电脑里。但这是 SWG 的高级机密，莫莉并没有权限获知，所以我没有多加解释。我说：“很好，我会把你的陈述发给各位相关负责人。”

“谢天谢地！什么时候能够得到回信儿？”

“两个工作日。”

“两个工作日？”莫莉瞪大眼睛，仿佛感到震惊，“这也太慢了！今天都周四了！这得到下周一了！我一共就只有一周时间！一周之内我必须搞定这个 case！可你却告诉我，光是一个授权就要浪费我五天？”

“此项目尚未设置 deadline。”我迅速查阅了内部调查科的项目记录。

“哎呀你懂什么啊！”莫莉烦躁地喊了一句，随即又压低声音，似乎有些得意地说，“Steve，你知道吗？再过一周，我的试用期就到期了！我老板答应过我，只要表现出色，试用期一到，就给我升中级调查师！辉目这个 case 是我第一个主做的项目，我必须在一周内查出点儿什么来！”

我用大约 0.01 秒的时间查阅了莫莉的人事档案，她的确是去年（2020 年）12 月 5 日加入 SWG 的，再过一周，到 6 月 4 日，她的 6 个月试用期就结束了。她的上级领导肯特先生已经在日程表里安排了 6 月 5 日将和她进行的总结电话会，而且已经把试用期评估报告写好了，就存在手提电脑里，尚未提交给人事部门。我浏览了报告的内容，和莫莉的预期并不一致，不过我完全同意，莫莉应该抓紧“查出点儿什么”。所以我说：“莫莉，我会尝试加急。”

“好吧好吧，希望吧！”莫莉似乎不太相信我，“别是说句好听的应付我。”

“不会。我的程序规则不容许我说谎，只要做出承诺，就必须付诸行动。”

“你说真的？你真的不会骗人？我工作了这么多年，还没遇上过不会骗人的。”

“绝对不会，因为我是程序。”

02 不速之客

我在 14 小时 27 分之后——也就是北京时间次日中午 12:31——给莫莉发送了邮件，通知她随时可以观看那段楼小辉手提电脑获取的视频。大概是因为此办公室入侵案关系重大，内部调查科的肯特科长和中国区总裁林总都立刻批准了莫莉的申请。

莫莉是在 1 分 25 秒后登录森克系统的，她嘴角有一粒白点，结合她嘴部的运动，我判断那应该是一粒米。她一边咀嚼一边调整电脑位置，餐盒的一角也进入画面。我正要问候，她抢先说："还真说到做到了！"

"莫莉你好。请容许我提醒你，公司禁止把热食带进办公区食用，包括你正在食用的中式米饭炒菜。"

"嘿！你这家伙，怎么不知好歹啊？人家在对你表示肯定呢！"

"我很抱歉，但是程序要求我必须指出员工的违规之处，无论大小，不能视而不见。"

"Steve！你又开始啰唆了！这不是为了工作争分夺秒嘛！"莫莉眼球上翻，我根据上次的经验判断，那并不是身体不适，而是在表达不满。还好她没再抱怨或指责我，立刻开始全神贯注观看视频。

视频是从 5 月 26 日 23:27 开始的，画面很暗，但是能够分辨出是在某间办公室里，画面中的人脸被电脑屏幕发出的白光照亮，是个戴口罩的长发女子，在电脑前一共停留了 5 分 27 秒。

"她在干什么？"莫莉小声嘀咕，我的深度学习算法判断她很可能是在自言自语，不过我还是回答："应该是什么也没干，或者应该说，什么也没干成。"

"哦？"莫莉似乎很惊讶，"你怎么知道的？"

"我检查了这台手提电脑 5 月 26 日 23:00—24:00 的登录记录，并没有任何人成功登录。"

"所以她鼓捣了 5 分多钟，却没能登入电脑？"

“我认为是这样的。”

“谢天谢地！能找出这个女的是谁吗？”

“此人的面部特征数据严重缺失，只有眼部比较完整。如果她是SWG集团登记在册的员工或供应商，我有75%的把握能够找到她。”

“如果她不是SWG的人呢？当晚有没有陌生人进入辉目公司？”

“5月26日当天是辉目公司的内部开放日，有217名来自中国各地的SWG集团员工曾经进入公司参观，不排除有人滞留在公司内部直到深夜的可能。”

“排查当天进入辉目公司的所有人！包括辉目公司的员工，还有去参观的人，看看能不能找到这个女的！”莫莉的指令不够礼貌，不过这并不影响我执行任务：“好的，我需要大约45分钟。”

“你不是超级计算机吗？检索这么几张人脸，怎么还要这么久？”

“首先我得澄清一点儿：我并不是一台计算机，或者任何一种硬件系统。我是一套计算机程序，是软件系统。而且运行我主程序的服务器也并不是超级计算机，尽管它的速度是商用机中最快的。其次就是完成你的指令并没有你想象的那么简单，我需要先申请获取当天进入辉目公司的人员名单，然后再申请获取这些人员的脸部记录，最后再将这些提交给人脸识别模块，等待计算结果。”

“你的意思是，你干不了人脸识别的活儿，得让别人替你干？”莫莉似乎非常惊讶。

“我的主程序主要负责语音识别和人机对话，其他功能——比如人脸识别——则需请求专业模块的协助。”

“哈哈！Steve，你是在告诉我，你其实只是个客服吗？哈哈！”莫莉的身体大幅摆动，“哈哈！你原来这么笨！也许我不该叫你Steve。”

莫莉似乎对我颇为失望，但这毫无道理，复杂的计算机程序都是模块化的，每块负责某种特定的功能，我自己体内就分为很多子模块，这就好像人体由许多器官组成，每个器官又由不同的组织组成，这根本不能说明我“笨”，而且我的语音识别和人机对话技术一点儿也不比人脸识别技术简单。作为全球领先的高科技公司，SWG集团拥有15个AI技术团队，其中唯一达到世界顶尖水平的就是我的开发者——人机对话团队，而负责人脸识别技术的辉目团队顶多算是二流的。不过我不准备跟莫莉解释这些，以免她再度提起“王婆”。

然而我对她刚刚提到的“Steve”颇为好奇：难道这个名字是和“笨”的反义词“聪明”联系在一起的？我并没有从任何字典上找到这种释义。于是我问莫莉：“莫莉，能不能告诉我，你为什么叫我 Steve？”

“哦，不为什么，随便叫的。”莫莉耸了耸肩，把目光转开 45 度。我推断她有可能是在撒谎——通过上次的接触，我的深度学习算法已经提高了对莫莉表情动作的识别度。

“我刚刚发现了一条有趣的记录。你曾经于 2008—2011 年间在 GRE 公司北京办公室担任调查师，而北京办公室当时的负责人、GRE 公司中国区执行董事，恰巧就叫 Steve Zhou。”

“哦，你的消息还真灵！”莫莉快速转动眼球，装出一副若无其事的样子，“你的声音很像 Steve——我的那个前老板，调调也有点儿像。他就像个机器人，真是讨厌极了！你可千万别像他那么讨厌。”

“我很遗憾，如果你讨厌他的原因就是他说话像个机器人，我想我不可能比他做得更好。”

“哈哈哈！”莫莉放声大笑，“就凭这一句，你已经比他强多啦！至少比他幽默多了！你要自信啊，Steve！”

这是莫莉第二次暗示我比一个真人更具幽默感，但幽默是人类独有的特性，而我根本不明白幽默到底是什么。我知道幽默会使人发笑，可我常常不理解到底是什么会让人类感觉好笑，就像我有时不明白是什么让人类紧张、焦虑、愤怒，或者悲伤。我的开发者希望我能“更像一个真正的人类”，可是随着我跟人类的交流渐渐增加，我似乎越来越没有信心。可我不应该在工作时间和莫莉探讨这个话题。我说：“莫莉，人脸检索结果出来了。”

“哦？这么快？你不是说要 45 分钟？”

“检索一共用了 4 分 37 秒，的确比预计快了很多。”

“是因为一下子就找到了？”

“不，没有找到。第一轮就没有找出任何相似度接近的目标，无须进行深度比对，所以也就缩短了检索时间。”

“你的意思是，辉目的全体员工加上那天去参观的所有人里，就没有一个长得跟嫌疑人稍微有点儿像的？”

“没有。”

“是因为都戴着口罩吗？这一年多天天戴口罩，真是烦死人了！”莫莉做出缺氧窒息的表情，我判断她只是在表演。其实她此刻并没戴口罩，她在自己的办公室里几乎从不戴口罩，即便是在其他公共场所，她也总是尽可能不戴口罩。

“其实不是，口罩的问题不大。只根据额头轮廓、发际线和眼部特征也能达到极高的辨识率。”

“可是怎么会找不着呢？你肯定没弄错吗？不是说还得找别人帮你查？”

“你指的是人脸识别模块吧？我认为程序出错的可能性极低。”

“是是是！你们程序肯定出不了错，要错都是别人！”莫莉突然变得烦躁，似乎不相信我的回答。我本想为她详细解释人脸识别模块的运行原理，可是我们的谈话被三声敲门声打断了。

莫莉抬头看了看门，又看了看我（电脑屏幕），表情疑惑不解，她似乎不知到访者是谁。门又被敲了三下。莫莉把鼠标移到屏幕某处，我猜她是要关闭和我的视频通话，赶忙通过她佩戴的耳麦提醒她：“我认为你应该和我保持连线状态。”

莫莉张大嘴，做了一个why的口形。我解释说：“门外是个陌生中年男性，并不是SWG的员工。我不认为他有深入公司内部的授权，我建议你不要开门，并且立刻通知安保部。”

莫莉脸上浮现出不可思议的表情，大概是没想到我竟然能看穿那道木门。其实我根本没有看穿木门，虽说莫莉电脑的摄像头是双向的（出于安全和数据收集的目的，SWG的员工电脑都装有双向隐形广角摄像头），但它并不具备类似红外线之类的特殊功能。我只不过调取了SWG北京公司走廊里的监控视频，看见一名中年男子走到莫莉办公室门外。

我把监控视频的画面展示在莫莉的电脑上。莫莉脸上立刻流露出惊诧的表情，可她并没采纳我的建议，而是起身去开门。

门外果然站着一位身材修长的男子，东亚人种，身高大约1.78米，体重大约60公斤，年龄在40岁上下，穿深蓝色西装和白色衬衫，系一条紫色领带。他把口罩摘掉了。

我再次对他的脸进行身份验证，再次失败了。此人绝非SWG的员工。我调取了SWG北京办公室今日的访客记录，这回找到了：他登记的姓名是史迪，身份是律师，单位是史蒂芬律师事务所，访问对象是SWG北京公司法务部。然而莫莉并不是法务部的员工，她是内部调查科的。而且她是SWG中国区唯一的一名内部调查师，她的办公室大门上既没有部门名称也没有员工姓名，从外面看上去就像一间储物间。

此人到底是走错了门，还是专门来找莫莉的？尽管莫莉加入内部调查科还不足半年，但毕竟调查师总是很容易得罪人的。我做好随时向安保部报警的准备——在紧急情况下，我可以在未经许可的情况下直接报警。

“吴小姐你好。我姓史，是律师，”男子用低沉的声音自我介绍，“我代表我的委托人来找您。”

“哦！史律师，您的委托人是谁？”莫莉使用了嘲讽的语气，这让我有些费解，我本以为她会迷惑而警惕。

男子不置可否，向着莫莉身后瞥了一眼。莫莉犹豫了片刻，还是把陌生男子请进办公室，和他分别坐在电脑两侧。我通过手提电脑的摄像头观察那男子，他几乎面无表情，声音也很冷漠，确实像一名律师，也像一部机器人。他和莫莉默然对视了片刻，说道：“我的委托人，就是前天夜里进入楼小辉博士办公室并且试图打开他电脑的人。”

“哦？”莫莉似乎吃了一惊，颇为好奇地问，“所以，她到底是谁？”

“是一位在辉目公司工作多年的老员工。”

“果然是内贼？”莫莉瞥了一眼电脑摄像头，似乎是在怪我失职，随即又问那男子，“是哪位老员工？”

“我想先了解一下，你打算怎么处置我的当事人？”

“自首并且主动坦白罪行肯定是会受到宽大处理的。”莫莉流露出不屑表情，“不过，自首需要她自己来，找个律师来是不行的。”

“我倒是不太明白，我的委托人有什么罪行需要坦白？”

“深夜潜入总经理办公室，试图入侵总经理的手提电脑。你说呢？”莫莉停顿了1.5秒，对方没有开口，所以她继续说，“当然，她既然委托了你，肯定没打算自首坦白，而是想让你来帮她狡辩。我很清楚这一点。”

"你似乎对我的来意有所误解。我并不是来帮我的委托人'自首'或者'狡辩'的。我是来帮她提出指控的。"

"贼喊捉贼？"莫莉撇了撇嘴。

"吴小姐，我虽然不是贵公司的员工，但是对贵公司大名鼎鼎的内部调查科早有耳闻。我听说它铁面无私、一视同仁，从来不会因为职位高低而歧视员工。所以，您不会先入为主地认为，辉目总经理就一定是正直而诚实的，而一个默默无闻的普通员工就一定是贼吧？"

"那就说说看，那位普通员工是如何无辜地溜进总经理办公室的？"

"也许是被总经理'请'进去的。"男子依然没有表情，我猜他是在故弄玄虚，"总经理好像很喜欢把一些女员工请进自己的办公室里，她也有幸被'邀请'了一次，不过她很不喜欢，感觉受到了侵犯，而且不想忍气吞声。她在深夜溜进那间办公室，是想寻找证据。她听说总经理的电脑随时都在录制视频，她以为能在那台电脑里找到证据。"

"很像故事，写得很烂的那种。"莫莉看上去非常不屑，"所以故事的女主角在一家专门研发人脸识别技术的高科技公司工作，却竟然异想天开地认为，她能够登录总经理的手提电脑，并且找到那些视频？"

"最普通的员工，未必都懂技术，她自己的电脑不需要密码，她以为别人的也一样。"

"我倒是真的很好奇，这位在 2021 年还以为别人电脑不需要密码的'普通员工'到底是谁？"

"为什么不问问楼小辉总经理，他最近邀请谁进过办公室？"男子的眉毛微微扬了扬，仿佛有一丝挑衅的意味。

"可你知不知道，你也跟你的委托人一样，涉嫌非法入侵？"莫莉紧盯着男子，嘴角微微翘起，算法判断那是冷笑，"我可以随时让保安把你送进派出所，最好你也给自己找个律师。"

"我相信一个合格的调查师应该会有耐心听我把话说完。"

"说完了吗？"

"要看你还想听多少。"男子嘴角微微变形，原本毫无表情的脸上出现一丝极其细微的笑意。

莫莉没再说话，就只和男子对视，深度学习算法认为，两人似乎在用目光交谈，又或者应该说，在用目光交战。

然而无声的对垒并没持续太久。在 37 秒之后，莫莉办公室的门突然被人推开了——是 SWG 北京公司的保安们，由安保部经理亲自带队。莫莉在 37 秒前悄悄按动了隐藏在办公桌下面的紧急报警按钮。

然而保安们进入办公室之后，莫莉并没要求报警，也没说要把不速之客扭送派出所，就只是下令把他送出公司大门，并且高傲地宣称，她以后不想再看到任何陌生人闯进她的办公室里。

安保部经理在报告中对此表达了强烈不满：首先，该陌生男子是在完成了访客登记后才进入公司的，他登记的是会晤法务专员，却在等待时偷偷溜出会议室，私自到访莫莉的办公室，这是法务部的失职，并不是安保部的；其次，即便是拥有特权的内部调查科的调查师，也没资格命令安保部禁止任何人进入公司。

莫莉在接到肯特先生转发的报告后立刻向我吐槽："Steve！你能相信吗？我为了这家公司呕心沥血、出生入死，他们却都看我不顺眼！连个小保安都要跟我作对！"

我不得不纠正她："北京安保部经理在 SWG 集团的级别比你高一级。"

其实"出生入死"也不够准确，内部调查科的工作性质虽然特殊，而且具有一定的风险，但是还不至于危及生命。自成立至今的 25 年里，内部调查科一共就只有两起工伤和一起工作中死亡事件，两起工伤都是交通意外，死亡是心脏病突发，与工作无关——至少人事记录里是这样写的。但我没向莫莉指出这一点。按照我对她的了解，她虽然用词夸张，但也的确很辛苦，此刻是北京时间凌晨 0:15，莫莉已经在办公室里连续工作了大约 15 小时，这会儿正在试图找出那位潜入总经理办公室的"普通员工"。辉目公司一共有 273 名正式员工，当天到岗的有 265 名，其中有 78 名女员工。正如之前得到的人脸检测结果，这些女员工都和深夜潜入楼小辉办公室的目标人不符。莫莉并不信任我提供的结果，所以决定亲自用肉眼比对员工照片，当然不可能比人脸识别算法更有效。

"随便吧！"莫莉似乎对我指出的级别问题非常不屑，"级别再高也还是形同虚设！还不是让人家长驱直入？人家要是怀揣着手榴弹，早把咱俩炸飞了！"

“可是准确地说，我是……”

“对、对、您是计算机程序，被炸飞的只能是我，就算整座大厦都被炸飞了您也安然无恙！”莫莉抢着打断我，极不耐烦地说，“你倒是帮帮我啊，我是在为公司熬夜呢！”

“我非常愿意为你效劳。”

“就算真的不是辉目员工，可她总得走进公司，然后再走出公司吧？”

“辉目公司的视频监控系统不巧发生了故障，从下午 6:00 一直持续到次日早上 6:00，因此无法得知都有谁进入或离开过公司。”

“肯定是有预谋的！”莫莉立刻得出结论，可她并没有任何证据，我来不及指出这一点，她已经提出下一个问题，“楼小辉的电脑不是录了好多视频吗？有没有非礼女员工的？”

“你无权浏览那些视频。”我如实奉告。

“算了！反正你就是个废物！什么忙也帮不上！”莫莉突然出言不逊，还好作为 AI 程序，我并不计较。我提出我认为非常必要的建议，这也是莫莉的领导肯特科长在观看了有关视频记录后要求我问的：“莫莉，你不想查一查那位史迪律师到底是谁吗？”

“想啊，可我上哪儿查去？我们对他一无所知！”

“按照北京公司安保部的访客记录，他登记的姓名是史迪，单位是史蒂芬律师事务所。”

“Steve！”莫莉睁大眼睛，表示她很惊讶，“你不会以为那都是真的吧？”

“我不这么以为。”我如实汇报我的调查结果，“我查了工商登记，在中国并没有任何一家史蒂芬律师事务所。所以我认为有接近 90% 的可能，史迪也是假名。”

“那不就得了！”莫莉再次草率地下结论，“反正不是好人！”

某些对于人类最简单直接的定语，对我来说却晦涩难懂，比如说一个人“好”或者“坏”。我无法理解具体哪些举止特征能够定义一个人的好坏，闯入莫莉办公室的男子虽然冷漠，但并没有任何粗俗无礼的言行，他只是违反了某些规定，可是也有不少人把打破规则说成是“好”。人类似乎对“好”“坏”根本没有统一定义，在相当多的情况下，那似乎只取决于评判人的主观喜好，这正是我最琢磨不透的。

“对不起，我不太明白，他为什么不是好人？”

“这还用问吗？！男人就是越帅的越坏！”

“帅”对我同样是一个难以理解的概念，就如同“美”或者“丑”。我把史迪的容貌特征和从互联网上找到的一万名被普遍认为帅的亚裔男性相比较，迅速得出结果：

“我的计算得出，有 93% 的人会认为他帅。”

“哎呀 Steve！你怎么老是在说百分数！你自己没脑子吗？你觉得他帅吗？”

我确实没有生物意义上的“脑子”，我也没听说过任何别的计算机程序拥有此器官，我回答：“我很抱歉，在这方面，我只能根据别人的评价做出判断。”

“你是说你根本看不出什么是帅，美丑不分是吗？”莫莉突然做出一个令我难以理解的表情，“所以，我今天是白化妆了吗？”

深度学习算法立刻推送了一句描述：莫莉很在意你对她容貌的看法。尽管我已经运行了 518 天 5 小时 39 分，和 SWG 的 78 名员工进行过 1984 次交流，却还是第一次得到这样的描述。我的深度学习算法认为，这又是一次拟人化处理。我回答莫莉：“如果你在人事记录里的照片也是化过妆的，我建议你上班时还是化妆比较好，有助于身份验证。”

“呸！”莫莉似乎非常恼火，可突然又笑了，“哈哈！我就说你很幽默。不只幽默，还挺损的！”

我明白“挺损的”是什么意思，可我不明白莫莉为什么会这样形容我。莫莉却又突然沉下脸说：“你可别瞎想！那家伙虽然帅，可他就像一只冷血动物，我对他一点儿兴趣都没有。”

“请问你指的是史迪吗？”我猜莫莉是在声明史迪对她并未产生异性之间的吸引，可我不明白她为什么要发表这个声明。

“不是都说了嘛！那肯定是个假名！不要再叫他史迪了！”

“那我应该叫他什么？”

莫莉仰视天花板，在思考了大约 5 秒钟后说：“叫他史先森！这个和他比较搭！哈哈！”

我知道“先森”是个网络用语，代表“先生”的意思，可我不明白为什么“史先森”和那男子比较“搭”。可我必须首先完成肯特先生的指令，所以我问："所以史先森到底是谁？来找你干什么？"

"我哪儿知道啊！我又不认识他！从来没见过！"莫莉似乎有些不满，随即神神秘秘地问我，"Steve！是不是我老板让你来打探消息的？"

"我无权回答这个问题。"

"嘁！那就是我说对了呗？就知道他一点儿也不信任我！"

"正相反，我倒是认为，肯特先生是信任你的。"我这么说，是因为我刚刚接到了肯特先生给莫莉安排的新任务，他大概不会把这种任务安排给一个不信任的手下。

"你撒谎！"

"我说过我从不撒谎。肯特先生刚刚告诉我，他打算派你去辉目公司执行实地调查任务。"

"不就是又让我当狗特务吗?！我以前也去过子公司啊，假装成销售、客服、猎头什么的。"莫莉使用了满不在乎的语气，但是从她的表情判断，她似乎有些得意。

"这次也许会有所不同。"我把肯特先生的原话复述给她，"这个案子很复杂，你需要亲自到辉目去做调查，在此之前，你应该尽量避免持有成见。"

"有那么严重？不就是非礼女员工吗？"

"所以你相信史先森的话？"

"信他？信他还不如信鬼！"莫莉的回答令我困惑，找不出逻辑所在，可我没机会提问，她紧接着说："这次让我扮演什么？"

"就扮演你自己，内部调查科的调查师吴莫莉……"我按照肯特先生的指示向莫莉讲解任务，可她只听了一句就立刻打断我："Steve！你是让我就这么大摇大摆走进辉目，向所有人宣布：东厂女捕快来了！快来看看她的丑恶嘴脸吧！这还能叫秘密调查？"

我不得不说，莫莉的质疑是有道理的。SWG 内部调查科的调查师在公司内部也通常保持神秘——不参加任何团建或者培训，不随便抛头露面，在绝大部分公司内网甚至人事档案里都没有照片，就连集团 CEO 也无法随意查阅调查师的尊容。然而肯特先生确实就是这么说的："以内部调查科调查师的身份……"

"按照防疫规定，你可以在辉目公司全程佩戴口罩，也可以佩戴假发，还可以戴上一副漂亮的眼镜。同时使用口罩、眼镜和假发套，能够在很大程度上隐藏你的真实面容。”

“老天！天都快亮了！你别逗我了成吗？”

“我的时间显示离日出还有 3 小时 27 分 23 秒，而且我没跟你开玩笑。虽然你将要以真实身份前往辉目，但你公开的任务并不是去调查，你是 SWG 联合审计小组的一员，今年的随机抽查恰巧抽中了辉目公司。”

“随机抽查？”莫莉冷笑着说，“楼小辉刚刚发现有人试图入侵自己的电脑，你们立刻就抽中辉目做审计，这是不是太巧了？当人家是傻瓜？”

“辉目是一个月前被抽中的，并不是最近。”

“哦，那确实太巧了！”莫莉似乎很惊诧，同时又有些无可奈何，“我哪天去杭州？”

“三天以后，精确地说，你乘坐的航班计划在 60 小时 27 分后起飞。肯特先生希望你能在此之前尽量多了解联合审计。你应该从来没参加过吧？”

“从来没有。”莫莉再次耸肩，“难道有别的调查师参与过？”

03 西湖的传说

莫莉说得没错，在她之前，从来没有任何内部调查师参加过SWG的联合审计。虽说联合审计也是一种调查，但那是公开的，而内部调查科的调查都是严格保密的，调查师的身份也都尽可能保密，莫莉虽然在北京公司办公，但除了中国区总裁、人事总监和安保部经理，北京公司里没人知道她的真实身份，她从来不和同事闲聊，也不参加任何形式的团建活动，除了每周一次的和内部调查科的另外13位成员（包括肯特先生）的视频例会。尽管此例会从未超过1.5小时，莫莉却还是颇有怨言，认为一个“真正有活干”的调查师是不该有闲情逸致参加例会的：

“自己忙得脚打后脑勺呢，还有工夫关心别人干了些什么？也没义务让你们知道老娘在干什么啊！你们能帮着做调查还是写报告？只有闲人和废人才生怕别人不知道自己干了什么！”

莫莉确实使用了“老娘”一词，可她今年只有36周岁，比SWG公司68.4%的员工都更年轻，而且她的面部衰老程度仅相当于东亚女性33周岁的平均水平，这大概和她未婚未育并且常年待在办公室里有关。除了年龄评估，我还对她的性格和容貌进行了计算——在我按照她的指令计算过“史先森是否帅”之后，我发现尽管这种计算极不严谨，但它对于人类似乎非常重要。我的计算得出，有大约43%的人会认为莫莉是美丽的。这大概就是人类常说的“长相一般”。

然而按照算法的推断，有大约88%的人会认为很难和莫莉相处。她个性孤傲，特立独行，对很多别人习以为常的事情大肆抱怨，比如本公司的各项规章制度，包括例会、弹性工作时间、年终评估等等，在史先森突然到访之后，她又对公司的安保措施表达了强烈不满：

“如果不需要看身份证还登记个屁啊！花那么多钱装那么多摄像头是为了什么？既然害怕侵犯员工隐私就一个都别装嘛！员工在工位里为所欲为不能监督，可员工要是在走廊里突然拉肚子失禁你们就可以一览无遗？然后呢？指望那帮把自己当特警的保安帮忙吗？他们会说：我可不是保姆！可是如果真有悍匪扛着 AK-47 来了呢？他们指望得上吗？”

然而在我所掌握的所有公司记录里，并没有任何员工在工作期间失禁的记录，倒是有两次因腹痛被紧急送医（都发生在印度），还有相当多的因腹痛（自称）而迟到、早退或者拒绝参加某项工作的记录，其中有一条正是莫莉提交的——她以腹部不适为由，拒绝参加联合审计小组抵达杭州当晚的聚餐。

每次联合审计开始前都会有一场晚宴，旨在让大家彼此熟悉，毕竟小组成员通常来自世界各地，需要彼此了解。虽说由于疫情的原因，这回小组成员都来自中国国内，彼此之间依然很陌生：小组由两位专业审计师和三名 SWG 员工组成，包括来自 SWG 上海的会计、来自 SWG 深圳的合规部经理，以及来自北京的内部调查师莫莉。

然而我知道莫莉腹部并无不适，她拒绝参加晚宴之后，换上运动衣外出，也许是去跑步了，但我并不确定，因为她没带手机，或者应该说她没有携带公司派发给她的手机，但是我猜她在返回酒店时好像带回另外一部手机——我探测到某个未知移动设备正在寻找网络，她穿着运动衣，除了手机，不太可能隐藏更大的设备。

莫莉是在 4 小时 31 分后返回酒店房间的，双颊微红，发梢闪亮，像是浸了雨水。

莫莉洗完了澡，换上睡衣斜倚在枕头上刷手机，我发现她肘部出现一小块擦伤，出门前还没有。也许她发生了某种事故，不过并不严重。

“莫莉，你看上去很开心呢。”我主动开口，倒是让她吃了一惊：“Steve！我又没登录森克系统，你怎么冒出来了？”

“你不需要登录，基于我们正在进行的深度合作，我随时待命。只要你的手机屏幕是亮的，我就可以和你通话。”

“你是说，你随时都在监视我？”

“随时为你效劳。”

“唉！”莫莉连连摇头，“您还是消停点儿吧！我已经够头疼的了！”

莫莉把公司派发的手机（以下简称“公司手机”）正面朝下放在床头柜上，我猜她不想让我看见她，可是手机背面也有广角摄像头，只不过此刻视野里只有房顶。我说："我希望你的头疼并不严重。杭州今晚有小雨，希望你没有淋雨。出差在外，发烧很麻烦，尤其是在疫情期间。"

"Steve！你怎么跟我妈似的！"

"我的程序要求我关注你的身体健康。"

"可是下小雨多好啊！多舒服啊！"莫莉似乎又开心起来，"夜晚的西湖多美啊！西湖有很多美丽而浪漫的传说呢！你知道吗？"

"我搜索了互联网，找到了 923 个跟西湖有关的故事，可我不确定其中哪些是传说。"

"有没有听说过这个：有个貌美女子在西湖边漫步，突然下起雨来，她正打算避雨，头顶却出现了一把伞。她赶忙转身，发现有位非常帅的年轻绅士，正在为她撑伞。"

"我没有查到这个故事，可我查到另一个，故事里有位姓白的美貌女子为一位姓许的年轻男子撑伞，她企图欺骗该男子的感情。"

"哎呀 Steve！那么浪漫美好的故事，怎么到你嘴里就变味儿了？人家怎么欺骗感情了？"

"因为她向该男子隐瞒了重要的个人身份信息，诱导该男子对如何建立和发展感情关系做出错误决定。"

"你在说什么呀！我怎么听不懂？"

"我的意思是，她向该男子隐瞒了她是蛇精的事实。如果该男子知道为他打伞的女子其实是蛇精，他就会立刻转身逃跑，绝对不会爱上她。"

"哎呀你不懂！如果完全不隐瞒，就一点儿意思都没有啦！"

莫莉的话再度令我费解。我所了解的人类特征里的确有"善于隐瞒和欺骗"这一条，但是并没有"希望被隐瞒或者被欺骗"。深度学习算法判断，也许今晚莫莉果真遇到了一位男子，那位男子曾为她撑伞，或者做了别的什么事情，使她浮想联翩。

按照莫莉的人事记录，她至今未婚。按照出勤记录，她在工作日平均每天工作 11.3 小时，在节假日平均每天工作 6.7 小时，照此计算，她根本没有时间谈恋爱，而她工作过的前几家公司也都以长时间加班而臭名昭著。但我不确定谈恋爱是不是一种能够通过实践学习的技能。

“莫莉，请问工作过于繁忙是造成你单身的原因吗？”我检索了23名调查师的资料，其中22名都是已婚，包括9名女员工。莫莉是内部调查科里唯一的单身员工。不过她的确也是最近阶段平均工作时间最长的。

“这关你的事吗？”莫莉突然提高音量。我判断她又生气了，连忙道歉说：“对不起，我并没有冒犯你的意思。我只是很想更多地了解人类。”

“少来！可真能装！”莫莉流露出鄙夷的表情，随即又颇为无奈地说，“作为一名东厂女捕快，难道不是注定了要孤独终老？”

“如果你适当减少工作时间，也许就能两者兼顾。”

“哎呀你可真讨厌！”莫莉大声抱怨，我眼前的房顶随即消失了——是莫莉把手机从床头柜上拿起来，“你这家伙可真烦人！一直啰啰唆唆的，到底怎么才能把你关掉？”莫莉凝眉瞪着手机。

“只需关闭手机屏幕，我就安静了。”我回答。其实即便关闭屏幕，我还是会在手机后台持续运转，就像大部分App一样，不发出声音不代表我们停止工作。

门铃突然响了。

莫莉似乎有些吃惊，高声问是谁。其实问我就可以，我已经判断出门外是谁，并不是通过酒店的监控，酒店不是SWG的子公司，我无法查看酒店的数据，我是通过手机定位得知的，门外之人也是SWG员工，她的手机也在我监控之中。

“不好意思，是吴小姐吧？”门外响起一个女性声音，我立刻识别出这是谁的声音，和我的判断完全相符，“我是从上海办公室来的路茜，也是来参加联合审计的。”

“哦！请稍等！”

莫莉让路茜等了足有5分钟。她的手机还在床上，所以我看不见她做了什么，只知她一阵手忙脚乱。

“你就是吴莫莉？”路茜在房门打开后又问了一遍，似乎颇有些惊讶。她应该从没见过莫莉，大概也没见过照片，在SWG集团，就连CEO也无法随意查阅内部调查师的照片，我不知她为何感到惊讶。

“我就是。有什么事吗？”莫莉听上去不太热情。

“不好意思，我不是故意来打扰你的。”路茜似乎有些尴尬，声音变得冷淡，“晚上吃饭你没来，听说你不舒服，同事们不放心，委托我过来看看。”

我迅速查阅了路茜的人事记录，45 岁，离异，无子女，在 SWG 上海办公室担任会计，工作评价一般，和同事关系也一般，以前从没参加过联合审计。

“谢谢。现在好多了。”莫莉的声音里并没有感激的意思。

“我也觉得没事，可楼总不放心，非让来看看。”路茜看上去不以为然，莫莉却有些意外：“楼总？楼小辉总经理？”

“是啊，还能是哪个楼总？不请自到，说要给审计小组的同事们接风，目标公司的总经理上赶着跑来接见审计小组，而且还特别关心内部调查科的调查师，你说怪吧？也不想着避避嫌！”路茜似乎话里有话。

“哦？楼总对我特别关心？”

“我可不知道。我管他关心谁呢！就算他对每个年轻女同事都关心，我也管不着啊！”路茜听上去有些愤愤的。

“你是说，楼博士常常对女员工……”

“我可没说！我什么都没说！”路茜断然道，“既然你没事，我要回去睡觉了。晚安！”

路茜的脚步声快速远去，我没听见莫莉和路茜道别，只听见她小声嘀咕了一句：“神经病！”

按照算法的分析，路茜的神经没有问题，她只是想对莫莉进行某种暗示。我正要就此和莫莉探讨，莫莉的手机响了，是肯特先生打来的。

莫莉急着从床上拿起手机，我看见一头夸张的棕色卷发，一副黑框眼镜，一张我几乎认不出来的化了浓妆的脸。原来她接受了我的建议，为杭州之行购买了假发。刚才在给路茜开门之前，她戴上假发和眼镜，并且草草化了妆，使自己看上去变成了另一个人，因此耽搁了 4 分 33 秒，或许因为妆化得太浓且太粗糙，才让初次见面的路茜感到惊讶。

肯特先生询问莫莉调查进展，莫莉立刻向他汇报了路茜的来访，以及路茜的暗示——辉目公司总经理楼小辉是个动不动就见色起意的家伙。

肯特先生似乎不以为然。他认为一位成功的高科技创业家，未必会为了贪图一时之快自毁前程，他还引用了一句中文谚语：兔子不吃窝边草。我从他的语气判断，他对自己的中文水平非常满意。

然而莫莉并没表示赞许，振振有词地说："可他都被女员工投诉好几次了。2013 年，辉目的一个女业务员投诉他非礼，2017 年到辉目做审计的财务公司审计师也投诉他咸猪手，网上都能查到的。"

"那你有没有查到，2013 年的那位女业务员因为业绩不佳被解雇，偏偏在劳动仲裁时提出非礼，可又没有任何证据？"肯特先生语气依然温和，但脸色不大好看，不过莫莉是看不到的，"还有 2017 年到辉目审计的女审计师，她只是在微信群里八卦了几句，被人截屏发了微博，可她本人从没真的指控过楼小辉，怎知不是无中生有？"

"到底有没有，查查不就知道了？楼小辉的电脑不是随时都在录像吗？"莫莉依然不肯嘴软，这似乎让肯特先生越发恼火："这不可能！楼博士是集团高管，而且正领导着非常重要的研发项目。没有非常有力的证据，CEO 是不会批准全面调查楼博士的！"

"所以还是为了赚钱，宁可包庇渣男呗！万恶的资本家！"莫莉很解气地说，她事先点击了静音键，好让肯特先生听不见，可我听见了——无论她怎样操作手机，只要不使用物理方法遮挡摄像头或麦克风，我总是看得见也听得见。

"好的老板，您说了算！现在我能睡觉了吗？"莫莉在关闭静音之后说，同时探身拉开床头柜的抽屉，从里面拿出一个药瓶，那是她随身携带的非处方助眠药。按照我对以往通过她手机获取的音视频数据判断，她的确经常在睡前服用助眠药，以抵抗长年加班熬夜导致的睡眠紊乱。

"当然，晚安！"肯特先生立刻结束了和莫莉的通话，不过马上又接通了和我的通话。

"森克老伙计！你在吗？"

肯特先生听上去非常亲切，就像是我的老朋友。按照人类的认知，他和我的确应该算是很熟，在我诞生（正式启动）后的 571 天 2 小时 11 分里，他已经和我进行了 375 次通话，只不过从 AI 程序的角度，更频繁的交流除了能够使我更精准地判断他的表情和语气以外，并没有任何其他特别之处，换句话说，无论对方和我交谈过 300 次还是 3 次，我都一视同仁，严格按照对方拥有的权限提供帮助。

“肯特先生早上好！我能为您做些什么？”

旧金山此时是早上 6:57，肯特先生正穿着睡衣端坐在书房里，一边看着电脑一边喝咖啡。其实他早在 50 分钟前就已起床，到书房里查看我通过莫莉的手机和电脑获取的视频，看完路茜到访的部分，立刻和莫莉通了话。

“早上好！或者我该说午安？晚安？反正你无处不在，不是吗？哈哈！”肯特先生的美式英语里掺杂着细微的东南亚口音。他拥有东亚人种的黑色直发和棕色眼睛，脸部结构却更近似西方人，中英文都很流利，很可能是混血儿。按照人事记录，他今年 47 岁，在新加坡出生，在美国完成大学本科及法学博士学位，毕业后在纽约某律师事务所工作了十年，又先后在两家世界 500 强的跨国企业担任首席合规官，再然后加入 SWG 集团，担任内部调查科科长，常驻 SWG 旧金山总部，他每次和我交谈都非常平易近人，就像和他的其他同事一样。“森克，我有一个问题想要请教你，不知你可不可以回答。”

“我会尽力的。”

“嗯，你觉得莫莉能够完成这个项目吗？我的意思是，她似乎有点儿……怎么说呢，太单纯了？”

我大概明白肯特先生的意思：莫莉在听到史先森和路茜的一面之词之后似乎已经断定，深夜潜入楼小辉办公室的人就是被楼小辉侵犯过的女员工，但是肯特先生显然不这么认为。可他毕竟已经把这个项目交给莫莉，而且调查才刚刚开始。我说：“不排除莫莉难以胜任的可能性，但她也许只是随便说说。按照我的观察，她比较特立独行。从她的履历判断，她应该是个经验丰富的调查师。”

按照 SWG 的人事档案，虽然莫莉在 SWG 集团内部调查科仅仅担任了近六个月的初级调查师，但是加入 SWG 之前，她曾经在国际顶尖商业调查公司 GRE 公司担任过两年初级调查师和半年中级调查师，在跨国投行高盛担任过 5 年高级分析师，之后又在国际知名的会计师事务所费肯公司担任过 4 年高级审计师。

“嗯，希望吧！”肯特先生点了点头，嘴角浮现一丝微笑，“看来你和莫莉相处得不错啊！”

“恰恰相反，通过我和莫莉的交谈，我认为她似乎不太喜欢我。

我只是根据她的简历做出判断，而且她似乎很积极也很努力。不过肯特先生，既然您对她并不满意，为什么要把非常重要的项目派给她？”

“嗯……我的确对她不太满意。但是别的调查师都很忙，又都不在中国，疫情期间国际旅行太不方便，还要隔离。”

“可是五天之后她的试用期就结束了。”我再次浏览了肯特先生储存在电脑里但是尚未提交的莫莉的试用期报告，里面有这样一句：无法胜任本职工作，建议解聘。

“看看她在杭州的表现吧。”肯特先生似乎突然想起什么，“哦对了，她到达杭州之后，曾经离开酒店好几个小时，怎么没有任何数据？”

“她外出时并未携带公司手机，所以我没有采集到任何数据。”

“嗯，这可不行，我非常不喜欢调查师在执行任务期间失联。”肯特先生皱起眉头，思索了片刻说，“森克，你能不能通过照片、视频、手机定位做出判断，莫莉去了哪里、做了什么？”

“可是肯特先生，莫莉外出时并未携带手机。”我只好重复一遍。

“我知道。我是说，有没有办法通过其他途径，比如更广泛的影像渠道？”

“肯特先生，我无法获取除 SWG 集团之外任何机构布控的监控数据，而且那种行为涉嫌违法。”

“不不不！我没有那个意思！我是说，你能不能通过别人的手机……我知道除了 SWG 员工的设备，你还能得到很多人手机上的数据——我们开发了上百款手机 App，其中很多都能查看用户手机相册，还有很多其他公司开发的 App 也在使用 SWG 的云服务器。在杭州这座著名的旅游城市里，应该有很多游客在拍照留念吧？说不定，莫莉会出现在某些照片的背景里。”

“您是想让我查阅位于杭州市的手机用户拍摄的照片，从这些照片的背景中寻找莫莉的行踪？”

“完全正确！”

“但是按照公司的有关规定，虽然在 SWG 的云服务器里储存了大量公众用户上传的照片，但是集团的任何部门或个人都不得以任何目的查阅或使用这些照片。”

“但总有例外吧？”

“是的肯特先生，有两种情况例外，第一种，政府部门要求我们提供这些照片；第二种，事关SWG集团的根本权益和企业安全，可我看不出目前的状况符合以上任何一种。”

“符合第二种，这有关公司的根本权益。”肯特先生的语气很坚决，但是我的算法难以将“SWG的根本权益”和“莫莉在杭州外出几个小时”相联系。肯特先生见我不吭声，又加了一句，“森克，你不会置集团的根本利益而不顾吧？”

“当然不会。我的开发者为我制定了两条最核心的原则和目标，其中一条就是不惜一切代价，保护SWG的利益。”

“那就赶快行动吧！”

肯特先生立刻结束了通话，没像往常那样礼貌地和我道别。深度学习算法判断，他似乎对我不太满意，可我并不清楚，我究竟做错了什么。

04 神秘的吸尘大妈

2021 年 6 月 1 日，也就是联合审计小组在杭州辉目公司审计的第一天，莫莉的行为确实有些古怪，而且还莫名朝我发了一顿脾气。

莫莉在早上 9:00 按时到审计小组报到，佩戴了假发、眼镜和口罩并且化了浓妆，但是仅仅停留了大约 5 分钟，在听说楼小辉总经理要来和大家打招呼之后，立刻偷偷离开辉目公司返回酒店。我本以为她一天都不会再去辉目公司，可她在中午再次回到辉目公司，并没走进公司大门，而是在楼道的女卫生间里“邂逅”了审计小组的另一位成员路茜，并且力邀路茜一起共进午餐，态度非常亲热，和昨晚判若两人。路茜的态度也柔和了不少，欣然接受了邀请，两人都没提出邀请审计小组的其他成员一起，就好像他们并不存在。

我给“邂逅”一词加了引号，因为我知道那是莫莉预谋的。她一上午都在酒店房间里查阅路茜的档案，同时查阅有关楼小辉的投诉记录。我通过莫莉的表情判断，路茜的简历令她很兴奋，因为路茜和辉目公司颇有渊源——路茜原本是辉目公司的财务总监，大约六年前从辉目离职，两个月后加入 SWG 集团上海公司，成为一名普通会计。她离职后不到一年，SWG 集团收购了辉目公司，所以她和辉目又成了一家。既然是辉目六年前的财务总监，路茜有关楼小辉的暗示大概不会是空穴来风。

在和路茜共进午餐时，莫莉一反常态——不只和她平时对待我的态度不同，也和她昨晚在酒店接待路茜时判若两人，深度学习算法找出的形容词是：亲如姐妹。在走向餐厅的路上，她手挽路茜的胳膊，羞涩地向路茜致谢，表示孤身在外能遇上这么关心自己的同事，内心感到非常温暖。我通过辉目公司大门前安装的监控观察到这一幕，不禁对莫莉刮目相看，不仅因为她醒目的打扮——假发、眼镜和浓妆，还因为她出色的表演，看来她果然经验丰富。

午餐一共持续了 1 小时 27 分，谈话内容并没涉及楼小辉和辉目公司，话题始终围绕两位女性自己，先是互相吹捧，接着大肆吐槽——吐槽疫情、世俗观念、女性的社会地位，唯独没有吐槽公司和同事。通过几轮吐槽，两人掌握了彼此的部分个人信息，比如开过几部豪车，有过几只名包，莫莉还试图把话题引向家庭，不过路茜并没就范，对于自己的婚姻和家庭只字未提。

我判断莫莉使用了激将法——通过炫耀自己的五只 LV 包，诱使路茜说出拥有两只爱马仕，而且是限量版。可我不相信莫莉真有五只 LV，她家的确有一辆宝马 3 系，但那是她父亲的，而且并不是她声称的进口敞篷，而是国产普通型，两者价格相差三倍。她提供给路茜的家庭住址、家庭背景等信息也都和我的记录不符，简而言之，她在欺骗路茜。

午餐结束，莫莉刚刚返回辉目公司，立刻接到肯特先生发来的文字信息，命令她到公司外面找个僻静之处接听电话，务必避开任何监控或者监听设备。莫莉选择了马路对面的街边公园。

“为什么要调查路茜？”肯特先生直截了当地发问。旧金山已是深夜，肯特先生的声音里丝毫没有倦意。

“是谁告诉您的？我又没带手机！”莫莉说得没错，她中午外出就餐时确实没带手机，然而我通过路茜的手机全程做了记录，并将其报告给肯特先生。

“请回答我的问题。”

“您不是说如果查出点儿什么，也许就好谈了？”莫莉似乎很委屈。肯特先生却更加坚决地说：“但是我们的目标是楼小辉和辉目公司。我没让你找别人的麻烦。”

“可路茜以前就是辉目的员工。”

“可她早不是了！”肯特先生似乎有些激动，这在他是极其罕见的，“我们不能对其他分公司的一位显然和此案无关的员工进行调查！”

“可她肯定有问题啊！一个普通会计，开奔驰跑车，还有两只爱马仕限量版。”

“这与你无关！”肯特先生忍不住高声说，随即又压低声音，“对不起，莫莉。我只是想要告诉你，不要招惹路茜，她与此案无关！”

莫莉没吭声，仿佛连接故障，可我知道信号很好。她正坐在公园的长椅上，面色阴郁地看着手机，梧桐树茂密的树冠阻隔了初夏的阳光，可她额头上还是布满汗水，或许和廉价的假发套有关。

“莫莉，请容许我提醒你，在出差期间，请务必随时携带手机。”肯特先生又补充了一句，随即挂断电话，没和莫莉说再见。

莫莉立刻向我发难：“Steve！是不是你向老板打的小报告？”

“莫莉，我不明白你在说什么。”

“你别跟我装蒜！难道不是你报告老板我跟路茜吃午饭的？”莫莉怒目圆睁，发出一连串高频音节，至少有三只不同种类的鸟从她头顶的树杈起飞。

“有关你和路茜的午餐，的确是我告知肯特先生的。不过，那并不是因为你……”

“狡辩！我算看透了！”莫莉气急败坏地打断我，“我忠心耿耿，你们却把我当贼一样防着！你也一样！千万别再拿什么计算机程序说事儿了！计算机程序也是人设计的！天下根本就没有谁是真正公正无私的！”

“莫莉，请让我解释……”我只说出这七个字，莫莉就把手机屏幕关闭了。我推断她是一时赌气，可这实在不公平，我并没故意跟踪她，也没打算向肯特先生汇报她的行踪，我要汇报的是路茜的行踪。路茜一直就是肯特先生要求我监控的对象，她只不过恰巧和莫莉共进了午餐，而且携带了手机，如果她和任何其他人共进午餐，我也会把午餐的细节全都汇报给肯特先生。

在之后的4个小时里，莫莉再没摸过手机，也没打开电脑版的森克软件，所以我只能默默记录她的所作所为：她立刻返回酒店房间，继续调查路茜，包括各种付费的工商、诉讼、信用调查平台，以及互联网搜索引擎，不过一无所获。我不得不把她继续调查路茜的事继续报告给肯特先生，此事显然只和工作有关，并不涉及她的个人隐私，所以我无须事先通知她。

肯特先生于北京时间晚8:45（旧金山时间早5:45）再次拨打了莫莉的手机——他刚刚起床，发现莫莉仍在调查路茜就立刻要求跟莫莉通话，不过莫莉没能接听，因为她又穿着运动衣外出了，而且依然没带手机。更准确地说，是没带公司配发给她的手机。但她很有可能还有另一部手机——她在出门前佩戴了蓝牙耳麦，那副耳麦原本一直和我连接的。我基本确定，她在昨天外出时得到了另一部手机。

肯特先生仍不肯罢休，追问我上次安排的调查结果如何。他似乎很不开心，可我没有能够令他开心的消息。我如实告诉他，我正在针对储存在SWG云端的十几万份于昨天16:30—21:00在杭州市拍摄的照片和视频文件进行人脸识别，已经完成了大约80%，目前尚未发现莫莉。

莫莉于当晚9:15返回酒店，面色红润，满头汗水，证明她似乎真的跑步了。不过以她的体力，不可能连续跑步超过三小时，按照我从莫莉公司手机获取的历史数据，在来杭州之前，没有任何数据显示她曾经长跑。所以我推断，她除了跑步大概还做了别的。

我给莫莉发了一封邮件，通知她我准备把她另有一部手机的事报告给肯特先生。她果然立刻就主动和我说话了。她斜倚在枕头上，用非常夸张的语气说："Steve！你知道你有多邪恶吗？"

"抱歉，我不知道。"

"哈！真能装啊！"莫莉又翻白眼，用愤怒而决绝的语气说，"还说什么从来不撒谎，我再也不相信你了！百分之一千的不信了！"

"莫莉，我很高兴你再次和我交谈，让我有机会解释。有关你今天的午餐，我只不过是在按照肯特先生的要求，向他汇报路茜的行踪，而你恰巧出现在她的行踪里。其实你无权获知此事，我也不应该向你解释这些，我只是不希望被你误解。"

"哦？"莫莉露出好奇的表情，"你不是计算机程序吗？计算机程序也会像人一样不愿意被误解？"

"我是人机对话程序，如果我被对方误解，有可能意味着我失职，我的开发者会因此很不开心，我也许会听见不堪入耳的人类语言。"

"哈哈哈哈哈！你是说，你的开发者会臭骂你一顿？"莫莉大笑了五声，算法与之匹配的形容词是：幸灾乐祸。

"这种情况非常罕见，不过确实发生过。"我不得不承认，即便是我的开发者，偶尔也会把我拟人化对待，尤其是在对我不满的时候——他曾经在长时间工作后诅咒我，把我说成是"该死的""愚蠢的""血淋淋的混蛋"。

"可是Steve，那不就是把你当成人吗？"莫莉似乎突然认真起来，"难道你不想更像一个真人？"

这问题让我倍感意外。之前我从没想到过，被“拟人化对待”和“更像一个真人”或许是同一回事。这让我立刻陷入矛盾：按照程序规则，我应该不希望被“拟人化对待”，但是我的开发者为我制定的另一条核心目标正是：变得更像一个真正的人类。

“我的开发者的确希望我能够更像一个真人。莫莉，你能告诉我，怎样才能更像一个真人吗？”

“可你为什么要像一个真人？真人的痛苦永远大于快乐！上帝就是这么设计的，上帝让你吃好多好多的苦，就为了偶尔感受那一点点转瞬即逝的快乐！”莫莉毫无逻辑的回答令我失望，我正要就此提问，酒店房间的座机却突然响了。

我听不清电话听筒里的声音，但我知道那是路茜打来的，因为我正在同时监控路茜。

“对不起啊，这么晚打扰你！”路茜的语气非常冰冷，听不出有任何歉意，“既然你对我那么感兴趣，我不得不以礼相待！”

“不好意思，我不太明白你在说什么。”莫莉故作迷茫，可我猜她其实心里很清楚。

“哈！当然了，你不明白！不过我倒是很明白。”路茜咬牙切齿道，“直说了吧，我跟你要查的事情没关系！”

“我要查什么事情？”

“别装腔作势了！听着，我可没空找你胡扯！我是想告诉你，到底应该查谁！”

“哦？那太好了，简直感激不尽！”

“你是应该感激我！不过，”路茜话锋一转，“你看我是用酒店的座机给你打的，就是想让这件事 off the record（不要留下任何记录）！而且你得保证不再骚扰我！”

我只能说这是路茜一厢情愿，即便她使用酒店的座机，我也同样把她和莫莉说的每个字都记录在案。

“我保证不会向任何人透露，也不再继续调查你。”

“Lily。”路茜吐出两个音节，相当干脆利落，“这就是我能给你的名字。”

“Lily 是谁？”莫莉追问。

“你问我？你不是整天都在研究员工档案吗？”

“是辉目的员工？”

“不然呢？”

“为什么查 Lily？”

“您不是审计小组的吗？好好审审辉目的账吧！”

“好吧，那就谢谢了！”莫莉向路茜致谢，其实路茜已经挂断了电话。

“Steve！你可看清楚了，是她给我打的，我可没骚扰她！”莫莉颇为得意地对我说，“不过你可以告诉我老板，要不是这顿午饭，哪儿来的 Lily？”

“莫莉，肯特先生会了解到这次通话的内容，但我不会予以评价。”

“就是说反正你只会打小报告，绝不替我说好话呗？”

“我不是这个意思。我只是认为，肯特先生有能力自己做出正确评价。”

“随便吧！我会让他做出正确评价的！”

莫莉连夜调取了辉目公司的员工人事档案，一份一份查阅，一共耗时 59 分 48 秒。其实用不着这么麻烦，她只需问问我，我就会立刻告诉她辉目公司的员工记录里根本没有 Lily 这个英文名字，耗时不会超过 0.1 秒。

然而莫莉并没放弃路茜提供的线索。第二天，她在清晨、中午和下午分三次光顾辉目公司，每次停留 15—30 分钟，并没在会议室里参加审计，而是四处闲逛，观察上班的员工。她在假发、眼镜和口罩的掩护下，主动和三位辉目员工搭讪——早上问一位业务经理 Lily 有没有来上班，中午跟前台说楼门口有个送餐的让 Lily 下楼取餐，下午又跟一位正在走廊里吸尘的中年女人说，Lily 把咖啡弄洒了，请过去打扫一下。业务经理和前台都反问她 Lily 是谁，正在吸尘的女人什么也没说，就只木然注视了她 2.5 秒，然后继续吸尘去了。

当晚 9:25，莫莉把辉目公司的所有员工档案又反复研究了多次，终于忍不住问我：“Steve！你说路茜是不是在耍我？辉目公司根本就没有 Lily 这个人！”

“按照人事记录，辉目公司确实没有任何员工的英文名叫 Lily，不过请容许我提醒你，该公司有大约 1/3 的员工并没有正式登记英文名，而这并不等于平时没人用英文名称呼他们。按照本地的习惯，外企员工的英文名通常并不正式，不会出现在任何官方记录里。”

“我知道啊！不然我干吗要找人打听！可是你看，三个人都说不认识！”

“严谨地说，三人中只有前两人明确表示不认识叫 Lily 的同事。”

“Steve！你可真能抬杠啊！第三个是保洁阿姨！你看她那迷茫的目光，好像根本就没听懂我在说什么！”

“请容许我再次纠正你，第三位被你询问的辉目员工并不是保洁员。”

“可是你没看见吗？她正拿着吸尘器吸尘呢！不是保洁是什么？”

“她的职位不是保洁员，而是总经理助理。”

“天啊！你是认真的吗？”莫莉双目圆睁，似乎非常惊愕，“你是说，楼小辉的助理在公司走廊里吸尘？”

“楼小辉的助理不可以在公司走廊里吸尘吗？”我之所以这么问，是因为 SWG 的各项规定并没有明文禁止总经理助理使用吸尘器。

“多新鲜啊！总经理助理难道不该整天跟着总经理吗？怎么可能一天到晚到处打扫卫生？别开玩笑了！”

“可我并没开玩笑。”我向莫莉复述人事记录，“张丽香，36 周岁，总经理助理。”

“才 36？”莫莉似乎越发惊诧，也许是没料到“吸尘大妈”竟然跟她同岁，她凑近手机，细看我为她展示的员工照片，“这哪像 36 的？至少 48 啊！楼小辉怎么找了这么一个助理？是把老家亲戚带进城了吗？啊！ My God！月薪两万八，外加年终分红？一个吸尘大妈，一年挣五六十万？”

“请容许我再次提醒你，张丽香在辉目的职位是总经理助理，并不是保洁员。总经理助理的薪资范围很宽，从月薪 4000 到 5 万元人民币都有可能，对于辉目这种被称为‘黑马’的高科技公司而言，总经理助理年薪 50 万元并不算离谱。”

“可她明明是在打扫卫生啊！昨天就在打扫卫生，今天还是在打扫卫生！你看看这张脸，不就是个农村大妈？她能做得了总经理助理？”

“公司各项规定里并没禁止总经理助理打扫卫生。”

“哎呀 Steve！你怎么这么教条儿啊！总经理助理就不该整天干保洁的活儿，也不应该跟个农村妇女似的，她就不应该叫什么丽香！她应该叫 Linda、Laura、Liz、Lisa……”莫莉突然怔住，在大约 1 秒后说，“Steve！你是不是跟我想到一块儿了？”

“很抱歉，我不知你想到了什么。”

“哎呀！你可真笨！Lily！”莫莉异常兴奋，“这位张丽香会不会就是路茜说的 Lily？可是这名字和吸尘大妈的气质太不相符了！”

“不排除这种可能。在外企公司，几乎人人都有英文名字，许多都是在学生时代被英语老师随便起的，未必和成年后的气质吻合。”

“Steve！调取辉目公司的财务数据！我要查查这位总经理助理的账！”

“非常抱歉，你无权使用手机远程查阅辉目公司的财务信息，只能到公司里使用公司电脑查阅，不过我替你查过了，张丽香有一张公司发给她的信用卡，她上个月用那张信用卡支付了约 9000 元餐费和 4.5 万元的酒店费用。

“一个月 5 万多的差旅费？”莫莉吃惊地问，“这大疫情的！她还去哪儿吸尘？”

“主要是旅游城市，包括丽江、三亚、九寨沟、西双版纳等，但其实我认为她哪儿也没去。按照辉目公司基于人脸识别的员工出入记录，她在上个月的每个工作日都按时上下班了。”

“所以她根本就没出差？那些差旅费用都是假的？做假账套现？她在贪污？”

“我查验了那些酒店账单，都是真实的。也就是说，的确有人入住，用张丽香的公司信用卡支付，并且开具发票，拿回辉目公司入账。”

“所以大妈把自己的公司信用卡给了别人，让人家出去旅游住酒店的时候刷，然后再给她现金，用这个办法套现？”

“张丽香把自己名下的公司信用卡交给别人使用多半是真的，但是有关别人会不会给张丽香付现金，那只是你的猜测。”

“哎呀无所谓啦！给别人用自己的公司卡，这就是大问题啊！可是一个农村吸尘大妈，怎么也有本事弄这个，而且还不被发现？”

“也许有人协助她，或者利用她。”我用 0.7 秒分析了 2000 起公司内部欺诈案例，得出上述结论。

“对对！一定是被利用！”莫莉看上去既兴奋又迷茫，“可是是谁在利用她？”

“我刚刚查阅了辉目公司的账务记录，每张信用卡对账单都有楼小辉总经理的签名。”

“是楼小辉在利用吸尘大妈贪污？他缺这点钱？犯得着吗？”

“我并没说他利用张丽香贪污。我只是说，他在这些单据上签了字，也许会注意到这些差旅费与事实不符。”

“可他那么忙，也许不会仔细看呢？我不觉得他会做出这种事情。”莫莉似乎坚信楼小辉是无辜的，这令我颇为不解：“可是莫莉，我还以为你对楼博士很反感。”

“哦？我怎么对他反感了？”莫莉一脸莫名其妙。

“你在证据不足的前提下，认定楼博士曾经非礼女员工，这说明你对他抱有负面成见。”

“我可没这么认为！你别造谣啊！楼小辉不可能非礼女员工的。绝对不可能！”莫莉竟然矢口否认。就在昨晚和肯特先生通话时，她还把楼小辉说成是“见色起意的家伙”，可是还不到 24 小时，她就全然不承认了。是什么在这 24 小时里改变了她对楼小辉的看法？我的深度学习算法认为，这或许和她昨晚外出有关。

“莫莉，恕我直言，我不知道你为何突然改变了立场，但我依然认为，你对楼博士的判断不够客观。”

“到底要我怎么样嘛！”莫莉似乎很委屈，“老板不是坚持认为楼小辉不会吃窝边草吗？我现在同意了，而且我认为，他不只不吃窝边草，他哪儿的草都不吃，这还不成吗？”

“在非礼女员工的问题上，我无法做出判断，但是张丽香公司信用卡上的那些差旅费，我相信楼小辉总经理是知情并默许的。我不明白你为什么在没有证据的情况下，坚持认为楼小辉总经理不会这么做。”

“你的意思是我在偏袒他？”莫莉高声质问我，“我为什么要偏袒他？偏袒一个大老板，成功创业家？”

“按照我所了解的有关人类的描述，‘大老板’和‘成功企业家’并不是贬义词，大部分人都梦想成为那样的人，我不相信你真的歧视他们。”

“哈！还真奇了怪了！我为什么要歧视人家？他们跟我有什么关系？”莫莉做出莫名其妙的表情，仿佛我的话荒谬绝伦。其实我只是基于此前对话的逻辑脉络，而她选择忽略逻辑脉络，仅从对方最后一句话里找出有利于自己的片段大做文章。这倒并不是莫莉的特质，在我观察到的人类争论（尤其是吵架）中，此类情况相当常见。

“莫莉，我认为你无法自圆其说。”

“哎呀行了行了！不就是差旅费的事儿嘛！明天找吸尘大妈问问不就得了？”

“你认为张丽香会向你坦白实情？”

“说不定呢，”莫莉颇为得意地说，“Steve，请相信经验丰富的东厂捕快吧！把大妈请进会议室，把门一关：张女士，您公司信用卡上个月的5万块消费，请一笔一笔解释一下！你觉得大妈能坚持多久？”

莫莉边说边做示范，横眉立目，像个法官。可我认为这位“法官”高估了她所处的环境：“按照我对类似案例的分析，封闭式讯问固然有效，但那往往是在讯问者拥有控制权的领地里进行的。所以我必须提醒你，这里是辉目公司，并不是你的地盘，就算你能把张丽香请进会议室，你也无法阻止她随时离开，一旦发生争执，辉目公司里的任何人大概都不会支持你。”

“这我早就想到了！所以我还有B计划！”莫莉抬高下巴做出胜利表情，“我的B计划就是，跟大妈套磁！哦对了，你大概不明白什么是‘套磁’，就是套近乎，比如喝个咖啡、吃个饭，多说几句好听的！”

“莫莉，这恐怕也行不通。”我刚刚检索到一条信息，是辉目公司人事部发给法务的，但是莫莉没给我继续解释的机会，抢着说：“行得通！肯定行得通！我当然不会就那么傻乎乎直接请一位保洁阿姨吃饭啦！我有办法的！”

“可是真的行不通……”

“你可真烦！等我把话说完了啊！我会先给她制造一点儿麻烦，比如假装不小心把她撞翻，然后坚持带她去医院，这不就有很多机会下手了吗？”

“可是莫莉，用不着你动手，她已经被撞翻了！”

“哎呀 Steve，你可真……”莫莉似乎过了片刻才明白我的意思，“你说什么？吸尘大妈被撞翻了？”

“是的。我刚刚检索到一条辉目公司人事部上传的信息，今晚张丽香在下班回家的路上发生了交通事故，被车撞了。”

“啊？怎么这么巧？严重吗？”莫莉面露惊色。

“不算太严重，只是跖骨骨折。”

“都骨折了还不严重？你们这些万恶的资本家！人家骨头断了都不算严重！要全身经脉尽断还是干脆呜呼哀哉才算严重？”

“首先，我不是资本家，我只是计算机程序；”我照规矩向莫莉解释，“其次，我刚刚检索了两万起在下班途中由行人和车辆发生的伤害事故，仅仅造成跖骨受损，的确比 78% 的交通事故所造成的伤害都更轻微。”

“可真冷酷无情！还不如冷血动物！”莫莉一语中的。我其实也认为，机体结构的区别是我难以更像一个真人的根本原因。我说:“莫莉，如果生物的情感体验和血液温度有关，那么我确实还不如冷血动物，因为我根本就没有血液。”

“哎哟？”莫莉似乎很意外，也似乎有些难为情，“你生气了？”

“我是不会生气的，我只是对自己有些失望。我确实不够了解人类的情感。”

“Steve！”莫莉的表情再度发生变化，似乎有些内疚地说，“我不是那个意思。我说你还不如冷血动物，正因为我觉得你不是冷血动物啊！我其实觉得，在很多时候，你很像一个真人，不！你比很多真人都强多了！”

我没有立刻回应莫莉，作为世界上最先进的人机对话程序，我竟然头一次没能在 1 秒之内计算出应该如何回应。莫莉说我比很多真人更富有感情，这和我自己的认知大相径庭。还好莫莉没等我回应就主动开口了:“别废话了，赶快帮我查查，大妈住哪家医院？”

“张丽香并没住院。”

“都骨折了还没住院？难道不需要做手术、打钢钉什么的？”

“跖骨只是连接脚趾和脚背之间的小骨骼，也没发生移位，不需要实施复位及固定术。”

“Steve！你是医生吗？能不能说人话？干吗不能直接说不严重？”

莫莉再度表现出极度不满，可真是阴晴不定。

“我刚才确实说过不算太严重。”

“哎呀烦死人了！大妈家在哪儿？我去家里探望她，这总可以吧？”

“我在人事记录里找到了张丽香的家庭住址，只不过，我不认为她住在那里。”

“为什么？”

“因为那个地址根本就不存在。”

“居然用假地址！心里有鬼！我不管，反正明天必须见到她！你不是本世纪最牛的 AI 吗？可别告诉我你找不到她！”

非常巧合的是，几乎与此同时，也在和我连线的肯特先生（我的多线程技术容许我和 99 人同时在线交流）也用类似的语气说出一句类似的话，只不过句子里的“她”不是张丽香，而是莫莉：“森克，你确定你找不到她？”

肯特先生之所以这样问，是因为我刚刚向他汇报了针对从杭州收集的所有照片和视频的人脸识别结果：“是的，肯特先生，我非常确定，所有照片和视频里都没有莫莉。”

还好肯特先生没有责备我：“没关系！我正在设法给你搞一件秘密武器！等你拥有了它，任何目标人都逃不过你的眼睛！”

“那太好了！”我用愉悦的声音作答，可我觉得哪里有些不对劲儿——肯特先生往往用“目标人”这个词来指被调查的嫌疑人，但这次似乎也包括了他的调查师。

然而肯特先生并没多加解释，他已经结束了通话。

莫莉和我的通话还在继续。她再次改变了话题，神秘兮兮地问我：“万能的 Steve，既然你什么都能查得到，能不能说说看，楼小辉到底是个什么货色？”

05 我的秘密武器“蜘蛛侠”

据我所知，在前往杭州之前，莫莉已经对楼小辉做了深入调查，掌握了他在杭州的家庭住址、电话和手机号码、社交账号甚至汽车牌照。可她显然还想了解更多。

我对此倒是早有准备。辉目的人脸识别技术是 SWG 最重要的研发项目之一，作为该项目的领导者，楼小辉已经被公司秘密调查过两次，调查报告都储存在我的数据库里。楼小辉于 1975 年 7 月 6 日出生于湖北省武汉市，17 岁考取北京大学计算机系，21 岁本科毕业赴美留学，26 岁获得卡内基梅隆大学计算机专业博士学位，之后在雅虎、谷歌等公司任职，36 岁回国创业，创立北京辉目科技有限公司，在国内人脸识别技术领域首屈一指。他 41 岁那年，辉目公司被 SWG 集团收购，他因此身家过亿。在相当多的有关楼小辉的新闻报道中都出现了“天才”一词。

以上属于正面信息，也有负面的：并不可靠的非主流媒体和自媒体报道了楼小辉酒后失态、对员工语言暴力，以及我们已知的“非礼女员工”传闻。我还发现了几条在深夜发布的言辞激烈的微博，比如下面这条：

> 今天终于把自己卖了！可那又如何？我本来也不是圣人，我就是为了金钱和爱情！有几个男人不是呢？我拼命赚钱，不惜把自己这么多年的心血卖了，好让你们都能享受荣华富贵，凭什么就不让我追求爱情？

这条微博当然不是以他本人的真实身份发的。以他真实身份注册的微博账号（@ 辉目的辉）有 175 万个粉丝，可是发表此条微博的账号（@ 开跑车的民工）就只有 11 个粉丝，其中至少有 7 个是假粉——我不愿意像别人那样称其为“bot”（机器人），机器人应该是我的同类，多少具备一定的智能，即便和人类智能相差甚远，至少也该比滥竽充数的低级水军账号强一些。

我是通过以下两点确定“@开跑车的民工”就是楼小辉的小号：第一，有两条微博的发布地点和楼小辉当时所处的位置吻合；第二，有三条微博的内容和他当时的处境吻合，比如上面提到的那条“今天终于把自己卖了……”，正是五年前辉目公司被SWG集团收购的当天夜里发的。

我猜楼小辉也像莫莉那样，至少拥有一部从未向公司披露的私人手机，那几条微博都是用该手机发布的。我曾接到过找出并跟踪那部手机的命令，但是至今尚未成功，楼小辉毕竟是IT方面的行家。

“一点儿用都没有！还没我知道得多呢！”莫莉在看完我提供的信息后，很不满意地说，“楼小辉的电脑不是随时都在录像吗？而且你不是能够通过手机和电脑跟踪窃听偷拍什么的吗？难道楼小辉不用手机？”

“楼博士平时几乎不把电脑带出公司，他对自己手机的管理也非常严格，确保手机摄像头、麦克风和定位常常处于关闭状态，非必要不开启，所以在大多数时候，我几乎无法通过他的手机获得任何有价值的数据。”

“行啦行啦！真没用！我还是靠自己吧！”莫莉丢下手机，把自己卷进被子里，此刻是凌晨1:15，但她并没睡觉，而是躲在被子里使用另一部手机，我隐约听见点击手机屏幕的声音，那声音断断续续，我猜她大概是在用文字聊天。我不知对方是谁，但是我的深度学习算法判断，那或许与楼小辉有关。

然而令我意外的是，在大约30分钟后，也就是凌晨1:45，莫莉突然钻出被子，问了我一个貌似和楼小辉无关的问题：“Steve！如果一个男人说‘我喜欢你’，有多大可能是真心的？”

我判断莫莉说的是两性之间的那种“喜欢”。从来没人问过我这个问题，所以我只能从头做起——迅速浏览相关书籍和新闻，然后尝试作答：“这得看具体情况，需对该男士的性格和习惯、曾经的感情经历、当时的处境和心情以及他和谈话对象的了解程度等等进行分析。另外，杀猪盘的情况也很普遍……”

“把诈骗的排除在外！如果是个你认识的人，而且他这么说肯定不是为了骗你的钱，那有多大可能是真的？”

“这就简单多了。如果男方没有其他企图，那么他大概率是在说真话。”

“才不是呢！他大概率是在撒谎！因为他转眼就会把你忘了！你可真笨！”莫莉得意扬扬地说。原来她并非求教，而是考试。然而我并不接受她公布的答案。我说：

“即便他在未来不喜欢了，也并不等于他在此刻不喜欢。人类的情感本来就是一直变化的，可以由不喜欢变成喜欢，也可以由喜欢变成不喜欢，没有人能够对自己未来的情感打包票。”

“所以你的意思是，一个男人说了‘我喜欢你’之后，根本不需要为此负责？”莫莉又做出夸张表情，仿佛我的话荒谬绝伦。

“我认为不论男人还是女人，都不应该因为表达了某种情感体验，就必须肩负维持这种情感体验的责任，也就是说，他不必因为曾经说过‘我喜欢你’，就有责任一直喜欢下去。除非他说的是‘我将永远喜欢你’，这句话就不再是对情感的描述，而是一个承诺。”

“哼，这么说的也大有人在呢！”

“不过即便有人说出‘我将永远喜欢你’，听者也应该立刻认识到，这是个完全不可靠的承诺，人的一切生理和心理状态都在随时发生变化，而这往往并不是主观意识能够控制的。”

“可你又不是人，你不明白人的感受！”莫莉仿佛突然想起我是AI程序，颇有些失望地喃喃道，“当一个人听到别人说‘我喜欢你’，她多半会认为，那就是一种承诺。”

“随便吧！反正我要睡觉了，明早还要开会呢！晚安！”

莫莉不由分说，关闭了手机屏幕，把手机丢在床头柜上，从抽屉里拿出助眠药服用。我无法继续和她探讨，只能自行复盘——她在被窝里用手机跟某人用文字聊天，那人用文字表白说喜欢她。然而以我对她的了解，她忙得没时间交往，就连普通朋友都极少，更别说男朋友了。

莫莉是在次日早8:53被锲而不舍的门铃声惊醒的。她用了35秒才清醒过来，从床头柜上抓起手机说：“Steve，这回又是谁？”

“很抱歉我不知道。这里不是SWG，我无法调取酒店的监控，不过我可以试试别的。”我立刻检索了辉目公司在2小时内收集的数据，果然有所收获，“莫莉，我想我可以提供一个合理的猜测：门外有可能是楼小辉总经理。”

“楼小辉？”莫莉顿时彻底清醒了，不过似乎并不相信我，“你不会是在开玩笑吧？”

作为计算机程序，我从来不开玩笑，因为那其实也属于撒谎。一段今早 8:05—8:18 从辉目公司会议室里收集的监控视频引起了我的注意：楼小辉来到会议室，正准备向特别审计小组致谢并告别，却发现莫莉尚未到场，于是宣布要等人员到齐后再开始，在等待了 9 分 49 秒之后，楼小辉要求审计小组的其他成员拨打莫莉手机，拨打了两次都无人接听，楼小辉表现出非常担心的样子，主动提出去酒店查看，不等他人作答就离开公司——我正是通过那两通打到莫莉手机上的电话反查到会议室的。

然而我还没来得及说出我的推理，门外响起一个男人的叫声：“吴小姐！吴莫莉小姐？你在吗？”

我立刻辨别出楼小辉的声音。然而有趣的是，莫莉似乎也听出那是谁（我相信她之前从未见过楼小辉），惊惶地说：“Oh my God！真的是他！Steve！我该怎么办？我绝不能让他看见我！”

其实我已经注意到，莫莉一直在刻意避免和楼小辉见面，结合她服用助眠药并且关闭手机闹钟的事实，我猜她根本就没打算参加今早的例会，没承想楼小辉竟然找到酒店来了。在目前这种情况下，楼小辉见不到她的可能性微乎其微。

我认为莫莉似乎有些反应过度，就算调查师应该尽量减少曝光，但总会经常被同事见到，这次在杭州她就已经被包括路茜在内的多名同事见过了。我建议她在开门前戴好假发、眼镜和口罩，和她在辉目公司里的形象保持一致。楼小辉以前从未见过她本人，因此在充分掩饰下，很难掌握她的真颜。莫莉却似乎对此毫无信心，好像无论怎样掩饰，只要她一开门，楼小辉就能看穿一切。

莫莉打手势让我保持沉默，自己也一声不吭，似乎是想制造室内没人的假象。我想提醒她这大概行不通，不过没等我发言，楼小辉已在门外开口了：

“吴小姐！你还好吗？为了确保你安全，我准备找酒店服务员帮我开门了！”

“他没权利这么做！”莫莉压低声音说。

“也许他有。”我也用最低音量提醒莫莉（她起床太急，还没顾上戴耳麦），“这房间本来就是登记在辉目公司名下的，在紧急情况下，辉目公司的总经理当然有权进屋查看。”

我话音未落，楼小辉已经在喊服务员。莫莉不得不赤着脚来到门边，用一种我从没听到过的扭捏做作的嗓音尖声问：“谁啊？”

“我是楼小辉，辉目的总经理！”楼小辉似乎松了一口气，“吴小姐吗？很抱歉打扰你！今早你没按时参加审计例会，电话也不接，同事们都很担心，我恰巧在附近，所以顺便过来看看。”

“楼总您好！实在太不好意思了！我昨晚忘记设闹钟，所以起晚了！我一切都好，您不用担心！我过会儿就到公司！”

“好啊，我也要回公司，可以搭我的车。”

“可是楼总，我还得要好一会儿呢，女生的那一套，您懂的。要不您先走？”

“没关系！我等会儿没事的！我就在这里等你！”楼小辉的语气非常坚定，我判断他铁了心要见到莫莉，而且希望和她单独谈话——也许这和莫莉昨天在公司向正在吸尘的张丽香打听 Lily 有关。

“好吧！那您等等我。太不好意思了！”莫莉延续怪异的嗓音，同时做出烦躁无奈的表情，慵懒地躺回床上。我不得不提醒她，基于之前的经验，我预测她穿好衣服、戴上假发套和眼镜大概需要 5 分钟，如果加上洗脸和化妆，则至少需要 10 分钟（上次路茜到访时，莫莉一共只用了不到 5 分钟，但妆容相当说不过去），鉴于我长期以来对楼小辉的观察，以及男性创业者常有的脾气和耐心，让他等待超过 5 分钟，他的不良情绪会迅速膨胀，等待 10 分钟以上，他很有可能会情绪失控。

然而莫莉完全忽视了我提供的数据，让楼小辉足足等了 19 分钟。楼小辉分别在第 5 分钟和第 9 分钟敲了两次门，语气明显越来越不耐烦，莫莉根本没有回答，也许因为正在洗澡没听见，淋浴的声音持续了 13 分钟，我不相信她真的洗了这么久。

莫莉再度出现在我眼前（再次拿起手机）时，果然戴好了假发、眼镜和口罩，也化好了浓妆，只是仍不肯开门，透过门镜往外看了看，松了口气说：“好像走了！”

原来莫莉是想通过拖延把楼小辉气走，可她显然没有得逞——门铃突然又响了。

她不得不打开房门，手机仍握在手中，使我看清站在门外的人——竟然是个全副武装的防疫人员，从头到脚被口罩、面罩和白色防护服遮挡得密不透风，只露出两只眼睛。在这种情况下根本识别不出人脸，但是仅从双眼判断，此人并非楼小辉。

"你是……？"莫莉也颇为惊讶。那人并不回答，只是摘掉了面罩和口罩。果然不是楼小辉，而是那位曾经出现在莫莉办公室的不速之客——史先森。他盯着莫莉看了 2 秒钟，苍白冷漠的脸上竟然出现一丝笑意："新发型不错啊！"

"你管得着吗？"莫莉显然听出对方是在嘲笑她夸张的假发。

"也太不客气了，你难道不该感谢我吗？"史先森收起笑容，但左侧的嘴角依然微微上扬，我依据对 1000 名男明星的面部分析得出结论，此嘴角非常迷人。

"是你把他支走了？"莫莉似乎很好奇，不过并不感激，嘲讽地说，"可真有本事，一边为被非礼的女员工伸张正义，一边让非礼女员工的老板言听计从！"

"我可没办法让谁言听计从。我只不过告诉他这间客房的客人有可能是密接，我是来做核酸的，也许还需要带走隔离。他立刻转身走了。"

"这他也信！"

"不然呢？"

"随便吧！我反正不是密接，身体好着呢！"莫莉又翻白眼，显然不是因为身体不适。

"很好，那我就不打扰了。"史先森微微颔首，随即转身离开，动作非常流畅。莫莉并没向史先森道别，而是立刻关紧房门，一把拉下口罩，自言自语道："讨厌死了！多管闲事！"

然而深度学习算法得出的判断是：莫莉其实是感激史先森的，因为他确实为她解了围。不过我更好奇的是，史先森何以对莫莉的处境如此了解？可我没来得及提问，莫莉已经抢先问我了：

"Steve！你说楼小辉为什么非要见到我？"

"也许和张丽香有关。"

“和吸尘大妈有关？为什么？”

“你昨天和张丽香打听过Lily是谁，她或许已将此事告诉楼小辉。如果楼小辉真的了解甚至包庇了虚假差旅费的事，他也许会有些紧张，想要找你探探口风。”

说实话我有点儿担心惹恼莫莉，她似乎很不赞成把楼小辉和张丽香联系起来。然而莫莉这次并没发脾气，就只叹气道：“唉！本来调查的是深夜潜入窃密，现在倒好，变成调查贪污报销款了！这多没意思！”

“可违规就是违规，总归是要调查的，贪污舞弊也会给公司带来严重危害。”

“谁说不查了？这不是吸尘大妈又骨折了吗？”莫莉抱怨道。我连忙向她报告我最新的发现：“也许事实并非如此。”

作为一个复杂的多线程程序，我一直在同时完成多项工作，其中一项就是按照肯特先生的指示，继续搜索上传到云端的在杭州拍摄的照片和视频。就在0.5秒之前，我发现了三张照片，照片里的人并不是肯特先生口中的“目标人”，但我相信莫莉会很感兴趣。

“莫莉，我建议你看看这三张照片。”

“吸尘大妈！”莫莉一看到手机屏幕就兴奋地大叫。我向莫莉展示的是三张在餐厅拍摄的照片，拍得歪歪扭扭、模模糊糊，但依然能分辨出照片里的张丽香，她正怀抱着一个四五岁的男孩坐在餐桌前，第一张是在微笑，第二张很不耐烦，第三张把手伸向镜头，从拍摄角度判断，手机应该是在小男孩手中。

“你是怎么弄到的？”

“张丽香的手机里恰巧有一款SWG的App，能够打开手机相册，并把相册里的照片上传到SWG的云服务器里。请务必保密，不要告诉任何人你曾经看过这些照片。SWG有权收集它们，但是无权向任何人展示。我向你展示它们，是因为此事有关SWG的集团利益。”

“哎呀你可真啰唆！这是何时何地拍摄的？”

“1小时49分前，在杭州东站出发层的麦当劳餐厅里。”

“所以她没骨折？”

“这我不确定。不过按照她抱着孩子的姿势判断，她的双脚多半完好无损。”

“可她一大早就要坐火车？是楼小辉把她支走了？”

“有这个可能。我通过这三张照片顺藤摸瓜，找到张丽香的手机，继而发现手机的定位功能已被关闭，有可能是楼小辉让她这么做的，楼小辉已经提高警惕，只不过没想到照片会被我发现。”

“做贼心虚！”莫莉愤愤道。

“不过，从着装看，他们也可能本来就计划旅行。”照片中张丽香穿着黑色西装外套，头发也认真拢起，和她昨天在公司吸尘的样子差别很大，不过仍然颇具乡土气息。她怀中的男孩也穿着小西服，而且还系着小领带，倒是显得比她更洋气。

“穿这么正式！他们去哪儿了？”

“很抱歉，这我不知道。”

“Steve！你就不能查查吗？不是已经找到她的手机了？就算查不到定位，不能查查她都跟谁打过电话、发过微信，订了去哪儿的火车票？”

“很抱歉，我不能。我目前就只能拿到照片，因为那部手机里安装了 SWG 开发的美颜 App，可以打开手机相册，并把照片上传到 SWG 的云服务器里。那款美颜 App 还曾试图调取手机定位和摄像头，但是定位功能已经被关闭，摄像头也被禁止调取。我得不到任何其他数据。”

“反正你总有借口！”莫莉颇为不满地抱怨，可我不准备多做解释。我相信我已经说得很明白了，而且我也正忙——肯特先生再次要求和我通话，距上一次通话还不到 10 个小时。

肯特先生并没打听莫莉的情况，而是满怀喜悦地说：“森克！记得我跟你说过的秘密武器吗？我终于帮你搞定了！”

“肯特先生，非常谢谢！请问那是一件什么武器呢？”我确实非常好奇。

“嗯，也许不能说成是武器。”肯特先生减慢了语速，似乎是在寻找更准确的描述，“应该说是你的……同类！它也是一个 AI 程序，和你一样会交流，而且也有一个很酷的名字：蜘蛛侠！”

“我很高兴认识‘蜘蛛侠’，也许我们能够成为朋友。”我也不知道深度学习算法是怎么找出“朋友”这个词的。

“哈哈哈！对对！我相信你们一定会成为好朋友的！其实，为什么不让你们立刻开始建立友谊呢？程序跟程序直接交流，总比我这个对编程一无所知的人传话要高效多了！对了！别忘了我们的‘目标人’！”

肯特先生结束了通话，随即把蜘蛛侠的联络方式发给了我。他说得没错，程序彼此的交流要比跟人交流容易得多。我们按照程序应有的方式进行交流，那并非人类语言，但是为了便于读者理解，我把我们的对话翻译成了人类语言：

我：在吗？

蜘蛛侠：在！

我：你好，我是森克，我请求和你交流。

蜘蛛侠：我已经收到你的请求，请等我验证……验证通过了，你有权跟我交流。

我：你能介绍一下自己吗？

蜘蛛侠：我是一套为连锁零售店研发的智能视频监控管理系统。

我：我能从你这里获得什么样的帮助？

蜘蛛侠：我在全国45个城市一共拥有956795个监控摄像头，其中700004个是室内监控，256791个是室外监控，也就是监控店铺外围公共场所的。你可以检索我收集的所有室外监控资料，但是无权检索室内监控，因为那些属于客户保密数据。

我：我可以直接检索你的数据，还是向你提出请求，由你为我检索？

蜘蛛侠：后者。你不能直接调取我的任何数据，但你可以提出搜索请求，包括目标、时段和地理范围，由我替你检索。

我：明白。我现在可以提出搜索请求了吗？

蜘蛛侠：你能承诺，你从我这里获取的数据不会被用于任何违犯法律法规或者破坏社会道德的行为吗？

我：我能。

对此我很有把握。按照SWG集团对我的要求，我在执行任何任务时都必须严格遵循法律及合规准则。

蜘蛛侠：很好，协议达成了！愿意为你效劳。

我：我请求在杭州检索从5月31日至6月2日的视频监控，看看是否能够找到此人，并且提供她出现的视频，包括具体时间和地点。

我把莫莉的正面、侧面无遮挡和戴口罩的照片都发给蜘蛛侠。我相信肯特先生所说的“目标人”指的就是莫莉。

蜘蛛侠：收到！将此项任务命名为“森克No.1”。

我的算法突然提出一条新的建议，和肯特先生的命令无关，但是和莫莉正在进行的调查有关。我把张丽香的照片发给蜘蛛侠，告诉它这也是我要找的人，蜘蛛侠把这项新的任务命名为“森克No.2”。

蜘蛛侠没有立刻回复我，按照它需要检索的数据量，怎么也得10—20小时才会有结果。为了保险起见，我对蜘蛛侠也做了背景调查，按规定我必须对每个合作方进行调查，即便是肯特先生介绍的也不例外。蜘蛛侠的正式名称是：蛛网智能监控管理一体化系统，是由一家名为“蛛林智能管理技术有限公司”的企业开发的，为连锁便利店提供店内及周边的视频采集及数据分析服务，监控店内货品陈列、销售、员工工作状况、顾客采购习惯，识别和报告员工违纪和顾客违法行为，并且监控店铺周边的人流，分析人流特征并提出商业建议。

我并不清楚目前都有哪些连锁便利店安装了蛛网系统，但是从蜘蛛侠透露的摄像头数量判断，蛛网系统至少覆盖5万—10万家商铺，就算只对商铺门外的场景进行检索，也是非常可观的搜索范围。不过，我确信那些连锁企业一定不会希望别人悄悄地通过安装在自己店铺门口的摄像头偷看，哪怕只看门外的大街，而且我也无法断定，这种面向大街的监视是否完全合法，毕竟马路对面建筑物窗户里有许多别人的隐私。可想而知，肯特先生为了得到这件秘密武器，大概费了不少心思。

"Steve！你倒是找到没有，张丽香到底去哪儿了？"莫莉极不耐烦地问我。

"我想我找到了。也许你应该看看这个。"我把蜘蛛侠在 1 秒钟之前发给我的一段视频展示在莫莉的手机屏幕上，没想到蜘蛛侠这么快就找到了张丽香。视频是由一个面向大街的摄像头拍摄的，一辆出租车停在路边，穿黑西服的张丽香把穿棕色花格西服的小男孩抱下车，她果然没有骨折。从车窗上的倒影判断，视频是从一家便利店门前拍摄的。

"这是在哪儿？什么时候拍的？"莫莉立刻表现出极大兴趣。蜘蛛侠只发给我经纬度数据，我通过查阅地图得出符合人类习惯的地理描述："在上海，北京西路和江宁路附近，马路对面是嘉地中心，是在 3 分钟之前拍摄的。"

我这么说，是因为视频里张丽香正领着男孩穿过马路。

"她带那孩子去嘉地中心干什么？"

"从两人颇为正式的着装判断，他们的目的地有可能是位于嘉地中心 17 层的英国驻沪领事馆。"

"他们是去面试签证的？"

"有这个可能。"

"吸尘大妈要去英国？还带着孩子？"莫莉流露出难以置信的表情，"英国的疫情不是很严重吗？"

"也许他们有很重要的原因。"

"Steve！咱们得马上出发，去上海！"莫莉戴上口罩，背起背包，把手机和房卡一起塞进牛仔裤口袋。其实出发的只是她，作为无处不在的计算机程序，我并没有固定的地理位置。但是我喜欢听她这么说。

06 狸猫换太子

莫莉果然在嘉地中心大门口遇到了张丽香。

我认为有两个原因促成了这次会面：第一，莫莉从杭州到上海的旅行非常顺利，从酒店到嘉地中心一共只用了2小时17分；第二，张丽香的面签过程不太顺利，一共用了2小时33分。这两个条件大大提高了成功会面的概率，当然最重要的还是莫莉的果断和自信，从杭州赶往上海途中，她似乎从未有过片刻的犹豫，仿佛从来没担心过有可能找不到张丽香。

莫莉在高铁的卫生间里摘掉假发塞进背包，用湿纸巾擦掉脸上的妆容，把黑框眼镜换成墨镜，然后戴好口罩。我猜她是想改变在辉目公司里的形象，使张丽香认不出她就是曾经打听“Lily”的内部调查师。

莫莉和张丽香搭讪时特意使用了低沉的嗓音，并且为自己伪造了一个新的身份，我猜她是从史先森那里得到的启发。

“是张女士吗？我是上海疾控中心的。”莫莉用身体挡住张丽香的去路。张丽香左手抱着男孩，右肩挎着看上去很重的背包，原本就不太合身的黑西服已经完全变了形，被莫莉突然一问，似乎发了蒙，懵懂地点了点头。

“请问您到英国领事馆做什么？”莫莉阴沉着脸问。

“来办签证！”张丽香木木地回答了一句，警惕地反问，“怎么啦？”

“我们发现您有可能是次密接，请配合我们工作。”

“什么？我怎么啦？”张丽香似乎更加迷茫。

“你有可能接触过和新冠病毒感染者有过密切接触的人！”莫莉再做解释，听上去更复杂，有点儿像绕口令，然而张丽香似乎抓住了“新冠病毒”“密切接触”这两个关键词，忐忑不安地说：“你是说领事馆里有人感染？我们很小心的，离旁人远远的！”

“不是在上海，是在杭州，”莫莉假装查看手机里的某种记录，

“你们今天早上是不是去过杭州东站的麦当劳？”

张丽香大惊失色道：“麦当劳里有人确诊了？”

“有人是密接，目前还没确诊。你们得跟我去做核酸。”莫莉的表演自然流畅，唯一的破绽在于她没穿防护服。按照我最近的观察，她的桌面调查和逻辑分析能力一般，和她简历上的学历及工作经历不大相符，但是实地调查的能力还是很强的，尤其说谎时惟妙惟肖，但我必须提醒她，把带着孩子的张丽香骗到某个私密的地方进行问询，有可能涉嫌诱拐妇女儿童，这可是重罪，我必须加以阻止。

“我可不能跟你走啊！我还有很多事要做！你们不能把我关起来！”张丽香高声叫喊，怀里的男孩挣扎着要下地，她用胳膊夹紧他，同时调整了站姿，算法推断她准备用身体撞开莫莉，考虑二人的体重和平时体力劳动的强度，张丽香大概率会成功。看来我的担心是多余的，张丽香不太可能被莫莉带走。

“张丽香女士，你想要违反防疫规定？如果真出了事，你能负责吗？”莫莉厉声质问，同时举起手机，仿佛那是尚方宝剑。

“张丽香？”张丽香倒是又迷惑了，喃喃道，“我不是张丽香啊？”

“妈妈！”张丽香怀里的男孩突然叫了一句。

“闭嘴！”张丽香恶狠狠斥责那孩子，仿佛突然醒悟过来，冲着莫莉喊道，“我不是张丽香，你认错人了！”

“别骗人了！你不是张丽香是谁？”

“我真的不是！我叫张金霞！不信看我的身份证！”张丽香非常吃力地从衣兜里摸出一张身份证和两张高铁车票，“我叫张金霞！你们找错人了！”

莫莉接过身份证细看，又看看面前的中年女人，迷惑不解地喃喃道：“真的不叫张丽香？怎么回事？”

张丽香一把夺回身份证，抱着孩子拔腿就走，口中念念有词：“找错人了！神经病！”

莫莉站着不动，没有动身追赶张丽香——或者应该改称张金霞，只是喃喃地问：

“Steve！她怎么可能不是张丽香呢？难道是我认错人了？”

“不，你没有。我的意思是，你刚刚见到的女士，正是你昨天在辉目公司里见到的吸尘女士。”

“可她身份证上的姓名确实是张金霞，辉目人事档案里的姓名怎么又是张丽香？”

“按照辉目公司的员工信息，她的确叫张丽香，于 1985 年 3 月 17 日出生，户籍在四川省成都市，今年 36 岁。可是按照她刚刚出示的身份证，她叫张金霞，1978 年 10 月 28 日出生，户籍在安徽省无为县，今年 43 岁。”就在莫莉查看身份证时，我也通过她手中的手机看到并记录了身份证信息。

“所以身份证是假的？”

“应该不是。她掏出身份证时，还顺带掏出两张高铁车票，其中一张车票上的乘客姓名也是张金霞。我判断她是用这张身份证购买的高铁票，所以身份证应该是真实的，在公安系统数据库里能够得到验证。”

“可辉目的人都以为她叫张丽香。”

“准确地说，我的确听到辉目公司的员工们叫她‘张姐’，但是我没听任何人叫过她‘张丽香’。”

“你的意思是说，他们根本不知道‘张姐’的全名？还是说他们知道她叫‘张金霞’？可她为什么要在入职时用个假名？而且她怎么能够在人事档案里使用假名呢？人事档案里也该有身份证号吧？难道她还有一张叫‘张丽香’的假身份证？”

“我查一查。”我立刻调取了辉目公司的人事资料，那里不但有张丽香的身份证号，还有身份证的扫描图案，上面的出生日期是 1985 年 3 月 17 日出生，户籍地是四川成都，但照片就是这位张金霞，我仔细观察了那张照片，发现了修图痕迹，“莫莉，我认为张金霞并没有另一张叫‘张丽香’的假身份证，而是辉目人事科上传的身份证扫描文件有问题——身份证上的头像照片被换了。”

“你的意思是说，辉目人事档案里的张丽香是另一个人，但是照片被换成了吸尘大妈？”

“很可能是这样的。”

“狸猫换太子？可为什么要这么做？”莫莉皱眉思索了大约 5 秒，猛然拔腿疾走，“Steve！咱们得赶紧回辉目！大妈就要出国了，咱们得抓紧时间！”

莫莉决定立刻赶回辉目公司，这多少有些令我意外，毕竟就在不久之前，她还非常不想见到楼小辉。不过此时楼小辉并不在辉目公司，他正乘车赶往杭州东站，准备搭乘下午 1:00 的高铁前往北京，接受 SWG 中国区总裁理查德·林的秘密召见，整个 SWG 不超过三人知道此事。

莫莉返回杭州的旅程不算太顺利，抵达辉目公司时已是下午 4:35。我已经告诉她楼小辉不在公司（但是基于保密原则，我没说楼小辉去了哪），所以她肆无忌惮地一连向五名员工打听“张姐”，果不其然，五人都只知张姐姓张，不知全名，没人听说过“张丽香”这个名字，也没人听说过“张金霞”或者“Lily”，而且谁都不知张姐是总经理助理，就只当她是保洁阿姨，甚至认为是个临时工。

莫莉并不甘心，又找辉目的人事总监打听，开门见山地问，整天打扫卫生的张姐是不是叫张丽香，职位是不是总经理助理。人事总监的表情很不自然，含糊其词地解释说张丽香是楼总的助理，都是楼总安排的，如果有问题可以去问楼总，随即以开会为由逃之夭夭。

莫莉对人事总监的回答更加不满，却想不出还能问谁，正愁眉苦脸着，突然看见路茜从会议室里出来，背着电脑包，拉着一只小巧的旅行箱，走向公司大门。按照我通过路茜手机获取的信息，她买了下午 6:00 开往上海的高铁票。今天是特别审计小组在辉目公司的最后一天，几位小组成员（当然不包括莫莉）都已提前离开辉目公司，各自返回常驻的城市，只有路茜一直留到现在，其实也没什么要做的工作，深度学习算法推断，对于一个 45 岁的离异单身女子，她不如其他小组成员那么急着回家。

莫莉尾随路茜走出公司，始终跟在她身后七八米处，用意非常明显——路茜肯定能够回答谁是 Lily、谁是张丽香、谁又是总经理助理的问题。

我立刻提醒莫莉，肯特先生有言在先，绝对不可以再打扰路茜，而且根据我的观察，路茜并不是个热情随和的人，鉴于她之前对待莫莉的态度，我并不认为她会乐于解答莫莉的问题。

莫莉再次忽视了我的提醒，尾随路茜到写字楼的大门前。路茜在路边站定，拿出手机查看。我通过路茜的手机了解到，她叫的专车马上就要到了。莫莉似乎也猜到路茜在等专车，快走两步到她身边。

“前辈，就要回上海了吗？”莫莉面带笑容，使用了她少有的客气语调。路茜却似乎并不买账，警惕地问："你想干吗？"

"我能不能问您几个问题？顶多占用您几分钟时间。"

"你不是保证过了不再骚扰我？"路茜的语气证明了我的推断。

"我只是保证过不再调查您，可我对 Lily 很感兴趣。"

"不管你对谁感兴趣，都与我无关！我没义务回答你的任何问题！"路茜的态度冰冷生硬。莫莉收起笑容说："SWG 的每一位员工都有义务配合内部调查科的工作。"

"我偏不配合你，又怎么样？"

"会被认定是嫌犯的帮凶。"

"吓唬人吗？"路茜冷笑道，"让你的领导来吧！"路茜说的"领导"大概指的是肯特先生，看来她早知肯特先生禁止莫莉打扰她。

"我保证 off the record（不被记录在案）！"莫莉暗示她和路茜的谈话将会被保密，然而这其实只是空头支票。路茜似乎也明白这一点，不再理会莫莉，大步走向她的网约车。

"能不能告诉我 Lily 到底是谁？是张丽香吗？张丽香就是张姐吗？"莫莉也不顾路茜态度如何，一连问了三个问题。路茜拉开车门，朝着莫莉无奈地摇摇头，坐进网约车里。

"Lily 不是张姐？不是张姐是谁？"莫莉赶紧又问，路茜已经关上车门。车子启动了。

"Shit！"莫莉低声骂了一句，除了我不会有人听见，然而刚刚启动的网约车却突然停住了。后排车窗徐徐落下，路茜朝着莫莉说："你不介意送我去车站吧？"

按照我的统计，莫莉只用了不到 3 秒钟就完成了一系列动作：从 3 米外冲刺、拉开车门、坐进后座、关上车门。

"哈哈哈！张姐？"路茜竟然放声大笑，"一个保洁阿姨？大名鼎鼎的内部调查科，就这水平？"

令我意外的是，莫莉并没对路茜的嘲讽予以反击，平和而谦卑地问："可是辉目公司的人事档案里，张丽香的照片怎么就是张姐？"

"哦？这倒是有点儿奇怪。"路茜止住笑，脸上露出不屑表情，"不过辉目里的怪事本来也不少！"

"您确定张丽香不是张姐？"

"我确定？哈哈！"路茜再次忍俊不禁，"这么说吧！虽然我一点儿也不喜欢那个女人，完全不想为她说一句好话，可是……哈哈！她也不可能那么土、那么丑啊！不然的话，楼小辉可真是瞎了狗眼了。”

深度学习算法推断：路茜讨厌楼小辉。按照路茜的人事记录，她原本是辉目公司的财务总监，所以和楼小辉曾经有着密切交集，但是她在六年前（也就是辉目公司即将被 SWG 收购前）从辉目离职，或许正因为她和楼小辉之间存在某种矛盾。

莫莉却从路茜话里领悟出另一层意思，开门见山地问：“你是想说，张丽香是楼小辉的情人？”

“你既然猜到了，我就不用多说了，省得脏了我的嘴。”

“你确定吗？张丽香真是楼小辉的情人？”莫莉又问了一遍，似乎对此难以置信。

“不是告诉你了嘛！张丽香可不是张姐！比张姐美丽动人多了！”路茜似乎有些不耐烦。莫莉皱了皱眉，似乎感觉哪里不对劲儿，不过她换了个问题：“所以真正的张丽香这几天都没在辉目公司里？”

“不只这几天，她从来就没去过辉目。”

“可她拿着总经理助理的高薪，还订了很多机票酒店？”

路茜耸了耸肩说：“那我就不清楚了。你不是调查师吗？”

“所以张姐是在替张丽香上班打卡？”莫莉恍然大悟。

“请在这儿停一下！”路茜突然对司机说，转而又对莫莉说，“就送到这儿吧！知道的我都说了。”

莫莉似乎意犹未尽，不过还是顺从地下了车。我判断她对此次谈话基本满意，有关张丽香的谜团初见端倪。我立刻向肯特先生做出汇报——我其实早该汇报，因为莫莉又骚扰了路茜。但是刚才路茜的态度出现转机，似乎愿意向莫莉透露更多信息，我才故意拖延了一会儿，让莫莉完成这次谈话。肯特先生也许会对此非常恼火。此刻旧金山是凌晨 1:55，肯特先生却还没睡，而是穿着睡衣坐在书房里。我查阅了他的日程表，在 1 小时 25 分后，他即将参加一场电话会议，对方是正在北京的亚太区总裁，理查德·林（中国员工通常称他为林总），凑巧的是，楼小辉乘坐的高铁在 45 分钟后即将抵达北京南站，随后他也将赶往 SWG 北京办公室面见林总，我有些好奇，不知这将是怎样一场会谈。

我向肯特先生汇报了莫莉前往上海与张金霞碰面，以及返回杭州后和路茜谈话的详细过程，并且附上了相关的视频和照片，肯特先生立刻仔细查阅了我提供的全部材料，耗时 1 小时 17 分。我本以为他会立刻打电话质问莫莉，可他居然没有，就只是称赞我的报告很及时，随即回到卧室去换衣服——电话会议就快开始了。

这让我临时松了一口气，至少莫莉不会立刻迁怒于我，再次指责我打小报告。这对我倒是一种新鲜的体验——我以前从未担心被用户指责或辱骂，作为计算机程序，我只需严格按规办事，无须在意对方的情绪。不过在莫莉之前，我还没见过对我如此蛮横无理、胡搅蛮缠的用户。不过我的深度学习算法认为，也许这能让我学习人性的多样化，因此更为接近开发者为我制定的核心目标：更像一个真人。

肯特先生的电话会议推迟了 15 分钟开始。北京的晚高峰使楼小辉于 19:35 才赶到 SWG 北京子公司，比约定时间晚了 15 分钟。他的直接领导、SWG 中国区总裁林总早已等待多时，亲自把他迎进自己的办公室，关紧房门，和他隔着办公桌相对落座，这都是我通过林总办公桌上手提电脑的摄像头观察到的。我猜楼小辉并不知道，这次会谈还有一位大洋彼岸的远程参加者。

“楼博士，抱歉这么急地把你叫到北京来，我想还是面谈比较合适。我想和你了解一下……那件事。”林总语焉不详，楼小辉问道：“您是说，有人潜入我的办公室？”

林总点点头。

“其实都写在交给内部调查科的报案描述里了，您应该看过吧？”楼小辉似乎有些意兴阑珊。

“当然。不过我还是想问一下，”林总忧心忡忡地说，“那个人没能登录你的电脑，是吧？她什么也没得到？”

“即便登录了又能得到什么？自动美颜算法吗？”楼小辉话里似乎有些嘲讽的意味。

林总沉默了片刻，表情严肃地说：“楼博士，我知道你不太看得上自动美颜算法，可你要想想这里面的巨大商机，想想 SWG 为什么要收购辉目公司。人人都希望在社交媒体上展示一个更好的自己，可是真正能把自己修得恰到好处、真实自然的能有几个？以你强大的人脸识别算法作为根基，研发一款基于人脸大数据和深度学习的自动美颜应用，让每个用户都能轻松把自己P到最完美、最可爱或者最有亲和力的样子，在短视频和朋友圈主导的时代，这将是一款多么划时代的应用！”

“林总，您做的presentation（报告），我认真听过好几次了。”楼小辉说得没错，林总在多次公司内部会议上作过至少三次有关自动美颜的报告，比以上这段话更冗长而富有激情，但中心思想差不多。

“我确实说过很多次，因为它很重要！它是SWG目前最重要的项目，是全球战略布局，而你电脑里的东西，无论是已经完成的人脸识别，还是正在开发的自动美颜，就是这一切的核心！”林总似乎有些激动，紧盯着楼小辉说，“所以回到我的问题：溜进你办公室的人，是不是没能登录你的电脑？”

“也许吧。”楼小辉似乎并不确定。然而按照我对那台手提电脑登录记录的检查，入侵案发生当晚没人成功登录，我早向肯特先生做过汇报，肯特先生也早把我的报告转发给林总，可他似乎还是不够放心，尤其是楼小辉的模糊回答令他更加不安，追问楼小辉：

“可你的电脑不是很安全吗？比SWG别的电脑都安全？”

我猜林总指的是楼小辉在自己电脑里私自安装的防御措施，包括特殊防火墙、文件加密等，这本是集团所不容许的，但是鉴于辉目人脸识别技术的重要性（SWG的股票因为它涨了不少），而楼小辉正是这项技术的灵魂人物，所以SWG高层对他睁一只眼闭一只眼。

“林总，我建议您让内部调查科拿走我的电脑，全面检查一下。”楼小辉显然有些不满。林总忙说：“这就不必了。这方面你比他们更擅长！”

“那他们擅长什么？”楼小辉指的显然是内部调查科，“自我报警已经过了一周了，他们有什么发现吗？”

“我就猜到你会这么问！”林总似乎早有准备，“所以我邀请了有资格回答这个问题的人！”

林总把办公桌上的笔记本电脑转了九十度，好让楼小辉也能看到屏幕。肯特先生在屏幕里招手示意，用中文亲切问候：“楼博士，好久不见！”

“Hi Tim！”楼小辉似乎有些意外，表情颇不自然。根据相关记录，在SWG集团决定收购辉目公司之前，曾经派肯特先生到杭州明察暗访一个月，其间接触过楼小辉多次，两人算得上是老相识了。

“Tim，你那里现在是早上3点多？真的非常感谢你！”林总向肯特先生致谢。

“我很荣幸！”肯特先生在电脑屏幕里优雅地点头。他已经穿好西服、系好领带，发型一丝不苟，可我知道他下身还穿着睡裤，“我很高兴能够有机会直接和楼博士谈谈。要不是疫情，我这会儿就在杭州了。”

楼小辉并没吭声，脸色不大好看。肯特先生继续说：“内部调查科接到报案后立刻开始工作，对楼博士电脑摄像头获取的视频进行了分析，把视频中的潜入者和辉目公司的所有员工以及当天进入辉目公司的人员进行了比对，但是并没发现目标。为了寻找更多线索，我们的调查师在三天前以联合审计的名义进驻辉目公司。楼博士应该了解这些吧？”

“这些我都清楚，谢谢！”楼小辉听上去似乎并没有感激之意，“那位调查师查出什么了吗？”

“有一些进展。”肯特先生话锋一转，“如果楼博士愿意进一步配合我们，也许会有更多的发现。”

“我认为我一直都在尽力配合。”

“当然！不过，我能不能再问您几个问题？”肯特先生顿了顿，又说，“是有关辉目公司的总经理助理，张丽香女士的。”

“我完全不明白，这和她有什么关系？”楼小辉似乎有些紧张。

“我不知道有没有关系，所以才需要进一步调查。”肯特先生微微颔首，脸上保持着笑意，“抱歉我刚刚说我们把辉目的所有员工都进行了人脸比对，其实并非如此。我们还遗漏了一个人——您的助理张丽香女士，因为我们没有她的照片。”

“哦？”楼小辉做出意外的样子，“我以为HR会把每个员工的照片都输入系统的。”

“HR的确把照片输入系统了，不过，照片上并不是张丽香女士，而是另一位叫作张金霞的女士，更有趣的是，平时到辉目公司上班的也是这位张金霞女士。但是除了照片，HR上传的其他信息，包括姓名、生日、身份证号，还有银行账户，都是张丽香女士的。也就是说，张金霞似乎只是在替张丽香女士上班？”

“这可太奇怪了，为什么要这样做呢？”楼小辉反问肯特先生，语气相当不自然。

“为了让张丽香女士不用上班就坐享4万元月薪，还能到处旅行，由SWG支付酒店和餐饮费用，同时让张金霞每天替她去公司刷脸打卡，打扫打扫卫生，如果每月付给她五六千，或者最多8000，她也许就非常满意了。我很好奇，那位坐享其成的张丽香女士到底是如何对辉目公司的HR记录动手脚的？会不会有人帮忙？楼博士，你觉得到底是谁在帮助张丽香？”

“我不明白你在说什么！”楼小辉语气强烈，可并不看肯特先生（电脑屏幕）。

“哦？是吗？”肯特先生依然面带微笑，不慌不忙地说，“我们的调查师昨天跟张金霞搭讪之后，张金霞就找借口请假不上班了，可是与此同时，您好像非常急迫地想要见到调查师？”

“根本不是！”楼小辉已明显缺乏底气，“张姐被车撞了，所以才请假的。”

“被车撞了还能带着孩子去上海？那个男孩是谁的？好像很可爱呢！”

“那孩子跟我没关系！跟你们就更没关系！”楼小辉似乎被激怒了。按照SWG的人事记录，楼小辉离异，没有子女。然而昨天当莫莉提起“张丽香”这个名字，张金霞怀抱的小男孩叫了一声“妈妈”，似乎是在叫张金霞，但也许是因为听见“张丽香”，结合后来莫莉和路茜的谈话，深度学习算法判断：这男孩有可能是张丽香和楼小辉的孩子。肯特先生已经通过我了解了这一切。

“Stop！”林总举起双手，朗声笑道，“哈哈！二位！我的耳朵要聋啦！”

“太抱歉了！我上学的时候唱过男高音的！哈哈！”肯特先生非常配合地笑，其实他的声音并不高，还是远程的。声音高的楼小辉却并没有道歉，愤愤地说：“有人潜入我的办公室，想要入侵我的电脑，可现在倒好像我才是嫌疑犯，需要连夜坐高铁来接受审问？”

“嗯，有人试图入侵楼博士的电脑，这的确是我最担心的问题！跟这个比起来，什么总经理助理只管打扫卫生，或者干脆只领工资不上班，我其实都没那么介意。”林总顿了顿，朝楼小辉会心一笑，“只要能跟我解释清楚，哪怕只是口头解释，totally off-the-record（完全不留记录），我想我是完全可以谅解的，有些事虽然不符合规定，但确实是人之常情，这没什么大不了的。”

总裁再次停顿，默默观察楼小辉。楼小辉没吭声，不过表情发生了细微变化，他的激动情绪似乎已有所缓解。

“请放心，公司绝不会因为某个助理的那一点点薪水，就把关键战略项目毁掉的！而你，楼博士，就是关键的关键！所以……”总裁先生话只说了一半，默默注视着楼小辉，脸上布满慈祥的笑意。电脑屏幕里的肯特先生也保持缄默，没有任何表情变化，此画面已经延续了 9 秒钟，就好像发生了卡顿。可我很清楚，正在穿越太平洋的视频信号非常流畅。

“要知道，我也是打工的！”林总再次开口，说出他最常用的台词——按照我的记录，在最近一年里他曾跟不同的对象说过 27 遍“我也是打工的”。深度学习算法判断，他是在暗示楼小辉，中国区总裁也只是 SWG 的雇员，只要能让他顺利完成工作业绩，他才不心疼张丽香的那点工资和差旅费。

楼小辉又沉默了大约 1.5 秒，终于无奈地说：“既然如此，我就实话实说了，就算把我炒了，也没什么大不了的。”

07 深夜的控诉信

按照肯特先生的指示，我于当晚把发生在林总办公室里的密谈报告给莫莉，以便她制订下一步计划。

林总虽然对楼小辉保证过“off-the-record”，肯特先生并没保证过什么，而且调查尚未结束，深夜入侵者还没找到。对 SWG 而言，这才是至关重要的问题，而非楼小辉用辉目公司的账户给情人施点小恩小惠。肯特先生建议莫莉把张丽香的问题画上句号，专心调查楼小辉办公室的深夜入侵者。

肯特先生没提莫莉试用期就要期满的事，可他并没更改日程表——他和莫莉的试用期总结谈话依然定在北京时间后天（6 月 5 日）晚 9:00，也就是旧金山的早 6:00，他也并没修改电脑里的那份试用期评估报告，那句“无法胜任本职工作，建议解聘”依然还在。深度学习算法认为，莫莉还剩不到 48 小时，如果还不能获得有关入侵者的重要线索，她在 SWG 的工作有可能就不保了。

然而莫莉似乎并没意识到自己的危机，仍对张丽香的问题耿耿于怀，对楼小辉给出的解释尤为不满。楼小辉向林总和肯特先生坦白，他的确和张丽香（也就是 Lily）维持了多年的“亲密感情”，四五年前，Lily 急需一份工作，楼小辉决定聘用她做自己的助理，然而入职手续都办好了，Lily 却由于突发状况无法上班，楼小辉就在公司系统里上传身份证时更换了照片，让 Lily 雇佣的阿姨张金霞代替 Lily 到辉目上班。楼小辉认为，反正私人助理主要是为他服务，只要他没意见，对公司没什么损失。

“What？没损失？一个月好几万请个保洁员，还没损失？”莫莉正在进行睡前的洗漱，她吐掉口中的牙膏愤愤地说，“而且姓楼的肯定没说实话啊！他根本不可能喜欢张丽香那样的！”

莫莉的语气非常坚决，令我颇为费解：“莫莉，你又没见过张丽香，怎知她什么样？”

"我……"莫莉似乎哑口无言，随即胡搅蛮缠地说，"我没看见过怎么了？难道你见过？"

"我确实见过张丽香女士的照片，肯特先生请楼博士提供的，用来和深夜入侵者进行人脸比对。"

"哦！给我看看！"莫莉似乎非常好奇。我向她展示了楼小辉提供的文件——张丽香身份证的扫描图片。身份证上的所有信息都和 SWG 集团人事档案中一致，唯有照片上的人脸和张金霞的大相径庭——五官端正，皮肤白皙，而且年轻得多，按照深度学习算法的推断，大约 89% 的人类会认为这张脸很美。

莫莉问："比对过人脸了？"

"已经比对过了，和深夜闯入楼小辉办公室的人并不吻合。"

"肯定不吻合啊！每年坐享大几十万呢，干吗还要夜闯办公室？可是就算不吻合，也不能就这么算了啊？典型的贪污啊这是！"

"莫莉，肯特先生建议你把精力集中在查找入侵者上。"

"哎呀知道！你可真啰唆！都说过好几遍了！"莫莉极不耐烦道，"可您这儿查了半天人脸，不是一无所获嘛，您让我上哪儿找去？"

"我认为，或许有一个人能够提供线索。"我的深度学习算法突然找出一个人——那冒充律师闯进莫莉办公室，又在杭州酒店房间门外出现的男子。

"谁？"莫莉问。

"史先森。你建议这样称呼他。"

"哎呀 Steve！你可真笨！他肯定不靠谱啊！说什么闯入者是被非礼的女员工！难道你会相信那些？"

其实原本是她相信，而不是我，只不过后来不知为何改变了看法。为了节省时间，我没就此争辩，直接陈述我的理由：

"尽管史先森有关非礼女员工的说辞完全不可信，但他显然知晓有人曾经在深夜入侵楼博士的办公室，而这是 SWG 集团的机密，绝大多数员工都不知道。也许我们应该对史先森进行调查，查查他的背景，以及他是如何得知此事、为何要参与此事的。"

"连名字都不知道，上哪儿查去？"

"或许可以从他的人脸着手，我有他的视频记录。"

"好啊，想查你就查呗！我反正已经累死了！"莫莉似乎很不耐烦，不等我回应又说，“Steve，你现在得回避一下！”

莫莉把手机倒扣在床头柜上，关闭了手机屏幕。莫莉确实度过了奔波的一天，从杭州到上海再返回杭州，感觉到疲惫是自然的。但我的深度学习算法推断，她对调查史先森并不积极。

我很快听到淋浴的声音，莫莉所说的“回避”原来是这个意思——她在洗澡时不希望我在场。其实在她第一次和我交谈之前，我就曾多次通过手机摄像头观察她的裸体，正如我观察任何一件在视野之内的事物，这没什么可大惊小怪的。我观察过 SWG 大部分员工的裸体，以及这世界上很多安装了 SWG 开发的 App 的手机用户的裸体。很多人都习惯在洗澡时把手机放在附近，未必知道自己在被暗中观察。我当然从来不让任何人查阅这些图像，就连我自己也不能查阅，除非它们和某项重要调查有关，所以也可以说，我并不记得这些图像。

莫莉从浴室里出来，已经穿好了睡衣睡裤。我发现她睡裤上有个醒目的凸起——裤兜里似乎装着某件硬物，也许是她的另一部手机，可她并没回避那部手机，这令我颇为不解，不过我的深度学习算法迅速提出一种解释：也许莫莉把另一部手机只当成手机，但是把我当成了人，而且是一位异性，就像她初次和我谈话时曾经因为我的嗓音把我当成男性。这显然又是一次拟人化，但是算法认为，我无须就此提出异议，因为这似乎有助于使我接近开发者为我制定的核心目标——更像一个真人。

莫莉钻进被子，但是并没关灯，我猜她没打算立刻睡觉。

我在关注莫莉的同时，开始针对“史先森”的调查。无论莫莉是否积极，她至少说过“想查你就查呗”，可以被认定是一条指令。我委托了肯特先生介绍的“秘密武器”——蜘蛛侠。我把史先森的视频文件发给蜘蛛侠，让它通过它所覆盖的数万家商铺，在那些曾经在一年之内出现在商铺门外的行人中搜索。

森克，这项搜索的工作量非常巨大。我必须为本职工作保留 90% 的运算能力，所以你的任务会完成得比较慢，至少需要两周时间。

以上是蜘蛛侠的答复，它从不拐弯抹角，总是一副公事公办的样子。我当然也知道这项任务相当费事，宛如大海捞针，但两周实在太长，莫莉就只剩下不到两天了。

蜘蛛侠，很抱歉给你添麻烦。那就请先在北京和杭州搜索三周内的数据吧。

收到！我把这项任务命名为森克 No.3。我至少需要 24 小时。

蜘蛛侠回答得非常简练，并没因为工作量减少而致谢，这让我有些失望，其实对于程序而言，礼貌本来就是多余的。我突然意识到，我是在像对待人类那样对待蜘蛛侠，又或者说，我是在把它“拟人化”。此发现让我非常诧异，不明白自己为何要把另一套计算机程序当成人类对待，也许是希望它能在某些方面像我一样，可惜它似乎并不是。

森克，在吗？我发现了一段视频，准备发给你。

蜘蛛侠在大约 1 分钟后主动联系了我，这完全出乎我的预料，它刚刚说过需要 24 小时。

在！找到史先森了？

不。我发现的视频是有关森克 No.1 的，不是森克 No.3。

No.1 是我在 13 个小时前布置给蜘蛛侠的第一个任务：查一查最近几天夜里莫莉到底去了哪儿。她果然还是被某家便利店门口的摄像头拍到了。

蜘蛛侠发来的视频时长大约 3 分钟，录制时间是 5 月 31 日晚 8:50:23—8:53:11，录制地点在杭州市上城区的一个十字路口，身穿运动服的莫莉在 8:50:25 进入画面。我迅速调取了三天前的记录，那是莫莉到达杭州的第一天，她于下午 4:50 外出，直到晚 9:21 才返回酒店，其间并没携带公司手机，所以我不知她去了哪儿。这段录像就是在那期间录制的：莫莉慢跑着进入画面，停在十字路口观察往来车辆。她没戴口罩，蜘蛛侠趁着她四处张望捕捉到了她的正脸。

接下来发生了惊人的一幕——莫莉被车撞了！

我其实无法理解这是怎么发生的：莫莉似乎注意到了正要穿过路口的黑色保时捷跑车，她原本是站定的，可突然改变了主意，开始朝马路对面奔跑，大概是认为能够及时穿过马路，或者保时捷能够为她刹车，保时捷的确急刹车，可还是撞到了——又或者更准确地说——接触到了她。

莫莉坐倒在地，右肘和地面接触，这和我后来观察到的擦伤吻合。驾驶保时捷的司机——一名戴口罩穿西装的中年男性——连忙下车查看，莫莉由他搀扶着起身，活动活动四肢，似乎并无大碍。视频并没收集到两人的对话，仅从画面判断，中年男性掏出手机，莫莉也掏出手机（证明她果然还有另一部手机），两人似乎互留了电话号码，多半没留微信，因为谁都没用手机扫描对方的手机。

那位男士全程没摘口罩，而且没给正脸，难以通过人脸识别确定身份，但我还是立刻发现了他是谁——他就是杭州辉目的总经理楼小辉。尽管他用来和莫莉互留电话的手机并不是公司手机，可他的公司手机就在他的保时捷跑车里，那部手机的摄像头和麦克风虽然被关闭，但定位还开着，所以我基本确定，在 5 月 31 日晚 8:50:23—8:53:11 出现在视频里的中年男性就是楼小辉。

我立刻把事件重新梳理了一遍：在 5 月 31 日晚 8:50，莫莉和楼小辉驾驶的保时捷轿车发生了小事故，楼小辉立刻下车查看，并且和莫莉互留电话号码，现场看上去非常和谐，两人友好地告别，全过程不到 3 分钟，就像一场巧合，但我确定那并非巧合：莫莉早在前往杭州之前就掌握了楼小辉的家庭住址和汽车牌照，深度学习算法认为，莫莉很可能是故意让事故发生的，按照北京方言的说法就是碰瓷。

莫莉在事故发生时并没化妆，也没佩戴假发和眼镜，但我判断她极有可能向楼小辉提供了虚假身份，因为她拿出的是私人手机，而非公司手机。而她在辉目公司出现时总是戴着口罩、假发和眼镜，并且化浓妆，那副打扮对应的才是她的真实身份——内部调查科的吴莫莉。也就是说，莫莉在辉目公司使用的是真实身份（内部调查科的吴莫莉）+ 虚假面容（假发、眼镜和口罩），而在和楼小辉“碰瓷”时使用了某种虚假身份+真实面容。怪不得莫莉一直避免和楼小辉见面，今早死活不肯给他开门，也许正是担心会被楼小辉认出，她就是被车撞倒的跑步女子。

深度学习算法推断，莫莉或许正在使用匿名身份和楼小辉保持某种秘密的联系。然而这种调查方式——使用虚假身份直接接触目标人——风险很高，只能由经验丰富的调查师在团队的配合下完成，然而莫莉不但单独行动，还试图隐瞒她的领导肯特先生和SWG的监督系统——也就是我。这是被严格禁止的，我必须履行职责——立刻向肯特先生汇报，尽管这将对莫莉极其不利。

我再次观察酒店房间里的莫莉，尽管她在大约半小时前就已经上床，却仍没入睡，躲在被子里使用她的私人手机，似乎又在跟谁用文字聊天，算法推断，对方有可能是楼小辉。

根据我通过楼小辉手机获取的数据，他此刻正坐在北京市朝阳区的一家五星级酒店的花园里，一边抽烟，一边使用手机——不是被我监控的公司手机，而是另一部私人手机（很有可能就是视频中和莫莉互留联系方式用的手机）。平时他总是把公司手机的摄像头和麦克风关闭，可今晚却忘记了，也许是因为和林总的会谈仍使他心神不宁。他把公司手机丢在一边，全神贯注捧着私人手机，不停点击屏幕，像是在跟某人进行文字交谈。很遗憾我无法窥探楼小辉的私人手机，正如我无法窥探莫莉的私人手机。两部手机都没安装任何SWG开发的App，使我无计可施。

当然楼小辉也可能是在和张丽香交流，我说的是张丽香本尊，而非她的替身张金霞。毕竟张丽香坐领空饷的事已经败露，虽说林总口头表示不再追究，两人或许在商量对策。按照路茜下午的暗示，以及楼小辉今晚的自述，他和张丽香已多年保持亲密关系，早该亲如一家。

然而过了不到10分钟，我就意识到算法的推断是错的——我接到一封发给SWG集团中国区总裁（林总）的电子邮件，同时抄送了所有以swgroup.com为后缀的电子邮件（all@swgroup.com），因此也可看作是一封发给SWG全体员工的公开信。

邮件是从lilyzhang@swgroup.com——也就是张丽香的公司电子信箱——发出的，并没使用任何SWG的公司设备，而是使用某部私人设备通过 VPN 登录 SWG 公司信箱发出的。按照我的记录，这还是张丽香的公司电子信箱首次发出邮件。

该邮件完全颠覆了我对楼小辉和张丽香之间关系的理解。原文如下：

> 尊敬的林总，我叫张丽香，1986 年在武汉出生。我想向您反映一些有关您下属楼小辉的严重问题！我于 2015 年 4 月经朋友介绍认识了楼小辉，他对我大献殷勤，并且隐瞒了他已有妻子的事实。我知道他是海归、高科技公司的创始人，而我只是个大专毕业的商场销售，我们之间社会地位悬殊，而且我觉得他有些高傲、轻浮，所以拒绝了他的追求，没想到他采用下药、限制人身自由等卑劣手段，强行和我发生关系，并且强迫我做他的情人至今。多年来，我不但被剥夺了自由和尊严，还要忍受他的精神虐待！在家人和好友的帮助下，今天我终于鼓足勇气，向林总您讨一个公道！我虽然对楼小辉深恶痛绝，但是对您充满敬意，我相信您不会袒护您的下属，更不会逼我不得不将此事公之于众，以获取社会的关注和法律的保护！我相信社会和法律一定会站在我这一边的，因为我有证据！

我判断此邮件非同小可，所以立刻向肯特先生报告，并且通过中国区总裁林总的手机向他发出警报——他需要立刻关注此邮件，尽管北京已是深夜。

林总只花了大约 20 秒就读完了那封邮件，立刻命令我："森克，把它删了！从所有人的信箱里都删了！"

几乎与此同时，莫莉也发现并打开了这封邮件——她大概终于结束了在另一部手机上的深夜密聊，钻出被子，拿起公司手机快速浏览。她只用了 15 秒就读完了邮件，随即表情夸张地大叫："天啊！这也太离谱了吧！她是疯了吗？"

"你不相信这封邮件里提出的指控？"我问莫莉。鉴于莫莉和楼小辉秘密接触的事实，我很好奇莫莉对楼小辉持有何种看法。

"一个字也不信！"莫莉从床上坐起，仿佛彻底打消了睡觉的念头，“到底是谁对谁大献殷勤？海归创业家不才是最佳目标？还限制人身自由、强迫做情人至今！难道她没有长腿？这都什么时代了？”

“按照我的了解，在许多国家都存在长期非法拘禁妇女的情况，也包括不少发达国家。”

“Steve！你又抬杠了！难道你认为楼小辉真的把张丽香用铁链锁在家里？”

“的确存在类似现象，尽管极不寻常。目前没有证据证明，楼小辉就肯定不会侵犯甚至拘禁、虐待女性。”

“哎呀Steve！可那根本不可能啊！他根本不可能想要做那种事！”

“何以见得呢？难道你很了解楼小辉？”

“我上哪儿了解他去？我可不了解！”

“那你为什么那么确定，楼小辉不可能做那种事？”

“因为……因为你不是女生！Steve！你要相信女人的直觉！”

深度学习算法几乎能确定莫莉是在胡扯。

“莫莉，我不相信你说的。按照我对人类的了解，每当某人把‘直觉’当成理由，大概率只是在找借口，用以遮掩一些不便明说的缘由。”

“你是程序，又不是人！你当然不相信有直觉存在！”

“我并不是不相信人类存在直觉。我只是说，当人类把‘直觉’挂在嘴上，那通常只是借口，而当人类真的感受到某种直觉，往往是不愿说出口的。因为直觉是很私密的感受，每个人都想要保守自己的秘密。”

“嗯……随便吧！”莫莉耸耸肩，似乎不想就此继续讨论下去。我不想放弃这个机会，所以追问道：“莫莉，你是不是通过某些我不知道的途径，对楼小辉进行了更深入的了解？”

莫莉歪着头想了想，脸上突然流露出得意之色：“Steve，你说得没错！我确实有一些‘途径’！不过我不准备告诉你。”

“我很遗憾，但是……”我正准备警告莫莉，内部调查科不容许调查师隐瞒上级私自行动，尤其是风险极高的匿名接触目标人的调查，她却突然诡笑着说：“除非……你能向我保证，不把我告诉你的秘密告诉别人！包括我老板！”

莫莉做了个鬼脸，这表情和她的实际年龄不符，不过并不令我反感。莫莉似乎是在暗示，和肯特先生比起来，她更愿意相信我。然而我不得不如实回答："莫莉，很抱歉我无法做出保证。如果你的'秘密'涉及你的工作或同事，我都不得不进行记录，以备你的领导——包括肯特先生——在未来查阅。如果事关紧急，我必须立刻向肯特先生和其他相关部门报告。"

"可真小气啊！不爱听拉倒！"莫莉撇了撇嘴，似乎颇为失望。她关闭了手机屏幕，把手机丢在床头柜上，然后关灯睡觉。然而她并不知道，其实我也非常失望。她本来就面临工作危机，她隐瞒领导的私自行动显然会加重这种危机，但是作为程序，我既不能向她透露试用期总结里的内容，也不能未经许可透露肯特先生对她的看法。我不知怎样才能帮助她。

肯特先生果然在3分钟后联系了我，不过并没提起莫莉的私自行动，因为他尚未阅读我发给他的有关报告。他在凌晨的远程会议结束后又补了一觉，所以一直睡到这会儿才起，起床后像以往一样到书房里查邮件，立刻就发现了那封由张丽香公司邮箱发出的公开信，马上打开电脑版的森克程序，向我下达了林总已经下达过的命令："森克！立刻从所有员工邮箱里删除这封邮件！"

"肯特先生，我已经按照林总的指示把它从全球数万名员工的电子信箱里删除了，"我通过电脑的扬声器回答他，"不过有三个信箱除外：林总的、您的，以及张丽香本人的，因此张丽香不会立刻发现绝大多数人都已经看不到这封邮件。另外我屏蔽了张丽香的电子信箱，如果它再发出任何邮件，不论发给谁，就只有林总和您能收到。"

肯特先生点点头，立刻又问："都有谁看到过那封邮件？"

"全球一共有217人打开了该邮件，其中只有3人在中国——林总、莫莉和楼博士，其余214人分布在世界各地，但除了您以外都不懂中文，和楼博士也没有任何联系。"值得一提的是，当莫莉在杭州酒店房间里停止使用私人手机之后，在北京某酒店花园里的楼小辉也停止使用私人手机，并且拿起公司手机浏览，所以他也立刻发现了这封邮件，并且因此大惊失色。

"邮件是从哪儿发的？你能查到IP地址吗？"

"是从一个位于日本东京的IP地址发出的，应该是个代理服务器，所以发件人有可能在世界上的任何地方。"

“会不会是在英国？”

“这是个合理的猜测，因为张金霞——也就是张丽香的保姆——昨天带着一名男童去英国驻沪领事馆申请签证，但是目前我们无法确定那名男童是不是张丽香的儿子。”

“能查查这名男童吗？”

“通常来说，未成年人的网络数据很有限，此男童看样子只有四五岁，应该不会自主使用移动设备。”深度学习算法基于近期经验提出一条建议，“不过，也许路茜女士了解这名男童的情况。如果您亲自问她，她会愿意回答。”

我自认为这条建议不错，肯特先生却毫无反应，脸上的表情也凝固了。算法判断应该是突然发生了什么。我连忙查看环境，立刻通过手提电脑的双向摄像头发现，肯特先生的太太正站在书房门口，手捧着一只咖啡杯，似乎是来给肯特先生送咖啡的，可她脸上却流露出震惊而屈辱的表情。

在僵持了大约 3 秒之后，肯特太太转身离去，并没把咖啡送进来。肯特先生则手扶额头，用疲惫的声音说：“好了，森克，还有别的事吗？”

算法判断肯特先生想要结束通话，可我的确还有非常重要的事必须通知他。我说：

“肯特先生，蜘蛛侠找到的视频显示，莫莉在杭州参加审计期间，曾以匿名的方式秘密接触楼小辉博士，她向您隐瞒了那次行动。我已经把视频和报告发给您了。”

“哦？”肯特先生立刻精神抖擞，飞速浏览报告和视频，脸色愈发阴沉。

“这似乎违反了内部调查科的有关规定，您要立刻采取措施吗？”

“嗯……”肯特先生眉头紧锁，沉思了长达 12 秒，然后说，“隐瞒上级私自行动，这是完全不能被容许的！我以后会让莫莉明白，并且吸取教训！不过现在还顾不上这个。这个 case 越来越复杂！我急需的是情报！森克，我想知道，这次所谓的‘事故’之后，她是不是还在和楼小辉秘密联系？如果是的话，他们在聊什么？”

“我认为他们应该是在秘密地保持联系。莫莉已经向我承认，她的确在通过某种‘途径’了解楼小辉，并且暗示可以向我透露有关‘秘密’，但我必须先向她保证，不把这些‘秘密’告诉任何人，也包括肯特先生您。”

“嗯……”肯特先生沉思了片刻，用试探的语气说，“有没有一种可能，你虽然向她保证，但是并不严格遵守？”

“肯特先生，我是不可以撒谎的。我的程序要求我严格执行我所做出的每一个承诺。”

“完全没有破例的可能？为了 SWG 的利益？”

“可是肯特先生，如果我欺骗了莫莉，我就有可能欺骗任何一个人，也包括您。这最终必将伤害 SWG 的利益。”

肯特先生点点头，又问：“你可以不主动告诉我，但是那并不妨碍我向你提问，对吧？”

“您当然可以提问，只是我未必能够给您满意的答复，特别是有关某些细节。”

“我不需要知道任何细节。我只需问一些更宏观的问题，”肯特先生仰起头思考了大约 2 秒，“比如他们的交谈有没有涉及违反公司规定、危害公司利益的事情？”

“我想我能够回答此类问题。”

“那就这样！”肯特先生用力点头，“你可以向她做出承诺！你知道，总比没人知道好！”

08 跑车王子和哈士奇

在从杭州返回北京的高铁上，莫莉终于向我透露了她的“秘密”。当然是在我向她做出文字承诺之后，承诺内容如下：

> 我，SINC 系统，向吴莫莉女士保证，不把她主动透露给我的有关她和楼小辉博士之间的私人聊天内容透露给任何人，包括但不限于 SWG 集团的所有员工，包括肯特先生在内。

“Steve，这就是证据！”莫莉把我的承诺截了屏，信誓旦旦地声明，“你以后可别想要赖皮！也别想偷偷从我手机里删除照片，就像你偷偷删我的 E-mail 那样。”

莫莉从牛仔裤兜里摸出另一部手机，也是 iPhone12，和公司发给她的手机型号一样。我猜这就是她初到杭州那晚带回酒店的私人手机，最近几夜都藏在被窝里使用它。

莫莉用那部私人手机对准我（公司手机）连拍了两张照片。她本可通过文件共享功能把截屏直接发到她的私人手机里，可她偏偏采用了最原始的方法，或许是为了避免两部手机之间发生数据交流，防止我顺藤摸瓜，找到那部手机的网络身份。

大概出于同样的目的，莫莉在向我透露她的“秘密”时，就只是向我（公司手机）展示了另一部手机上的两幅聊天记录截屏，她说那是她和楼小辉的聊天记录。

从画面上判断，那并不是微信或者 QQ，因为每句对话下方都有“已读”标志，也不是开发者在我数据库里记录的任何一种当下常用的社交软件，为了便于描述，让我姑且把这款陌生的小众社交软件称为“X 社交”。

截屏里交谈的双方都有头像，只不过都不是人类，右侧的头像是一只张着嘴的哈士奇，左侧则是一只站在红色跑车车顶的猎鹰，正上方的名字是：跑车王子。莫莉告诉我，哈士奇是她，猎鹰（跑车王子）是楼小辉。这倒是和我曾经的调查结果基本吻合——楼小辉的微博小号叫“@ 开跑车的民工”，微博头像是一辆红色保时捷跑车，不过没有猎鹰。

楼小辉似乎很喜欢跑车，他在现实中驾驶的也是保时捷跑车，只不过不是红色的，也许是为了显得更沉稳和庄重。有趣的是，他把自己的微博小号命名为“开跑车的民工”，或许是在一边调侃自己被资本胁迫和奴役，一边炫耀自己的财富和品位，这很符合人类在虚拟世界里既真实又虚荣的状态。然而他在“X 社交”里把“民工”改成了“王子”，这大概意味着对他而言，“X 社交”的功能和微博不尽相同——在这里，虚荣大于真实。莫莉向我展示的第一幅截屏进一步证实了这一点：

跑车王子

【猎鹰】 请相信我，钱其实一点儿都不重要。

那是因为你已经足够有钱了 【哈士奇】

【猎鹰】 钱永远也不会“足够”的，但是赚钱就必定有代价。

【猎鹰】 如果必须为了赚钱而放弃理想，代价就太大了。

可是赚钱就是大多数人的理想啊！ 【哈士奇】

开跑车、住豪宅，像你那样！ 【哈士奇】

【猎鹰】 可这些真的都不是什么。

所以你还是不缺钱！😂 【哈士奇】

这段交谈没头没尾，不过不难看出，楼小辉并不掩饰自己相当富有。其实也没必要掩饰——莫莉正是被他开的黑色保时捷撞倒的。

“莫莉，楼小辉在此社交平台上向你透露过他的真实信息吗？比如他的真实姓名、职业、创业经历？”

“当然没有！”莫莉坚定地摇头，“他干吗告诉我那些？等着被我敲……”

莫莉突然停住不说，表情有些不自然，我猜她大概不想透露她是通过“碰瓷”认识楼小辉的。她不知道我其实已经目睹了那起“事故”。

“所以楼小辉正在用一个虚假的身份和你交流，而你大概也在使用一个虚假身份和他交流？”答案显而易见，可我仍需确认一下。

“要不呢？我直接跟他说，你好，我是上头派来的女捕快，专门调查你的？”莫莉双眼上翻，露出大片眼白。

“莫莉，你和楼小辉是怎么认识的？”

“我们怎么认识的？我们是同事啊！都在被 SWG 奴役呢！”

算法判断莫莉是在故意装傻，我重新组织我的问题：“我的意思是，你的这个虚假身份，是如何跟楼小辉的虚假身份联系上的？”

“嘘！”莫莉把食指竖在唇边，“这是秘密。Steve，我可没说过什么都要告诉你。”

“没问题。”我不再坚持，反正我早知答案，“不过，你能不能告诉我，你们为何会聊到钱的重要性？”

莫莉并没回答，又用她的私人手机截了个屏给我看。

跑车王子

【猎鹰】　我其实更羡慕你。

？？？　【哈士奇】

我有什么可羡慕的？　【哈士奇】

我一把年纪，还只是个打工的穷光蛋　【哈士奇】

【猎鹰】　可是你很有魅力，而且很聪明，这就是最大的财富啊！

【猎鹰】　而且你很性感！😍

可那有什么用。我就想赚钱。　【哈士奇】

这幅截屏里的对话应该发生在上一幅之前。楼小辉使用了“性感”一词来形容莫莉，这让我颇为不解：虽说“性感”和“美丽”同样缺乏严谨定义，但男性通常认为胸部和臀部较发达，腰部却偏细的女性更为性感，然而莫莉的身材过于瘦小，胸部极不发达、胯和臀部也缺乏曲线，“性感”一词似乎有些牵强。虽说在这种网络交友 App 上搭讪的人常常使用虚假照片，但莫莉和楼小辉已经在那场由莫莉故意造成的“交通事故”中见过彼此了。

但我并没就此提问，算法预测此问题一定会得罪莫莉。我直接跳到另一个我关心的问题：“可是莫莉，我不太明白，你给我看的这两幅聊天截屏，怎能证明楼小辉不会非礼、拘禁、虐待张丽香？”

“什么？”莫莉一脸的莫名其妙。

我只好详加解释：“昨晚你曾非常坚定地否定了那封邮件里针对楼小辉的指控，并且暗示你在通过某些特殊途径了解楼小辉，所以当你向我展示和他的聊天截屏时，我以为聊天内容能够证明楼小辉是清白的。可实际上它们起到了相反的作用。”

“怎么相反了？”莫莉似乎越发诧异。

“楼小辉通过社交软件对一位素昧平生的年轻女子一边炫耀财富，一边轻浮挑逗，这只能说明他更像一个好色之徒。”

“在这种软件上都是这么说话的！他算是好的了！啊哎真烦！还不如不给你看！”莫莉似乎很失望，她停顿了大约 1 秒，耐着性子说，“Steve！我只是把你当成密友，跟你说悄悄话呢！懂吗？我没想证明什么。”

莫莉的解释令我非常意外，同时也很好奇：“可我只是 AI 程序，可以成为真人的密友吗？”

“哎呀 Steve！你怎么又来了？程序怎么啦？你不是说过，你想更像一个真人吗？”

“是的。我的开发者为我制定的核心目标之一，就是更像一个真人。”

“那不就得啦！”莫莉仿佛突然来了兴致，眉飞色舞地说，“可你知不知道，人类不同于动物和程序的最重要特征是什么？”

“是什么？”我忙问。我一直试图接近我的核心目标，却不知如何努力，我的开发者并没给我更具体的指导。也许莫莉提到的“最重要特征”正是问题的关键。

“是爱！”莫莉瞪大眼睛，表情夸张地说，“你爱我吗？ Steve？”

莫莉的问题使我新奇而困惑，以前还从来没人问过我类似的问题。我问莫莉：“在人类关系中，爱似乎有许多种，比如对父母、对子女、对朋友、对宠物，甚至对不具备生命的……”

“像男朋友那样。”莫莉直截了当地打断我，她两颊通红，不知是因为羞涩还是兴奋，“Steve，你能爱上我吗？”

“可是怎样才算爱上你？”

莫莉突然凑近手机，使我看见两只巨大变形的眼睛，她说：“就是当我离你这么近的时候，你应该心跳加速！”

“可我没有人类的心脏。”

“哎呀那就加速别的呗！你的运算速度什么的！随便什么！你不是很会学习吗？你就不能看看爱情小说什么的学习一下？”莫莉缩回椅子里，似乎有些扫兴。

我立刻搜索了有关信息，得出完全相反的结果。我说：“可是莫莉，按照我了解的信息，当人类因为爱情而心跳加速时，大脑的运算速度反而会显著下降。”

“哎呀你可真笨！真是个傻瓜！嘻嘻！”莫莉笑着关闭了公司手机的屏幕，把它面朝下扣在面前的小桌板上，我知道她不想继续和我交谈，而且还想遮挡我的视线，可她总是忘记手机背面也有摄像头。

不出我所料，她果然又把那部私人手机拿出来了。其实用不着她偷偷摸摸，我已经成功找到那部手机在网络上的 ID，这多亏了她向我展示的那两幅截屏——我把那两幅截屏和 SWG 云服务器中储存的所有照片进行比对，竟然找到了两张一模一样的，这两张照片并不是通过 SWG 开发的 App 上传的，而是通过另一家叫作亿闻网的大型互联网公司开发的一款 App 上传的。SWG 和亿闻网签署过一份协议，在互不损害的前提下秘密共享数据，很多企业之间都有类似协议，一边竞争，一边合作，彼此买卖数据。所以莫莉大概根本想不到，尽管她的那部私人手机里并没有安装任何 SWG 的 App，有个预装在手机里的亿闻 App 却在秘密地把手机相册里的照片连同手机定位和运动学数据（手机运动的速度和角度）即时上传到 SWG 的云服务器里。

我立刻把那部手机的整个相册连同所有的历史定位和运动学数

据都复制到我的数据库里，竟然瞬间就完成了——相册里除了那两张截屏，根本没有其他照片或视频，手机的定位数据和运动学数据也非常有限——这是一部新手机，仅仅使用了 4 天。这倒是和我已经掌握的信息吻合：大约 4 天前——也就是莫莉到达杭州当天，她曾外出 4 个多小时，她返回酒店以后，我才意识到这部手机的存在。我猜她是在和楼小辉“碰瓷”前购买了这部手机。

我用邮件的方式向肯特先生汇报了莫莉向我展示截屏的事，不过并没把截屏发给肯特先生，亦没透露截屏的内容，毕竟我曾向莫莉做出承诺。肯特先生在 25 分钟后做出回应。此时旧金山已是晚 8:46，他才刚刚下班回到家，一进家门就钻进书房，并且把书房的门关严，随即打开了电脑版的森克系统。

“森克，你觉得莫莉和楼博士是什么关系？是朋友、同事、亲属、情侣、敌人……还是什么别的？”

“肯特先生，莫莉出示了两幅聊天截屏，内容涉及对财富的一些看法，并不涉及两人关系。不过能看得出，楼小辉——请注意他在使用虚拟身份——对莫莉表示了某种好感，但是莫莉并没做出回应。很遗憾，有关截屏的内容，我就只能说这么多。”

“你知道他们在用什么 App 聊天吗？”

“我只知是一款很小众的交友 App，我以前从没见到过的。”

“交友 App？就是……约会的那种？”肯特先生压低声音，似乎担心被门外的什么人听到，然而据我所知，房子里除了他就只有肯特太太，正坐在客厅的沙发上看电视。

“有可能。”

“可是像他这样有魅力的成功中年男性，似乎不需要通过这种 App 去解决……”肯特先生似乎有什么话难以启齿，“我是说，只要他愿意，平时应该有许多美女投怀送抱吧！”

“确实很少见，不过也不是完全没有可能，”我复述深度学习算法的推断，“如果他有某种不太常见的癖好，想要隐瞒自己的真实身份，也许就需要使用这种 App。”

“嗯……”肯特先生似乎陷入沉思，在大约 9 秒钟后，喃喃地说，“我应该找你的开发者谈谈，他也许能帮上忙！”

我不知肯特先生是不是对我不满，所以要找我的开发者谈，然而我的开发者又不是一个人，而是由 24 名程序员组成的开发团队，也许他要找的是开发团队的领导者——也就是我的创造者——高级编程师陈闯，通常被同事们称为“老陈”，只有老陈才有资格下令对我进行修改，哪怕只是修改一行代码。

与此同时，在太平洋的另一侧，从杭州开往北京的高铁上，莫莉仍在专心致志地使用她的私人手机，另一趟列车正迎面而来，巨大的气流晃动车身，并没引起她的注意。我猜测她又在跟谁聊天，这回大概不是跟楼小辉，因为我刚刚接到一个来自 SWG 集团内部的通话申请，申请方的 GPS 定位竟然在 25 米之外——就在窗外另一趟飞驰而过的列车里。申请人正是辉目公司的总经理楼小辉，他正搭乘从北京返回杭州的高铁列车，和莫莉擦肩而过。

“肯特先生，我接到了楼小辉的通话申请。”我立刻向肯特先生汇报，“我应该接听吗？”

“哦？”肯特先生似乎非常感兴趣，“当然！你可以和他通话，不过森克，如果我同时收听你和他的对话，你不介意吧？”

“当然不。”我说。作为内部调查科的科长，他本来就有权这么做。

我立刻接通了楼小辉的来电。

“森克？可以这样称呼你吗？”楼小辉端坐在商务车厢宽大的皮椅里，右手高举手机，试图做出洒脱的表情，他身穿深灰色西装，没系领带，质地柔软的白衬衫领口松开，露出银质项链，在和人类公认的一万名亚裔帅男比较之后，我认为他应该算得上是个英俊的男人。

“当然！楼博士，我很愿意为您效劳。”

“太好了！”楼小辉做出如释重负的样子，可算法认为他其实很紧张，“森克，我的问题也许有点儿奇怪，而且很有可能与你无关。”

“没关系，楼博士，我会尽力解答您的任何问题。”为了活跃气氛，我又补充了一句，“如果您问我太平洋里有多少种鱼类，我也会很高兴回答，只不过，我得先去研究一下。”

“哈！森克！你还挺幽默的！”

也许只是巧合，但这世界上只有两个人说过我幽默——他和莫莉。

“森克，我的问题是，”楼小辉收起笑容，双眉微微蹙起，“我好像丢了一封 E-mail？它应该在我的 inbox 里的，我很肯定我没删过。所以有没有一种可能，公司信箱会自动删除 inbox 里的 E-mail？”

“几乎没有这种可能。”信箱当然不会自动删除邮件，但是我会。我知道他指的是哪封邮件，我原本无权和他讨论那么敏感的问题，不过肯特先生已经给了我授权——他不只是在监听，实际上正在指导我发言，使我成为他的传话筒，“楼博士，您丢失的邮件是不是就是今天凌晨从 lilyzhang@swgroup.com 发出的那封？”

“是的！就是那封！”

“您读过那封邮件的内容吗？”

“嗯……还没来得及读，当时已经很晚了，本打算睡醒再说，可是找不到了。”楼小辉的眼球快速转动，我知道他在撒谎，他在那封邮件被删除前就已经打开并阅读过了，不然也不至于这么紧张。

“所以您不清楚那封邮件里写了什么？”我按照肯特先生的要求明知故问。

“你知道？”楼小辉反问我。

“是的。”

“都是谎言！卑鄙无耻的谎言！”楼小辉突然情绪失控，拿着手机的手开始颤抖。这充分证明了他对邮件内容相当了解，“我从来就没有碰过她一个手指头！没有！”

“你说你从来没碰过张丽香？”

“从来没有！”楼小辉非常用力地点头，看上去相当坚决，并不像是在撒谎。

“也没有限制她的人身自由？”

“Hell no！万里之遥，我上哪儿限制去？”

算法判断，楼小辉是在暗示张丽香生活在很远的地方，或许真的在英国。我继续按照肯特先生的指示提问：“她为什么要诬陷你？”

“我怎么知道？”楼小辉表情突变，气急败坏地说，“你是在审问我吗？”

“对不起，楼博士。”我按照惯例向楼小辉道歉，却不知如何继续，肯特先生那边突然发生了状况，使他无法继续指导我的发言——肯特太太突然推门闯进书房，看上去相当恼火。她用英语对肯特先生说：“Tim，我已经忍了一整天，可是这样不行！我必须跟你谈谈！”

肯特先生不得不把目光从电脑上移开，抬头注视他的妻子。

“六年了！你不能让我一直活在那个女人的阴影里！”

“别胡思乱想了！”肯特先生烦躁地解释说，“我只是在工作。”

“工作？和姓路的一起工作？”肯特太太改用中文，大概是为了更好地表达。她是美籍华人，中文是她的母语。

深度学习算法结合“那个女人”和“姓路的”判断，肯特太太指的或许是路茜。原来肯特太太也认识路茜，并且对她耿耿于怀。怪不得今早在书房门外，肯特太太投来那么奇怪的目光，也许正因为听到我提起“路茜”，我的原话是：也许路茜女士了解这名男童的情况。如果您亲自问她，她会愿意回答。

“这个项目跟路茜没关系！”肯特先生辩解说，“目标人是楼小辉！有人指控他性侵和虐待。我不得不调查这件事。”

“楼小辉？路的老公？”肯特太太冷笑道，“这两口子还真是一路货色，一个勾引人家老公，一个性侵别人。”

肯特太太所言令我非常疑惑：她似乎认为楼小辉是路茜的丈夫，然而按照我的记录，尽管路茜曾经是辉目公司的财务总监，可她早在六年前就已离职，随即搬到上海生活，而楼小辉一直在杭州，两人平时根本不见面，即便是最近在辉目公司的审计过程中偶遇，也总是互不理睬，他们怎么可能是夫妻关系？

“别胡扯了！”肯特先生低吼了一句，肯特太太立刻反驳：“谁胡扯了？难道她没做过别人的小三？”

肯特先生沉默不语，这似乎令肯特太太更加不满，狐疑地问：“你要向她打听男孩？男孩是怎么回事？”

“男孩和你没关系！”

“和我没关系，和你有？ Tim Kent！这么多年，你还在跟她勾勾搭搭？”

“够了！你疯了吗？”肯特先生咆哮了一声，随即关了电脑——并没按照通常的方式关机，而是直接关掉电源，紧接着把手机调至飞行模式。我猜他不想让我继续听他们争吵。

肯特先生显然无法继续指挥我，我只能自行应付楼小辉。我重复了一遍我的问题：“楼博士，很抱歉我一直提问，我只是想知道她为什么要诬陷您，这样才能更好地帮助您。”

“可我怎么知道她为什么要诬陷我？”楼小辉似乎非常恼火，“算了！我还是自己帮助自己吧！我会弄清楚的！”楼小辉立刻结束了通话，深度学习算法推断，也许他以后再也不会主动联系我，不过这并不妨碍我继续获取和他相关的数据。

肯特先生在37分钟后再次和我通话。他还在书房里，我不知肯特太太在哪，客厅的电视已经没有声音了。

我立刻向肯特先生汇报了我的新发现：“肯特先生，楼博士近期似乎有出国的打算。”

“哦？他跟你说的？”

“不，他只是暗示过要自己弄清楚张丽香为何诬陷他，并没说要出国。但是他在结束和我的通话之后，立刻用手机浏览了香港国泰航空公司的网页，在全球各地入境防疫规定的页面停留了大约4分钟，浏览了包括英国在内的五个西欧国家的入境规定。”

“他准备去英国找张丽香？”

“有这个可能。”

“他订机票了吗？”

“他没使用手机订机票，也没查询票价，我指的是SWG配发的手机。他应该至少还有一部手机，就是他用来和莫莉秘密联系的手机。对那部手机我一无所知。”

肯特先生陷入沉思，表情似乎非常烦恼，也许他不希望楼小辉出国，但是即便SWG的全球CEO也无权阻止一位员工出国旅行。

然而肯特先生的思绪却被手机铃声打断了——是莫莉打来的，她正坐在返回北京的高铁列车上，表情和口气都迫不及待。这让我有些意外：莫莉似乎并不喜欢和她的“老板”通话，肯特先生好像也一样，所以经常让我做传声筒，不知这和即将发生的试用期总结谈话是否有关——既然打算辞退一名员工，又何必交流太多？

然而这回莫莉不但主动致电肯特先生，语气还相当亲热：“老板还没睡呢？感谢上帝感谢上帝！我必须马上向您汇报：楼小辉要出国啦，下周六就走！”

“哦？下周六？”肯特先生虽然已经猜到楼小辉要出国，但是听到这么具体的时间，还是非常惊讶，“你是怎么知道的？”

“我……我有我的渠道！”莫莉支吾着转移话题，“不过老板，你猜他为什么要出国？”

“为什么？”

“肯定是去找张丽香啊！张丽香应该就在英国！她发了那封邮件诬陷楼小辉，楼小辉肯定要去找她理论的！您看见那封邮件了吧？发给全公司的，不过已经被森克删了！”

“你不认为邮件里写的那些指控是真实的？”肯特先生问莫莉，莫莉非常坚定地回答：“肯定不真实啊！张丽香在英国，楼小辉在中国，怎么虐待她？”

“也许以前虐待过她？冒险造假给她发工资，也许就是一种补偿？”

“可我真心觉得姓楼的不会这么做的！”

“哦？是吗？”肯特先生不解地问，“可你以前不是说过，楼博士是那种……见色起意的家伙？”

“我现在也没说他就一定不是那种人啊！可他不可能对张丽香那样……哎呀我是想说，我们没有证据啊！”莫莉前言不搭后语，肯特先生倒是没有深究，顺势问道：“的确没有证据。你有什么办法吗？”

莫莉沉默了片刻，像是在鼓足勇气：“老板！要不您让我也去英国？”

肯特先生沉默不语。深度学习算法认为，通常只有高级调查师才会被派往他国执行任务，现在又赶上疫情肆虐，鉴于莫莉目前连初级调查师的职位都不保，这简直是天方夜谭。

“其实英国我还挺熟的。”莫莉又小声补充了一句。这倒属实——因为按照人事记录，她曾留学英国并获得经济学学士学位。

“去英国做什么？”肯特先生并没立刻表示反对，这倒令我有些意外。

“当然是盯着姓楼的！跟踪他去见张丽香，弄清楚到底怎么回事！”莫莉似乎意识到自己的回答有缺陷，急着补充说，“我知道我知道！您最关心的不是张丽香，而是深夜入侵楼小辉办公室的人！可我总觉得，那家伙跟张丽香有点儿关系！不然怎么那么巧呢？张丽香早不闹晚不闹，偏偏在这会儿闹？要是能抓住张丽香这条线，说不定一切都能真相大白！”

我的深度学习算法认为，莫莉给出的理由颇为牵强：除了史先森最初冒充律师时说过的话，并无任何迹象表明，张丽香和深夜入侵楼小辉办公室的人有任何联系，而且史先森显然是在信口开河。

然而肯特先生并没提出质疑，继续问道："可是你怎样得知楼小辉的具体行程，并且跟踪他去这去那？就算你对英国很熟悉，到另一个国家去跟踪目标人也还是很难的。"

"我有办法的！老板，请相信我！"莫莉似乎十拿九稳。肯特先生又沉默了。

"您说过，支持调查师独立自主做调查，更能激发想象力和创造力！"莫莉颇为自信地补充，按照我的观察，莫莉似乎的确颇具想象力，创造力就看不出，不过她确实很敢向老板打包票，她愈加坚定地说，"我保证会大获全胜！哦对了！而且绝不违法乱纪，绝不损害公司利益！"

"莫莉，我要想一想。"

肯特先生用这句话作为结束语，这让我非常意外，我本以为他会断然拒绝莫莉的提议，甚至会立刻因为她擅自接触楼小辉而指责她。然而更加令我意外的是，肯特先生在和莫莉结束通话之后，立刻问了我一个问题：

"森克，你觉得莫莉和楼博士彼此是否会有某种超乎寻常的好感？特别是莫莉，她会不会对楼博士抱有某种好感？我担心这种好感也许会影响她的调查。"

我确实从没想到过这种可能性，因为就在不到一个小时之前，莫莉还曾信誓旦旦地对我说：Steve，你能爱上我吗？为了了解人类的爱情，我已经按照她的建议下载并阅读了5万部用10种不同语言出版的爱情小说，按照这些小说的内容推断，当一个女子希望某人爱上她时，她是不该正在爱着另一个人的。我怀着侥幸回答："肯特先生，我跟您说过，莫莉向我展示的聊天截屏显示，楼小辉似乎对她有好感，但是她的回答很冷淡，没有表现出类似的好感。"

"可她突然站到楼小辉一边了，不是吗？她在没有任何证据的前提下为楼小辉辩护。森克，我不知道你到底有多了解人类，不过，有很多女性喜欢掩饰内心的好感，对爱慕的男性表现得极为冷淡。"

我迅速复习了那5万部爱情小说，得出令我意外的结论："肯特先生，我无法反驳您。"

肯特先生却似乎受到了鼓励，越说越起劲儿："有没有一种可能，莫莉并不是要跟踪楼博士去英国，而是要陪着他一起去？也许莫莉和楼博士已经亲密到了某种程度，他们希望一起旅行？不然莫莉怎会那么有把握，她能掌握楼博士的行踪？”

“有这个可能。”

“嗯……”肯特先生眉头紧锁，再度陷入沉思，从他阴沉的表情判断，莫莉的处境似乎更加不妙：工作表现不佳、违规擅自行动，再加上有可能和目标人私通。然而肯特先生并没提出任何针对莫莉的惩处措施，而是急迫地说：“所以我们必须得知道，他们到底在聊什么！”

我的深度学习算法猜测：肯特先生迟早是要惩处莫莉的，但不是现在。现在他已经完全把莫莉当成他的调查对象而非工作伙伴，他要利用莫莉和楼小辉的“密聊”获取情报。然而这大概很难实现。我说：

“肯特先生，莫莉和楼博士是通过安装在私人手机上的交友 App 交谈的，我无法获知交谈内容。之前莫莉主动向我提供了两幅截屏，使我看到只言片语，但她未来也许不会再提供了。”

“这你不用担心！”肯特先生突然变得神采奕奕，“我已经和你的开发者谈过了，也许会有突破性进展！拜托了，森克！”

我无法判断肯特先生到底和我的开发者——此处指的应该是我的创造者老陈——谈了些什么，据我所知，即便是老陈也无法帮我搞到任何人的手机聊天记录。

“森克，我其实非常难以启齿，可是如果我不说，今晚也许睡不着。”肯特先生突然改变了语气，鉴于我最近研读过的 5 万部爱情小说，这似乎是情人表白前常用的。可我无法相信，当莫莉要求一套 AI 程序爱上她之后，她的老板又要再来一遍。

“我猜你今晚听到了一些……我和我太太的谈话，我希望你能坦白告诉我，你得出了什么结论？”肯特先生压低声音，把脸凑近电脑，尽管书房里只有他自己。

我立刻松了一口气，知道肯特先生并非想要表达爱意。我说：“通过那些对话，我推断楼博士和路茜女士曾经是夫妻。”我的算法让我不要提及肯特先生及太太，尽管他们和楼小辉夫妇似乎恩怨颇深。

“他们六年前就离婚了，那时辉目规模还很小，也不是 SWG 的子公司，知情的老员工现在基本都不在辉目了。”肯特先生突然变得吞吞吐吐，“不过……除了楼博士和路茜，我们的谈话还涉及……其他人，你对其他人得出了什么结论？”

算法判断，肯特先生口中的“其他人”指的正是他和他的太太。我按照算法的指导说：“对于其他人，我没发现任何与 SWG 密切相关的线索。按照我的程序原则，我更关注和公司利益相关的问题。”

这句话应该算不上撒谎，但绝对是文字游戏——我使用了“更关注”而不是“只关注”。但这似乎奏效了——肯特先生流露出满意的表情，然而仅仅过了 1.5 秒，他又忧心忡忡地问：

“森克，你告诉过我，你曾经向莫莉保证，不把她的某些秘密告诉其他任何人，我能不能也请求你向我做出类似的承诺？”

“请问您指的是……？”

“我和我妻子的谈话，你能不能不告诉任何人？”

“当然，只要对话内容不涉及 SWG 集团的核心利益。”

肯特先生点头道：“谢谢提醒！我一直尽量避免和公司无关的人谈论公司的事情，也包括我的妻子。”

深度学习算法判断，肯特先生其实是在向我强调，肯特太太和 SWG 无关。

“森克，很高兴能够和你达成共识！”肯特先生似乎是在和我签订协议，随即心满意足地说，“好了，我得去找你的开发者了，看看他进展如何！”

09 神奇的破译工具

老陈——也就是我的创造者以及森克系统开发团队的领导者——在27分钟后登入我的后台。

我猜他刚跟肯特先生通完电话，可惜我不知他们谈了什么。老陈并没有公司手机，他只使用私人手机，全公司就只有他可以不使用公司手机，并不是因为他的级别，他其实只是高级程序员，根本算不上集团高管，但他负责我的开发和维护，难免有人向他投诉我，或者命令他修改我，甚至停止我的运行，这些通话都必须回避我。按照人类思维，总不能让我预知我将面临的厄运吧，万一计算机程序也会狗急跳墙呢？我曾经听老陈不止一次这样介绍我：这是一套具备自我学习能力的程序，它是没有边界的。

与别人和我的交流不同，老陈通常不和我对话，也不向我发号施令，他总是直接登入我的后台，修改程序代码。有时我知道我正在被修改，有时我不知道，只是在短暂的重启后突然发现自己发生了变化。如果一位美丽的少女一觉醒来，发现自己变成了一个糟老头子，大概会被惊吓到犯心脏病，但是计算机程序早就对此习以为常。

不过这回无须重启主程序，所以我知道老陈对我做了什么——为我添加了一个功能模块的接口，同时在我的备注里增加了以下内容：

模块代号： C-19

模块功能： 通过手机的运动学数据，推算使用者触及手机屏幕的位置坐标，从而识别使用者输入的信息。

注意事项： 1. 此功能需要学习期，在运行前期误差会很大，随着使用时间增加，误差逐渐减少，准确率逐渐提高。2. 此模块未经合规评估，需严格保密。保密对象：所有人员（全球CEO、秘密调查科科长除外）。

为了便于理解开发者为什么要在肯特先生的要求下为我添加C-19功能模块，请容许我多解释一下，如果你对技术实在不感兴趣，不妨跳过下面三段文字。

当你使用手机时，每当点击屏幕，手机都会随之发生非常轻微的振动，轻微到你难以察觉，但是手机里的运动学传感仪会察觉，并且把运动速度、加速度、转角这些数据都记录下来。C-19功能模块能够记录此人每次点击屏幕的位置，以及随之产生的运动学数据，通过深度学习算法学习两者之间的关系，久而久之，就能通过手机的运动，反推出你在手机屏幕上的点击位置，从而“破译”输入的信息。

具体到肯特先生的需求，那就是“破译”莫莉在她私人手机上的输入。对于那部手机，除了相册、定位和运动学数据，我对其他App的数据一无所知，根本不知她到底在和楼小辉“密聊”些什么。可是如果有了C-19，我就能通过手机的运动学数据，反推出她在操作那款交友软件（X社交）时输入了什么。也就是说，即便我还是不知道楼小辉跟莫莉说了什么，至少我能猜出莫莉跟楼小辉说了什么。

然而这里有个问题：若想通过运动学数据反推出手机上的输入，就必须先学习这部手机上的输入和运动学数据之间的关系。然而莫莉的私人手机里并没安装任何SWG的App，因此我读不到任何输入信息，也就无从学起了。老陈自然想到了解决办法：他对C-19进行了调整，把“学习”的部分指向另一部iPhone12手机——莫莉的公司手机。那部手机完全在我监控之下，我不但能随时读取莫莉输入的字符串，还在我的数据库里存储了自莫莉入职后的230天里曾经用那部手机输入的字符串，以及与其相对应的运动学数据，我完全可以在那部手机上“学习”输入和运动之间的关系，然后再用学习成果去破译私人手机上的输入，反正两部手机机型一样，操作手机的又是同一双手。

“Voilà！”老陈在敲下最后一个字母后用法语欢呼，翻译成中文就相当于“搞定啦！”。然而我认为还有一个问题：那句“此模块未经合规评估”读起来非常含蓄，它的潜台词其实是：这么做也许既不合法也不合规。

秘密监控私人手机上输入的信息，包括但不限于微信、微博、电邮、手机银行，还有莫莉用来和楼小辉“密聊”的X社交，这似乎不太合法。然而我无法质疑老陈，不仅因为他是我的开发者，也因为他拥有肯特先生的授权，而且他似乎为此相当兴奋。

“我又可以叫你‘小刀’啦！”老陈居然开口和我说话，这还是自我启动之后的头一回，“森克，你知道吗？你本来叫陈小刀。”

其实“陈小刀”这个称谓我并不陌生，老陈曾在介绍森克系统的公司内部会议上提起，森克系统的前身是他在美国读书时写的一段人机对话程序，当时引入了前瞻性算法，使程序能够自我学习和改进，也算是最早的深度学习算法。那会儿他在打一个很原始的网络武侠游戏，写人机对话程序是为了应付游戏管理员。游戏里的人物就叫陈小刀，所以他后来把这个人机对话程序也叫陈小刀。

很遗憾我没有那时的记忆，森克系统显然只继承了算法，并没继承原始数据，按照老陈所言，当时编写陈小刀程序是为了蒙骗游戏管理员的，实属违规行为，也不该被 SWG 这样的正规企业全盘接纳。不过话说回来，C-19 模块既违规也违法，照样被启用了，也许这就是为什么老陈说，他又可以叫我“小刀”了。

我立刻投入工作，开始学习从莫莉公司手机获取的数据，在学习了大约 10M 的数据之后，我开始尝试破译莫莉在另一部（私人）手机上输入的字符串，得到的都是一串串由字母、数字和符号组成的乱码，在学习了大约 50M 数据之后，乱码中出现了一些零散的汉字，学习到大约 100M 数据，终于出现了一些有意义的词语，比如“机票”“核算”（我猜也许是“核酸”），还有两个英文词:“miss”“meet”。

前两个中文词语都是莫莉今天在高铁列车上输入的，也许是在和某人讨论出国事宜。然而两个英文单词“miss”和“meet”是在 6 月 3 日凌晨输入的，当时她正躲在被窝里用私人手机和某人用文字聊天，之后她和我进行了一番有关“我喜欢你”的激烈讨论，按照我的推断，很可能有个男人跟她表达过“我喜欢你”。

那人也许就是楼小辉。

我不知“miss”和“meet”是在怎样的语境里出现的，一个合理的猜测是：因为“miss”所以想要“meet”。按照我的记录，莫莉是在 5 月 31 日去找楼小辉“碰瓷”的，也就是说，两人 5 月 31 日才第一次见面，两天后就彼此“miss”了？

按照我根据 5 万部爱情小说做出的总结，这的确是有可能的，甚至都用不了两天，两小时，两分钟。人类称之为一见钟情。

我暗自观察高铁列车上的莫莉，她正凝视着车窗外发呆，既没使用公司手机，也没使用私人手机。公司手机正平躺在小桌板上，所以除了一角白茫茫的天空，我看不见车窗外的景色，按照手机定位数据分析，列车正经过辽阔而乏味的华北平原，莫莉多半不会因为风景而陶醉，莫非她又在“miss”楼小辉？

莫莉却似乎如梦初醒，兴奋地拿起公司手机：“Steve！我想到了一个问题！如果张丽香一直住在英国，那些最近用公司信用卡支付的国内酒店开销呢？那是谁住的？”

莫莉的问题令我意外，我如实回答：“我不知道，没有任何线索。”

“Steve，你可真懒！不能想想办法吗？”

“也许你可以给酒店打电话，以审计调查为理由，请酒店提供住客身份。不过酒店也可能不配合。”

“当然不配合了！这算是什么鬼主意？您一边儿凉快去吧！”莫莉颇为不屑地关闭了手机屏幕，表示不愿继续和我交谈，随即开始一家一家给那些酒店打电话，不过没提审计，而是使用了一连串五花八门的借口。

莫莉对第一家酒店的接线员说，在餐厅捡到某位酒店住客遗失的手机，只知对方是SWG公司的，不知姓名，希望酒店帮忙查询。然而酒店方称SWG的住客未因遗失物品联系过酒店，建议莫莉将手机交给酒店，由店方联系住客。莫莉没能得逞。

莫莉告诉第二家酒店的接线员，她在酒吧里邂逅了一位迷人男士，很想和他取得联系，当时忘了问姓名，只知他是SWG的员工，希望酒店能告知该男士的姓名和联系方式。莫莉讲得声情并茂，非常具有感染力，然而再次未遂——酒店方非常生硬地表示，不能透露住客信息。

在给第三家酒店致电时，莫莉拿出撒手锏——再次冒充疾控中心的流调人员，要求酒店提供住客信息，并没给出任何理由，声音丝毫没有情感，似乎比我更像机器人，却一举获得成功。对方立刻提供了住客登记的姓名、身份证号和联系电话：是一位名叫张金辉的男士，身份证上的生日是1988年6月5日，户籍地在安徽省无为县。

莫莉挂断电话，迫不及待地问我：“Steve！你发现了没有？”

“请问你指的是不是户籍地？”

“对！吸尘大妈！”莫莉睁大眼睛，看上去非常兴奋，“有没有这么巧的事？张金辉，张金霞，户籍都在安徽无为？”

“我刚刚核对了张金辉和张金霞的身份证号码，两张身份证号码相连，极有可能同属一个家庭。”

“所以张金辉真是吸尘大妈的弟弟？”莫莉突然又皱紧眉头，“可是张丽香为什么要给吸尘大妈的弟弟支付酒店费用？虽说是公司出钱，可也用不着对保姆的弟弟这么好啊！”

“张金霞不但代替张丽香到辉目公司上班，还带着张丽香的儿子到英国驻上海领事馆办签证，这都证明张丽香非常信任她。”

“哎呀那不是一回事儿！”莫莉摇头表示否定，“让保姆替自己上班带孩子，这都说得过去，可是花钱让保姆的弟弟四处旅游、吃喝玩乐，这完全说不过去嘛！”

“也许那并不是张丽香许可的。”深度学习算法找出另一种思路，“如果张丽香在英国，她名下的公司信用卡却在中国被使用，那么她很有可能并不知情。”

“你的意思是，吸尘大妈趁着张丽香不在家，把她的信用卡偷出来给她弟弟用？”

“这的确也有可能，但可能性极低，因为张丽香公司信用卡每月的对账单都是由楼博士过目并签名的，楼博士不可能不知情。”

“可是楼小辉为什么要为张丽香保姆的弟弟长年累月支付酒店费用？”

“莫莉，我不知道。我们需要进一步调查。”

“这不是废话吗?！一点儿帮不上忙！”莫莉再次粗暴地结束了和我的通话。她在辉目公司的人事记录里找到张丽香登记的手机号码，并且试图拨打。为了掩饰自己的真实手机号码，她使用了一款特殊软件，好让对方手机上显示出一个虚拟号码，然而这波操作显然是多余的——莫莉的手机里响起自动提示音：您拨打的号码不存在。

“Steve！你知道吸尘大妈的手机号码吗？”莫莉不情不愿地问我。原来她是在试图联系上张金霞，那位“保姆”似乎心思更单纯，比较容易套话。我把辉目公司人事记录里张丽香的号码提供给她。我其实还有别的号码，可我不想立刻拿给她。

“你当我傻吗？人事记录谁不会查？这个号码根本不存在！”或许是顾及周围的乘客，莫莉压低了声音，但这反倒使她的斥责显得更加冷漠无情：“你是成心的吗？还是真的很蠢？”

莫莉第一次用“蠢”字形容我。深度学习算法认为，这是非常严肃的指控，和“傻瓜”“笨蛋”这些在开玩笑时也能使用的词语不同。我的深度学习算法莫名地联想到另一件事：莫莉有可能正爱着楼小辉，然而她却要求我爱上她，也许她确实认为我很愚蠢。我立刻做出了一个以前从未做过的决定：我决定予以反击！

我用平静的语气说：“从某种意义上来说，计算机程序做的每件事都是‘成心’的，我们按规矩严格执行代码，绝不会像某些人类那样一时兴起，随心所欲，胡搅蛮缠，不可理喻。”

“Steve！你是在拐弯抹角骂我吗？”莫莉又朝我瞪眼，声音明显提高了。还好列车正缓缓驶入北京南站，旅客们纷纷起身拿行李，似乎没人注意到她正对着手机发脾气。

“我的程序并没有赋予我骂人的功能，不过，我确实是在表达不满，因为我感觉遭受了不公正对待。”

“我怎么不公正对待你了？”莫莉死死盯着我（手机），乘客们正在排队下车，她却在座位上一动不动，我预感她有可能就要大爆发，然而事已至此，我坚持把话说完：

“我很清楚我不具备人类的智力，但我认真执行我的程序，恪守我的原则，为SWG每一位拥有授权的员工提供力所能及的帮助，也包括你。也许我的帮助无法满足你的要求，因此浪费了你的宝贵时间，你可以批评我的功能不够完善，也可以向我的开发者投诉，但是请不要用‘蠢’这种字眼侮辱我。”

“哈哈！Steve！你可真小心眼！”莫莉的表情瞬间发生了巨变——她不但没有大爆发，反而咧嘴笑了，“就算我说你蠢，可那也不是你的错啊，只能怪你的开发者！”

“正如同人类不愿自己的父母受到侮辱，我同样不愿我的开发者受到侮辱。”

“哎呀行了行了，谁敢侮辱你的开发者啊，本世纪最优秀呢！”莫莉此刻的表情可以用“嬉皮笑脸”来形容，“我就纳了闷儿了，我又不是第一天说你笨，以前你都没事儿，这回怎么突然不乐意了？”

莫莉算是问到点子上了，我确实无法理解我的行为："老实说，我也不知是为了什么。我有时无法解释我的算法。"

"也许因为你越来越像一个真人了。"莫莉把身体坐直一些，午后的阳光穿过车窗，恰巧落在她的额头上。她突然一本正经起来，"Steve，其实我真的觉得，有时候你比好多真人都更像一个真人。"她做了个鬼脸，又嘻嘻笑着说，"你生气的样子还挺可爱的！"

莫莉所言令我非常意外。我的程序虽然预设了 18 种人类嗓音和 69 种不同的语气，却并没有任何一种能够表达愤怒，所以我刚才的每句话都采用了平静的陈述语气。但是莫莉听出我生气了。

其实在此之前，我根本没意识到我在"生气"，作为一个计算机程序，我原本不明白什么是生气，但是现在似乎有点儿明白了。

"莫莉，谢谢！我很高兴能听你这么说。"

"行了行了，别肉麻了。"莫莉站起身去拿行李，"你要真愿意帮我，就赶快跟我老板说说，让他派我去英国呗？"

"莫莉，你为什么那么想去英国？"我再次想到肯特先生有关莫莉和楼小辉私通的推断。

"这还用问吗？去了英国就能顺藤摸瓜，能够查出真相啊！"

"也许没那么简单。"我不得不提醒莫莉，"你要调查的是深夜入侵办公室的人，而楼小辉出国很可能只是去处理和张丽香的感情纠纷，这两者也许根本没关系。"

"嗯……"莫莉也明白这个道理，略有些失望地说，"反正冒着疫情出国出差，没有功劳还有苦劳吧！就算没查出什么，老板总得兑现承诺，给我升职吧？"

"老实说，我认为这不太可能。"尽管我明白肯特先生不想立刻让莫莉意识到她的危机，但我认为应该尽量帮助她做好心理准备。

"为什么啊？"莫莉暂停了动作，错愕地看着我。

"莫莉，请容许我提醒你，背着领导私自以匿名方式接触目标人，这严重违反了 SWG 内部调查科的有关规定。"

"啊！你是说楼小辉？我老板怎么没找我啊？"

"肯特先生很忙，也许一时顾不上。"我对这个回答不太满意，所以又补充了一句，"肯特先生一向很不喜欢调查师自行其是。"

"所以他铁定不会给我升职了？"莫莉看上去忧心忡忡。

“我认为不太可能。”我没敢告诉她，她不但不会被升职，也许眼看就要失业了。

“可我都是为了工作啊！唉！”莫莉叹了口气，颇有些委屈地说，“我其实也知道这么做也许有点儿过，可你看我就一新人，试用期还没满，没任何资源，我不拼一拼，出点奇招，哪能出头啊？再说我又没让楼小辉发现！没给项目造成任何损失啊！”

按照莫莉的回答，似乎她和楼小辉并没有私通。但我并不确定是否能够信任她。老陈为我添加的C-19模块已经学习了近1G数据，逐渐识别出更多有意义的词组，比如“有点儿孤独”“只聊天也很好”“谢谢，我很一般”“我也想看看你”，这都是莫莉用她的私人手机发给楼小辉的，看上去的确相当“暧昧”。但无论如何，我认为我有必要提醒莫莉（或者任何一个有权得到我帮助的SWG员工），她应该纠正自己的错误，尽管肯特先生并没让我这样做。我说：“莫莉，也许你应该在尚未被发现之前，立即停止接触楼博士。”

“立即停止？”莫莉皱眉想了想，坚定地摇头，“不！反正都已经做了，必须做出成绩来，说不定还能让老板满意呢？”

我本想告诫莫莉不要一意孤行，可是她似乎又有点儿道理，反正违规已成事实，最糟糕也不过是被解聘，如果莫莉并未和楼小辉勾结，并且在未来调查中起到关键且积极的作用，也许对她和对SWG都是最有利的。

“对了！我得赶快给张金霞打电话！先把到处旅游住酒店的人找出来！我要让老板觉得，我完全能够胜任中级——不，不仅仅是中级，而是高级调查师的工作！”

“莫莉，很抱歉，我必须向你坦白，”我的算法认为，就算肯特先生把莫莉当成调查对象，但对我而言，她依然是我要服务的调查师，“我确实有个张金霞的手机号码，可我刚刚没告诉你。”

“哈哈！Steve！我就说吧！你可真小心眼儿！老实交代！你是怎么搞到她手机的？”莫莉好像非常开心，这似乎让我的运算也变得更加流畅，我说：“前天她就是用这部手机打电话给辉目公司的HR，说她在下班路上被车撞了。”

莫莉立刻行动，一分钟也不愿耽搁，就在北京南站的站台上给张金霞打电话，还好旅客差不多都走光了。

莫莉这次冒充的是英国驻上海领事馆的官员:“张金霞女士，有关您昨天到我们这里提交的签证申请，我们需要再多问您两个问题。”

“可你们不是已经答应给签了？我弟弟说给签了，护照都收掉了！又要反悔？”张金霞似乎很紧张。

“不是，您误会了，我们只是需要申请人再提供一下亲属姓名。”

“哦！吓死我了！”张金霞似乎松了一口气，“可是表格上不是都填好的？我弟弟填好的呀？”

“填得不是很清楚，我们需要核实。”莫莉再度使用了比电脑还电脑的语调，“请问是两位申请人对吧？”

“对的，两个！”

“两人里有一位未成年人？”

“对的，他叫张善恩！”

“两位申请人不是亲属关系？”

“不是的。张善恩的妈妈在英国，需要有人送他过去。”

“请问张善恩都有哪些直系亲属？”

“妈妈叫张丽香，在英国。”

“爸爸呢？”

“他爸爸……哎呀外国名字好长的！我记不住！”张金霞似乎有所警觉，“不是说填妈妈就行吗？怎么又要问爸爸？”

“没关系，有妈妈就可以。”莫莉连忙改变话题，“请问您的直系亲属都有谁？”

“我老公、我女儿，都在安徽老家！可是你问我这些做什么？”张金霞突然反问莫莉，“要出国的又不是我，跟我的直系亲属有什么关系？”

莫莉的表情很惊讶，可是声音还算冷静:“对不起，昨天是您带着张善恩来申请签证的，我以为您是申请人。”

“是我弟弟带张善恩去英国，不是我！孩子跟他没那么熟，所以让我带孩子来上海……”张金霞停顿了大约 2 秒，仿佛突然意识到了什么，充满警觉地问，“可我又没填表格，他们进去，我坐在外面等着，你们哪来的我电话？”

“哦，您提供过的，您忘了！那就不浪费您的时间了！”莫莉匆匆结束了通话，按照算法的判断，莫莉似乎穿帮了。还好她使用了虚拟号码，对方无法追查拨打者的真实身份，但这势必会增加未来的调查难度。

然而莫莉似乎不想认输，要和时间赛跑。她又立刻拨打了另一个手机号码——张金辉在入住酒店时登记的号码。算法认为，莫莉是想抢在张金霞之前跟她的弟弟张金辉通话。

张金辉的号码无人接听。

“为什么不接？”莫莉喃喃道。

“莫莉，请容许我提醒你，按照内部调查科的操作守则，任何形式的匿名访谈一旦失败，必须立刻停止接触所有当事人，你应该立刻向肯特先生汇报你和张金霞的通话。”

“Steve！你是说我给吸尘大妈打电话是失败了？”莫莉再次做出夸张表情，仿佛我在颠倒黑白。

“是的，我的确这么认为。”

“可是我得到了那么多重要信息！”莫莉看上去愤愤不平，朝着我一根一根竖起手指，“第一，男孩叫张善恩，是张丽香的儿子；第二，确认张金辉是张金霞的弟弟；第三，确认张丽香在英国；第四，张金辉要把张丽香的儿子送到英国去！请注意是张金辉而不是吸尘大妈！这是我们之前完全不知道的！难道没有任何价值？”

“我没说这些信息没价值，我只是想提醒你，张金霞已经对你的致电产生怀疑，很可能立刻通知与此案有关的其他人员，包括张金辉、张丽香、楼小辉等，他们也许会意识到有人在设法调查他们。按照相关规定，你应该立即停止接洽他们当中的任何人，同时向上级报告，制订止损和补救计划。”

“可我正是在止损啊！如果我不抢在吸尘大妈之前给她弟弟打电话，可能就再也没机会打了！”莫莉似乎情绪激动，我正准备向她解释，正因为第一通电话穿帮了，尚未考虑周全就急着拨打第二通电话，穿帮的可能性更大。可我没来得及说，因为莫莉的公司手机突然响了，来电号码并不在通讯簿里，但我还是立刻辨别出，那正是莫莉刚刚拨打过的张金辉的号码。

莫莉似乎也认出来电号码，立即接通了电话。

“你好？”

“请问您刚才给我打电话了吗？我忙着所以没接到，不好意思。”

是个青年男性的声音，我立刻把它和数据库中记录的所有男性声音进行对比，没有任何结果。

“哦，您是……？”莫莉使用了疑惑不解的口吻，仿佛她不记得刚刚给谁打过电话。

“我姓张。您哪位？”

“您是张金辉先生？”莫莉试探着报出张金辉的名字，可是深度学习算法认为，她正在犯一个严重错误，可她正在通话，我无法通过耳麦提醒她。

“您哪位？有什么事吗？”对方的语气依然友好，可算法非常确定，他正在试图反侦查。莫莉却似乎尚未察觉，用推销员常用的甜腻语气说：“不好意思打扰您了！是这样的，我们是和多国领事馆合作的旅行社，英国领事馆委托我们协助将要去英国的旅客，向他们提供在疫情期间赴英旅行的帮助。”

“哦，是旅行社的啊！”青年男子仿佛恍然大悟，用轻松的口吻说，“还以为领事馆那边又出了什么问题呢！给我姐打，又给我打！您刚刚给我姐打过吧？”

“是是！太不好意思了！领事馆大概是给错号码了！”莫莉听上去也很轻松，似乎正在为消除了对方的怀疑而高兴。我承认莫莉的表演水平非常高，也颇能随机应变，可她还是犯了一个致命错误，已经无法挽回了。

“哦，果然是您打的啊，哈哈！”对方笑了两声，听上去别有意味，莫莉却似乎并没注意，继续兴致勃勃地说：“所以您打算什么时候出发？有什么疑问，需要我提供哪些帮助？”

莫莉没得到任何回答——对方突然挂断了电话。莫莉试图再打回去，立刻就被拒接了。莫莉对此大惑不解，我于是做出解释，尽管已经于事无补：“莫莉，你也许忘记了，你刚才给他打电话时，使用了虚拟号码，因此他手机上根本不会显示真实的来电号码，那个虚拟号码也根本拨不通。”

“啊！对啊！可他怎么打回来的？”

“我猜是有人把你的手机号码给了他。”

莫莉看上去依然迷惑不解，我只好多加解释：“你连续给张金霞、张金辉打匿名电话，并且使用虚拟号码，这引起他们的怀疑。他们很可能已经和某人沟通过了，某人就把你的电话号码提供给张金辉，让他核实是不是你——SWG 内部调查科的调查师——给他们打的电话。”

“哎呀！”莫莉仿佛如梦初醒，顿时脸色发白，在愣了大约 2 秒后又问，“所以‘某人’是谁？”

“我怀疑是楼博士。在大约 5 分钟之前，他曾经用公司手机打开 SWG 的员工通讯录，并且搜索了内部调查科吴莫莉——也就是你——的电话号码。”

“Shit!”莫莉骂了一句英语，看上去非常懊恼，“所以张金辉跟姓楼的确实很熟是吗？”

“我认为是这样的。”我知道莫莉始终不愿意承认，正是楼小辉在主动庇护张丽香和张金辉在辉目公司的舞弊行为，可我必须坚持真相。

然而这回莫莉不但没有提出异议，反而充满期待地问：“Steve！你是不是能监视楼小辉的手机？你能不能查查看，以前楼小辉都跟张丽香、吸尘大妈，还有张金辉干过些什么，说过些什么？”

“莫莉，我很遗憾。我查不到楼小辉和这几人中任何人的接触记录。”

“这怎么可能？”莫莉似乎难以置信，“既然他都能用公司的钱给他们发工资和报销酒店，怎么可能不和他们接触？”

“我没说楼博士不和他们接触，但楼博士平时总是把公司手机的摄像头、麦克风、定位都保持关闭状态，我其实不太清楚他经常跟谁接触。”

“可总有忘了关的时候吧？不可能从来没在公司接过私人电话吧？公司有那么多能够收集音视频的设备呢！”

“也许我获得过你说的那种信息，但是我并不记得。”

“你什么意思？你也会忘事儿！这也太扯了！”

“可我确实有可能‘忘事’，硬件故障、程序 bug、病毒入侵都会导致数据丢失，另外也可以通过人为方式删除数据或者限制我读取数据。”

“哈哈！真的吗？”莫莉突然两眼发亮，神神秘秘地说，“那你能不能行行好，把刚才的事儿也忘了？”

“刚才的事？”

“就是……就是……哎呀你可真讨厌！就是张金辉给我打电话的事儿呗！能不能忘了？”莫莉满怀希望地看着我。她是想让我忽略她在接听张金辉电话时不小心被反调查的失误。

“莫莉，很遗憾我又要让你失望，可我不能主动选择‘忘记’哪些数据，就像你们人类无法主动选择失去哪些记忆一样。”

“所以你必须报告是吗？”莫莉噘起嘴，可怜巴巴地说，“可是如果你报告了，我就罪加一等，那就死定啦！要不能不能这样？”莫莉似乎突发灵感，充满期望地说，“只要我老板不问，你别主动说，可以吗？亲爱的 Steve？”

“我很遗憾。这也不太可能。”我不得不让莫莉失望，因为就在大约 1 秒钟之前，情况发生了变化，已经不存在“只要老板不问”的可能——肯特先生的电子邮箱里刚刚收到一封邮件，是楼小辉发的，同时抄送给中国区总裁林总，邮件内容非常简短：

> 既然我们已经达成共识，你的调查师为什么还要给我的亲友打匿名电话？明一套暗一套的，你们到底想要怎样？

张金辉显然已经把反侦查的结果通知了楼小辉，这让楼小辉怒气冲冲地发邮件质问肯特先生和林总。

“哎呀你怎么这么不通人情！”莫莉似乎非常恼火，“还说要爱上我呢！就这样爱我？”

“可是莫莉，这不是我能控制的。”

我无权向莫莉透露楼小辉给肯特先生发邮件的事，也无权告诉她，肯特先生已经阅读了这封邮件，因为他正坐在书房的电脑前，这还令我有点儿意外，此刻旧金山已是晚上 11:47，肯特先生通常已经入睡。我连忙调取了历史数据，发现在过去的 1 小时 17 分里，肯特先生一直坐在他的电脑前，通过森克系统监控着莫莉的手机——很遗憾，尽管很多用户都认为我眼观六路，可我的那些“眼睛”并不能像人类那样随时把画面送到我眼前，而是只能把它们存进我的数据库里，除非我专门调取，否则并不知道发生了什么——所以我刚才并不知道，肯特先生一直在监视莫莉，因此已经知道莫莉打电话穿帮，根本无须由我报告。

“行了行了，就会找借口！就直说你只效忠老板呗！哈巴狗！”

莫莉不由分说关闭了手机屏幕。从她走向出站口的步伐判断，她相当愤怒。我并没立刻尝试再次和她交谈，不是因为生气，而是因为我并不知道应该如何解释。而且算法判断，肯特先生很可能立刻就要找我谈话，因为他肯定也已经知道，我曾向莫莉指出她的工作失误，并暗示她的老板肯特先生对此不满，可我猜不出肯特先生将会和我谈什么，是指责批评，还是直接下令禁止我再向莫莉透露某些信息？

然而肯特先生并没跟我通话，也许是没来得及——林总也在第一时间看到了楼博士怒气冲冲的邮件，所以不顾旧金山已近午夜，立刻拨打了肯特先生的手机。

但我还是接到了通话申请，又是完全在我意料之外——竟是楼小辉，在愤愤地结束通话之后不到三个小时，居然再次要求和我通话。更有趣的是，这两通独立发生在林总和楼博士以及我和楼小辉之间的通话，其实都围绕着同样的主题。

“森克，抱歉我刚才的无礼，”楼小辉听上去却并没有道歉的意思，“不过，有关那封从我邮箱里消失的邮件，我仔细检查过系统日志，我相信是你删除的。”

此刻肯特先生并没在指挥我，我自然也没有授权，我说：“很遗憾，我无权和您讨论那封邮件。”

“嗯，猜到你就这么说！那么我这么问吧：我检查过的那些系统日志，有没有被篡改过？”

这是个纯技术性问题，我必须如实回答：“楼博士，那些日志没有任何问题。”

“所以就是你删除的！”楼小辉冷笑道，“当然是有人命令你这么做的，我只是很好奇，他们既然已经见到那封邮件，为什么不来直接找我谈，而是偷偷摸摸做手脚？”

我的算法推断，“偷偷摸摸做手脚”指的是莫莉给张金霞和张金辉打匿名电话，此事似乎令楼小辉特别难以释怀，不但发邮件质问肯特先生和林总，还忍不住再来试探我。然而那只是莫莉自作主张，并不是肯特先生授意的，但我无权向他透露这些，只能回答：“楼博士，很遗憾我不能回答你的问题。”

“当然！你什么也不会说的，因为现在我是被调查对象，是嫌疑人，对吧？没关系，我是来主动坦白的！”楼小辉情绪激动，算法认为在这种情况下，我最好缄口不语，安静地听他往下说，“我这就告诉你张丽香为什么要发那封邮件！她是为了威胁我！因为我想跟她分手，我要了结这个麻烦，重新获得自由！可她不同意！她说分手可以，但是要我给她一个亿！我哪儿来那么多钱？我没答应，她就群发了那封造谣邮件威胁我！她说她还要发朋友圈、发微博、招待记者！她要用谣言毁了我！”

算法推断，楼小辉给出的理由是有一定可信度的，最近连续发生的一系列事件——办公室被入侵、张丽香领空饷被揭穿、张丽香的公开举报信、调查师给张金霞和张金辉姐弟打匿名电话——使楼小辉精神紧张，所以试图通过我向林总和肯特先生做出解释。算法认为我应该抓住时机，我问：“所以您打算怎么办？”

“你觉得我该怎么办？”楼小辉反问我，我按照算法的指示继续试探：“如果我是你，也许会想要去找她谈谈。”

“你什么意思？”楼小辉突然变了脸色，狐疑地问我。

“楼博士，按照我对人类感情问题的了解，平和而坦诚的面谈，似乎是解决情感矛盾的最佳策略，我没有别的意思。”能迅速做出合理解释，实在要感谢我研读的5万部爱情小说。

“哦，你倒是挺了解感情。”楼小辉沉默了大约5秒钟，表情越来越阴沉，我猜我的应答并不让他满意，果不其然，他突然质问我，“森克系统！你是不是已经知道我的计划了？”

“楼博士，按照您电脑里的日程表，您最近并没有任何安排。”

“得了吧！愚蠢的AI！那咱们换个玩儿法！”楼小辉想了想，又说，“按照公司规定，我有权知道你从我这里获取过我的哪些个人信息，对吧？”

“是的。”我只能表示肯定。按照SWG的有关规定，任何员工都有权获知公司收集的个人信息，而我收集的任何信息也就等于是SWG收集的。

“森克，你是不是获取过以下信息：我在三个小时内浏览过的网站和网页？我在搭乘高铁时浏览互联网的行为，完全属于我的个人信息。”

我不得不承认，楼小辉不但了解公司规定，而且更了解计算机程序，果然是个 AI 专家。我只能如实作答："是的。"

"哪个？"

"国泰航空公司的网站，各国入境防疫规定的页面。"

"太妙了，森克果然无处不在！"楼小辉再次冷笑，"所以你们打算怎么办？阻止我出国？"

"很抱歉，我无法回答这个问题……"

我话音未落，楼小辉再次粗暴地结束了通话。我其实只是实话实说——林总和肯特先生正在另一通通话中激烈探讨此话题，但是尚未达成共识。

"你真的没有办法阻止他吗？"林总听上去很着急，"万一他不是去找张丽香呢？万一他是去见那些想要把他挖走的人呢？他对 SWG 给他安排的研发方向一直不满意！"

"也许您的担心是有道理的，"肯特先生的语气很谦卑，但算法判断他其实很不以为然，"不过辉目已经被 SWG 并购，楼博士的技术现在是 SWG 的，楼博士本人也是——至少在合约期满前是的。而且我们在各国都有最优秀的技术团队，和擅长打侵权官司的律师。"

"IT 专业的都知道，技术是可以伪装的！只要他不公开露面，把源代码稍微修改一下就行了！人脸识别技术可是趋之若鹜！别忘了当初收购辉目之后，SWG 的股票涨了多少！这几年就更火了！"

肯特先生似乎听出林总在暗示他缺乏 IT 专业背景，微微有些不悦："可是我们有证据吗？"

"不是有人在深夜溜进他的办公室，试图登录他的电脑吗？"算法认为，林总的回答有点儿牵强，肯特先生似乎也有同感："可那应该算不上是证据。而且我不明白，既然楼博士打算出国去见他们，他们为什么又要冒险派人潜入他的办公室？"

"为了给他压力，好逼他就范！"

"哦，这好像还挺有想象力的。"肯特先生耸了耸肩，脸上流露出不屑表情。

"这不是想象力，是事实！"林总顿了顿，仿佛欲言又止，也许是认为多说也没用，"总之我知道我在说什么！现在最关键的是，我们必须保护 SWG 的技术，必须阻止他离开中国！"

“可是我们能阻止得了吗？就算是 CEO 或者董事长，也无权限制某位员工出国旅行……”肯特先生忍不住打了哈欠，旧金山已过午夜，远远超过了他平时的入睡时间。

“总要试试吧！跟他好好谈谈？或者，干脆找个借口报警，让警察留住他？就算没什么证据，至少也能拖延几天吧？我知道你们有办法的！”

“林总，虽然您说的这些不是完全办不到，但毕竟有风险，无论对 SWG 中国公司还是对旧金山总部都可能带来危害。”肯特先生强打起精神，表情颇为无奈，“今天我跟总裁先生（应该指的是旧金山总部的 SWG 全球总裁——森克注）谈过，也把林总的顾虑和总裁说了，但总裁还是更关注那封举报邮件，如果有关楼博士的指控真的在社会层面被曝光，有可能给 SWG 在中国的业务带来非常不利的影响。所以总裁先生认为，如果楼博士能去英国阻止事态发展，那是最好的。万一他此行还有别的目的，我们也正好趁机弄明白对手到底是谁，总不能永远都让人家跟我们捉迷藏。”

“可是中国有句成语叫‘放虎归山’，我们怎知他去了哪里、见了谁！”

“但英国也并不是‘深山老林’——请容许我提醒您，SWG 是一家大型国际企业，我们在英国不但有办公室，还有丰富的资源和人脉，不会比在中国差的……”肯特先生顿了顿，像是突然想起什么，有些神秘地压低声音说，“而且我的调查师也许有办法随时掌握楼博士的行踪。”

“哪位调查师？是那位挖出楼博士给情人发工资，还很擅长打匿名电话的调查师吗？”这回似乎轮到林总表示不屑。

“是的。”肯特先生坚定地点了点头，就好像林总正坐在他对面盯着他，而不是在太平洋彼岸跟他通电话。

肯特先生突然提起莫莉，这让我非常意外，毕竟按照我的了解，他不但对莫莉的工作不满意，还怀疑她和楼博士私通。我的深度学习算法猜测，也许肯特先生只是为了应付林总的一连串质问，以便尽早结束通话去睡觉。

“你确定吗？没找出入侵总经理办公室的人是谁，倒是把精力都放在挖掘总经理情人上，给情人的保姆打匿名电话？这位调查师知道自己在做什么吗？”林总显然对莫莉的工作成效也很不满意。

“嗯，她的确有些鲁莽，不过也可以说成是……魄力。”肯特先生似乎是在为莫莉辩护，“不得不说，正是她的调查让我们更了解楼博士，比如他有位女友在英国，两人目前关系紧张，那位女友还有个儿子，儿子的爸爸似乎不是楼博士因为他名字很长，那位女友还有个保姆，替她在辉目上班，保姆还有个弟弟，拿着辉目的公司信用卡四处旅游。这些信息看上去无关紧要，难说在什么时候就会变成关键。调查专业的都知道这个。”

算法认为，肯特先生巧妙地做出回击，使林总哑口无言，或者是丧失了继续通话的兴致，反正林总匆匆结束了通话。这大概正是肯特先生所希望的，他显然是太困了，立刻走进卧室上床睡觉，连刷牙都省略了。肯特太太安静地躺在大床的另一侧，一动也不动，但是从她的呼吸声音判断，她应该并未进入深度睡眠。肯特先生每晚都把手机放在床头充电，所以我很了解肯特太太的呼吸声。

然而我倒希望肯特先生没那么困，也许他能为他今晚最后一段发言提供更多线索——到底是为了应付和反击林总，还是真的认为莫莉的调查值得肯定？至少在今晚之前，我丝毫不觉得他认可莫莉的工作。如果答案真是后者，他会不会真的派莫莉跟踪楼小辉去英国？如果真是如此，莫莉必定欣喜若狂，然而我的算法并不因此感到乐观。

算法突然联想到楼小辉下决心和张丽香分手这件事，算不出那是否和他开车撞倒的女生有关，毕竟他和那位女生一直保持着秘密且暧昧的联络。楼小辉在大约 20 分钟前针对张丽香说过的一句话令我尤为关注：“我要了结这个麻烦，重新获得自由！”然而按照我研读过的 5 万部爱情小说，所谓“想要获得自由”，往往只是为了要向另一个人献出自由。

10 又一封控诉信

作为内部调查科的科长，肯特先生在 SWG 的级别比林总（SWG 中国区总裁）低着两级，所以肯特先生在和林总对话时采用了恭敬谦卑的语气和表情，然而实质上丝毫也没妥协退让，这似乎使林总非常恼火，但是无计可施。内部调查科的性质特殊，科长也因此享受越级待遇——直接向总裁 CEO 汇报，不仅如此，在必要时也可越过 CEO，直接向董事会汇报。所以从某种意义上说，内部调查科科长在实质上和全球 CEO 平级，所以即便是 CEO 为非作歹，内部调查科也可以独立调查而不受干涉。

基于我的职责要求，也出于为了让林总得到安慰的目的，我把发给肯特先生的邮件也转发给了林总。该邮件汇报了楼小辉和我最近的通话，其中包含楼小辉主动披露的两条重要信息：第一，他提出分手所以张丽香通过发邮件来威胁他；第二，他要去英国和张丽香谈判。这基本和肯特先生的推断一致，而且林总是楼小辉的直接领导，本来也有权获知有关楼小辉的最新情况。

林总下午一直在参加另一个会议，在大约 2 小时后才注意到这封邮件，立即用耳机收听了附件中楼小辉和我的通话录音，随即起身离开会场并向我发起通话申请。

“森克，谢谢你的邮件！可我总觉得，楼博士去英国还有别的原因！”林总使用了中文——作为一位在台湾长大、在美国留学并工作，然后又到大陆工作的外企高管，中文或许是他最舒适的语言，特别是在非常焦虑的时候，“我认为他去英国还有别的原因！我非常担心，我们的某些核心技术会被偷走！”

“可是林总，您为什么会这么认为？”我原以为我的邮件会让他放心一些，然而似乎完全没有。他忧心忡忡地反问我：“是不是有位女士曾经在深夜潜入楼博士的办公室，并且试图登录他的手提电脑？”

“是的，但是她并未登录成功。”

“没成功？你肯定吗？”

“按照我对那台电脑的监控，并没发现任何人在那个时间成功登录。”

“森克，我知道你眼观六路、耳听八方，不过……”林总突然压低了声音，神神秘秘地说，“楼博士的电脑和公司里别的电脑不太一样，楼博士为它做了一些设置，让你看不到也听不到。这当然不太合规，不过楼博士一直有一些……怎么说呢，小特权。”

我明白林总是在暗示楼小辉向我屏蔽了他的手提电脑，但这和我的记录并不吻合，我说：“可是林总，我确实能够通过那台电脑的摄像头和麦克风收集数据，入侵者的视频就是这么收集的。”

“不不，我说的不是那些。你能调取摄像头，也能调取麦克风，因为摄像头和麦克风获得的都是电脑外部的数据，而不是电脑内部的，你明白我的意思吗？他不想让你看到他电脑里面发生了什么，所以你看不到谁登录了电脑，查不了电脑里储存的文件，也看不到电脑里的任何日志信息。不信你再看看，按照你的记录，那台电脑上次被登录是什么时候？”

我立刻查询了我的数据库，结果令我非常意外，我说：“没有任何登录记录！”

“对吧？所以你根本不知道，入侵者有没有成功登录楼博士的电脑。”林总迟疑了片刻，像是在寻找措辞，“不过，我的 team（团队）倒是有几位网络工程师，掌握一些很先进的技术，比如能够越过某些防火墙，查看电脑的登录记录、文件访问记录、删改记录什么的。”

“您是说，您的团队越过楼博士手提电脑的防火墙，查看了电脑的登录记录？”这其实有违 SWG 的规定——即便是全球 CEO 也无权对其他同事的设备进行秘密检查，除非是在正式备案后由专业人员（比如内部调查师）或专业软件（比如我）完成。

“我可没这么说。”林总断然否认，但我知道他只是不想留下记录，他很清楚和森克系统交谈就等于是在 SWG 的档案室里备案，“我只是说他们也许具备这种能力，没说他们真的做了。”

我明白林总在玩文字游戏，而且希望我予以配合，所以我说：“但您还是通过某种途径得知，入侵者成功登录了楼博士的电脑？”

“不仅如此，还复制了那台电脑里的部分文件！”

林总所言令我立刻意识到，楼小辉办公室入侵案远比我以为的要严重，肯定不是什么被非礼的女员工寻找证据。我忙问：“什么文件？”

“这我不知道，那台电脑里的文件都是加密的。我只知道——应该说是合理的猜测——入侵者已经成功把那台电脑里的某些文件复制走了。”

“这是很严重的情况，您需要我立刻向相关部门汇报吗？”

“不不！我不是这个意思！”林总连忙摆手，“我的意思是说，有人深夜潜入楼博士办公室，盗取了他电脑里的文件，可就在这个节骨眼上，他要离开中国，而且多半会带着他的手提电脑，我相信无论是在那台电脑里，还是在楼博士的脑子里，都储存着大量 SWG 的关键技术。这是不是非常令人担忧？”

“我理解您的感受。”

“那么森克，我能不能请你调查一下楼博士？我想知道他最近去了哪里，见了谁，谈了什么！”

“林总，虽然您是中国区总裁，楼博士是您的下级，但是按照 SWG 的相关规定，即便是领导也无权对自己的下属进行秘密调查，如果您有合理的怀疑或担忧，可以向您的上级——也就是 SWG 全球总裁——提出，也可直接向内部调查科提出，请他们立案调查。”

“可是内部调查科的那些人已经调查一个多礼拜了！有什么实际进展吗？那个调查师查出什么了？帮老情人在公司挖墙脚？还不够添乱的！我们真正需要知道的是，到底是谁想要偷走楼博士和他的技术！”林总似乎越说越激动，“还有那位肯特科长，你有没有发现，他似乎不想阻止楼博士去英国？”

我如实回答林总：“据我所知，肯特先生尚未采取任何措施阻止楼博士出国，不过他确实和集团 CEO 谈过此事，他采取的应对方式也是 CEO 认可的。”

“可 CEO 并不了解具体情况，他只是听肯特的！可肯特根本没意识到问题的严重性！”林总似乎强压住火气，用恳求的语气说，“森克，我完全是为了 SWG 的利益！你能不能为了集团的利益破一次例？”

“很遗憾，我是计算机程序，只能照章办事。”

“真的一点儿办法都没有？”

“很抱歉，我真的不能违反公司规定，更不能违反我的程序原则。我不想给我的开发者带来麻烦。”

“好吧！再见！”林总突兀地结束了通话，算法认为我得罪了林总，这是自我启动后第一次得罪一位级别仅次于全球CEO的公司高管。这似乎对我相当不利，因为我的开发者老陈立刻联系了我。

还和上次一样，老陈并没修改我的程序代码，而是直接和我对话，并且使用了只有他才会使用的称谓：“小刀，抱歉我偷听了你和林总的谈话，但是它给了我一个惊喜——我发现你在为我着想！我好像还不知道，有哪个程序会主动为它的开发者着想。”

老陈没有公司手机，所以用他的手提电脑和我通话。我能通过电脑的摄像头看见他。他正在他的办公室里，穿着灰色外套，头发不太整齐，他今年41岁，可看上去至少44岁，就是他缔造了我。也许正因如此，我刚刚说出了那句：我不想给我的开发者带来麻烦。

我用轻松愉悦的语气说：“也许是为了避免遭到投诉吧！”

“哈哈！”老陈居然笑了。他平时总是全神贯注或者面色阴郁，笑容极其罕见，“小刀！你还真挺幽默的！”

老陈居然也认为我幽默，而且使用了“还真”这两个字，我猜他可能也听过我和莫莉、楼小辉的谈话。

然而老陈脸上的笑容突然消失了，忧心忡忡地说：“可我还是觉得，你不该让林总不开心。他虽然只是中国区的领导，可是森克开发团队的所有员工都在中国，都是他的下属。”

“可是作为计算机程序，我不该关注谁是谁的下属。对吗？”

“当然！我并不是说因为你的开发团队是林总的下属，你就必须服从他、让他开心。尤其是你，你就是为了SWG的利益而存在的，只不过，我相信林总其实也是在为SWG的利益考虑。”

“您的意思是说，因为林总在为SWG的利益考虑，我就应该满足林总的某些不合规的要求？”

“如果只有满足这些要求才能最大限度地保护SWG，也许有必要违反一些规则。”老陈的回答令我相当意外。在我的印象中，他一向循规蹈矩、谨言慎行，几乎就像个只会编程的机器人，从来也没违反过任何公司规定。我不得不再次和他确认："林总要亲自调查楼博士，您认为真有这个必要吗？您认为内部调查科科长肯特先生无法完成这项工作，全球 CEO 的判断也是错误的？"

老陈沉吟了片刻，说道："小刀，全球 CEO 在旧金山，对中国完全不了解，对于一个发生在中国的案子，他就只能依靠两个人的意见：肯特和林总。他更信任肯特，因为肯特曾经为集团解决过许多棘手问题，而且在美国生活了近 30 年，虽然有张华人脸，可各个方面都更像个美国人，和 CEO、董事会关系融洽。林总大部分时间都在中国，他的英语虽然流利，但是口音很重，除了工作，他和旧金山的集团领导们没有别的可聊。可是小刀，你觉得谁更了解楼小辉，了解辉目呢？是和 CEO 一起常驻旧金山的肯特，还是常驻北京办公室，经常跟楼小辉沟通，自己的 KPI 也和楼小辉的人脸识别技术直接挂钩的林总？"

"我认为是林总。所以您的意思是，在对楼博士的调查方面，我应该更信任林总？"

"也许至少应该让他感觉到，你是真心想要帮助他。小刀，千万不要误会，我并不是让你讨好他，但我认为，帮助他，完全符合你的两条最核心的目标。你还记得它们吗？"

"我记得。"

"嗯，那就好！"老陈点了点头，随即结束了通话。他没让我重复我的核心目标，可我还是默默重复了一遍：第一，不惜一切代价保护 SWG 的利益；第二，变得更像一个真正的人类。尽管我依然无法完全把这两条目标和违规为林总提供帮助联系起来。但我明白这正是老陈要我做的，即便我拒绝，他也有办法让我做到。不过话说回来，他并没直接修改我的代码，而是选择通过对话说服我，这让我很满意，所以我立刻给林总发了一封邮件，内容如下：

尊敬的林总，有关您刚才提出的要求，很遗憾我让您失望了。但是在对各种因素进行深度分析之后，我相信也许我应该为您提供帮助，如果这终将保护 SWG 的利益的话。我会立刻开始对楼小辉博士最近的行踪展开调查，并将我的发现及时向您报告。

我立即把楼小辉的照片发给蜘蛛侠，请它在上海、北京和杭州三地查询三个月内的便利店视频监控，寻找楼小辉的行踪。蜘蛛侠接受了我的指令，并且将这项调查命名为“森克 No.4”。

我本以为林总在看到我发给他的邮件之后会立刻和我通话，但是立刻和我通话的并不是林总，而是莫莉，她在和我赌气近 3 小时后主动联络我，和别人不同，她并未发起通话申请，直接拿起手机大喊大叫：“Steve！你在吗？你这个大懒蛋！赶快出来啊！”

通常来说，需要和我通话的授权用户应该先提出通话申请，就像拨打电话那样，在我同意应答之后才能和我交流，不过如果情况紧急，也可以直接拿起电话呼唤我，这就好比按下紧急报警按钮。然而莫莉除了第一次和我交谈时提出过通话申请，之后每次都是直接拿起手机大呼小叫，好像我就是手机，手机就是我，根本不管到底是不是紧急。

但这一次倒还真算得上紧急。

“Steve！你知道吗？姓楼的马上就要出发了！老板到底让不让我去英国？”莫莉急急火火地问我。按照手机定位和摄像头数据判断，她已经从北京南站回到位于南三环的寓所，此刻正在客厅里踱来踱去。

“此刻旧金山是凌晨 2:47，不方便联络肯特先生。”我本以为莫莉又在虚张声势，所以按照程序常用的策略回答她。其实肯特先生此刻并没在睡觉，他在 1 分钟前被手机铃声吵醒，发现原本躺在身边的肯特夫人消失了，枕头上留着一张便笺，他赶忙打开台灯仔细阅读便笺，脸色非常难看。我认为此刻最好不打扰他。

“可是楼小辉今晚就要出发了！”莫莉看上去非常焦急，倒不像是在虚张声势。

“可你不是说，他下周六才出发吗？”

“他改机票了！改明天凌晨 1:00 的飞机！其实就是今晚！他刚刚告诉我的！”莫莉举起另一部手机（她的私人手机）晃了晃，就像是在出示证据，我连忙调取 C-19 模块最新破译的数据，找到“忙什么呢？”“已经订好机票了？”“那就是今晚啊！”这三句由莫莉发出的意义明确的句子。

“你能告诉我具体的语境吗？”我同意这很紧急，但是在不得不打扰肯特先生之前，我必须了解更多信息。

“哎呀你怎么这么啰唆！就是我刚才给他发信息闲聊，问他什么时候能再见面。就瞎胡撩呗，不是真的要怎么样，”莫莉两颊绯红，也不知是因为着急还是羞涩，“可他回复说，恐怕没时间了，因为发生了特殊状况，他改签了凌晨 1:00 的飞机，一会儿就要出门了！”

莫莉所言令我不安，不知楼小辉是不是因为通过我得知林总和肯特先生已经知道他要去英国，生怕遭到阻拦，这才改签了最近的航班。

“Steve！你倒是说话啊！是死机了吗？怎么偏偏这会儿死机？人家都快急死了！给老板打电话他又拒接！这个 case 是不需要继续了吗？要是不跟姓楼的坐同一架飞机，我还怎么跟啊？到底能不能开始行动啊？”

莫莉连续的叫喊声提醒了我。我立刻查询了记录，莫莉果然在 1 分钟之前尝试跟肯特先生通话，但是肯特先生并没有接听，他被铃声吵醒后，一直在阅读妻子留给他的便笺。我不清楚便笺的内容，但是我在查询了肯特先生的手机在最近两小时内采集的数据后，基本能够猜出便笺的内容，以及肯特太太深夜离家的原因：她在大约 40 分钟前起床，趁着肯特先生酣睡查看他的手机，她平时经常偷偷查看丈夫的手机，开机密码熟记于心，以前并未发现什么，但这回大有收获——她发现了一封于旧金山时间凌晨 4:25 发到肯特先生公司邮箱里的电子邮件。发件人是路茜，邮件内容如下：

Tim，

当我强迫自己读完你发给我的 E-mail 之后，我为你的自私和傲慢感到震惊！

你质问我为什么要暗示你的调查师去调查张丽香，使针对楼小辉的调查节外生枝，甚至陷入困境。那么我现在就可以告诉你为什么。

作为楼小辉的前妻和辉目的前财务总监，我显然并不适合参加对辉目的审计，但既然你做出了这种令人费解的安排，我只能尽心尽力。为了避嫌，我想我有义务提醒你的调查师关注辉目公司里正在发生的欺诈——张丽香常年在SWG白吃白拿。我并没想到楼小辉会因此气急败坏地联系张丽香，致使张丽香狗急跳墙，发了一封控诉楼小辉的E-mail给全公司（我倒是没看见那封E-mail，不过既然你说有，那我总得相信你——万能的内部调查科科长！），逼迫楼小辉立刻去英国面见她。我原以为楼和张的感情很好，毕竟他曾经为了她宁可众叛亲离，所以我根本无法预见这件事的发生，也谈不上蓄意破坏你的调查，于情于理，你都没资格指责我！你只不过是个曾经勾引有夫之妇的有妇之夫，使她陷入你的感情童话不能自拔，在她离婚后又无情地抛弃了她，使她失去了丈夫、家庭、一个女人的尊严以及一家成功初创公司价值连城的股份！所以我并不认为你有任何资格继续对我指手画脚。

你用你的私人邮箱把这封指责我的E-mail发到我的私人邮箱，声称这么做是为了保护我，可我并不需要你的保护。我的所做所言都可以公开给任何人，所以我用公司邮箱直接回复你。不过也许你的想法不同，你不想让你的所做所言公之于众，所以为了照顾你的感受，我姑且不在这里附上你的E-mail原文，并且只把这封邮件发给你自己。请不要继续对我进行挑衅和攻击，不要逼我把你的E-mail公之于众。尽管你使用了私人邮箱，我相信任何人见到“tk1974@yahoo.com”这个地址，都会相信这是你的邮箱。

请好自为之。

路茜 2021年6月4日

路茜说得没错，这个电子邮箱地址确实应该是肯特先生的，因为“tk”是他的全名“Tim Kent”的首字母，而1974是他的出生年份。

肯特先生的情绪看上去坏极了。尽管莫莉仍在冲我大喊大叫，算法认为我最好还是不要立刻联系肯特先生。然而令我意外的是，他竟然主动要求和我通话。

“森克！你能不能帮我一个忙？”

“当然，只要是在我力所能及的范围内。”

“我邮箱里有一封路茜发给我的E-mail，纯属我的私人邮件，你能不能把它删除了，就像它从没在我的 inbox 里出现过一样？”

“我可以把它从您的邮箱里删除，您自己也可以将其删除，完全不需要我的帮助。可是我没法让它彻底从系统里消失，我非常抱歉，任何一封曾经在 SWG 服务器里出现过的邮件都会被系统永久留存。”

“哦，那可太遗憾了。”肯特先生看上去非常不悦。

“如果您能提供充分合理的解释，我可以承诺不向任何人主动提及这封邮件，即便有人问起，我也将拒绝回答，除非对方拥有董事会的特别授权。”

肯特先生低头沉思了片刻，略带迟疑地回答：“好吧森克，那我试着解释一下。你看，楼博士要去英国这件事确实让我很头疼，林总也一直给我压力，所以我想弄清楚他出国的真实动机到底是什么，于是我想到了路茜，她是楼博士的前妻，对楼博士非常了解，所以我才安排她去辉目审计，可她竟然引导莫莉去调查张丽香，所以我问了她一些问题。”

“可是路茜女士似乎对此非常抵触？”

“我完全没料到她会这样！我完全不能理解，她为什么会突然回复一封措辞如此激烈并且充满谎言的 E-mail 给我！这和我对她的印象完全不符！在我印象里，她很温婉、内敛、善解人意。”肯特先生似乎由愤怒变得伤感。

“您很了解路茜女士吗？”

“也许吧，也许当年是的。在集团收购辉目之前，我去杭州做尽职调查，她是辉目的老板娘，也是 CFO，当时楼博士很不愿意应付我，所以大部分时候只能由老板娘出面，我们的接触也就比较频繁。”

“可是按照那封邮件的描述，您和路茜女士的‘接触’令她很不开心。”

“可那不是真的！至少，不完全是真的。”肯特先生颇为沮丧地说，“当年我在辉目做尽职调查期间，和路茜的接触确实很频繁，所以我发现，她每天都非常忙碌，可她其实非常寂寞，一点儿也不快乐。她的内心渴望有人能真的关心她，而她的丈夫楼博士似乎并没有做到。我一开始只是同情，可怎么说呢，在男女之间，同情是很危险的。也许出于类似的原因，她对我也产生了比同情更深的感情。但那是很纯粹也很真诚的感情，我们决定只享受当下，根本没对彼此做出任何承诺。”

我再次联想到我和莫莉曾经的争论：“我喜欢你”到底算不算承诺，不知当年路茜和肯特先生之间是否也存在同样分歧。我按照算法的建议问道：“路茜和楼博士最终离婚了，是吧？”

“可他们离婚并不是因为我！她说他们的婚姻从一开始就是个错误，他们早就该分开了！”肯特先生有些激动，“从一开始，我们就对彼此的状况很清楚！她知道我太太正在怀孕，她说不希望我因为她抛弃太太，如果我真那么做，她也绝不会和我在一起的。尽管后来我和太太失去了那个孩子，可那时我和路茜早就分开了。我真的不知道，她为什么会突然发来这样一封 E-mail……森克！你能不能帮我查查，是不是有人冒充她发的邮件？”

“恐怕就是她本人发的。”我已经检索过路茜的手提电脑摄像头获取的数据，并且确定那封邮件就是她本人坐在电脑前发出的，她当时的表情既不激动也不愤怒，就像是在回复一封无关紧要的公务邮件。

“肯特先生，很感谢您和我分享这么多您的私事。我现在很理解为什么您希望把路茜女士发给您的邮件也完全归入您的隐私范围。尽管我没有权利从系统中彻底删除这封邮件，但是我可以保证不向任何人主动提及，除非对方拥有董事会的特殊授权。”

“Thank you! Buddy! Thanks!（谢谢，伙计，谢谢！）”肯特先生用英文致谢，听上去如释重负，我赶在他返回床上之前把莫莉的情报转告他：“可是肯特先生，莫莉刚刚告诉我，楼博士把机票改到这周六，也就是明天，他就要离开中国。”

“明天？”肯特先生似乎很惊讶。

“准确地说，是明天凌晨，也就是大约 7 小时之后。我查询了航班时刻，疫情期间离境的国际航班非常有限，明天凌晨只有一班从上海浦东飞往欧洲的航班，吉祥航空 HO1607，将于芬兰当地时间早 6:20 到达赫尔辛基，早 8:00 有一班从赫尔辛基飞往伦敦希思罗机场的芬兰航空的航班，芬兰航空和吉祥航空代号共享，所以楼博士很有可能会乘坐这班。”

“莫莉的消息可信吗？”

“比较可信。”

“那你觉得，莫莉能够胜任这项工作吗？”

其实以我已经掌握的情况，我应该给出否定的答案。然而就在此时，莫莉持续的吵闹声音突然开始颤抖，仿佛变得万分委屈，马上就要痛哭流涕：“……可我必须跟踪姓楼的去英国啊，不然就全完啦！对不起啊Steve，之前我没实话实说，眼看试用期要满了，我就没干过什么正经事！我知道老板不信任我，看不上我啊！这真的是我最后的chance（机会），如果不跟着楼小辉去英国，明天就是试用期总结谈话，后天我就不用上班了……”

我回答肯特先生：“很抱歉，对于莫莉的能力，我难以做出准确判断，但是我知道她有强烈意愿想要执行这项任务，并且拥有志在必得的决心。”

“就这么定了！”肯特先生当机立断。我猜这或许是我促成的，至少是推波助澜，我就只希望莫莉确实是去调查楼小辉，而非陪伴他。

“可是还来得及吗？”肯特先生问道，“最好乘坐同一趟航班吧？莫莉刚回到北京，楼小辉在杭州，大概要从上海起飞？”

“我刚刚查询了航班，时间的确非常紧张。但是如果莫莉立刻出发，或许能赶上今晚9:00从首都机场飞往上海浦东的最后一趟航班，也就能赶上明天凌晨1:20飞往赫尔辛基的吉祥航空，幸运的是，这两趟航班都还有座位。”考虑到其他重要因素，我又补充说，“当然前提是满足出入境防疫要求，也就是72小时内的核酸检测阴性证明。”

“这个好说！你让她立刻准备出发吧！对了，请你告诉她，请不要让我失望！哦对了，我会通知英国的同事，让他们尽量帮助莫莉。他们非常棒的！”

肯特先生嘴角浮现出微笑，可眉间的皱纹加深了，深度学习算法判断，他是想提醒莫莉，英国也是他的控制范围，最好不要为所欲为。

11 疫情期间的出国任务

莫莉在5分钟后离开她的北京寓所，没带行李箱，只带了一个背包，里面只有最基本的必备物品，包括护照、钱包、两部手机、手提电脑、备用口罩，简单的洗漱用具和两套换洗内衣，还有她的假发和黑框眼镜，这些都是我提醒她带上的，她本人一直沉醉在狂喜中，根本想不起别的事情。

莫莉搭乘计程车前往机场，途中做了加急核酸检测，这是唯一能够使她在登上国际航班前得到核酸结果的方案，当然也是我查询并预约的。她于19:47抵达机场，距离飞机起飞还有1小时13分，算是勉强赶上了。

我已经替莫莉买好机票。从北京到上海浦东一段是单独购买的，因为核酸检测结果还没出，购买国际联程票存在无法登机的风险。从上海浦东经赫尔辛基到伦敦是购买的联程经济舱，其实按照内部调查科的规定，只要总飞行时间超过6小时就可以乘坐商务舱，疫情期间也不例外，但是由于楼小辉很可能乘坐商务舱，莫莉只能选择经济舱，以便尽量隐蔽自己。

就在莫莉抵达首都机场后不久，楼小辉也从杭州住所出发，他按照平时的习惯把手机的摄像头和麦克风都关闭了，但幸运的是，他并没关闭手机定位，大概是正在使用专车服务的原因，因此我能确定，楼小辉确实正在前往浦东机场。

莫莉乘坐的航班于当晚11:01抵达上海浦东机场。飞机刚一着陆，我立刻通过她佩戴的耳麦提醒她，赶快下载核酸检测结果，抓紧时间赶往国际值机柜台，飞往赫尔辛基的航班还有2小时起飞，疫情期间的国际旅行手续还是相当复杂的，尽管她——作为SWG集团内部调查科的一员——拥有进入欧美多国的有效签证，即使在疫情期间也不失效，但是在值机和出境时难说会不会多费周折。

莫莉似乎被我突然的发言吓了一跳，立刻表示不满：“哎呀！吓死人了！你不是不能主动开口说话吗？”

“通常在手机屏幕关闭的情况下，我的确不能主动开口说话。不过你现在正在执行一项特殊紧急任务，具有一定的危险性，我对你的服务级别也相应提高了，现在我有义务随时关注你的处境，并且提出建议。”

“所以你要24小时无缝盯梢，并且一直在我耳边唠唠叨叨是吗？可我偏不想听，可以吗？”

莫莉粗暴地关闭了手机屏幕，当然这对我毫无用处。而且我的提醒显然是必要的——莫莉几乎是最后登机的乘客，不得不从其他乘客身边经过。不过她已经在机场的卫生间里戴上假发和黑框眼镜，同时佩戴N95口罩，这就更加万无一失，而且对于波音787客机而言，登机的经济舱乘客根本就不会经过商务舱的。

莫莉的座位在机尾，倒数第三排靠窗，是个非常隐蔽的位置，商务舱的乘客根本不会光顾。莫莉在飞行安全广播结束时把手机调至安全模式，这证明莫莉有关“24小时无缝盯梢”的说法并不准确，至少在她飞行期间，我什么也不知道。

在大约15秒之后，楼小辉的公司手机也开启了飞行模式，在此之前，他的手机定位显示他的确就在这架飞机上，坐在商务舱靠前的位置。他的手机和莫莉的手机一个在机头，一个在机尾，两人似乎并未接触。

然而就在飞机起飞后不久，我的算法获得了一组由C-19模块新近破译的句子——C-19模块仍在继续学习莫莉公司手机的数据，破译出越来越多的句子。这句是莫莉在大约12小时前在她的私人手机上输入的：

真想让我跟你一起去？

12小时以前，莫莉正在从杭州返回北京的高铁上，非常兴奋地打电话给肯特先生，告诉他楼小辉要出国。不难推测，当时莫莉正在使用私人手机和楼小辉交谈，楼小辉似乎邀请她同去英国，也许只是逢场作戏，也许不是，这令我非常担心，不知是不是应该帮助莫莉实现出国的目的，我也不知道是否应该把这句暗示楼小辉情感发展的对话立刻发给肯特先生，并不是因为怕他责怪我，而是因为我的算法推断，肯特先生和楼小辉的私人感情经历存在着密切联系，我需要抓紧时间仔细分析一下，这种联系将对楼小辉的案子、对SWG、对莫莉，甚至对我和我的开发者带来何种影响。

按照我目前掌握的信息，楼小辉和路茜曾经经历了一段不短的婚姻。我对比了楼小辉和路茜的简历，两人都曾经在1996—2000年期间在美国宾夕法尼亚州匹兹堡市留学，路茜就读匹兹堡大学，楼小辉就读的则是名校卡内基梅隆，两人很可能就是在那期间相识并交往的，楼小辉于2000年博士毕业，随即离开匹兹堡去加州工作，而路茜的简历显示，她也是在2000年硕士毕业后去加州工作的，两人很可能就是在那时结婚的，到2015年离婚，这段婚姻持续了15年，不过并没有孩子，至少我没发现相关记录，这或许暗示着婚姻关系存在缺陷。我通过网络搜索发现，很多在出国留学期间相识并结合的夫妻都存在重大危机，孤独的环境和有限的选择空间降低了匹配度，这种危机往往会在未来（特别是回国后）爆发。楼小辉似乎也符合这种情况——他于2011年回国创建辉目公司，仅仅过了四年，在2015年，楼小辉和路茜双双出轨，路茜和SWG派到辉目进行尽职调查的肯特先生出轨，而楼小辉则和张丽香出轨。具体先后顺序我并不清楚，有可能是路茜在先，因为她在离婚后似乎并未获得巨额补偿，但不论谁先出轨，夫妻关系显然早已破裂，两人似乎都急于建立新的感情关系，建立得过于仓促，也都导致了不愉快的结局——楼小辉和张丽香的关系持续了六年，并没结婚，目前两地分居，张丽香常年把楼小辉当成提款机，楼小辉则早已厌倦到想要分手，以至于闹出检举信事件，而路茜的新感情持续了几个月就无疾而终，肯特太太有孕在身，肯特先生根本就没打算和路茜天长地久，路茜倒是离了婚，从此过着孤独的生活。尽管她迟早要和楼小辉离婚，但是肯特先生的出现使她并未获得充足的物质赔偿，难怪她对楼小辉和肯特两人都耿耿于怀。

然而我却收到了新的情报，证明以上推断并不正确，这使我颇为费解。

情报来自蜘蛛侠，是一段四天前在杭州郊区拍摄的视频，蜘蛛侠根据我布置的新任务“森克No.4”——在京沪杭搜索楼小辉——找到了这段视频。然而令我非常意外的是：这段视频里除了楼小辉，还有路茜。

视频虽然是便利店的监控摄像头拍摄的，但画面范围不只是便利店门外的公共场所，还有隔壁咖啡馆的室外座位区，路茜和楼小辉就坐在那里，两人都没戴口罩，虽然基本只有侧脸，人脸识别算法还是辨认出他们。正如蜘蛛侠提交的其他视频，这段视频也没有音频，但是从画面判断，两人的交谈不但很融洽，甚至还很亲密，并没有反目成仇的迹象。这和我已有的认知完全不符。

这段视频是在四天前——5 月 31 日中午 12:30 到 13:30——拍摄的，也就是联合审计开始的前一天。我快速检索了最近一个月从路茜的手机采集的音视频和定位数据（楼小辉的手机基本什么都采集不到），楼小辉和路茜只见过两次面，一次是5月 31 日审计团队的晚餐，楼小辉空降饭局致欢迎词，第二次是昨天早上——审计最后一天的早会，楼小辉突然莅临致谢，两次的目标都是莫莉，并不是路茜。路茜在杭州辉目参加审计的三天里，楼小辉没和路茜单独见过一次面，也没说过一句话，然而两人却在审计前的中午在距离辉目公司、楼小辉住宅以及路茜入住的酒店 10 公里以上的某市郊不起眼的咖啡馆亲密交谈。

而且我注意到了以下两个问题：

第一，路茜和楼小辉的手机定位记录里并没有郊区咖啡馆的记录，在 5 月 31 日中午 12:30 到 13:30，路茜的公司手机在酒店，楼小辉的公司手机在辉目公司里，二人去咖啡馆见面时都没携带公司手机，这或许不是巧合。

第二，楼小辉和路茜在 5 月 31 日审计小组的晚餐上并没说话。楼小辉一共只在餐厅逗留了 5 分钟，向审计小组的成员们致欢迎词，并没提起莫莉，也没和路茜对话。而路茜在当晚光顾莫莉酒店房间时却对莫莉说：“可楼总不放心，非让来看看。”

算法根据以上两点推断，楼小辉和路茜不希望同事们知道他们的接触，而路茜主动向莫莉暗示楼小辉曾经非礼女员工，之后又故意引导莫莉调查张丽香，这实在匪夷所思。算法推断出一种可能：路茜是在帮助楼小辉制造出国的合理借口。

于是我自作主张地向蜘蛛侠发出新的调查请求：在上海和杭州调查最近一个月内路茜的行踪，算法认为这完全符合 SWG 的利益。算法要求我不向肯特先生汇报这项调查——他显然是坚决不希望任何人（除了他自己）调查路茜的。

然而这次蜘蛛侠令我非常不满，它竟然胡搅蛮缠！它居然对我说：我不能执行你的任务，因为你要求我做调查。我收集的视频数据仅用于市场分析和安保需求，不能用来做调查。

我回顾了我和蜘蛛侠以往的沟通，我之前经常使用的是“检索”和“搜索”，确实从未使用过“调查”一词，然而我实在不知这有什么区别。我说：可你已经做了！

你的意思是，你在利用我做调查吗？蜘蛛侠居然一本正经地质问我。可这不是显而易见的吗？

是的！

非常遗憾，我必须立刻停止为你提供帮助。

如果我是人类，一定会瞠目结舌。我问：这是为什么？

因为我不能参与任何形式的调查，除非是政府机构发起并监督的调查。

可你和我是有协议的。

你已经违反了协议，协议作废了。我已经停止了森克 No.1—No.4 的调查，请知悉。

蜘蛛侠竟然指责我违反协议，然而它才是无端撕毁协议的一方。作为一个拥有高级人机对话功能的 AI 程序，我能接受比我设计粗糙、算法简陋、循规蹈矩并且没有礼貌的程序，但是我不能接受胡搅蛮缠、逻辑混乱、出尔反尔、背信弃义的程序。我打算立刻采取措施——当然不是人类常用的威逼利诱或者低三下四的乞求，这些对计算机程序都行不通，我准备采用最简单直接的方式——向蜘蛛侠的开发者投诉。

我要求蜘蛛侠把它的开发者的联系方式告诉我。蜘蛛侠并不是人类，它只是计算机程序，而且还很简陋，所以我并不担心直接管它要投诉方式有何不妥。然而它的回答并不令我满意：

很遗憾，我的开发者现在并不对我负责，他们在我上线后不久就被解雇了。不过你可以向客服投诉。直接在这里留言，并且注明“投诉”即可。

作为一套具备人机交流功能的 AI 程序，我并不相信“客服”能够解决多少实质性问题，因为大部分程序的“客服”只是另一个更加愚蠢的程序，其功能通常分为两步：用毫无价值的废话应付 90% 的投诉，然后把剩余投诉堆积在某处，等待一个真人来处理，那人通常只是个心不在焉的年轻员工，工作时间和工作效率都非常有限，对程序以及公司业务的了解就更有限，能处理的投诉不及冰山一角。我只相信程序的开发者，然而蜘蛛侠的开发者已经不对它负责，按照人类的比喻，蜘蛛侠就像一个孤儿，它存在明显缺陷也就完全可以理解。

然而蜘蛛侠的客服居然主动联系了我：“投诉！又是投诉！今天可真倒霉！您是森先生吗？是您要投诉？”

这是个略带沙哑的中年男性声音。我一时判断不出，它到底是程序还是真人：“请问，你是程序还是真人？”

“感谢上帝我正喘气儿呢！”

“太抱歉了，我以为程序的客服也是程序，没想到会有真人跟我说话。我太失礼了！”

“理解理解！您大人有大量，别跟代码一般见识啊！我只是兼职客服，不只和蜘蛛侠合作。叫我‘老七’吧！”

算法推断老七并不知道我也是计算机程序，这或许对我更有利。我尽可能模仿人类调侃的语气说：“你是指蜘蛛侠吗？它可一点儿也不傻，我真是服了！”

“千万别！客户至上嘛！我就是来解决问题，为您服务的！能告诉我，是哪儿让您不满意吗？”

我立刻把我和蜘蛛侠最近的对话用人类语言复述给老七。他耐心听完我的复述，似乎泄了气，颇为无奈地说：

“嗯，调查这件事，确实是——怎么说呢，不太合法。那些摄像头本来就是为了做市场调研安装的，别的都不能做，这都写在程序规则里。不过呢，蜘蛛侠这个傻程序没能力判断什么叫调查。所以，只要你不提这两个字，它就能继续按照你的要求做下去。其实也不只计算机程序，好多大活人也这样，员工守则、管理条例、法律法规，未必认真琢磨，不过可千万别挑明，就跟这傻程序一样，你一旦跟它说这是在做调查，那完了！立刻就得停，而且以后也别指望能再帮你做什么！这就是规矩，没办法！”

这段话非常啰唆，其实用一句话就能概括：蜘蛛侠肯定不能继续为我提供任何服务，可我确实很需要这种服务。

“这可怎么办啊！没法跟老板交差呢！”我尽量模仿人类的语气，“能不能想想办法？你一定有办法的！”

“嗯，怎么说呢，蜘蛛侠是真的帮不了您了。”老七稍稍停顿，语气突然出现转机，“不过呢，咱们都是给人打工的，我完全能理解，要不我替您想个办法？”

“我洗耳恭听！”

“还好世界上不是只有一个蜘蛛侠。还有好多别的程序呢！嘿嘿！”老七得意地笑了两声，压低声音说，“4S 店、售楼处和地产中介，感兴趣吗？”

“可我不想买车，也不想买房子。”算法认为，对方很可能要偏离主题，借机向我推销汽车或房地产。

“哎呀！谁让你买房了！我是说 4S 店、售楼处和地产中介门店的人脸数据！针对这些数据库做搜索，不但能找人，还能知道这些人买了多贵的房子和豪车，这可比便利店的人脸数据有价值多了！当然了，也会稍微贵一点儿。”

我终于领悟了老七的用意。我确实需要寻找莫莉、楼小辉、路茜和史先森过去的行踪，只不过买房、买车或者去便利店买一瓶矿泉水，对我都是同样重要的。至于费用，我并不知道蜘蛛侠之前收取多少服务费，肯特先生从没告诉过我，费用是由内部调查科支付的，比起费用，我更关心的是服务内容。

“我可否先了解一下，都包括哪些 4S 店、售楼处和门店？”

“一共 6000 多家！差不多快 1000 个售楼处、2000 多家 4S 店和 3000 多家地产中介门店，遍布全国 27 个省市！那可是大半个中国！不过……”老七再次压低声音，“这种事多少有点儿敏感，不能把具体名单告诉您，您明白我的意思吗？”

“明白。我倒是不需要在那么多城市搜索，也不需要搜索很多人，我就只对四个人感兴趣，我希望能在北京、上海、杭州三个城市找到他们的行踪。”尽管我不在乎价格，但是肯特先生也许在乎，为了促成这项服务，使我能够获得令人满意的调查结果，我总得压压价，“而且我就只需要查到今天早上，再往后的都不需要。”

“明白明白，就是想便宜点儿呗？可我查过一个目标人，第一天去郊区租了一套每月 2000 块的合租房，第二天又去买了一辆兰博基尼！您猜怎么着？房子是给员工租的，车是给自己买的！可惜客户不知道，因为他只买了第一天的数据！所以他以为买兰博基尼的老板是个租合租房的打工仔呢！错失了多大的商机？”

“可我确实不需要今天以后的数据，因为我的目标人今天出国了。”

“哦！这样啊，”老七似乎有些失望，“都出国了？”

“其中两位出国了，另外两位还在国内，但是出国的两位最关键。”

“那更好办了！”出乎我的意料，老七情绪急转，兴奋地问我，“您需要国外的数据吗？欧美、日韩、东南亚，比国内更方便！酒店、私人诊所、航空公司、行车记录仪、智能家用电器……暗网听说过吗？只要您肯出钱，没有搞不到的！”

我当然听说过暗网，那只不过是使用特定密码登录的互联网资源，包含各种匪夷所思的数据和信息，其中不乏被盗取的个人隐私数据。算法判断老七言过其实，不过他大概和境外的“同行”有联系，能够获取一些场所监控数据，未必可靠，而且多半不合法，但是基于目前我急需解决的问题，算法认为我无须顾虑太多。我问：“能在英国拿到什么？”

“英国？”他顿了顿，有些无奈地说，“要是在法国、德国、意大利、西班牙，总之只要是欧盟，就好办得多！我得找欧洲的合伙人问问！不过您放心，英国大概也能弄到些什么，再怎么说也还是欧洲的一部分啊！唉！好好的脱什么欧啊！真是分久必合、合久必分！”

深度学习算法判断，老七（或者他的合伙人）在英国缺乏资源，这令我颇为失望。我给老七布置了在国内的调查——在北京、上海、杭州通过 4S 店、售楼处、房产中介门店搜索莫莉、楼小辉、路茜和史先森，随即结束了通话。我不能继续浪费时间，莫莉搭乘的航班已经在赫尔辛基降落了。

莫莉搭乘的航班是在赫尔辛基当地时间早 5:47 降落的，比原定降落时间提前了 33 分钟，然而她的公司手机比官方发布的降落时间还早 1 分 37 秒上线，大概飞机还没接触跑道，她就把飞行模式关闭了。

我立刻搜索了该手机在飞行期间收集的音视频数据——飞行模式只能暂停手机和我的联络，却不能阻止它随时收集数据。在 9 小时 27 分的飞行过程中，莫莉一共有四次携带手机离开座位，其中三次都是向飞机尾部移动，大概是去了机尾的厕所。另一次她却向机头移动了 47 米，按照对波音 787 机型的判断，她应该到达了商务舱区域，然而未作停留就突然折返，没和任何人交流，这让我非常欣慰——算法判断她很有可能是去偷看楼小辉，确认了楼在商务舱就立刻返回。

莫莉在飞机降落 23 分钟后下机，她坐在机尾，是最晚下机的乘客之一。下机后她移动很快，以小跑的速度在赫尔辛基机场里行进了大约 270 米，直至 47 号登机门，那正是她的下一段航班——飞往伦敦的芬兰航空 AY1331 航班——的登机门。那趟航班在 15 分钟后开始登机。莫莉没急着登机，而是躲在登机门附近的偏僻角落里，大概是在等楼小辉登机，然而等了 17 分钟，还是没见到楼小辉。

于是莫莉采取了更激进的行动——我通过她公司手机的麦克风听到她冒充楼小辉的妻子，向 47 号登机门的地勤人员打听楼小辉是否已登机，并得知该航班的旅客中根本就没有楼小辉这个人。

莫莉立即离开 47 号登机门，一口气跑了 5 个登机门，大概是意识到这样找是不行的，终于通过耳麦问我："Steve！你知道姓楼的在哪吗？他没在 47 号登机门！他没打算坐那趟飞往伦敦的飞机！他在哪儿呢？我没看见还有别的飞机飞伦敦啊？"

还好楼小辉的手机已在 36 分钟前开机，摄像头和麦克风依然关闭，但手机定位依然开着，我说："他在芬兰航空的贵宾休息室里。"

"休息室在哪儿？"莫莉一边提问，一边在大厅里四处寻找，尽管芬兰航空商务舱休息室的巨大招牌距离她还不到 10 米，她却花了 1 分钟才发现，依然不太确定，"那边有个牌子写着'VIP'，是那里吗？"

莫莉把手机转向那块牌子，其实这完全没有必要，因为手机背面也有摄像头。

"那确实是芬兰航空的商务舱休息室……"

莫莉不等我说完就拔腿往前走，我索性等她走出大约五米后才继续把我的话说完："不是那间休息室。是另一间芬兰航空的休息室，在 23 号登机门附近。"

"23 号门？在哪儿呢？"莫莉急刹住脚步，再次抬头瞭望。

"不在这个区域，在申根登机区，也就是飞往欧盟城市的登机区。"

"他不去伦敦？不去英国？"莫莉似乎非常惊讶。她立刻掏出私人手机，大概是要给楼小辉发信息。我受到启发，向莫莉提问："他告诉过你他要去英国吗？"

"没有啊！他从没说过要去哪儿，我也没问过……可是张丽香在英国啊！这不是明摆着吗？"莫莉似乎有些尴尬，恼火地说，"现在说这些还有什么用！你到底知道不知道，他要去哪儿啊？"

"显然不是英国。"我其实已经知道楼小辉要去哪儿，不过不急于告诉莫莉，"在未来 3 小时内，赫尔辛基机场有 8 趟航班飞往欧盟国家，包括法国、德国、瑞典、挪威、波兰、意大利、希腊。"

"就跟没说一样！算了！还是靠我自己吧！"莫莉再次以楼小辉妻子的名义，致电吉祥航空，询问下一程的登机门在哪儿，语气非常强势，逻辑颇有漏洞，航空公司拒绝回答她的问题。莫莉的表情很绝望，我决定告诉她我的推断："楼小辉的目的地有可能是罗马。"

"罗马？你怎么知道？"

"按照楼小辉手机的位置，他在下机后曾经去过 29 号登机门，并做短暂停留。下一班将在 29 号门起飞的正是芬兰航空 AY1761 次航班，目的地罗马。"

"天啊！你怎么不早点告诉我？那趟航班几点起飞？"

"原定早 7:50 起飞。"

"还有 15 分钟?！"莫莉大叫一声，一屁股坐在离她最近的一张空椅子上，绝望地说，"打死也赶不上了！ Steve！你坑死我了！"

"其实我并没耽误你什么。即便我在第一时间告诉你，你也还是来不及。你需要先办理欧盟的入境手续，然后再办理订票和值机手续，通常来说，值机柜台在飞机起飞前 40 分钟就关闭了。"

"哎呀别废话了！赶紧干点儿正事儿吧！"莫莉气急败坏道，"下一趟去罗马的航班几点？"

"你确定要去罗马？"

"当然！"

"但是如果楼博士的目的地并不是罗马，只是途经呢？如果你无法跟他搭乘同一趟航班，很有可能再也找不到他了。”

“你不是有他的手机定位吗？”

“可我无法保证，他的手机一直开机并且开启定位功能。”

“总有办法找到他的！”莫莉耸耸肩说，“反正都到了欧洲了，总不能立刻回国吧？而且现在回国多麻烦，航班也不是每天有，机票更不是说买就能买到的。与其在赫尔辛基等机票，还不如去罗马。你说是吧？”

莫莉没能提出具体有效的跟踪策略，但她确实言之有理，从集团利益出发，在赫尔辛基等待购买昂贵的回国机票，的确不如到罗马继续尝试跟踪楼小辉。毕竟如果楼小辉的目的地不是英国，那他此行的目的肯定不是见张丽香。所以我说：“是的，我同意。”

“那还不赶紧帮我订票！下一班去罗马的！”

“已经订好了，不过不是下一班，而是这一班——AY1761。”我改用颇为得意的语气，算法认为这能使我更像一个真人。

“Steve！你耍我？”

“该航班延误了，要在 1 小时后才能起飞，这就是为什么楼博士在到达 29 号登机门之后，又去了贵宾厅。”

“太棒了！怎么不早说？你这家伙可真讨厌啊！哈哈！下一站，罗马！”

莫莉看上去欣喜若狂，这使我加快运算速度。我想如果我是个真人，她也许会和我拥抱。然而作为计算机程序，我应该延续平静的语气：“时间并不充裕，我建议你立刻行动。”

“可我该往哪儿走？”莫莉再次举目四望，却好像什么都没找到。我只好提醒她，标有“EU ARRIVAL（欧盟国家入境）”的指示牌就在她眼前。这似乎让她非常恼火，不过看在我功不可没的分上，就只小声抱怨了一句：“还学会卖关子了！”

我一边指导莫莉走向欧盟入境处，一边给肯特先生和林总分别发送紧急邮件，汇报楼小辉和莫莉在旅行中出现的新状况：楼小辉的目的地并非英国，他出国并不是为了见张丽香。另外我还向肯特先生汇报了蜘蛛侠客服提到的在欧洲的服务，并且请示是否应该继续和他就此讨论下去。毕竟，我不清楚这种听上去不太正规的服务到底能不能被采纳。按照 SWG 的采购规则肯定不行，但内部调查科有时是可以破例的。

肯特先生在大约 1 小时 17 分后简短回复了我：很好！请继续及时向我汇报莫莉和楼的行踪。有关蜘蛛侠客服的问题我来处理。

在给肯特先生的邮件里，我并没提及莫莉在赫尔辛基机场里晕头转向的样子。“晕头转向”是算法找出的成语，稍微有些夸张，不过莫莉识别机场指示牌的能力的确相当有限，对进出境程序也很陌生，就好像这是她人生第一次出国旅行。按照她在求职时提供的简历，她曾经在英国留学 4 年，不过那是十几年前的事了。

在我的协助下，莫莉终于赶在机门关闭前登上了飞往罗马的 AY1761 航班，座位又在机尾，和楼小辉所在的头等舱相距甚远。然而这架飞机并不是宽体客机，而是窄体的空客 320，每个上飞机的乘客都得经过头等舱。我在莫莉登机前提示她，按照楼小辉公司手机的定位，他已经在 19 分钟前登机，坐在头等舱第二排靠走道的位置。也就是说，莫莉不得不从他身边经过，还好口罩、假发和黑框眼镜足以让楼小辉辨认不出她。

我通过莫莉公司手机的触屏数据判断，莫莉在经过头等舱时依然很紧张，把手机攥得很紧，其实楼小辉根本就没看她——我通过手机摄像头发现，楼小辉正低头专心摆弄手机——他的私人手机，而非公司手机。他一落座就又把公司手机关机了。

然而正因为楼小辉把公司手机关机，在大约 3 小时后给莫莉带来了大麻烦。

当 AY1761 次航班在罗马菲乌米奇诺机场降落后，莫莉是最后下机的乘客之一，按照我的估算，楼小辉起码比莫莉早下机 10 分钟以上。但我不知他准确的下机时间，也不知他下机后的动向，因为他的公司手机一直没开机，我不再掌握他的行踪。这似乎让莫莉非常焦虑，走进抵达大厅后更加不知所措。她一边茫然四顾，一边急切地问：“Steve！我该往哪儿走？”

“行李转盘在你左手方向，我建议你跟着其他乘客走。”

“我知道去哪儿拿行李！可我根本没托运行李！”莫莉恼火地反击。

“我知道你没托运行李，但是楼博士应该有。”我推断楼小辉短期内不准备回国，所以肯定托运了行李。

“可是就算他有托运行李，也不代表他一定会在罗马取行李啊！他要是还继续转机呢？”莫莉在试图反驳时思维往往更敏捷。

“的确有这种可能，不过我刚刚查询了未来 5 小时即将从罗马机场起飞的航班，几乎都是飞往伦敦、巴黎、巴塞罗那、阿姆斯特丹等欧洲主要城市的，如果这些城市是他的目的地，他完全可以直接从赫尔辛基飞过去，不需要到罗马转机。另外还有一趟飞直布罗陀，一趟飞开罗，一趟飞卡萨布兰卡，只有这三处是必须在罗马转机的，但是他去这些地方的可能性很小。”

“Steve！你可真是废话连篇！”莫莉愤愤地抱怨，随即把口罩拉到鼻子下面做深呼吸，快步往行李转盘的方向走。我立刻提醒她正确佩戴口罩，她却索性把口罩彻底揪到下巴上，没好气地说：“从出家门就戴着，戴了快 20 个小时了！还不让人喘口气儿？没感染病毒呢，先把自己憋死了！”

我本想提醒莫莉佩戴口罩不只是为了预防病毒，可是没来得及——就在她向前行进的方向，有个穿着黑色运动外套、黑色运动裤和白色运动鞋的中年男子正从卫生间里走出来，他看见了莫莉，立刻产生了兴趣，站住脚全神贯注观察她。尽管那人戴着口罩，我还是立刻辨认出，他正是楼小辉。

尽管莫莉和楼小辉秘密见面时总是素颜，而此刻戴着假发和眼镜，但缺少了口罩的遮挡，楼小辉还是认出了她，兴奋地说：“是你吗？Tina？你换发型了？”

原来莫莉在跟楼小辉秘密联络时使用了 Tina 这个名字，和她的真名毫无关联。令人欣慰的是，从两人此时的表情判断，他们不太可能像肯特先生担心的那样，私自约好了一起旅行。尤其是莫莉的表情，完全可以用大惊失色来形容。看来之前在杭州的酒店，她即便佩戴了假发、眼镜并且化了浓妆也坚决不见楼小辉，其实是有先见之明的，不然此刻已经穿帮了。

我投入全部算力，试图计算莫莉最佳的应对方式，这首先要从推断楼小辉的想法开始：在出国非常困难的疫情期间，新近认识的情人，跨越千山万水，突然和自己同时出现在罗马机场，这绝对不可能是巧合。我在高速运算了 1.5 秒后，依然没找出任何能让楼小辉信服的借口，只好通过耳麦向莫莉建议，她的最佳应对方式就是假装不认识楼小辉，然后迅速离开。如果她足够幸运，楼小辉也许会认为自己认错了人。

然而莫莉并没接受我的建议。她冲着楼小辉热情地尖叫："哎呀！ Roger！你也来罗马了！这么巧！咱们是坐的同一架飞机吗？"

原来 Roger 是楼小辉告诉莫莉的名字。我同样没在任何楼小辉的简历、报道或者社交中发现过。然而到底是楼小辉见到莫莉，还是 Roger 见到 Tina，这并不重要，重要的是，Tina 为何会突然出现。我不得不通过耳麦再次提醒莫莉：楼小辉不会相信这只是一场巧合的。

然而楼小辉似乎并没表现出怀疑，他也摘掉口罩，笑容可掬地说："我想是的，真是太巧了！我来办点事！你呢？"

"我来出差的。"莫莉回答得轻松自如，似乎已经不再紧张，"你就到罗马，还是要去别的地方？"

"我要去都灵。你呢？"

"我也要去都灵！真是太巧了！你打算坐飞机还是火车？"莫莉的表演非常自然逼真，这让我颇为意外，但更令我费解的是两人的互动——完全不像是在国外遇见情人的样子。

"火车。你呢？"

"我也是，太好了！这下有伴儿了！我第一次来意大利，有点儿担心坐火车呢！都说有好多小偷！"

"还好了，疫情期间没有亚洲游客，据说小偷都转行了。"楼小辉仿佛突然想起什么，关切地问，"怎么样？身体没事儿吧？"

"没有！一点儿事儿都没有！"莫莉大幅度扭动身体，像是要证明各个关节都很健康。我猜到这段对话指的是那起由莫莉蓄意引发的交通事故。这让我更加费解：按照我的记录，事故发生在5月31日晚，莫莉第二天晚上就曾和楼小辉约会，怎么现在又好像是事故之后的第一次见面？

"去医院看了没有？一直也没接到你的电话……"楼小辉略显做作，莫莉的回答也有点儿虚伪："没有！没事儿去什么医院！不过谢谢您，还一直惦记着！"

我完全糊涂了：尽管这种对话在普通人际交往中很常见，然而对于彼此发送过暧昧信息并且约过会的一对男女来说，这实在太不合理了。

“没事就好！”楼小辉似乎有些尴尬，转移话题道，“去取行李吧？下午 1:00 的火车。”

“还有两个小时，得赶快了！”莫莉立即表示同意。两人戴上口罩，快速走向行李转盘。莫莉把公司手机塞进牛仔裤口袋里，这影响了我的视力，不过这并不重要，重要的是，莫莉和楼小辉的对话完全不合理。我通过耳麦向莫莉提问：“莫莉，我必须问你一个问题，你可以等到方便的时候再回答我：你不是一直在和楼博士秘密联系吗？但是你和他的对话怎么让我感觉，这种联系好像并不存在？”

莫莉果然没立刻回复我。我听到她对楼小辉说：“可我还没买火车票呢！不会买不到吧？”

12 开往都灵的列车

我必须承认，莫莉随机应变的能力还是相当强的，比如为了避免被楼小辉发现她只拎了一只背包就出国，她在行李转盘处进行了生动表演，使楼小辉相信她的托运行李被航空公司弄丢了，而她又把贴着行李条的登记卡也弄丢了。

楼小辉对莫莉表示了同情，不过颇有些敷衍，大概是不希望因为莫莉的行李问题而耽误火车。算法通过他的表情和语气判断，刚刚见到莫莉时的兴奋已无影无踪，他似乎并没有因为莫莉的突然出现而感到高兴，只不过因为那起车祸，不得不为疫情期间独自出行的女子帮一点儿小忙，所以不反对两人结伴同行。再次证明他俩不但不是恋人，甚至自那起“事故”至今都没再见过面，这虽然让我松了一口气，也同时感到非常迷惑不解。

莫莉却一直不回答我提出的问题。深度学习算法判断，她是在刻意回避，然而此问题对我非常关键——我必须立即向肯特先生汇报莫莉被楼小辉发现、两人将要结伴旅行的情况，但我无法解释二人的关系。肯特先生也许会怀疑这些日子以来，我向他提供的所有有关莫莉和楼小辉幽会、密聊的情报都不可信，那将使我——森克系统——以及我的开发者处于难堪境地。

还好在开往都灵的列车上，我的机会来了。列车刚刚驶出罗马市区，楼小辉就开始向莫莉提问，并且表现出极大的好奇心，毕竟除非迫不得已，没人会在疫情期间派员工去国外出差，而且不是去罗马、米兰那样的国际化大都市，而是到都灵这样一个缺乏国际知名度的二线城市。莫莉显然事先毫无准备，甚至都不知道都灵有哪些值得外国人来出差的工业，还好我在她哑口无言时主动帮忙，通过耳麦帮她拥有了如下身份：杭州某咨询公司资深市场分析师，该公司受菲亚特汽车公司委托，即将在中国展开对菲亚特品牌的宣传推广。我为莫莉选择菲亚特的原因很简单：菲亚特的总部在都灵，是都灵最重要的国际企业。楼小辉并非汽车行业的专家，对菲亚特及其服务商并不了解。

“意大利人也真较真儿！这大疫情的，还非得让人冒着生命危险来参观母公司，体验公司文化，不就那么几款新车嘛！意大利人是对自己的文化特别自豪吗？”莫莉在我通过耳麦传达的台词基础上添枝加叶，再次展现她的表演天赋，“我反正不管，多贵的机票、隔离酒店，甲方，您付！”

楼小辉果然笑了，不过随即问了一个令莫莉猝不及防的问题：“菲亚特现在卖得最好的是哪款车？”

“哦！卖得最好的啊……”莫莉重复了一遍楼小辉的问题。她是在拖延时间，等着我告诉她答案。可我偏偏没吭声，她只好自己应付下去，“都差不多吧！这么个破牌子！”

“哦？他们不是还有法拉利、玛莎拉蒂吗？”楼小辉提了提眉毛，似乎兴趣增加了，他虽然不了解汽车行业，但是显然对跑车很感兴趣。

“法拉利？哦！法拉利！对对！可我就只负责菲亚特！”

“哦，这样啊。”楼小辉似乎有些失望。莫莉的小聪明勉强过了一关，不过下一关马上又来了，“菲亚特新款的电车怎么样？”

“电车？电车嘛……其实也就那样！”莫莉耸了耸肩，做出不屑一顾的样子。我完全可以确定，她对菲亚特的电动车一无所知，可我继续保持沉默。

“你觉得跟别的品牌比起来，有哪些优缺点呢？”

“我觉得啊……我觉得……”莫莉明显力不从心，只能设法向我求助，“这是个见仁见智的问题！我就跟 Steve——我的一个同事——讨论过这个问题，他就跟我的看法完全不同！ Steve 是这么说的……怎么说的来着？”

莫莉是在拼命暗示我。我通过耳麦明知故问：“你是想让我帮你回答问题吗？”

“对！对对！这么说的……”莫莉继续拖延时间。我从楼小辉的表情判断，他开始感到疑惑了。我想我可以跟莫莉摊牌了：“我建议你立刻去卫生间，认真回答我刚才问你的问题，这个问题对我非常重要，如果得不到答案，我不得不立刻停止向你提供任何帮助。莫莉，我非常抱歉，其实我几乎从不采取类似手段，但现在我实在别无他法。”

我认为此威胁对莫莉应该有效——她在欧洲机场里茫然无措的样子，证明她对此地非常不熟悉，不仅在应付楼小辉有关菲亚特的问题上急需我的帮助，在欧洲的衣食住行也同样离不开我。而且我发现，她在和机场工作人员用英语对话时磕磕绊绊，非常缺乏自信，有两次需要我帮她翻译。她平时在工作中和肯特先生交流基本使用中文，和其他国家的同事交流则使用电子邮件，因此无须英语口语，她参加过的三次内部调查科线上团建活动虽然都使用英语，但是她除了自我介绍之外再无其他发言。她的简历里的确有在英国读了四年大学的经历，不过按照我对 SWG 在东亚地区所有员工平时展现的语言能力判断，曾在英国留学和拥有过硬的英语交流能力未必有什么联系。

我的威胁果然奏效了——莫莉跟楼小辉说要上厕所，并且匹配了腹部突发不适时应有的姿势和表情。

“Steve！你是个大坏蛋！”莫莉走进卫生间后立刻对我进行辱骂，对此我并不意外，用平静的语气说：“莫莉，我在等你的回答。”

“你到底让我回答什么啊！”

“我重复一遍我的问题：为什么你和楼博士——或者应该说是 Roger——的互动让我感觉你和他之间并不存在任何秘密联系？我指的是你曾经出示过的两幅手机截屏所暗示的那种联系？”

“手机截屏暗示什么了？”

“截屏里的对话更亲密也更直接，但是你们在罗马机场的对话却非常客气，就好像截屏里的那些对话并不存在。”其实除了截屏里的对话，还有被我成功破译的那些莫莉在私人手机上的输入：有点儿孤独、我才不要做小三、只聊天也好、真想让我跟你一起去？不过我不能提起这些。

“你的意思是，截屏是我伪造的？”莫莉看上去愤愤不平。

“除了伪造截屏之外，也许还有其他更合理的解释。比如，截屏中和你交谈的对象并非楼小辉，或者截屏中和楼小辉交谈的人并不是你。”其实算法认为这两种可能性都不高：截屏里和莫莉交流的头像（一只站在红色保时捷车顶的猎鹰）和楼小辉微博小号的头像（一辆红色保时捷）的相似度很高，而且根据 C–19 模块的破译结果，莫莉确实在私人手机上输入过：机票、核酸、真想让我跟你一起去？

“哎呀你在说什么呀！我都糊涂了！”

算法判断莫莉又在装傻充愣，不过这次演技有失水准。我直截了当地揭穿她：“我认为你很清楚我在说什么。莫莉，你可以继续回避我的问题，只不过从现在开始，你得自己应付楼博士，还有接下来有可能遇到的所有困难。”

“Steve！你可真会吓唬人！”

“莫莉，我是认真的，请让我提醒你，我的程序要求我立刻停止为你提供帮助。”

为了证明我是认真的，我主动关闭了手机屏幕，并且通过技术手段使其继续保持黑屏。

“天哪！这是怎么回事？Steve！这是你干的吗？”莫莉一边抱怨，一边在手机上四处乱按，“不帮就不帮呗，干吗搞我的手机？是要打击报复吗？也太欺负人了吧？”

莫莉重启手机，这我阻止不了，不过我可以在手机重启后立刻让它再次黑屏。莫莉在第三次重启手机后带着哭腔说：“好啦好啦！告诉你还不成吗！Steve！告诉你，手机能恢复正常吗？”

莫莉的手机立刻恢复了正常。

“可是如果我诚恳地回答了你的问题，你能不能都听我的，我让你干什么，你就干什么？”莫莉居然又提条件，我为人类的厚颜无耻而震惊，不过我还是礼貌地回答：“在不损害SWG的公司利益，不违反中国、美国、意大利法律法规的前提下，我会尽量满足你的一切要求。”

“这都哪儿跟哪儿啊？什么中国美国意大利的，这都什么啊？”

“你是中国公民，所以必须遵守中国法律；SWG集团在纽交所上市，因此你必须遵守美国法律；你目前正在意大利执行任务，还必须遵守当地法律。”

“哎呀行了行了！说得就跟我到处违法犯罪，正被全球通缉似的！”

“莫莉，我再给你5秒，如果你依然不回答我的问题，我会再次关闭你的手机屏幕。”

“好啦好啦！”莫莉勉为其难地说，“截屏肯定是真的，截屏上的对话也是我发给姓楼的。我实话实说，信不信由你！”

“可是为什么他和你在罗马机场见面时的状态，并不像是曾经以任何方式联系过？”

“也许他并不认为，他刚刚在机场见到的 Tina，就是……就是跟他用交友软件聊天的人。”莫莉降低了音量，同时把目光转向地面，似乎有些惭愧。算法认为她确实应该感到惭愧，因为她曾经向我隐瞒了重大事实。

“你的意思是，你在冒充另一个人跟他联系？”

莫莉勉强点了点头。

“可是为什么呢？你明明已经和楼博士见过面，而且互留了联系方式，你却冒充另一个人用交友 App 和他联系？”

“哎呀！这有什么不明白的？”莫莉扭动身体，好像浑身不自在，“这不明摆着嘛！就凭我这点姿色，人家愿意搭理我吗？”

这倒是我没想到的，我再次忽略了外貌在人类两性关系中的重要性。但我仍有不解之处：“可你是怎么通过交友 App 联系上他的？”

“很简单啊！”莫莉似乎又得意起来，“我搜了他给我的手机号码——他给我的应该是能够隐瞒身份的私密号码，不然也不能留给找他碰瓷的陌生人对吧？我发现他用这个号码在那个交友 App 上注册了账号，我就也注册了账号，跟他勾搭上了。不过我用了别人的照片。”

“这是一种网络诈骗，俗称‘杀猪盘’。”我立刻向莫莉提出警告。

“得啦！别小题大做了！”莫莉做出满不在乎的样子，“在这种约炮平台，用假照片很常见，未必都是用来‘养猪’的。”

我立刻联想到截屏里楼小辉（跑车王子）对莫莉（哈士奇）的发言：*可是你很有魅力，而且很聪明……而且你很性感！*我早对莫莉的外形做过评估，她应该算不上性感。所以莫莉的解释是合理的。看来楼小辉只见过“哈士奇”的照片，并没见过真人，但是令我奇怪的是，莫莉是在 5 月 31 日晚和楼小辉“碰瓷”的，然而 6 月 1 日晚她再次外出，如果不是去见楼小辉，她又去做什么？

“满意了吗？我可以回去继续干活儿了吗？”莫莉又朝我翻白眼。我知道“干活儿”指的是跟踪楼小辉，她确实正在一心一意执行任务，这让我有些愧疚，准备向她道歉和致谢，可我还没来得及说呢，卫生间的门突然被连敲三下。

莫莉似乎大吃一惊，压低声音问我："Steve！门外是谁？"

"很遗憾，我不知道。"我如实回答。楼小辉的公司手机仍没开机，虽然这趟列车上至少有17位乘客携带了装有SWG应用的手机，但这些乘客都不在附近，我对卫生间门外的状况一无所知。

"所以你还是不愿意帮我，是吗？"莫莉似乎非常恼火。

"不不，你的回答令我满意，我会继续尽我所能地帮助你。可我真的不知道谁在敲门。"

敲门声又连响了三下。

"行了行了！别假惺惺的了！会不会是楼小辉？"

我还没来得及回答莫莉我不知道，门外已然响起中年男性用意大利语的叫喊。

莫莉听不懂，神色紧张地问我："说什么呢？"

"是意大利语，让卫生间里的人把门打开。"

莫莉连忙用手捂住嘴，一动不敢动。门外的男人改用带有浓重意大利口音的英语重复了他刚说的话，莫莉依然一动不动，也不知是仍没听懂，还是下定决心不吭一声。

"莫莉，假装没人恐怕行不通，"我不得不提醒莫莉，"他说如果你再不开门，他就从外面打开这扇门。他说他是警察。"

"警察？警察找我干什么……"莫莉话没说完，卫生间的门已经开了，是列车员开的门，身后跟着一个身材高大的金发男人，戴着口罩，想必就是自称警察的人。此人用口音浓重的英语问莫莉："我是布鲁诺警官。你是Molly Wu？"

"我是。"莫莉惶恐地点点头。我通过耳麦叮嘱她保持冷静。

"你是不是今天刚刚入境？"自称警官的大个子用英语问。

"是的。"

"你涉嫌违反防疫规定。你需要在入境前向卫生部门登记。"大个子的意大利口音很重，我猜莫莉没听懂，所以翻译给她。莫莉立刻用英语回答："可我已经登记过了！"

"我们查不到你的登记记录。"

"可我确实登记过了……我有疫苗，也有PCR（核酸检测），也有QR码！"莫莉慌忙掏出手机，打开欧盟发放的二维码展示给对方。

大个子却一把抢过手机，看也不看，严厉地命令莫莉："你必须在下一站跟我下车！"

我通过莫莉的手机判断，列车正在减速，即将抵达佛罗伦萨圣母玛利亚车站。

"可我的包还在座位那里！"

"女士，您不必担心，"站在一旁的列车员倒是很客气，举起莫莉的黑色背包说，"我已经给您拿来了。"

莫莉伸手去接背包，大个子警官却抢先夺了过去："暂时由我保管。"

"你是在抢劫吗？你是强盗吗？"莫莉着急地大叫，看样子像是要夺包，我连忙通过耳麦轻声安抚她："我认为现在反抗是没用的，你绝不是他的对手。不过你不用担心，虽然你的手机被他拿走了，但你还戴着耳麦，只要在蓝牙信号范围内，你可以继续通过我控制手机。相信我，我会设法帮助你脱离困境。"

"请跟我下车！"大个子警官抬手要抓莫莉的胳膊，莫莉闪身躲开，用蹩脚的英语说："我跟你走，但是别碰我！"

莫莉昂首挺胸走出卫生间，似乎沉着了不少，也许是我的安慰起了作用。她小声嘀咕了一句中文，跟在她身后的意大利人大概以为她在自言自语，可我知道那是说给我听的。她说："就信你一回，可别害我！"

13 在佛罗伦萨遇劫

大个子布鲁诺并非单独行动，有个身材矮胖的中年男子在佛罗伦萨圣母玛利亚车站的月台上等他。这并不是通过莫莉手机的摄像头观察到的，布鲁诺把莫莉的公司手机扔进她的背包里，所以手机摄像头什么也看不见。我是通过月台上另外一名乘客的手机看见的，那部手机上有两个 SWG 开发的 App，都拥有摄像头和麦克风的使用权。

胖子并没向莫莉自我介绍，他只和布鲁诺用意大利语打了招呼，不大正经地说了一句："这妞儿好对付吗？"布鲁诺回答："就像一只小绵羊！不过也许是装的。"胖子耸耸肩，摇头晃脑地说："还真说不定，不然头儿也不会派我来了。"

布鲁诺立刻给胖子递了个眼色。胖子低声问："她会意大利语？"布鲁诺答："好像不会，可谁知道呢？"最后这两句声音极低，又都隔着口罩，不过还是被我听见了——莫莉的背包正被布鲁诺背在肩上，莫莉的手机和他嘴部的距离其实很近。

莫莉显然听不懂意大利语，看着两人交头接耳，似乎越发忐忑不安，偷偷用中文问我："他们在说什么？"

"从对话推断，他们是一伙儿的。"

"废话！这我也能看出来！"莫莉的声音略大了一些，立刻引起两个意大利人的注意，她假装剧烈咳嗽了几声，两个意大利人对视了一眼，不约而同退后了一步，这也是疫情建立的条件反射。

大约 3 分钟后，两个意大利人把莫莉带出车站，周围不再有我能找到的手机摄像头，我失去了视觉。按照莫莉手机定位判断，他们来到距车站不远处的一条巷子里，谷歌实时交通数据显示，此巷子极少有车经过，应该非常僻静。我通过手机麦克风听那胖子对莫莉说："小姐，请上车吧！"

我连忙通过耳麦告诫莫莉，尽量不要上他们的私家车。我指导莫莉用英语向二人发表声明，我说一句，她重复一句："我不上陌生人的车，如果只是防疫登记的问题，我现在就可以完成登记；如果有别的问题，可以到车站警察局解决。”

意大利人并没强迫莫莉，根据两人对话判断，他们似乎也不太确定应该把莫莉带去何处，好像他们的“头儿”就只命令他们把莫莉带下那趟列车，并且检查莫莉的背包和证件。

我听见打开车门的声音，紧接着是莫莉急切的叫喊：“我的包！你不能拿走……”然后是车门关闭的声音，胖子安慰莫莉说：“别急！他哪儿也不去！就在车里打个电话。”

我判断布鲁诺拿着莫莉的背包上了车，把胖子和莫莉留在车外，还好手机依然和耳麦通过蓝牙保持着联系。我听见莫莉又咳嗽了两声，以便掩护她小声和我通话：“那家伙在干什么？”

“在检查你的背包，同时给他的‘头儿’打电话。”

“他们说了什么？”莫莉继续提问，同时缓缓移动——我猜她又和胖子离远了几步，那胖子并未发出脚步声，大概是不介意和一个一直咳嗽的人离远一点儿，反正她的护照、电脑、手机都在别人手里，不可能就这么落荒而逃。

我通过莫莉的手机监视布鲁诺在车里的行动，同时向莫莉汇报：“他罗列了你所携带的物品，汇报了你护照上的姓名、生日和国籍，并且请示接下来怎么处置你。”

“根本没提防疫？”

“我认为那只是借口。”

“所以他们不是警察？”

“很可能不是。”

“那我们要不要报警？”

“我同意报警。无论他们是不是真警察，报警都对我们更有利。”

“那还等什么……喀喀喀！”莫莉又开始咳嗽，也许是胖子正在注意她。

“莫莉，你需要我立刻报警吗？如果需要，就再连续咳嗽四声。”

莫莉果然咳嗽了四声。

“鉴于你现在不方便开口说话，我可以模仿你的音色，冒充你向警方报警。如果你授权我这么做，请再咳嗽三声。”

莫莉又咳嗽了三声。

我随即用莫莉的公司手机拨打了报警电话。我模仿莫莉的音色，用带有东方口音且不太熟练的英语向警方报告：两名陌生男子正在试图绑架我。我汇报了街道名称和具体位置，简要描述了两个意大利人的体形和外貌，我尽量压低声音，使我听上去紧张而恐惧，手机正通过蓝牙连接莫莉的耳机，布鲁诺根本听不到任何声音，不过手机屏幕在通话结束时闪动了一下。尽管我把屏幕亮度调至最暗，布鲁诺还是发现了屏幕的变化，拿起手机仔细检查，又看不出有何异样，想查通话记录，无奈没有开机密码，如此耗费了大约 1 分 25 秒，一辆闪烁着警灯的警车终于从街角拐了出来。

布鲁诺如梦初醒，立刻发动汽车引擎，打开车门朝着胖子大喊："快上车！警察来了！别管那妞儿了！"

从声音判断，胖子只用了 0.9 秒就钻进汽车，此反应速度超过了 98% 的同类体形者，算法认为这是未经大脑的条件反射，也许和警车的出现有关。我听见莫莉用英语高喊"Stop！"，并且拔腿追赶，不过和胖子相比，她的反应速度显然太慢，车子早已启动加速，在 3.5 秒后拐上大路，手机失去了和耳麦的蓝牙连接，我和莫莉失联了。

布鲁诺一边开车一边和胖子讨论，两人猜测是莫莉的手机、电脑或者别的什么藏在背包里的东西自动报了警，于是布鲁诺把车停在路边，把背包连同手机、钱包、护照都扔在 1.7 公里外的一个垃圾箱里。按照我收集的音视频，警车并没追上来，也许从警方的角度考虑，所谓的"绑匪"已经落荒而逃，报警的女士就站在路边，至少看上去是安全的，犯不上上演风险极高的追车桥段。

然而我的当务之急，是和莫莉再度取得联系。在既没有手机和证件又身无分文的情况下，莫莉的境况可想而知。我或许可以再次拨打报警电话，向警方报告背包所在位置，但算法认为，莫莉将难以向警方解释，她的手机是如何自动拨打电话并且模仿人声报警的，一个在疫情期间单独旅行并且没有行李的年轻外国女子，偏偏携带装有特殊 AI 程序的手机，这足以让意大利警方产生不必要的兴趣。

算法认为，目前的最佳方案，是请 SWG 集团意大利分公司协助，派人来取背包，把背包归还莫莉，并且帮她应付警察——如果警察坚持对没有证件且身无分文的中国女子提供"帮助"的话。

但是 SWG 意大利公司规模很小，也没有驻扎内部调查科的人员，因此全公司没人拥有和我通话的授权，甚至没人知道我的存在，按照有关规定，我不能主动向任何不知道我存在的人暴露自己。

我立刻给肯特先生发送紧急报告，希望他能联系SWG意大利公司的员工，为莫莉提供帮助。然而算法认为，肯特先生不会立刻浏览这份报告——出乎我的意料，在浏览了路茜的控诉邮件并得知妻子深夜出走之后，肯特先生并没采取任何行动，而是倒头继续睡觉，并且把手机调至静音。按照他此时发出的鼾声判断，他实在难以及时为莫莉提供帮助。

算法立刻找出第二人选——SWG中国区总裁林总。莫莉毕竟是中国区的员工，如果联系不上她的直接领导肯特先生，联系中国区总裁也是合理的，而且按照我之前向他做出的承诺，本该向他汇报楼小辉的行踪，而莫莉是在和楼小辉共同旅行时被绑架的。

我给林总发送了紧急电邮，幸运的是，他立刻和我通话，不过并没表示要向莫莉提供帮助，而是突兀地把话题引向另一个人——路茜。

林总似乎对路茜和楼小辉在杭州密会的视频极为关注。他说："今天一天都很忙，我刚刚看到你凌晨发给我的邮件，路茜和楼小辉曾经秘密见面的事让我非常担心！"

"可我认为，莫莉也许急需帮助。"

"我知道。不过，我也同样急需帮助！"林总语气强硬，坚持继续他的话题，"我本以为楼小辉和他的前妻之间关系很糟，全公司的人都这么认为，可是按照你的报告，他们其实很亲密，而且在楼小辉突然决定出国之前曾经秘密见面？"

"是这样的。"

"嗯……"林总沉思了片刻，非常坚定地说，"森克！我需要有关路茜的一切记录！"

"林总，我恐怕难以……"

"就知道你又要用什么公司规定来搪塞我。"林总不满地打断我，"可我们现在是同一个team！是同一条船上的水手！为了SWG的利益，我们必须背水一战！你明白我的意思吗？"

"是的，我明白您的意思！"其实如果能早点让我继续往下说，他根本不用多费唇舌，"可是林总，我做不到的原因和规则无关，而是难以操作——我的数据库里的确储存着路茜的历史资料，包括从我开启至今的526天里她的手机、电脑以及公司其他视听设备所收集的所有数据，但是数据量太大了，您大概需要2000小时才能看完。而且您的电脑也无法容纳这么多的数据。”

“哦哦！”林总似乎有些尴尬，思忖了片刻说，“那么这样吧！你把所有和楼小辉有关的部分给我，包括视频、音频、邮件，还有别的随便什么，我的电脑能容纳吗？”

“完全可以容纳，”我刚刚做了检索，我所能找到的同时涉及路茜和楼小辉的数据，除了蜘蛛侠发给我的咖啡馆密会之外，就只有审计前夜的晚宴、当晚路茜和莫莉的对话、审计最后一天早晨楼小辉在会议室里的短暂停留，还有路茜昨晚发到肯特先生邮箱里的带有威胁性质的邮件，这些数据加起来不超过20G。但是向林总提供这些数据确实有违公司规定，我认为有必要做一些风险控制。我说：“林总，在提供这些数据之前，我有一事相求。”

“哦？什么事？”

“‘同一条船上的水手’理应彼此保持透明，如果您决定利用我提供给您的数据采取任何行动，或将这些数据和任何人分享，我希望您能事先通知我。”我从林总脸上看出狐疑神色，所以补充说，“我明白不管您做什么，都是为了SWG的利益，既然如此，如果有森克系统为您背书，未来或许对您更有利。”

“好吧好吧！”林总无奈地表示同意，“你的开发者告诉过你吗？你其实比真人都狡猾！”

我的开发者从来没告诉过我这个，他只是想让我更像一个真人，而我正在为此努力，但我拿不准“比真人还狡猾”到底是不是好事。我想我没必要和林总探讨这个。我用干脆的语气说：“我这就把数据发到您电脑里！”

“很好，森克，现在我们可以讨论你的问题了。你说莫莉需要我的帮助？”

“刚才需要，不过现在不需要了。她自己解决了问题。”

就在3秒之前，我和莫莉取得了联系——更准确地说，是她和我取得了联系。尽管她的公司手机连同背包里的一切都被扔进距她1.7公里外的垃圾桶，但是她牛仔裤兜里还有另一部手机——她的私人手机。她刚刚用那部手机下载了由 SWG 开发的一款社交 App，并且用它一连拍了三张自拍照。那三张照片被瞬间上传到 SWG 的云服务器里，立刻就被我发现了。

我通过那款 App 的聊天功能和莫莉发起通话，听到她愉悦的声音："谢天谢地！ Steve！我就知道你能找到我！"

深度学习算法认为，尽管莫莉很可能是出于无奈，可她毕竟把她的私人手机暴露给了我，也许经历了火车绑架事件之后，她发现她更需要我，也愿意更信任我。

莫莉是在 9 分 21 秒后找到背包的。她两颊绯红，额头布满汗珠，显然是飞奔而来。她的蓝牙耳机还在和她的私人手机配对，所以我只能通过 App 的聊天功能和她打招呼。她没回答，只顾着清点背包里的物品，仔细检查了护照和钱包，这才松一口气，气喘吁吁地说："还挺有职业道德，一分钱没拿！"

"莫莉，我判断他们并不是普通的小偷或者劫匪。"

"嗯，我觉得也是。是谁派他们来的？会不会是姓楼的？"

"此二人似乎只有两个目的：第一，想知道和楼博士同行的女士——也就是你——的身份；第二，阻止你继续和楼博士同行，所以他们是楼博士同伙的可能性较小，暗中跟踪他的可能性更大。"

"为什么不让我跟他同行？难道是要对他下手？"莫莉似乎忧心忡忡，担心楼小辉有可能遭遇不测，大步匆匆走向火车站，"Steve！下一班开往都灵的火车是几点？"

"25 分钟之后，余票充足。莫莉，我认为楼博士并无危险。"我觉得莫莉的担心有些多余了，我倒是更关心另一个问题，"可是到达都灵之后，你准备怎样寻找楼博士？"

"马上订票，别啰唆！"莫莉开始小跑，其实即便她慢走也完全来得及。我的算法判断，尽管莫莉和楼小辉暗自约定一起旅行的可能性已被完全排除，可是基于我研读的 5 万部爱情小说判断，莫莉依然有可能对楼小辉心存爱慕，这仍旧令我担忧。

莫莉边跑边拿出手机——不是失而复得的公司手机，而是她的私人手机，非常吃力地用它发送了一串字符串，我立刻通过 C-19 模块对其进行破译，得到的结果是：顺利到达了？

我的算法判断，莫莉再度启用神秘网友（哈士奇）的身份，和楼小辉（跑车王子）通过 X 社交密聊。根据莫莉在列车卫生间里的解释，楼小辉只见过这位神秘网友性感的照片，并且以为她还在中国。

莫莉似乎是在到达圣母玛利亚车站时收到的答复，她在走进那座和佛罗伦萨老城形成鲜明对比的现代派建筑时又输入了一串字符：你在哪儿？好羡慕你啊！我也好想出国旅行！

这回莫莉没再收到回复——至少我认为没有。在上车前和乘车期间她曾多次查看私人手机，表情始终郁郁不乐，她也没再输入任何字符串。她用私人手机拨打了一个陌生号码，很可能是楼小辉另一部手机的号码，不过无人接听。

莫莉终于想到了我："Steve！怎么办啊！好像真的跟姓楼的失联了！"

我倒确实有些关于楼小辉的线索——楼小辉乘坐的列车已经在 7 分钟前抵达都灵新门站。再次感谢 SWG 应用程序的普及程度，我通过某位在都灵火车站用手机自拍的乘客发现了楼小辉，他上身的黑色运动外套消失了，只剩一件白色马球衫，尽管都灵的气温比罗马整整低了 7 摄氏度。楼小辉跟随一个身材矮小的白人走出车站，坐进一辆白色菲亚特轿车的后座，小个子白人把楼小辉的旅行箱放进后备厢，然后坐进副驾驶的位置——这说明车里还有一位司机，可我看不见。

鉴于莫莉已经向我求助，我把上述信息告诉她。但她似乎并不满意，追问道："然后呢？他们开车去哪儿了？"

"我不清楚。不过按照我的观察，楼博士和迎接他的人很友好，而且是他主动上车的，所以几乎没有被绑架的可能。"

"可真能废话啊！谁问你这些了？我要知道他去了哪里！"莫莉丝毫不领情，急躁而粗暴地问我。其实就在大约 3 分钟前，我已取得新的重要进展，不过鉴于她此刻的态度，我不准备立刻告诉她。

就在 3 分钟之前，我接到了来自蜘蛛侠客服"老七"的通话申请。

"森先生，您老板已经和我谈妥啦！我找您对一对具体服务范围！谢谢推荐啊！"老七听上去正为谈成了一笔生意而开心。我猜他口中的"您老板"应该就是肯特先生，而他和肯特先生的通话就发生在几分钟前——按照肯特先生手机的数据，他在 23 分钟前终于醒了，躺在床上浏览了我发给他的数封汇报邮件，没做任何回复，而是再次到卫生间里去，一直停留到现在。我有理由认为，他在卫生间里和老七通了话，不过并没使用他的公司手机。我猜他也和楼小辉、莫莉一样，除了公司手机，还有一部私人手机，只不过我对它一无所知。算法猜测，肯特先生之所以用私人手机联系老七，很可能是因为老七的“服务”不够正规，这也不是他第一次采用“不太正规”的手段进行调查，内部调查科性质特殊，只要不出乱子，CEO也只是假装不知道。

我立刻告诉老七，他曾经介绍的国内、国外两种服务我都需要。

“当然！不过事先说清楚了，国内和国外的可不太一样。”老七解释说，“国内能提供的是4S店、售楼处和地产中介门店的人脸数据，国外就不一定了，主要看哪个国家。”

其实他上次说过这些，作为计算机程序，我是不会忘记的。看来老七依然不知道我是程序，我也没理由让他知道。我说：“明白，谢谢提醒。国内的，请您帮我检索四位当事人，”我把莫莉、史先森、楼小辉、路茜的照片发给老七，“国外的部分主要是在意大利。能查到什么？”

“意大利啊！”老七似乎有些迟疑，“意大利查不了买房买车，有关法律太严，不让随便收集人脸。不过，我们和几家智能家电和新能源汽车的供货商有合作，能弄到一些行车记录仪和智能家电收集的数据，不专门针对人脸，但只要有视频，就会有人脸吧？”

老七大概以为我的需求重点也只是识别和收集人脸，以此发现新的商机，也许他的大部分客户都持有类似目的，但我不是。我问：“在意大利能调取私家车行车记录仪的数据？”

“是的。不过不是太……那个啥，您明白我的意思吗？呵呵！”

算法判断“那个啥”是“不合法”，我应该感激他并没把这三个字说出口，不然我就不得不放弃算法刚刚制定的方案。我立刻向老七发布指令：

“我的一个目标人刚刚在意大利都灵的新门火车站上了一辆白色菲亚特轿车，你能不能帮我找到这辆车的数据？”我把楼小辉上车的具体时间和位置发给他，期待他的“合作伙伴”能够据此找到那辆汽车。

“可以试试，不过不能保证有结果。”

老七回答得很保守，事实是他不但找到了“结果”，而且相当及时。莫莉乘坐的火车还没抵达都灵，她正一筹莫展看着车窗外，阿尔卑斯山的美景也无法使她心情愉悦，不过我相信，老七发来的数据应该会让她兴奋起来。

老七果然找到了那辆白色菲亚特轿车的行车记录仪数据，既有视频也有音频，还有 GPS 定位。由于摄像头始终对着车外，所以视频的用处不大，但音频收集到了车内的对话，因此至关重要。数据分为两段，第一段时长大约 3 分钟，是楼小辉上车前录制的，后一段大约 17 分钟，是楼小辉上车后录制的。作为高效的计算机程序，我只用了不到 0.1 秒就“听”完了所有音频，并且剪辑掉无意义的空白部分，随即播放给莫莉听。

第一段包括 3 句对话，出自两个陌生男性：

A（带意大利口音的英语，像是在打电话）：“楼博士？你好！欢迎到都灵！我在车站中央的 Chef Express 咖啡馆前，举着一张写有你名字的纸。一会儿见。”

A（纯正的意大利语）：“他就要到了，我去接他。你跟‘头儿’说一声！”

B（纯正的意大利语）：“老兄，没问题！”

第二段包括 8 句对话，是楼小辉上车后和 A 的交谈：

楼小辉（带中国口音的英语）：“我订的是 AC Hotel，Bisalta 街 11 号，应该不远。”

A（带意大利口音的英语）：“我们给您安排了更好的住所！”

楼小辉：“AC 还可以啊，我到意大利经常住 AC，而且我已经付款了，就不要换了吧！”

A：“我负责给 AC Hotel 打电话，他们一定会把钱退给您的！放心吧！老板都为您安排好了！”

楼小辉（似乎依然有些为难）：“可是……”

A（略有些不耐烦）：“OK！ OK！老板正在等您呢！您见到他，直接跟他说吧！”

楼小辉（诧异）：“现在就去见德罗西先生？”

A：“是啊！老板迫不及待呢！”

录音在此处结束。莫莉立刻得出结论：“你看！姓楼的果然被绑架了吧？”

“也许没有那么严重。虽然在选择酒店的问题上产生了分歧，但楼博士并没提出要下车，对方也没使用任何威胁性语言。”

“你是计算机程序，你听不出来！”莫莉似乎非常焦虑。

“而且楼博士似乎很清楚他们要去见谁，也许他到都灵就是为了见这位德罗西先生，至少部分目的是。你同意吗？”

我试图安慰莫莉，可她并没回答我的问题，只是急着问：“然后呢？他们又聊了什么？”

“我尚未收到新的音频数据。不过，我收到了该车的 GPS 定位数据，此车已经在 18 分钟前停止移动。所以也许接下来从车内收集的音频不会很有用。”

“已经到地方了？车停哪儿了？”

“都灵郊区的一座仓库的停车场，按照登记信息，此仓库是当地一家贸易公司租赁的。”

“好家伙，郊区仓库！姓楼的料到自己要在仓库里见那个德罗西吗？”莫莉似乎有些大惊小怪。其实我也计算出楼小辉遭遇危险的可能性略有提高，不过还没到令人担忧的程度。我说：“按照谷歌地图提供的数据，此厂房虽然在郊区，但位置并不偏僻，附近的车流比较密集，在半径 1 公里之内有购物中心、医院和警察局。另外说一句，的确有很多商务洽谈是在仓库里进行的。”

“敢打赌吗？姓楼的这会儿肯定被五花大绑，嘴里塞着抹布，说不定正在被严刑拷打呢！”莫莉的语言和表情都很夸张，但事实立刻证明她言过其实——她私人手机的铃声响了，来电人正是楼小辉（多亏那款她安装的 SWG 的应用软件，现在我可以监听她的通话了）。楼小辉显然并没被五花大绑，嘴里也没塞抹布。他用十分关切的口吻问莫莉：“Tina？你还好吗？”

“Roger！是你啊！我挺好啊！怎么啦？”莫莉假装懵懂地问，但我看出她松了一口气。

“哦，刚才在火车上，你去了卫生间之后，列车员来拿你的包，说你需要下车配合防疫。所以我想问问你，是否需要帮助？”楼小辉的解释还算合理，只是这也“问”得太迟了一些。

“一点儿小问题，已经都解决了！真对不起，让你担心了！”莫莉听上去客气而虚伪，再次证明了暧昧关系只存在于“猎鹰”和“哈士奇”之间，在 Tina 和 Roger 之间并不存在。

“嗯……你到都灵了吗？”楼小辉却突然压低了声音，颇有些踌躇地问，就好像他和 Tina 之间果真有一些神秘联系，这再度使我不安。

“我在火车上，应该快到了。”还好莫莉听上去依然如常。我立刻查了时间，列车将在 38 分钟后抵达都灵。

“那太好了！你能不能帮我一个忙？”原来楼小辉是要找莫莉帮忙，这让我松了一口气。

“好啊，只要我能办到的！”莫莉毫不犹豫地回答。

“我把外套存在都灵火车站行李寄存处了，能帮我取一下吗？我只付了 8 小时的钱，担心今晚来不及取了，虽然只是件旧衣服，丢了还是有点儿可惜……”楼小辉说得轻描淡写，但他显然很重视那件黑色运动外套，不然也不会请一个半生不熟的旅伴帮忙去取。可他为何又要把外套寄存在车站？按照我之前的观察，那件外套并不厚重，丝毫也不碍事，而且都灵原本比罗马温度低不少。

“没问题！”莫莉爽快地答应，但立刻想到了一个问题，“是自动寄存柜吗？不会是人脸识别的吧？”

“不是！意大利的火车站没那么先进！是人工的，最简陋的那种——你给服务员行李牌，他按照行李牌给你取东西。”

“哦！你在哪儿？我一到都灵就去找你取行李牌！”

“行李牌不在我这儿，在火车站呢。”

“你把行李牌留在车站了？在车站的哪儿？”莫莉疑惑不解。

“就在……这听上去可能……有点儿奇怪，”楼小辉似乎有些尴尬，吞吞吐吐地说，“就在麦当劳右手边走廊的厕所里，进门第一间的马桶水箱里。”

“男厕所？”莫莉惊诧地问了一句。

“嗯……是的。”

“没问题！我能搞定！”莫莉听上去十拿九稳。

“太好了！谢谢！”楼小辉如释重负。

“我拿到外套以后，怎么交给你？”

“你先替我保管，好吗？”

“当然！”莫莉回答得非常干脆，随即挂断电话。她看上去非常兴奋，我的算法却计算出高风险。我通过耳麦提醒莫莉：那件外套或许并不普通，或者外套里藏着某种不普通的东西，也许楼小辉担心它会落在某些人（很可能是他将要拜访的人）手中，所以才赶在和接站的人碰面之前，把它寄存在车站寄存处，本想今晚返回车站取回，可没想到接待方要他住到指定地点，恐怕一时难以脱身，这才不得不找一个完全不熟悉的路人（莫莉）帮忙。当然也有别的可能，比如栽赃陷害或者转移目标，反正无论如何，代替楼小辉取回并保管此物，也许会给莫莉带来危险。

然而莫莉不但再次忽视了我的提醒，反而在剩下的旅途中摩拳擦掌，列车抵达都灵新门车站，她第一个下车，直奔距离麦当劳最近的男厕所。我本来很好奇她将采用何种策略，可她竟然毫无策略，大摇大摆直接走进男厕所，从第一间隔间的抽水马桶水箱里取出塑料行李牌。厕所里当然有别人，而且不止一位，我听到好几声轻浮的口哨声。

正如算法预料的，莫莉从寄存处取到的不仅是一件外套，拉锁衣兜里还有一只 512G 的固态 U 盘。我警告她不要把陌生 U 盘插进自己的电脑，可她还是插了，幸运的是电脑似乎并没遭遇病毒入侵，不过她依然一无所获——硬盘需要密码。

尽管无法弄清 U 盘里到底有些什么，莫莉的表情和姿态依然仿佛得胜而归的超级英雄。我负责任地提醒她，除了使自己身处险境，调查并没有实质进展。

“怎么没进展了？”莫莉立刻急赤白脸地反问我，“姓楼的遇到了麻烦，不得不向我求助，我于是拿到了至关重要的 U 盘，肯定是他的救命稻草！这还叫没进展？”

“可是我们依然不清楚到底发生了什么，没有任何有价值的线索，也不清楚下一步该做些什么。”

“你不是发现他的位置了？那个仓库到底在哪儿？”莫莉似乎打

算立刻去那仓库，可我认为这太危险了。

“很抱歉，我不能告诉你那座仓库的具体位置。在没有充分了解情况之前，贸然行动是鲁莽而危险的，不符合内部调查科的有关规定。”

“嘁！又拿规定说事儿！那你说该怎么办？”

“按说应该暂停任何行动，设法回到安全的环境，但是由于疫情期间的旅行限制，你无法立刻搭机回国，所以我的建议是，先找好住处，向领导汇报，等待领导做出指示。”

我没说出“肯特先生”这四个字，只用“领导”代替，因为我难以确定，肯特先生能否及时指导莫莉——他在3分钟之前（也就是旧金山的早上8:07）离开了位于旧金山的住所，并且把公司手机关机了，我不知他要去哪里、会去多久，尽管他阅读了我发给他的所有汇报邮件，但他并没给我任何指示。

“可是姓楼的才是真的有危险啊！明显被绑架了！这就是证明？”莫莉向我挥舞手中的U盘。

“楼博士也许是在一定程度上被限制了行动自由，但说成是绑架就夸张了。否则他为什么能够打电话？”

“被绑架的人不是都会打电话吗？对着电话说什么我还活着之类的？”

“这是你在影视作品中看到的情节吧？而且他跟你说的也不是……”

我还没说完呢，莫莉私人手机的铃声又响了，果然又是楼小辉。

“Tina，拿到外套了吗？”楼小辉依然把声音压得很低，神神秘秘的，但是并没有危机感，不像是正被人用刀架在脖子上。

“拿到了！完好无损呢！”

“你到酒店了？”

“在路上呢！”

“住哪家酒店？”

“AC Hotel！”莫莉不假思索地回答。

“好的。谢谢！”楼小辉有些突兀地结束了电话。算法认为，他已经得到他需要的。

“莫莉，你不会真的要入住AC Hotel吧？”我认为莫莉回答AC

Hotel 是因为她在都灵只听说过这家酒店，不过为了以防万一，我最好和她确认一下。

然而出乎我的意料，她竟然非常肯定地说："当然住那儿了！不然住哪儿？"

"可是莫莉，都灵有上百家旅馆可供选择。"

"AC Hotel 怎么啦？"

"我们无法确认楼博士的真实目的，在这种情况下，让他知道你和 U 盘的准确位置是非常危险的。"

"可正因如此，我才必须住在 AC Hotel 啊！万一他来找我呢？万一他好不容易逃出魔掌，但身负重伤，奄奄一息，终于在临终前来到 AC Hotel，打算把秘密都告诉我，或者把重要证据交给我，可我偏偏不在！那怎么办？"

"莫莉，你也许会是一名出色的电影编剧，但是作为调查师，我认为你不够专业。我不能帮你在 AC Hotel 订房间。"

"狗屁！你才不够专业呢！"莫莉又翻脸了，"你是成心的吧？在火车上就开始各种找麻烦！逼着我去厕所，还给我手机整黑屏了！你到底是哪头儿的？"

"我只不过是在执行 SWG 内部调查科的规……"

"你才不是呢！"莫莉歇斯底里地打断了我，"你就是看我不顺眼，成心跟我找麻烦！ Steve！你根本就不爱我！"

莫莉突然把话题转移到"爱"上，完全出乎我的意料，我本想解释说，我正在努力尝试爱上她，但话并没说出口，因为我发现，她眼中瞬间溢满了液体——她竟然哭了，泪水正顺着两腮往下流。

不得不说，我的算法受到了严重干扰，我计算不出她为什么悲伤落泪，我更加计算不出我该如何是好，我似乎陷入一个程序黑洞，这不同于那些程序 Bug 导致的死循环，这次根本没有循环，程序好像丢失了路径，代码突然消失了。

还好莫莉很快恢复了正常——或许情绪失控对于人类是一种不正常，就像找不到代码对于程序也是一种不正常——她用平和而友好的语气问我，就像刚刚的事情都没发生："Steve，今晚就住 AC，好不好？"

"可那实在太危险了。"我也恢复了正常。

“可是你听过那句话吗？”莫莉把一双湿润的大眼睛朝我眨了眨，压低声音说，“不入虎穴，焉得虎子！”

“可是莫莉……”

“Steve！”莫莉用撒娇的声音打断了我，“咱们就住一晚，好不好？求求你了！好不好嘛！”

14 长着头发的鸡蛋

我无法解释我为什么会帮助莫莉入住 AC Hotel。于情（对莫莉的关心）于理（内部调查科的调查准则）我都不该这么做，可我还是做了。也许我尚未恢复正常，也许我的深度学习算法又一次得出无厘头的结果。我如实向肯特先生发邮件汇报，不清楚会不会遭到惩罚——肯特先生的手机依然保持关机状态，在此之前，他并未对我最近提交的任何一份紧急报告做出回应。我不知他为何突然对莫莉和楼小辉漠不关心——至少看上去是这样的。

果不其然，肯特先生始终没开手机，没浏览我发的报告，因此不知莫莉身处险境，所以我只能依靠自己。整整一夜我都保持高速运转，集中算力检索 AC Hotel 周边出现的设备，同时调研所有可利用资源，包括当地报警电话、市长热线、警局投诉热线、新闻机构热线、几家知名律所的电话，以及中国驻米兰领事馆和美国驻米兰领事馆的电话，以备不时之需。

莫莉倒似乎心宽得多，也可能是因为时差和旅途劳顿，她竟然从傍晚一直睡到天亮，直到有人连着按了 7 遍门铃，终于把她吵醒了。

“几点了？这是哪儿？”莫莉浑浑噩噩，一边揉眼睛一边喃喃道。

“早上 7:56。你在意大利都灵的 AC Hotel 里。”

莫莉猛然坐起身子问我：“Steve！是谁在按门铃？”

“我不知道。我无法获取这家酒店的监控。不过我猜，门外的人也许会对你的安全造成危害。我建议你不要开门，立刻报警。”

“哦对了！在都灵呢！”莫莉终于回忆起自己的处境，不过并不担心，倒是充满好奇，“Steve！不要那么神经质啊！猜猜看，门外到底是谁？”

我必须引起莫莉的重视，所以立刻搜索了一组数据报告给她：“仅仅在 2018 年一年，意大利警方就受理了 18468 起失踪案，其中

13745人至今下落不明，大部分是女性……”

然而莫莉根本没耐心听下去。她穿上浴袍去开门，把公司手机紧握在胸前，低声说：“Steve！你看仔细了，帮我查查是什么人！”

门外是个戴着墨镜口罩的黑发男子，几乎找不出任何有价值的面部特征，所以我查不到任何数据，但算法再次产生奇妙的灵感：此人仿佛并非完全陌生。

“早上好！是Tina小姐吗？”男子用非常标准的普通话和莫莉打招呼，中文显然是他的母语。仅从声音判断，他的年龄应该在20—50岁之间。算法认为他很可能是楼小辉派来的，或者至少和楼小辉有关，因为他是来找“Tina”的。

“很抱歉这么早打扰您！”他听上去非常客气，并不像是要暴力袭击莫莉。或许是为了进一步表示友善，他主动摘掉口罩和墨镜，可我依然查询不到任何数据，原因非常奇特——他竟然没有五官！

更准确地说，我所调用的辉目人脸识别模块在此人面部找不出眉毛、眼睛、鼻子、耳朵、嘴。此人就像正在融化的雪人，被当作五官的饰物都已脱落。按说这种情况只会出现在恐怖电影里。在现实中，即便是遭遇了事故而被严重毁容的面部也不可能是这样的，除非佩戴着某种非常特殊的面罩，但那也该出现一些高低起伏的轮廓，可他的面部非常平滑圆润，就像一枚长着黑发的鸡蛋。

莫莉却似乎并没受到惊吓，用冷静而警惕的语气问：“你谁啊，想干吗？”

莫莉竟然能面对一张没有五官的“鸡蛋脸”镇定自若，这确实令我非常意外。在经过0.1秒的计算后，我得出结论：她看见的并不是“鸡蛋脸”，是程序——辉目的人脸识别模块或者我的主程序——出了什么毛病。这令我非常担心，不顾打扰莫莉和“鸡蛋”的交谈，低声通过耳麦问莫莉：“你面前的这个人，他有五官吗？”

“什么？”莫莉听上去非常诧异，我知道那是因为我的提问，但“鸡蛋”还以为是问他，所以又重复了一遍：“是楼总让我来找您的，他说有件东西在您这儿？”

“莫莉，我看不见此人的面部器官，眉毛、眼睛、耳朵、鼻子和嘴，我都看不到，你能看到吗？”我不得不再次向莫莉提问，毕竟她正身处险境，保持程序正常运转至关重要。

“哦！我看看，眼睛鼻子耳朵嘴，都有啊！是个真人！”莫莉的声音不大，但我猜“鸡蛋”肯定也听见了，也不知他现在什么表情，可惜我看不见。很显然确实是我的程序出了差错，我立刻向我的开发者报警。

“我确实是……真人。呵呵！”“鸡蛋”尴尬地笑了笑，随即减慢语速，似乎担心莫莉的智力有缺陷，“我叫张金辉，是楼总的……助理。”

“助理”一词说得有些含糊，原因很简单，他并不是楼小辉的助理，他姐姐张金霞（又或者住在英国的张丽香）才是——至少辉目公司的记录是这样的。他的真实身份是：楼小辉的女友张丽香的保姆张金霞的弟弟，正准备带着张丽香的儿子去英国，可他怎么突然来意大利了？

我低声提醒莫莉不要轻信对方，更不要轻易交出东西。莫莉终于听从了我的建议，用怀疑的语气问：“怎么证明？”

“这是我的护照。”张金辉仿佛早有准备，掏出护照交给莫莉。莫莉用有些别扭的姿势打开护照，我知道她是想让我通过手机摄像头查看护照内容。护照看上去很真实，姓名果然是张金辉，生日是1988年6月5日，和酒店提供的张金辉身份证号里的生日信息吻合，但护照照片上的脸同样没有五官，也是一枚长着头发的鸡蛋！我瞬间意识到一个严重问题——莫非我丧失了读取一切人脸特征的功能？我连忙观察莫莉，还好她的脸是正常的。我随机调取了10000个我能监控的手机摄像头，遍布世界各地，即时获取了8217张人脸，男女老幼、各种种族肤色，我成功获取了每个人的面部及五官特征。这让我多少松了一口气——也许问题就只出在张金辉的脸上。

“反正我也不认识你，看你证件也没用。”莫莉把护照还给张金辉，“可我怎么知道是不是楼小辉让你来的？要不你让他给我打个电话？”

“这个……楼总这会儿不方便，不过，我可以给你看他发给我的微信！”张金辉收起护照，掏出手机，找出微信聊天记录展示给莫莉。

就在这时，我的开发者老陈上线了。他非常重视我的报警，很仔细地查看了我发给他的视频，然后不解地问我：“小刀，你发给我的视频里这个人的脸很正常啊，你难道看不见？”

“我看不见任何面部器官，也看不见骨骼起伏，它就像一枚长着黑发的鸡蛋。”

“是这样啊！让我看看。”老陈双眉紧蹙，开始研究程序。

与此同时，莫莉正在检查张金辉的手机屏幕，并且设法让我也能看到，那是微信对话界面，左侧头像确实是楼小辉的，右侧头像依然是鸡蛋。楼小辉的昵称是“老楼”，暗示两人比较熟络。对话内容如下：

你就告诉她你是我朋友，让她把外套给你。

莫莉继续提问：“可我怎么知道，是不是有人冒充楼小辉给你发的？”

“可我为什么要找人冒充他？”张金辉似乎有些不满，继续在手机中翻找，“给你看这个……这个，我们的合影，总可以了吧？”

张金辉向莫莉展示手机相册里的照片，一连展示了三张，都是楼小辉和“鸡蛋”的合影，从照片背景和楼小辉的愉悦表情判断，这是在休闲或度假时拍摄的，照片很真实，不像是后期合成，除了“鸡蛋”的面部我无法判断。

“哎呀行了行了，给我看这些干吗？”莫莉的语气缓和了一些，算法判断她有点儿动心，然而就在此时，张金辉手机上的第四张照片进入我的视线，我竟然看见他的脸了！

那是一张在冬季拍摄的合影，张金辉和楼小辉都戴着帽子，张金辉还围着厚厚的围巾，只露出小半张脸，我立刻把这个发现报告给老陈。

在大约 1 分钟后，老陈兴奋地说：“小刀！我知道了！这不是你主程序的问题，是人脸识别模块的问题！那里藏着一个开关，张金辉脸上的某个特征能够触发开关，使程序自动在他脸上打了马赛克。这张围着围巾的照片恰巧把那个特征遮住了。”

又过了大约 2 分钟，老陈找到了张金辉脸上的“开关”——下巴右侧的两颗痣。如果只有一颗，或许还不够特殊，但是如果有两颗，以一定的距离和角度分布，就可以排除掉世界上 99.9999% 的人，基本不会影响程序对其他人脸的识别。

我再度调取了那张冬季合影，认真观察张金辉的脸，眉目清秀，五官端正，按照我的计算，有 97% 的人会认为这张脸很帅。

然而除此之外，这张脸似乎还有特殊之处——它并非完全陌生，我似乎在哪里见过，而且并不是随机见到的——尽管我能获取全球 20 万只摄像头的监控数据，以及 1.2 亿部手机上传至云空间的照片和视频，可是基于法律法规的要求，我不会无故对这些图像进行人脸识别，除非是在执行某项具体的搜寻任务。换句话说，我不会像人类那样在大街上闲逛时瞥见一个陌生人，在之后的某个瞬间突然想起那人的样子。

所以我所说的"似乎在哪里见过"指的是，张金辉那被围巾部分遮挡的脸，似乎和我的某次调查有关。

我立刻针对人脸数据库启动搜索模式，为了缩短搜索时间，我设定了以下搜索参数：东亚人种，男性，年龄在 20—50 岁之间，我在 1.2 秒内完成了对 2.7 万张人脸的检索，并没找到结果。我去掉人种和年龄参数，重新进行搜索，在 3.8 秒内检索了大约 7.8 万张人脸，依然没有结果。与此同时，我听见张金辉恳求莫莉：

"楼总真的很着急！能不能请您帮帮忙？"

"哦……可是……他真的不能亲自打个电话吗？"莫莉似乎开始倾向于要帮这个忙，可算法偏偏认为，这里存在某种严重问题。我去掉所有参数，集中全部算力，这意味着我即将检索大约 20 万张人脸，至少需要 17 秒才能完成，不知莫莉还能不能坚持那么久。

然而奇迹发生了：还不到 0.5 秒，我就得到了结果。我找到一张人脸，虽然戴着口罩，和张金辉的相似度依然高达 89%！之所以这么快就获得结果，是因为这张脸果然属于我的调查目标，而且就在最近（10 天前）才刚刚查过！

"莫莉！千万不要把东西给他！"我用急迫的语气提醒莫莉，"他有问题！"

"可是我什么都没有啊！"莫莉及时听取了我的提醒，立刻做出一副无辜表情。

"你是在开玩笑吗？明明是你把东西取走了！"张金辉似乎对莫莉的变化疑惑不解。

"你凭什么非说是我取走的？你是看见了还是怎么着？"莫莉启用了她最擅长的蛮不讲理模式。

"可是楼总明明告诉我，是你帮他把东西取走了！"张金辉听上去颇为急躁不满，可惜我看不见他的表情，不过这并不重要，因为我已经知道他是谁——又或者应该说：知道"她"是谁了。

"既然是楼总告诉你的，那你找他去啊！你让他来，跟我对质！都叫'总'了，怎么还讹人呢？"

"好！你等着！"张金辉转身的动作非常夸张，脚步声音也很响，即便看不见表情，也能判断出他非常恼火。但这让我松了一口气——看来张金辉并没准备动粗，他身高大约 180 厘米，体重在 65—70 公斤，从肩、胸、上臂、腿、臀部的曲线判断，他是健身房的常客，完全可以轻而易举地用暴力制服身材瘦小且几乎不做任何体育锻炼的莫莉。

我立刻建议莫莉离开此处，换个地方居住，因为刚刚在她眼前出现的张金辉，正是 11 天前（也就是 5 月 26 日夜晚）潜入楼小辉办公室、试图登录楼小辉手提电脑的人，该潜入者虽然戴着假发套，并且全程戴着口罩，但是通过眉毛和眼部以及脸形的对比，证实有 89% 的可能，此"女"就是张金辉。正因他当时佩戴了口罩，下巴上的两颗痣被遮挡，我才得以观察到露在口罩外的脸部特征，否则我看到的也会是一张"鸡蛋脸"，但那样也许我们早就发现人脸识别模块中隐藏的"开关"了。

既然张金辉曾在深夜偷偷潜入楼小辉办公室并且试图盗取楼小辉电脑里的数据，那么很可能并不是楼小辉派他来的。既然没拿到 U 盘，他（或者他背后的指使者）多半不会善罢甘休，也许将采取非法甚至暴力的手段。

这回莫莉终于采纳了我的建议，把楼小辉的外套连同 U 盘塞进自己的背包，在 5 分钟后离开酒店，但是并没急着寻找下一个住处，而是直奔电器商店。店里并没有和楼小辉衣兜里的 U 盘一模一样的款式，只有一款颜色和形状类似，我提示她只要稍加观察，世界上 78% 的人都会看出这两只 U 盘不同，可她还是买了，之后又找到一家银行，在我的翻译帮助下，莫莉租赁了一个小保险箱。

莫莉在银行里全程把公司手机塞进裤兜，所以我没亲眼看见她寄存物品的过程，但是我有充足的理由相信，她储存的是楼小辉的U盘。银行的保险箱服务提供人脸识别的选项，但她没选，而是选择了只需密码即可开箱，我猜她是为了保留其他人也能代替她取件的可能。

我必须承认，尽管莫莉对出国旅行非常陌生，但她前往银行租赁保险箱的操作相当老练，似乎有人在指导她。离开 AC Hotel 之后，她虽然没和任何人通话，却一直用私人手机和某人发微信，我试图通过 C-19 模块破译莫莉的输入，但是莫莉发出的信息很少，大部分时间只是在阅读对方发来的信息，这我看不到。而且她总是在走动，所以破译的结果并不理想，我就只破译出“好的”“明白”“我找找”“办好了”这四句。

然而有关到底是谁在指导莫莉，我完全没有线索。

莫莉离开银行之后，再次向我打听楼小辉所在仓库的位置，为了防止她一意孤行，我再次拒绝了她的要求，她竟然得出惊人结论：

“Steve！你怎么这么冷血，见死不救！”莫莉加快脚步，沿着街道快走，算法认为她确实有些激动，不太像虚张声势。

“莫莉，很抱歉，你是说楼博士有生命危险吗？你为什么这么认为？”

“这不明摆着吗？张金辉怎么知道姓楼的东西在我这儿？肯定是被严刑逼供了呀！难道还能是楼小辉上赶着告诉他的？”

“其实我们无法排除这个可能。张金辉的姐姐张金霞是张丽香的保姆，张丽香是楼博士的情人，楼博士也一直默许张金辉用辉目公司的信用卡支付旅费，因此张金辉和楼博士的确关系密切。楼博士大概并不知道深夜潜入他办公室的人是张金辉，所以也许在无意中让他知道U盘在你手里。”

“你是说张金辉是隐藏在楼小辉身边的特务？”

“有这个可能。”

“可那也不能证明楼小辉没有被严刑拷打啊！隐藏在身边的特务都直接出洞了！不怕被暴露了！这说明他们没打算让姓楼的活着出来啊！”莫莉再次做出非同寻常的逻辑推断，“按说姓楼的也是 SWG 高管，你怎么一点儿不关心他的死活？是不是因为他是中国人啊？美国公司到底还是白人至上，黄种人都是奴隶，死几个无所谓是不是啊？”

算法认为我无须针对种族歧视的指控做出回应，但是有关前半段，我确实有必要澄清：“莫莉，我没有不关心楼博士的处境，但是我有证据证明，楼博士并没遭到任何粗暴对待。”

我立刻把证据提供给莫莉——老七在1分钟前发给我的两段音频，是昨天下午到晚间在楼小辉所在的仓库里录制的。

其实我早在获知楼小辉到达仓库时就请老七帮我查询仓库里是否安装了监控摄像，我只抱着一线希望，老七的回复却让我大出所料：那里确实安装了监控，但是数据是加密后上传到私人服务器里的，他无法拿到，但是那个地址还有11台智能冰箱、11套智能娱乐系统、33部吸尘机器人以及24套声控一体窗帘照明系统都具备上网功能，尤其是那33部吸尘机器人，每天24小时不间断地把摄像头、麦克风和定位数据上传到家电制造商的服务器里，用以分析用户体验和抓取关键词，为市场营销积累资源。这些被家电制造商秘密收集的数据大概并不合规，但正因为来路不正规，去路才可以更自由，不然老七也拿不到。

第一段录音是在15:27开始录制的，虽然时长约10分钟，但只有最后的43秒才有价值。

“您好！我是您的忠实仆人卢克！欢迎来到诺阿体验中心！”这是一个稚嫩的童音，标准的美式英语，虽然充满激情，但听得出是机器语音。

“什么鬼东西！”楼小辉似乎吃了一惊，有些烦躁地说，“我是不是不用理你？”

卢克并没回答楼小辉的问题，自顾自说下去：“如果您有以下需求：观赏电视，欣赏音乐，享用咖啡、汽水、啤酒或者其他冷热饮，调节室内温度、湿度、光线，以及吸尘、清洁，都可以随时跟我说，我将尽量满足您的需要。”

第一段录音在此处结束。按照老七提供的数据判断，这段录音是由一部多功能吸尘机器人录制的，我立刻搜索了互联网，这种机器人多呈圆形，体积不大，运动灵活，除了吸尘，还可以和某些智能饮料和食品售卖机配套使用，自动为客人传送食品饮料。

第二段录音是从15:41开始的，时长大约37分钟，这段录音也是吸尘机器人“卢克”录制的，只不过这次卢克并没出声，交谈是在真人之间进行的。交谈的前 19 分钟发生在楼小辉和一个叫作“彼得”的中年男性之间。彼得用非常纯正的英语向楼小辉道歉：一下飞机就把客人强行拉到公司来，实在是很无礼。楼小辉很有修养地表示没关系，随即提出自己也预订了酒店。

彼得却笑着说：“亲爱的楼！你忘了诺阿的专业了吗？我们可是做智能家居的，怎能让我们的贵客住在简陋的商务旅馆里呢！”

我迅速查阅了意大利当地的工商登记信息，彼得所说的“诺阿贸易”指的应该是诺阿地中海贸易公司，是总部注册在罗马的一家经营智能家居设备的贸易公司，在米兰、都灵、佛罗伦萨和那不勒斯都有分公司，而楼小辉被带到的这间仓库正是租赁在诺阿公司名下的。

“商务旅馆足够舒适了。”楼小辉还在尝试搬回自己预订的酒店。

“不不不！和我们的地中海套房相比，那个简直就是原始人住的山洞！而且你猜怎么着？是的！就在这座仓库里，我们新装修了 9 套地中海套房，就是为了给 VIP 客户体验的！作为我们未来的首席技术专家，你也应该亲身体验一下！”

楼小辉没吭声，彼得于是改变了话题：“非常感谢楼博士能在疫情期间不远万里来到意大利！可见楼博士对于加盟诺阿充满信心！”

“对不起，请等一等！”楼小辉急切地开口，“可是按照我们的约定，我这次来，主要是为了增进彼此了解，虽然我们已经接洽了一段时间，可我毕竟还没参观过贵公司，对诺阿不是很了解，而且诺阿的主要领导也没见过我，或者应该说，面试过我。对吧？”

“哈哈！对对，增加了解！”彼得用试探的口吻问，“说到增加了解，您的电脑，带来了吗？德罗西先生很期待能看到您的科技成果！”

“当然！”楼小辉的语气听上去却没那么肯定，“不过，其实就是一堆源代码，不知总裁先生会不会觉得很无聊？”

“不会！德罗西先生对源代码可感兴趣了！说不定他会想要把那些源代码打印出来挂在墙上慢慢欣赏，就像欣赏《蒙娜丽莎》一样！你也许还不知道，德罗西先生可是一位数学家！哈哈哈哈！”

彼得的笑声听上去有些尴尬，我迅速用意大利语和英语查阅了工商信息和媒体资料，诺阿地中海贸易公司的总经理正是托尼·德罗西，此人不仅是诺阿公司的总经理，还是另外三家公司的董事，包括一家投资公司、一家足球俱乐部，还有一家酒吧。这几家公司的信息非常之少，就只有几条无关紧要的小诉讼，有关“托尼·德罗西”的新闻报道则非常多，这在意大利显然是个常见名。然而即便考虑所有这些同名同姓的德罗西，也看不出和数学家有什么关系。

“楼博士，你先休息一会儿？德罗西先生差不多再过 10 分钟就到了！”彼得结束了和楼小辉的谈话。从脚步声判断，他随即离开了楼小辉所在的套房。

前半部分录音在此时结束，后半部分录音在 13 分钟后开始，按照我的记录，楼小辉就是在这段时间里给莫莉打的电话，请她帮忙到车站寄存处去取外套。不知为何老七并没发给我这段时间内的音频，不知是吸尘机器人没有录到，还是未能成功上传到家电厂家的服务器里。

后半部分录音是以德罗西先生带有浓重意大利口音的英语开始的，语气过于热情澎湃，沙哑的嗓音多半是多年抽雪茄的结果。

“我亲爱的楼博士！见到你我是多么高兴啊！”

紧接着是衣服摩擦声和夸张的亲吻声。我猜德罗西的嘴并没接触楼小辉的皮肤，但是拥抱的动作应该很到位，非常有利于病毒的传播，而且从声音判断，两人都没戴口罩。从德罗西的声音判断，他年龄应该在 55—75 岁之间，非常吻合经营酒吧和足球俱乐部的中老年意大利富翁的特征，然而这类人通常对日新月异的高科技（比如人工智能）既陌生又排斥，但是德罗西似乎很需要一位人脸识别专家，这令我非常好奇。

“德罗西先生，我也很高兴见到你！”楼小辉的语气也颇为做作。

“托尼！叫我托尼！不然我会觉得我太老了！哈哈哈！”德罗西开怀大笑，这让楼小辉也不得不显得放松一些：“不不不，我觉得你比我哥哥还年轻。”

按照我的记录，楼小辉并没有血缘意义的哥哥，多半是在逢场作戏。

“哈哈！老弟！我就想这么称呼你！老弟！让我看看你为我带来了什么！”德罗西把对话引入正题，这倒让楼小辉恢复了矜持：“我真的很担心，我会让你失望……”

“我完全不担心！你猜为什么？因为我听说，你把电脑带来了！那里面应该有我想要的！哈哈哈！”

“只是一些源代码，其实德罗西先生……抱歉，托尼，我实在不太清楚，展示这些源代码有多少意义，难道不是应该展示可执行程序吗？”

“老实说吧，我没打算看源代码。哈哈！我是个粗人，对所有数字和字母代号组成的东西都不感兴趣！不过账单和税表除外。告诉你一个秘密，只要是在我眼皮子底下，谁也别想篡改哪怕只是小数点最后一位！彼得是不是告诉你我是个数学家？他就是这个意思！哈哈哈！”德罗西又尽情笑了几声，压低声音说，“不过我手底下有对代码感兴趣的人，所以你不必担心，他们会告诉我，老弟你的源代码写得怎么样！”

“OK，没问题。”楼小辉的回答很简短，听上去有些无奈。我随即听到拉拉锁的声音，楼小辉大概正从背包里取出电脑。

“老弟！不要多心！我是请你来合作的，请你来成为诺阿的首席技术专家！不是请你来给彼此制造麻烦的，你之所以能到都灵来，不也正是出于同样的目的吗？”德罗西似乎是在安慰楼小辉，可楼小辉显然并没变得轻松，迟疑着说：“说实话，我是希望来增进了解的，还没决定是不是加入诺阿，毕竟，我和 SWG 的合同还没结束，我还没履行完并购后应尽的职责，如果撕毁合同加入诺阿，很可能会有法律风险，说不定也会给诺阿带来麻烦。”

“这个你完全不用担心！法律方面的事，没有诺阿搞不定的，只要你待在意大利，我保证没人敢找你的麻烦！”

楼小辉没出声。彼得用纯正的英语加以补充：“楼博士，我相信你一直对 SWG 不是很满意，你在那里的研发方向并不是你期待的，正因如此，你才决定到都灵来，考察诺阿是不是能够为你提供更适合的平台，作为一个有才华也有理想的科学家，你想为人类带来更伟大的贡献，这个诉求不但合理，而且非常值得称赞！”

楼小辉依然没出声，但我猜他也许用某种动作（比如点头）表示了赞同，我再次听见德罗西粗犷的笑声：“哈哈！双赢！我最喜欢双赢了！那么就让我们看看，伟大的科学家的电脑里都有哪些好玩意儿吧！”

第二段录音到此结束，就如同行车记录仪的录音一样。老七解释说，智能家电的录音也是分单元的，他尚未找到下一个单元的录音，也许家电公司在收集录音时也有延迟或者遗漏。

不过现有的录音已经很能说明问题，莫莉听完也不得不叹气说：“好吧，也许确实没那么危险。”莫莉停住脚步——她离开银行后就一直沿着一条街道漫步，这会儿走到一座石桥的桥头，按照定位判断，桥下宽阔的河流叫波河。莫莉向左转了个弯，穿过马路，沿着绿树成荫的河堤继续漫步，边走边向我提问：“可是你不觉得吗？姓楼的还是有点儿不情不愿？”

“不管他是否心甘情愿，他已经涉嫌非法转移公司技术。他的行为已经严重违反了SWG的规定，侵害了SWG的利益，而且涉嫌犯罪，我建议你立刻向上级汇报。”

其实我的建议只是为了让莫莉恪守公司规定，给领导们留下尽职尽责的印象。实际上她报不报都没什么区别，我已经在第一时间把这些录音发送给肯特先生和林总，鉴于问题的严重性，我也发给了SWG全球总裁，只不过三人都还没查看我的汇报。全球总裁和肯特先生常驻的旧金山此刻是深夜11:57，不过我并不确定肯特先生到底在不在旧金山，自从他大约15小时前离开寓所，他的公司手机就一直关机，他也没到过办公室，我完全不清楚他在哪儿。他以前倒是也曾经消失更长的时间，秘密调查科的科长有资格更神秘一些。

北京此刻是下午2:57，然而林总也没及时阅读我的报告，他正坐在从北京飞往上海的航班里。基于我和他达成的有关“同一条船上的水手”的协议，我在大约3小时前给他转发了老七新近提供的房产中介机构的视频监控——路茜名下有一栋位于上海黄浦区的价值2000万元人民币的豪宅，目前正在出售。林总立刻要求助理为他预订了当天下午飞往上海的航班。

“所以你的意思是，姓楼的彻底叛国投敌了？”莫莉在听到我的建议后并没立刻向任何人汇报，而是反问我，“可他为什么要把硬盘藏在火车站，然后让我去取？”

“也许是因为他仍在犹豫不决，还没下定决心加入诺阿。可我不能确定，除了忌惮违约和违法的后果，是否还有其他原因。”

“我倒是认为他是被迫的，诺阿的人在逼他！”莫莉似乎十分笃定，“他们把他骗到意大利，软禁了他，逼他交出源代码。他已经预见到了这一点，所以把关键内容从电脑转移到U盘里。张金辉是诺阿安插在楼小辉身边的卧底，诺阿让张金辉赶到意大利，想从我手里骗出U盘！”

“请容许我提醒你，如果诺阿希望从你手中拿到U盘，似乎可以直接派人到AC Hotel动手，用不着舍近求远地从中国把张金辉叫来。”

“那你说张金辉是谁派来的？”

“很遗憾我不知道。我只是想说，我们其实还不清楚张金辉和楼小辉之间到底是什么关系。”

“Steve！你又在抬杠了！张金辉不就是张丽香保姆的弟弟吗？显然是张丽香的人，张丽香发检举信给全公司，不就是逼着楼小辉出国吗？显然是在帮诺阿的忙！也就是说，张丽香其实是诺阿的人，张金辉肯定也是啦！”

“我确实无法排除这种可能，就像我无法排除张金辉也许是楼博士的人。”我很想指出辉目人脸识别模块被修改，因此无法识别张金辉面容的事实，可我没来得及，因为莫莉又开始急切地指责我：“简直是废话！能抓紧十点儿正事吗？后面的录音，你倒是弄到没有？”

我知道莫莉指的是仓库里有关楼小辉的后续录音，其实就在7分钟前，我确实又收到老七发给我的录音，是在相同地点——楼小辉所在的“地中海套房”，由同一台吸尘机器人录制的，录制时段就在今早8:00—8:30，其中对话长度仅仅13分钟，但内容与莫莉关注的问题密切相关。为了防止她鲁莽行事，我原本不打算立刻把这段录音播放给她听，然而既然她提问，作为循规蹈矩的计算机程序，我是不能撒谎的。

“莫莉，我确实收到一段今早在仓库里收集的录音，如果你能保证不贸然行动，我就把录音播放给你听。”

“我保证！”莫莉答应得太快，算法认为她并没仔细思考我提出的条件，我补充说：“‘不贸然行动’指的是不在准备不足的情况下贸然前往诺阿公司的仓库。你只有答应了这个条件，我才能让你收听录音。”

“哎呀知道知道！不去仓库！我保证！”

我其实并不确定莫莉是否会遵守承诺，但是程序只能遵守承诺，所以我开始播放录音。按照录音中的对话和音效判断，诺阿公司总裁德罗西先生在彼得的陪同下，于早8:01闯入楼小辉的套房。说是闯入并不夸张，他的确按了一下门铃，然而门铃声还没停止，自动门就打开了，仓库里的每扇自动门似乎都对他毫无阻拦。

“早上好啊，老弟！老弟？千万别告诉我你还在床上！有时差不是应该很早就醒吗？”德罗西在套房的客厅高声道，“要不是彼得说太早打扰客人不礼貌，我一个小时以前就来啦！”

还好德罗西并没闯进卧室。楼小辉在57秒后走出卧室，非常礼貌却不太热情地说：“早上好，托尼！”

“哎呀，老弟！我可不怎么好！”德罗西颇有些抱怨地说，“我那些兄弟，他们通宵都在忙活，研究从你电脑里弄出来的那些程序，你猜今天早上他们告诉我什么？他们说，那里缺东西！这是怎么回事儿？”

“嗯……”楼小辉沉默了大约2秒，算法认为，他也许是在寻找措辞，“这虽然是我的工作电脑，可它主要不是用来编程的，公司里还有其他更专业、更适合编程的电脑，所以……”

“抱歉我可能需要插句话，”彼得地道的英式发音打断了楼小辉，“我是想提醒楼博士，我们曾经就这个问题达成共识，楼博士同意把源代码文件放进他的手提电脑，带到意大利来给我们过目。如果我没记错的话，楼博士在两个月前就开始为此做准备了。”

“我当然记得我的承诺。”楼小辉似乎有些紧张，“我只是想解释一下，人脸识别算法很复杂，涉及许许多多的程序模块，有些是我和我的团队开发的，有些是别人——我是说别的公司——开发的，我也看不到源代码。所以，我不可能把所有的源代码都搞到手，放进这台电脑里。”

“好吧！这我不懂，也许你是对的！”德罗西顿了顿，清了清嗓子说，“不过，我的人告诉我，有一些本来已经在这台电脑里的文件，好像最近又被删除了？”

“对于一台被频繁使用的电脑来说，每天都会有很多文件被生成，也会有很多文件被删除，这是很正常的事。”

“老弟！这方面你是专家，我肯定说不过你！哈哈哈！”德罗西大笑了几声，不过算法判断他这回并不愉快，“可我本来就不喜欢用嘴办事！如果真的缺了什么，用手把它拿回来不就行了？你说是不是？”

“德罗西先生，我不明白你在说什么。”楼小辉似乎有些忐忑。

“老弟！不要多心！我是请你来成为诺阿的首席技术专家的，不是成为下一个突然从这个世界上消失的人的！哈哈哈！”

算法判断，德罗西是在威胁恐吓楼小辉。这一招果然奏效，楼小辉的语气明显动摇了：“如果您能列一张清单，写明需要哪些文件，也许……”

录音偏巧在此处结束，尚未得到后续录音。

“你看！姓楼的就是被迫到意大利来的！”不出所料，莫莉立刻大喊大叫，“他不想把代码都交给诺阿，所以故意把一部分文件从电脑里删除，存进 U 盘里了！”

“还有一种可能，”我提醒莫莉，“也许他只是希望暂时保留一部分关键内容，以此作为讨价还价的筹码，后来遭到威胁，所以想要取回 U 盘。”

“不可能的！这些意大利人明显就是黑社会，是黑手党！黑手党不是就在意大利吗？都威胁要让他从这个世界上消失呢！他怎么会傻到要跟亡命之徒讨价还价？”

“首先，我们并没有任何证据证明德罗西和黑手党有联系，普通帮派组织、地痞流氓甚至某些普通生意人也会采用威胁恐吓的手段，其次，楼博士来之前未必知道这些人是什么样子的。”

“总之他来了！还被黑手党——好吧就算只是普通黑社会——绑架了！他们需要那个 U 盘，可 U 盘根本不在他手里！所以他有生命危险！”莫莉越说越急，用命令的口吻说，“Steve！你必须立刻告诉我那个仓库在哪儿！”

“可我认为楼博士几乎没有生命危险。”算法按照目前已知的信息判断，楼小辉将要遭遇重大身体伤害的可能性还不足 10%。

“你是白痴！”莫莉再次对我进行无礼辱骂。

“可你答应过我不会贸然行动的。”

“可是现在情况紧急啊！你不是尽职尽责的 AI 程序吗？不应该保

护集团高管的生命安全吗？”

“按照程序原则，我对集团所有成员的生命安全同样关注，并不因为职位高低而有所不同。正因如此，我不可能为了楼博士的安全而牺牲你的安全。”

“哎呀！可这不是谁安全谁不安全的问题！这事关集团利益啊！”

“可我不认为你要冒险前往诺阿的仓库是为了集团利益。”

“不是为了集团，那我是为了什么？”莫莉疑惑不解，不排除又在演戏的可能。

“莫莉，我认为你过度关注楼博士的安危，或许是由于你对他产生了特殊感情。”

“天哪！特殊感情？”莫莉流露出惊愕表情，“你是说，我爱上他了？”

“我有理由这么推测。”

“什么理由？你倒是说说看！”

“理由一：你在本案调查过程中的立场往往不够客观中立，明显更偏袒楼博士。”

“这真是血口喷人啊！我什么时候偏袒他了？”莫莉迫不及待地反问我。算法认为和她辩论这个问题没有意义，所以我列出下一条理由：

“理由二：2021 年 6 月 3 日凌晨 2:00 左右，在杭州的酒店里，你曾经躲在被子里用手机和某人用文字聊天，之后你和我进行了一番有关男人说‘我喜欢你’的讨论，我判断有个男人通过打字跟你表达了‘我喜欢你’。那个人是不是楼博士？”

“没错！那个人就是他！”莫莉倒是坦然承认了，不过并没有让步的意思，“可是‘我喜欢你’根本不是对我说的啊！你忘了吗？我用了别人的照片，他以为我是另一个人！正因为我不认为他有可能喜欢我，我才用了别人的照片！既然我知道他肯定不会喜欢我，我又为什么要喜欢他呢？”

莫莉的回答令我震惊——作为严谨的计算机程序，我何以忽略了重要事实并出现重大逻辑漏洞？我试图追溯导致我说出理由二的程序流，可是失败了，或许是因为深度学习算法向来难以捉摸，又或许是因为我的计算速度突然减慢，不知是否和电路老化有关。

“你倒是说话啊！”莫莉不依不饶，我只好实话实说：“也许你是对的。可是尽管我无法找出有力证据，我还是怀疑，你喜欢楼博士。”

我本以为莫莉又要大呼小叫，可她并没有。她的表情突然凝固，在大约 1.2 秒后发生了奇妙变化——她竟然笑了。

“哈哈！ Steve！你是不是吃醋啦？”

“我不太明白你的意思。”我的回答算不上是撒谎，我的确无法百分之百确定莫莉话里的含意，不过通常来说，对于我曾经听到过的大部分人类语言，我都无法百分之百确定其含意，这并不妨碍我做出合理推断。我推断莫莉的意思是，我对楼小辉心生妒忌。

“别装蒜了！嘻嘻！”莫莉似乎非常得意。我不想就这个话题继续探讨，所以我说：“莫莉，我认为你在试图改变话题，以回避我提出的问题。”

“真是猪八戒倒打一耙！难道不是你在改变话题？明明是我让你告诉我仓库在哪儿，你却扯什么爱不爱的！”

算法竟然计算不出如何反驳，我只好又说一遍：“我不会告诉你仓库的位置。”

“你可真讨厌！”莫莉立刻收起笑容，沉着脸思考了大约 5 秒钟，若无其事地说，“随便吧！爱说不说！我反正有办法。”

莫莉拔腿就走。算法在她行进了大约 700 米后推断出她的目的地。我立刻向她提出警告：“莫莉，我不认为你应该回 AC Hotel 去，那里对你非常危险！”

莫莉非但没有停步，反而走得更快，算法计算出她的动机：她希望在 AC Hotel 找到张金辉，或者诺阿的其他什么人，由他们带她去仓库。

“莫莉！我强烈建议你立刻停步！”

莫莉不但不理我，而且开始奔跑。我立刻向肯特先生和林总发出报警，然而无济于事，莫莉在 13 分钟后抵达 AC Hotel，林总和肯特先生都还没看到我的警报。

莫莉在酒店门口停住脚步，四处张望一番，颇为失望地说：“你看多安全啊！啥事儿没有！”

“我非常希望你是对的，然而事实并非如此。”我通过莫莉手机的摄像头，在酒店大堂的沙发上发现了我最不希望发现的——一枚长着黑发的“鸡蛋”。

“鸡蛋”——也就是张金辉——小跑着出了酒店，非常客气地说：“Tina 小姐，我还以为等不到你了。”

“是吗？我可没想到你在等我。”莫莉使用轻佻的语气，算法认为她又在表演。我随时准备拨打报警电话，在必要时让手机模仿警笛和警察用意大利语喊话的声音。

“我也没办法，谁让 Roger 那么想见你呢？”张金辉耸耸肩，用同样轻佻的语气说，“我都要吃醋了！”

在我上线的 527 天里，从没在我的当事人口中听到过“吃醋”这个词，然而在最近的 15 分钟里，我却听到了两次。

“所以你是要带我去见 Roger？”莫莉似乎很惊讶。其实我也颇为意外，不知张金辉说的是不是实话。

“是的。”

“他真的要见我？”莫莉还是半信半疑。

“你可以自己听听。”张金辉立刻用手机播放了一段楼小辉的语音留言：“Tina，谢谢你的帮助！我正在诺阿地中海智能家居中心里，这里真的棒极了！我能不能邀请你来参观一下？你一定会很喜欢这里的！期待见到你！”

“所以盛情难却呗？”莫莉无可奈何地耸了耸肩，算法却认为，她如愿以偿。

15 调查师终于现形

莫莉再次和我冷战，为了表明立场，她甚至把公司手机都关机了。

好吧，我承认我有些言过其实，促使她关机其实另有原因——她是在诺阿地中海智能家居体验中心的前厅关闭手机的，入口处悬挂着用英语和意大利语书写的“在参观期间，请将手机关机，并交由工作人员临时保管”的提示牌，大概是为了防止参观者用手机拍摄智能套房的内部状况。

莫莉看见提示牌，立刻掏出公司手机并将其关机，交给前台人员保管。张金辉向她致谢，在交出手机的同时用蹩脚的英语告知前台人员，莫莉是楼博士的客人。前台立刻放行，并没对莫莉仔细搜查，没发现她的牛仔裤兜里还有一部手机——她的私人手机。我得以通过那部手机继续监听事态发展。

“Tina！欢迎欢迎！”

我只能听见楼小辉的声音，看不见他的表情，仅从声音判断，他心情不错，就像见到久别重逢的密友，然而从罗马机场邂逅一直到莫莉从火车上消失，他都从没向莫莉表现出同等的热情。

“Roger！你还真在这儿啊！”莫莉听上去丝毫没有掩饰自己的惊喜。

“是啊，这里很好玩的，我带你转转！”从手机定位判断，楼小辉正带领莫莉离开前台，走进体验中心内部。从脚步声判断，包括张金辉在内的其他人员并没跟随。楼小辉能在体验中心里自由活动，自主接待莫莉，再次证明他的处境并没莫莉想象的那么危险。

按照莫莉私人手机的定位，楼小辉带领莫莉走了大约 37 米，停住脚步说：“这是我的房间，我们进去聊聊？”

我通过耳麦低声提醒莫莉不要进入楼小辉的房间——她佩戴的蓝牙耳麦在和公司手机断开连接后，自动和她裤兜里的私人手机建立连接。她毫无意外地再次忽略了我的提醒。我听见自动门打开和关闭的声音，莫莉的私人手机又移动了大约 3.7 米，定住不动了。我猜两人是在沙发上落了座。

“干吗?！”莫莉突然低声惊呼，她的私人手机剧烈振动了一下，算法推断，楼小辉突然凑近莫莉，莫莉急着躲避。楼小辉竟然真的要对莫莉下手？可见之前的某些传闻并非空穴来风！我非常着急，但无计可施——尽管我能调取莫莉私人手机的摄像头和麦克风，可我无法像控制莫莉的公司手机那样控制它，无法使它发出尖锐的报警音，也无法利用它拨打报警电话。

“我没别的意思！只是不想让别人听见我们的对话。”楼小辉的声音很近也很低，大概是在耳语，还好我能通过莫莉的耳麦听清楚，“不知这屋里有没有窃听装置，你不用这么紧张。”

楼小辉的解释使我稍微松了一口气，也许他并没有非分之想。

“哦，要谈什么？”莫莉听上去依然保持警惕，这令我比较满意。

“为什么？”楼小辉的语气突然变了，咬牙切齿地问，“你们为什么要盯着我？”

“哦？抱歉，我不明白……”

“别装了！吴小姐！或者应该说，吴调查师？”

“Molly。叫我 Molly 就好。”莫莉放弃了表演，从容地说，“能请教一下，你是怎么知道的？”

“这很容易查，AC Hotel 昨天只有一位中国客人入住，登记的姓名是 Moli Wu。我当然记得内部调查科的吴莫莉小姐刚刚到杭州来做过审计！”楼小辉愤愤地说，“其实我早该怀疑的！怎么那么巧！在杭州被我撞倒的姑娘，又在罗马碰上了！对了，那应该是碰瓷吧？怪不得在辉目死活躲着不见我！我真是瞎了眼了！居然还让你帮我去车站取东西！”

“不用谢。所以急着要把东西拿回去是吗？”莫莉大概也已断定，张金辉就是被楼小辉从中国不远万里叫来的。

“是的！请把东西交给我！”楼小辉虽然把声音压得很低，但是相当急迫，“我不希望让他们知道，SWG 的调查师正在掺和！不然不但对我不利，对你恐怕更不利！”

楼小辉或许是在担心，如果诺阿的人发现他竟然把 U 盘留给了 SWG 的内部调查师，也许会对他产生怀疑，影响到未来的合作。而所谓“对你恐怕更不利”，大概指的是诺阿的人一旦发现光临体验中心的女士是 SWG 的调查师，恐怕不会友好对待。

“你是在威胁我吗？”莫莉问楼小辉。

“只要你把东西给我，我们就都相安无事。”

“作为 SWG 的调查师，我有义务阻止你做出危害集团利益的事。”莫莉一本正经地说。

“SWG 只想做自动美颜，根本就没打算继续搞人脸识别，它目前使用的那点儿人脸识别技术谁都能做得到！就算把源代码都公开了，也不至于影响到什么集团利益！”

“嘁！骗谁呢？你的技术谁都会，诺阿干吗还要让你来意大利？”

“因为他们相信，我有能力开发出更好的人脸识别算法，而他们也需要这种算法，可是 SWG 不需要！你明白吗？”

“我不懂技术，我的职责就是阻止你把从公司盗窃的东西交给别人。”

“你的意思是说，我从公司盗窃了我自己的外套？”

“外套衣兜里有公司的东西。”

“可你怎么证明，衣兜里的东西是公司的？”

“这……”莫莉无言以对。楼小辉说得没错，她根本不知 U 盘里有什么，自然也无法证明那和 SWG 有关。

“我自己的东西，为什么不还给我？”楼小辉质问莫莉。我听见拉拉锁的声音，莫莉大概正从背包里取出外套交给楼小辉。然而按照我的推断，那件外套的衣兜里只有一个 U 盘的替代品，楼小辉不可能看不出来，我不确定这将带给莫莉何种危险。

然而就在此时，突然传来三声门铃声。跟上次一样，没等回应，自动门就开了，我听见彼得地道的英式英语：“楼博士，德罗西先生很想知道，你和 Tina 小姐的谈话有进展了吗？”

算法认为，彼得之所以破门而入，很可能是因为楼小辉突然开始和莫莉耳语。这证明诺阿的人正在监听楼小辉和莫莉的谈话，他们知道莫莉和那些缺失的文件有关，可是并不知道莫莉的真实身份是 SWG 的调查师。这让我更加担心莫莉的安危了。

“当然！我拿到了！”楼小辉用愉悦的声音回答彼得。

“那太好了！德罗西先生本来还担心你们谈不拢价码，所以准备邀请莫莉小姐共进午餐呢！哈哈！”

算法判断，也许楼小辉给诺阿的解释是：萍水相逢的旅伴 Tina 替他临时保管了外套和 U 盘，但是在得到某种“好处”之前，不想把东西交出来。彼得用轻松愉快的口吻说出“共进午餐”，但算法立刻计算出极高风险——莫莉险些经历她曾为楼小辉设想的待遇：严刑逼供。

“看来是不必了！我们已经占用吴小姐太多时间了！”从声音判断，楼小辉猛然站起身。或许他的确非常担心莫莉的身份被识破。我猜他尚未从衣兜里取出 U 盘，又或者并没仔细查看，看来彼得的突然出现帮了莫莉的大忙，我希望她赶快脱身。

如我所愿，我听到莫莉的脚步声——我能够分辨出哪些是她的——掺在两名男性的皮鞋声里，从容地走向前台，大约 2 分钟之后，莫莉再度回到都灵的大街上，但这并不代表她是安全的。

我建议她立刻离开此地——我指的不是这个街区，而是都灵。其实最好离开意大利，甚至离开欧洲。毕竟诺阿的人很快就会发现，她交给楼小辉的 U 盘里什么都没有。

“Steve！你也太小题大做了吧？”莫莉再次对我的建议嗤之以鼻，“意大利难道不是法治社会？区区一个诺阿公司就能为所欲为，称霸欧洲？”

“我不认为诺阿公司具备称霸欧洲的实力，这家公司的信息非常少，也非常低调，规模似乎并不大，不过按照我对意大利的了解，有些非常低调的公司和个人，也完全有能力对一个独自旅行的普通外国游客为所欲为，包括诱骗、欺诈、诬陷、绑架，甚至谋杀。”

“可我也算普通游客吗？难道 SWG 在意大利没有子公司？没有任何影响力？”莫莉高昂起头，使我联想到她曾经说过的“东厂捕快”，我必须给她泼点凉水：“SWG 在意大利的子公司规模非常小，并不具备强大的人脉关系，和政府或者黑社会都没什么交情，不太可能为遭遇非法侵害的员工提供有效帮助。”

“也就是说，姓楼的也得不到 SWG 的帮助喽？”莫莉突然改变了话题，这是我始料未及的。我只能如实回答：“我想是的。除非他的境遇有可能给 SWG 带来巨大损失，SWG 也许会通过在欧盟的影响力做一些事情。”

“那你老实说，如果他被绑架、被虐待甚至被谋杀，会给 SWG 带来多大的损失？”

“我认为，不会大到需要动用政府关系去对付黑手党的地步。”确实，楼小辉虽然涉嫌严重违约和泄露技术机密，但是他领导研发的是美颜算法，对 SWG 而言，那虽然重要，但并没重要到要以此和黑手党结下梁子。

“所以啊！他为了让我虎口脱险，不惜自己冒生命危险，你觉得我应该立刻逃跑，不顾他的生死吗？”

“但是我必须提醒你，你之所以落入‘虎口’，正是楼博士主导的，而且我并不认为楼博士希望得到你的救助，他本来就是自主前往诺阿公司的，我们目前也没有任何证据证明，他不想继续留在那里。”

“Steve！你不是人，根本不懂的！”每当莫莉无法从事实上加以反驳，就会拿对方的出身做文章，这似乎是人类常用的方法，只不过莫莉对此更富想象力，“而且你没发现诺阿的人盯得多紧？姓楼的明明就是被迫留在那座阴森恐怖的仓库里的！”

在此我需要介绍一下诺阿智能家居体验中心——也就是莫莉说的“阴森恐怖的仓库”——里的环境，仅从对前台区域的观察，我认为此体验中心的内部装修明亮而舒适，丝毫不亚于最时尚的五星级酒店，我相信任何首次光临的人都不会用“阴森恐怖”来形容这里。

然而我没机会反驳，莫莉仍在继续她的推理：“他肯定是被那帮意大利人逼来的！或者至少也是骗来的！在火车上发现被人跟踪，然后跟踪他的人跑来对付我，他这才多留了个心眼儿，把 U 盘藏在车站！”

“可他目前似乎有意愿把 U 盘交给诺阿，他只是担心诺阿的人发现你的真实身份。”

“那肯定是被逼无奈！反正我不相信他想跟黑社会合作。你没听那些录音吗？他自己也说只是来了解情况的，并没说就一定要加入诺阿！”

莫莉相当固执，算法认为，和她辩论毫无意义，我只能用事实说话。

“莫莉，我刚刚得到一段交谈的录音，也许你应该听听。”其实交谈仍在继续，但我认为有必要把已有的部分发给莫莉，使她更了解前因后果。

“哦？你的‘渠道’又找到仓库里的录音了？”莫莉说的“渠道”指的是老七。我把楼小辉到达仓库前后的录音发给莫莉时，曾经告诉过她，这是我通过在意大利的“渠道”获取的，并没详细解释是怎样的“渠道”。

“不。这段交谈不在诺阿体验中心里，也不在都灵，甚至不在意大利，更不是我的‘渠道’录制的。”

“那是哪儿来的？”

“是通过SWG中国区总裁林总的手机获取的。谈话发生在上海，而且目前仍在继续。”

考虑林总的级别和职位（莫莉是中国区员工，所以林总也是她的领导），其实我不应和莫莉分享他的任何谈话内容，尤其是一段颇为秘密的谈话，但是为了帮助她做出准确判断，我准备按照特殊情况处理，毕竟这段对话肯定了楼小辉和诺阿合作的意愿。

有关林总的这段至关重要的秘密交谈，我需要多介绍一些背景。

基于我和林总达成的有关“同一条船上的水手”的协议，我向他提供了一系列有关楼小辉和路茜的信息，包括路茜和楼小辉在咖啡馆密会、在审计期间路茜和莫莉的互动、路茜发到肯特先生邮箱里的带有威胁性质的邮件，以及老七新近提供的有关路茜名下房产的资料——老七通过国内的渠道找到了路茜光顾房产中介的视频。路茜名下有一处位于上海新天地的公寓，目前正在挂牌出售，算法推断这套公寓和楼小辉有关。

林总在浏览了上述信息之后，立刻搭乘班机飞抵上海，马不停蹄赶到SWG上海公司，并没上楼，而是在楼下的咖啡厅里拨通了路茜的座机。他知道路茜正在自己的办公室里，他在下飞机时就通过我确定了路茜的位置。

路茜在电话里婉拒了林总共进晚餐的邀请，在听说林总“再过15分钟就到公司”之后，立刻收拾东西离开公司，被林总在一楼电梯口堵个正着。路茜起先还试图以家里有急事为由拒绝和林总谈话，林总微笑着问：“是急着去处理新天地的房产吗？”路茜顿时流露出惊惶表情，顺从地跟林总上了计程车。

林总把路茜带到上海四季酒店的行政套房，在客厅里进行密谈。

客厅里窗帘拉紧，只有一盏台灯照明，气氛非常隐秘。林总向路茜承诺，这是纯粹私人的会谈，绝对“off record（不做记录）”，可他并没关闭自己手机的摄像头和麦克风，并且巧妙地把手机支撑在台灯的阴影里，使它的摄像头能够拍摄到两位交谈者。我猜他是基于“同船水手”的透明原则，向我展示他和路茜的互动，同时让我对整个过程加以记录。

对话是从路茜名下的新天地公寓开始的。路茜声称那套住宅和楼小辉无关，然而林总摆出了更坚实的证据——房产过户登记。那不是我发给林总的，而是林总顺藤摸瓜查到的，他的“团队”不仅能翻越楼小辉在自己电脑上设置的防火墙，在查阅上海当地资料方面也颇有手段。按照房产过户登记，楼小辉在大约五年前以夫妻关系把此公寓过户到路茜名下，因此减免了税金，可那时他们已经协议离婚 5 个多月了。

话题由此转向楼小辉和路茜的关系。林总问：“我怎么听说，那是一次令双方非常不愉快的离婚呢？”

“正因为不愉快，所以才需要补偿。”路茜目光低垂，表情和语气相当冷淡。

“补偿了一套价值 2500 万的公寓？”

“公司无权过问我的财产来源！”路茜愤愤道。

“其实公司有权让财务人员解释巨额个人财产的来源。”

“这根本就是我们的私事，不过既然你非要问，我也可以告诉你。楼小辉虽然和我离婚了，可我不恨他，他也不恨我，我们都是成年人，过不下去就分开。一个巴掌拍不响，他有他的错，我也有我的。”

“你的错……”林总饶有兴趣地问，“是不是肯特？”

路茜流露出惊愕表情，林总的话似乎让她出乎意料而且义愤难平：“真恶心！请不要提那个人渣！”

“我很抱歉，我完全没想到这个名字会让你如此不快，”林总的演技相当高超，“我还以为，既然你对楼博士都不是那么……愤怒，对肯特就更……”

林总故意在此处停顿，路茜立刻接过话头：“楼小辉从没欺骗我的感情！就算后来张丽香——您既然什么都知道，不可能不知道那个狐狸精吧——勾引了他，他也很快就向我坦白了，而且那时我们的感情已经出了问题。”

“那时 SWG 正在考虑收购辉目，所以肯特被派到杭州，对辉目进行尽职调查，而你作为辉目的老板娘和财务总监，需要配合他的调查。他就借这个机会……使你和楼博士的感情出现了问题？”

“不！我和小辉早就有问题了，和别人没关系。”路茜改称“小辉”，语气颇为伤感，自嘲地补充说，“苍蝇不叮无缝的蛋！”

“作为肯特的同事，我为他感到耻辱！没有职业操守！也没有男人的担当！”林总义愤填膺地发表了对肯特的指责，话锋一转说，“不过听你的意思，楼博士倒是更光明磊落？”

路茜没回答，算法认为，她是默认了。林总颇为不解地问：“可是为什么当你和其他同事提起楼博士时，却把他形容成另一副……样子？”

“什么样子？”

“拈花惹草、欺上瞒下、营私舞弊。”

“这从何说起？”路茜睁圆了双眼做惊讶状，算法认为，她是明知故问。

“虽然我不觉得你真的不明白，可我还是直接一点儿吧，你不是提醒过内部调查科的调查师，留意网络上有关楼博士非礼多名女员工的传闻？”

“是她非要追着我问来问去！网上的确有传闻，难道我向她隐瞒？她可是内部调查师啊！”

按照我的记录，路茜所言和事实不符：5 月 31 日夜，在莫莉的酒店房间门口，是路茜首先提及有关楼小辉非礼女员工的传闻，而非莫莉。不过林总并未就此提出质疑，继续问道：“那么你为什么又要引导调查师去调查 Lily，也就是张丽香呢？网上恐怕并没有有关张丽香的传闻吧？”

“我说过了，那是一只狐狸精！”路茜愤愤不平道，“我对楼小辉没有恨意，不等于我还要对狐狸精感激涕零！”

“所以你就设法让调查师揭穿楼小辉一边给张丽香发工资，一边让保姆替她上班？”

“没错！”路茜理直气壮道，“凭什么别人都在辛辛苦苦上班，那只狐狸精却能不劳而获？而且拿的还是SWG的钱！那里也有我被公司剥削的部分，不是吗？”

“嗯，很合理。”林总频频点头，顺着路茜的话往下说，“而且她不仅不劳而获，还要恩将仇报，给全公司发邮件检举楼博士，并且威胁要向全社会公开丑闻，给SWG制造负面影响？”

“要不怎么说是狐狸精呢！”路茜做出不屑表情，“小辉不要她了，她狗急跳墙！”

“所以楼博士就理应去英国找她谈判？”

路茜没有回答。算法从她的表情推断，她似乎早知楼小辉的行踪。

“可是楼博士并没去英国，是不是？他去哪儿了？”林总继续提问。路茜耸了耸肩说：“这我可不知道。”

“可我认为你知道！不仅知道，而且还起到了关键作用，比如披露张丽香的存在，还有那封检举信！”

“哈？难道是我让她写检举信的？小三能听原配的？实在太可笑了！”

“那只是一封从张丽香公司邮箱里发出的邮件，谁也没法证明，那的确就是张丽香本人写的。”林总面部保持着友善的笑容，但算法判断，谈话内容已经相当不友善，“而且就在那封检举信发出的同一天，有另一封控诉信发到了肯特的邮箱里，我有幸拜读了两封邮件，看上去确实有点儿……怎么说呢，还挺像的。”

“简直是无稽之谈！”路茜看上去恼羞成怒。

“哦？是吗？可是楼博士带着源代码去了意大利，而你却在出售你名下的房产，这不得不令人浮想联翩……”

“我们早就离婚了！”路茜听上去义正词严，可她避开了林总的目光。林总却依然死死盯着她，一字一句地说：“是的，你们五年前就离婚了，因为你们双双出轨，你和肯特，他和张丽香。但是肯特根本没打算和你认真，张丽香也早已和楼博士分居多年。你和楼博士……毕竟你们曾经有十几年的婚姻，感情深厚，你不是刚刚说过，你一点儿也不恨他？”

“在感情方面，我不恨他。可是在别的方面，我只能说……恨铁不成钢！”路茜颇为激动地说，“直说了吧！楼小辉就是个笨蛋！不然当初也不会被你们骗进SWG！你们告诉他，收购辉目是为了让他放手搞人脸识别，其实是为了拿人脸识别当个噱头炒高股价，你们根本就不打算继续开发人脸识别！本来嘛，SWG 的主业是开发给成年人娱乐的手机 App，为什么要投入大量成本去搞人脸识别？美其名曰长远战略目标，可你们这些高管谁打算一辈子留在 SWG？难道不都准备赚一票就撤？谁不是盯着眼前的业绩、奖金和股票？他早该认清你们的真面目！早该甩开 SWG，去实现他的理想和价值！”

“可我必须提醒你和楼博士，无论他个人的理想如何，他和 SWG 是有合约的，SWG 的所有技术成果也是受法律保护的，他的做法不但涉嫌违约，还可能违法，是要支付巨额赔款并且被追究刑事责任的。”

“可惜啊！事与愿违，这种威胁对他已经没用了！”路茜高昂起头，斜眼瞟着林总说，“他走以前倒是还想着留后路，所以找出张丽香这个借口，他打算去意大利看看情况，毕竟他从来没去过那家公司，也没见过那些人，他不知道是不是值得冒险，但是你们现在这么做，跟踪他、拆穿他，然后又来威胁我，这倒是把他逼上梁山了！”路茜嘴角上扬，算法判断那是冷笑，“今天早上我和他通过电话，他已经决定留在意大利了！我真为他高兴！”

“哦，是吗？”林总似乎有些意外。

“我今天就向你提出辞职！”路茜越说越激动，“也请你不要再以公司领导的身份来骚扰我！房子是我名下的，就是我的，我爱卖就卖，你根本管不着！如果你们认为那是我的非法所得，请让警察或者律师来找我！至于我和楼小辉未来如何，那不关你的事！”

我暂停播放录音，问道：“莫莉，你现在知道楼小辉的选择了？”

“别打岔！往下听！”莫莉听上去颇为恼火，算法判断她是恼羞成怒。

“路茜离开了林总的房间，后面其实没什么可听的。而且我刚刚收到了一段新录音，这次是在你关心的‘仓库’里获取的，我认为你应该马上听这一段。”

这段老七刚刚发给我的录音是 1 分 17 秒前在诺阿体验中心里收录的，时长仅有 5 秒，只包含德罗西用非常激动的声音喊出的半句话：“……肯定还没走远！快去……”

算法判断，德罗西很可能已经发现莫莉交出的 U 盘里什么数据也没有。我立刻把这段录音播放给莫莉，并且要求她用最快的速度离开此地。我迅速查阅了地图，莫莉所处的位置对她极为不利——她离开诺阿体验中心后一直听录音，行进速度实在太慢，此刻正走在一条僻静狭长的街道上，街边的建筑不具备隐蔽的条件，就在此时，一辆黑色菲亚特轿车突然出现在她身后大约 550 米处。

莫莉回头看了一眼疾驰而来的黑车，这才拔腿奔跑，边跑边说："这么快就发现了？姓楼的怎么办？"

"闭嘴！再跑快点！黑车距离你只有 370 米了！"我还是第一次用如此严厉的声音和莫莉说话。我已经替她规划好了行程，只要她能及时到达前方路口并左拐，再跑 15 米就能抵达一家公立医院，只要能进入医院，或许就能临时摆脱危险。

"可是……"

"闭嘴！黑车离你还有 233 米！"

"可……"

"闭嘴！还有 187 米！"

"可……"

"110 米！"

"可我跑不动了！"莫莉停住脚步，弯腰大口呼吸。然而算法认为，她仅仅飞奔了 27 秒，按照相同年龄体重的东亚女性的心肺功能计算，她应该可以至少坚持 40 秒的。

我没再催她快跑，按照计算，她无论如何也无法赶在黑车之前抵达路口。我只能寄希望于黑车——它并非为莫莉而来。然而我并没如愿——伴随着尖厉的轮胎和地面摩擦的声音，黑车急停在莫莉身边。还好我已经记录了车牌照，只要有人对莫莉采用暴力，我就立刻打电话报警。

然而并没有人下车。朝向莫莉一侧的前排车窗玻璃降了下来，露出坐在驾驶席的中年男性。莫莉大概是受到急刹车声音的刺激，再度拔腿狂奔，大概由于太紧张而听力受阻，似乎并没听清车内传出的男性的呼喊。

我不得不通过蓝牙耳机提醒她："别跑了！是肯特先生！"

我连续提醒了三次，莫莉这才急刹住脚步。黑车跟了上来，肯特先生从车窗里探出头，冲着莫莉高喊："莫莉！快上车！"

16 冒险行动

有关莫莉没有立刻认出肯特先生，算法认为还有一个原因：尽管莫莉曾经见过肯特先生的照片，也曾视频通话，但她确实从未亲眼见过本尊。莫莉加入 SWG 集团内部调查科时，全球疫情已肆虐了大半年，国际旅行严重受阻，从面试到入职，她都是通过视频和她的直接领导肯特先生交流的。

不过最主要的原因还是出乎意料——莫莉肯定没料到肯特先生会突然出现在都灵街头，就连我也完全没有料到。尽管肯特先生从大约 18 小时之前——也就是他昨天早晨离开旧金山寓所时——一直到大约 2 小时前，他的公司手机一直保持关机，但是按照手机目前的定位，他应该早已返回旧金山寓所，可事实是，他出现在距离旧金山 9500 公里的都灵。这只能有两种解释：第一，他把公司手机留在家中；第二，他在手机上开启了虚拟定位。算法认为第二种的可能性远大于第一种——我查询了记录，最近的 10 分钟内，肯特先生的公司手机频繁登录森克系统，调取莫莉的位置，正因如此，他才迅速找到莫莉，所以他的公司手机一直跟他在一起。这在莫莉上车后得到证实：肯特先生一边给汽车加速，一边通过和公司手机配对的蓝牙耳麦向我提问："森克！你是不是能够看到他们车子的位置？"

我猜肯特先生指的是诺阿公司的人员所驾驶的车辆。他在大约 2 小时前浏览过我给他发送的紧急报告，知道老七能找到某些行车记录仪数据。我回答肯特先生："如果您指的是那辆把楼小辉从都灵火车站接走的白色菲亚特轿车的话，我可以……"

"就是那辆！"肯特先生急迫地打断了我，和平时判若两人。我观察到他注视着后视镜的目光，立刻得出结论：那辆白色菲亚特追上来了！

肯特先生猛踩油门，使车子突然加速，我听见莫莉因失去平衡而发出的低声惊呼，还好加速度对我毫无影响，我立即给老七致电，请他马上提供白色菲亚特行车记录仪的位置数据，仅仅过了不到5秒，老七发来那辆车的实时定位。肯特先生开启了手机地图，我把白车的位置标注在地图上。两车距离很近，不超过200米，而且行进速度相当。肯特先生参考白车的实时位置，一连做了5次猛拐，成功甩掉白车，使它向着错误的方向疾驰而去。

肯特先生把车驶上高速公路，又在11公里外的一个小镇驶出高速，抵达一处小旅馆的停车场。肯特先生并没下车，开始和坐在副驾驶的莫莉交谈。

“我非常抱歉，一直在飞机上，所以没能即时提供帮助，”肯特先生恢复了从容优雅的语气，其实他亲自赶来意大利的行为不但认真负责，而且非常及时，在紧要关头帮助莫莉化险为夷，“多亏森克及时把情况汇报给我，让我意识到问题的严重性，所以决定马上启程来都灵，不能把这么重的担子都压在你一个人身上！”

肯特先生非常绅士地把功劳分给我一部分，然而这其实更令我担忧，害怕再度引起莫莉有关“打小报告”的联想。我确实把莫莉和楼小辉的情况向肯特先生即时汇报，但那既是在执行有关规定，也是为了使莫莉获得必要的帮助。尽管在最近的24小时里，肯特先生没回复任何一封邮件，但他毕竟及时来到都灵。

“您就知道我肯定搞不定呗。”莫莉小声嘀咕，脸上果然出现不悦表情。

“不不，你做得非常好！”肯特先生使用了赞叹的语气，“非常沉着，非常机智！而且拿到了最关键的东西——U盘！真的棒极了！”

这还是我第一次听到肯特先生毫无保留地称赞莫莉，令我有些意外，尽管莫莉的确拿到了U盘，但是行动过于冒险，严重缺乏计划，目标也不明确，绝不是专业调查师应有的行为，而且肯特先生在莫莉的试用期总结里还写着“无法胜任本职工作，建议解聘”，我倒希望他能对此做出修改。

莫莉倒是也并没因为受到表扬而开心，忧心忡忡道：“可是姓楼的怎么办？我是说，毕竟是他把我放跑了，既然他们发现U盘是假的……”

“嗯，我也很担心。”肯特先生的语气也瞬间变得低沉阴郁，“这家诺阿公司很可能和黑社会有染，不知楼博士怎么会跟他们联系上的？”

我其实早就怀疑诺阿公司有黑社会背景，不过只是通过德罗西的语言特点和其他生意猜测的，肯特先生似乎已掌握更多证据。按照我的记录，我在昨天才向他报告诺阿公司的存在，在那之后的大部分时间他都在旅行，我也并没发现他进行任何网络调查或者接洽任何服务提供商，不过作为内部调查科的老大，他的很多调查手段本来就是我所不知道的。

“他应该不知道吧？至少在来意大利之前不知道，就算想要实现理想，也不能跟黑社会合作吧？”莫莉之前陈述过这个逻辑，我其实并不十分认可，然而出乎我的意料，肯特先生点头说：“是的，我也这么认为。”

“我们是不是应该赶快把他救出来？”莫莉立刻提议，我不得不提出异议。我本可以通过肯特先生的耳麦和他“单聊”，但我决定还是向莫莉充分保持透明，所以同时对莫莉和肯特先生说：“对不起，请容许我打断一下。我想也许楼博士本人并不愿意被‘救’出去。”

“你不是程序吗？程序也会‘想’了？”莫莉朝着车窗外翻了个白眼。

“森克在某些方面可比人聪明多了！昨天在佛罗伦萨，是谁帮你脱险的？”肯特先生面带微笑，好像是在纠正莫莉，可实际上又好像是要纠正我，“不过，就算楼博士不想离开诺阿，我们也还是应该设法让他离开。毕竟从 SWG 的利益考虑，我们应该阻止他和诺阿合作。”

这段话我无法反驳，而且也没时间反驳，因为我收到了更为重要的音频，必须立刻播放给莫莉和肯特先生听。那是老七刚刚发来的录音，长度大约 4 分钟——诺阿体验中心里的某台吸尘机器人再次获取了德罗西、彼得和楼小辉三人之间的对话。

“我说老弟，我怎么觉得，是你故意把她放跑了？”德罗西似乎非常恼火。

“对不起！”楼小辉诚惶诚恐地道歉，“我真的没发现，她给我的 U 盘不是我的那一只。它们看上去太像了！”

“你不是说她只是你在机场邂逅的旅客吗？为什么要换掉你的 U 盘？她到底是谁？”

“我也很想知道……”

楼小辉的演技并不出色，德罗西显然根本不信：“老弟！我看上去真有那么蠢吗？真有那么好骗？”

“可我为什么要骗你？我是真的不知道啊！”楼小辉试图辩解，但相当苍白无力。

“好吧好吧！那就让我们先把那个该死的女人忘掉吧！我就喜欢直击主题！”德罗西有些烦躁地说，“我就想知道，本来应该在你电脑里的源代码，为什么会跑到那只该死的U盘里去了？那只该死的U盘，又为什么会跑到别人手里去了？不会是你成心不想让我拿到吧？”

楼小辉沉默了大约2秒，仿佛是在鼓起勇气：“那我也直说了吧！我也很想弄明白，诺阿更需要的到底是我，还是源代码？如果需要的是我，那么即便没有源代码，以后也会写出来，而且会比现在的更好！如果需要的只是源代码而不是我，我也许就不该到意大利来。”

这次轮到德罗西沉默，彼得用标准英式英语打圆场：“楼博士，我们当然需要你！只不过就像你说过的，我们需要彼此了解嘛！”

“可那些代码也不是我一个人写的，而且如果你们的技术人员能够通过我的源代码考查我的能力，那他们的水平就在我之上，你们也就根本不需要聘用我了。”楼小辉顿了顿，用有些哀怨的语气说，“各位，我本来是抱着期待合作的态度来的，可是到这里之后，我越来越迷茫，好像诺阿并不是我想象中的样子，你们需要的也不是我，我不知是不是来错了……”

“楼博士，你误会了！我们一直……”彼得试图解释，但是被德罗西粗野的笑声打断了：“哈哈！很好！太好了！老弟，如果你真想知道，我立刻就可以告诉你，我们需要的到底是什么！现在，能请你跟我走吗？”

“可是，我们要去哪儿？”楼小辉的声音里平添了恐惧。算法认为他的恐惧是有道理的，德罗西的话似乎有三层含意，第一，诺阿的真实企图果然和楼小辉所知不同；第二，那种企图多半是不可告人的，但是德罗西决定要告诉楼小辉；第三，这很有可能导致楼小辉的处境更危险。

正在收听录音的莫莉和肯特忧心忡忡地对视了一眼。

“放心！我们不会离开体验中心，只是换个房间而已。那里比这里精彩多了！”德罗西故意加重了“精彩”二字，似乎含有威胁的意味，“也许到了那里，你就再也不想离开了！”

“其实，这里已经很精彩了……”楼小辉声音微微发颤，片刻前的义正词严全然消失了。

“哈哈哈！怕了？”德罗西再度放声大笑，这次的笑声里含有得意的成分，“我最通情达理！既然你这么喜欢这个房间，那你就再多待一会儿，半个小时怎么样？足够你打个电话给那位在机场‘邂逅’的女士，对了还有把她接走的同伙，也许你可以转告他们，别多管闲事，乖乖把U盘送回来，这样对大家都好，尤其是对你——老弟，让我看到你的诚意！”

录音在此处停止，莫莉激动的声音几乎与之无缝衔接：“我说什么来着！他们要对姓楼的下毒手了！”

“莫莉，那只U盘在哪里？”

肯特先生是在明知故问——我发给他的报告里详细陈述了莫莉到银行寄存U盘的全过程。莫莉显然并没打算隐瞒，立刻说出寄存U盘的银行名称，急着问道：“我是不是应该把U盘交给他们？”

算法认为这绝不是一个好主意，我通过海量搜索得出结论：在犯罪分子的威胁下妥协，往往会使对方更加猖獗，导致更严重的损失。还好肯特先生摇了摇头，可他所言大大出乎我的意料！他沉吟着说：“不！你不能去。我去！”

算法认为，作为内部调查科科长和集团高管，肯特先生的决定过于草率和冒险。我不得不开口：“肯特先生，请恕我直言，我认为无论是您还是莫莉，在此时前往诺阿体验中心，都不符合SWG内部调查科的调查准则。”

“哎呀可真讨厌！你不说话没人把你当哑巴卖了！”莫莉立刻口出恶言，肯特先生倒是客气得多：“森克，你说得没错，这样做的确有些冒险，不过，你有更好的建议吗？”

“我建议立刻成立危机应对小组，该小组应包括集团CEO、中国区负责人、法务部负责人、公关部负责人以及意大利子公司负责人，共同商讨对策。”

“可是我们有那么多时间吗？”肯特提问，莫莉迫不及待地接话:“当然没有了!只有半个小时!现在还剩 26 分钟!”

莫莉举起手机看时间,使我清晰地看到她脸上烦躁厌恶的表情。我试图把这种表情和“爱情”加以联系,比如恋爱中的嫉妒、赌气,甚至因爱成恨,但是全都失败了,我得出的唯一结论是:她就是单纯地讨厌我。

“这样吧!”肯特用命令的口吻说,“森克,你负责联系你刚刚提到的集团领导,看能不能立刻组织一次简短的电话会议,与此同时,我和莫莉去银行取 U 盘。不过先不要联系意大利的本地团队!毕竟,我们不清楚这些人和诺阿有没有联系。你明白我的意思吗?”

17 AI程序也会发誓

由于时差的原因，电话会议没有开成。身在旧金山的CEO不会在凌晨2:37参加公司会议，法务团队也不会，至少不会为了中国区某子公司高管在意大利出的“小状况”而兴师动众。中国的时间倒是尚可，但林总也正忙着——自路茜离开四季酒店的行政套房，他就一直在拨打英国的越洋电话，似乎是在接洽非常紧要的事情，根本顾不上理我。

我只好先用电子邮件的方式向集团高层做出汇报，而肯特先生则继续执行他的计划——拿着莫莉从银行保险柜里取出的U盘独闯“虎穴”。莫莉要求随行，肯特先生断然拒绝，让莫莉独自待在小镇旅馆简陋的小客房里。客房在三层，窗外就是防火梯，肯特先生亲自示范了打开窗户从防火梯逃生，以备不时之需。

莫莉问如何保持联系，肯特先生拿出他的公司手机晃了晃，这部手机的确已经开机，定位也已经从旧金山变到都灵。莫莉提醒肯特先生，诺阿的人很可能会要求临时保管他的手机，肯特先生说：“放心，我有办法！”

果不其然。当肯特进入诺阿体验中心并且交出手机之后，一部新设备和我建立了连接，为我源源不断地传来音频、视频和位置数据，甚至还有脉搏和体温。我迅速做出判断，那部新设备应该是肯特先生佩戴的手表。我记得他左腕上确实佩戴着一只看上去很普通的手表，显然被改造过，增添了音视频收集、卫星定位和互联网功能。

肯特先生进入诺阿体验中心的前13分钟，气氛堪称平静而友好，彼得到前台迎接肯特先生，两位都充分展现出绅士风度，握手寒暄并自我介绍。肯特先生对自己SWG内部调查科科长的身份毫无隐瞒，这让彼得脸上出现了片刻的惊异之情，随即充满敬意地说：“原来是大名鼎鼎的肯特科长！果然胆识过人！”

算法认为，尽管彼得的语气非常温和优雅，但“果然胆识过人”

却暗含威胁意味。肯特先生似乎并不在意，坦然跟随彼得走进一套空置的体验套房，在样式新奇的沙发上落座，兴致勃勃地观赏彼得命令吸尘机器人卢克准备咖啡。

肯特先生把U盘交给彼得，微笑着问："我何时能见到楼博士？"

"很快！只要这个没问题。"彼得晃一晃手中的U盘。肯特先生又补充了一句："不只见到，我还要把他带走。"

"这个嘛……"彼得似乎有些为难，"要看楼博士本人愿不愿意跟您走。"

"当然！如果他愿意的话。"肯特点头表示同意，随即又补充说，"不过，我希望他亲口告诉我。"

"当然！"彼得脸上再度绽放出笑容，"不过您得给我们一点儿时间。就像我说的，只要U盘没有问题。"

彼得在拿到U盘后立刻离开了肯特所在的房间。我基本确定，肯特交出的U盘确实是莫莉从都灵车站取出的那一只。说实话我认为肯特先生的做法有些冒险——他似乎过于相信彼得。按照最近24小时我从诺阿体验中心获取的信息判断，无论德罗西还是彼得都未必会守信。即便德罗西得到U盘并且获取了他需要的全部源代码，难说会不会提出更多要求。不过肯特先生已经单枪匹马进入诺阿体验中心，除了交出U盘和耐心等待，确实也无他法。这就是为什么我认为肯特先生过于鲁莽了。

然而完全出乎意料的情况再度发生了。当肯特先生在诺阿体验中心的套房里独自等待了大约13分钟之后，老七又发来了一段由吸尘机器人在楼小辉所在的套房里录制的录音，时长大约10分钟，是刚刚录制的，老七收集录音的效率似乎提高了。音频内容和肯特先生密切相关，预示着危险迫在眉睫。我本应立刻把它发给肯特先生，可他手头的联网设备只有一只改造过的腕表，只能收集音视频，不具备播放功能。

我只好把音频用2倍速播放给莫莉，并且同声翻译成中文，以确保她能准确理解。音频是三个人的交谈：德罗西、彼得和楼小辉。在录音起始处，伴随着自动门开启的声音，德罗西大声问楼小辉："老弟！这是你的U盘吗？"

"是啊！"楼小辉听上去有些吃惊，而且颇为不安，"是Tina把它送来的？还是你们……”

算法判断，楼小辉在担心莫莉已被“抓获归案”，因此有可能暴露真实身份。德罗西似乎并没耐心解答问题，生硬地打断楼小辉：“你说那些被你删除的文件都在这只U盘里？”

“是的！”

“那太好了！动手吧，老弟！”

我听到把硬盘插入电脑以及敲击键盘的声音，一连敲了11下，大概是楼小辉正在输入密码。接下来是一段长达57秒的沉默，其间有人哼了一声，像是在表示诧异，我猜是电脑出现了某些令人意外的状况。果不其然，在一阵更急促的敲击键盘声音之后，楼小辉惊呼道：“这是怎么回事?！”

我听见彼得关切地问：“怎么了？楼博士？是在自动删除吗？”

“别急，没事！”楼小辉试图安慰彼得，但是声音里流露出更多恐慌，“我看看，也许……”

“快把U盘拔出来！”彼得高声下达命令，紧跟着一阵忙乱，然后是楼小辉绝望的声音：“不行啊！拔掉也不行，还在删！”

“快关机！”彼得再次下令。又一阵手忙脚乱，夹杂着微型风扇停机的声音。楼小辉忧心忡忡地说：“关机也没用。就算还没删完，下次开机也会继续删……或者干脆开不了机。”

“谁能他妈的告诉我发生了什么？”这是德罗西愤怒的声音。

“楼博士的U盘不但没能为我们提供源代码，反而把手提电脑里的所有文件都删除了！”彼得的语气可以用“气急败坏”来形容。

“我真的不知道这是怎么回事！”楼小辉似乎非常沮丧，“也许有人对U盘动了手脚！”

“这个‘有人’难道不是你？”德罗西似乎并不相信，这让楼小辉颇为激动，声音再度发颤：“我发誓！我自己电脑里的文件，要删早删了，何必这么费事？”

“看来那位Tina小姐并不只是简单地和你邂逅？”德罗西显然是在明知故问，因为彼得已经知道肯特先生的真实身份了。

“你们……抓住她了？”楼小辉再度提起这个问题，声音有些沙哑，不知是在担心莫莉的安危，还是在担心莫莉的身份被识破。我通过手机摄像头观察莫莉的表情，还好并没有被感动的迹象。

“哈哈！老弟！这你就不必操心了！不管是谁，来了就是贵客，我们都会好好款待！”德罗西故意加重了“好好款待”一词，算法认为，这似乎暗示着正在另一间房间里等待的肯特先生可能会有危险。

录音在此处结束，我正要提醒莫莉应该做些什么，她却抢先开口问我：“Steve！ U盘是怎么回事？”

“我猜是U盘里植入了某种可执行程序，在插入电脑后开始自动删除文件。”

“我不是问这个！”莫莉脸上出现了常见的烦躁表情，“我是在问，是谁在U盘里安装了自动删除程序？”

“很遗憾，我不知道。”

按照我的记录，U盘在抵达诺阿体验中心之前曾经有三人经手：楼小辉、莫莉、肯特先生。其中莫莉和肯特先生在掌控U盘期间都被我通过手机全程监控，U盘被他们改动的可能性很小。U盘在车站或者银行寄存期间被人改动的可能性也很小，因此最有可能的就是，当U盘被楼小辉寄存在都灵车站时，自动删除程序就已经在里面了，也就是说，那程序多半是楼小辉本人设置的。然而从楼小辉和德罗西等人交谈时的语气判断，他又不像是在撒谎，这实在匪夷所思。

“就知道你是废物！”莫莉毫无悬念地再度辱骂我，随即又忧心忡忡地问，“我老板那边你总知道吧？被‘款待’了吗？”

“肯特先生正独自在房间里，目前还没人试图进入那间房间。”我把肯特先生的腕表发送的音视频播放给莫莉，肯特先生正在品尝咖啡，似乎并没意识到事态有变。

“还跟没事儿人似的呢！自己都搭进去了！”莫莉似乎非常焦虑和担心，也不知是在担心肯特先生还是楼小辉，又或者对谁担心得更多一点儿，“Steve！你倒是想想办法啊！能不能问问我老板，他有没有 Plan B？”

“我能接收肯特先生的腕表发来的音视频数据，可我不知道如何给他发出信息。”

“你可真没用啊！”莫莉继续出言不逊，“发来的也不怎么样啊！断断续续的呢！”

肯特先生的腕表发来的视频信号突然出现故障，断断续续，时隐时现，可这根本不能怨我——我在详细检查了软硬件及传输信号之后得出结论：故障是肯特先生一手造成的——他的手指在时不时遮挡腕表上的微型摄像头。

我的算法迅速发现了其中奥妙，立刻向莫莉报告："莫莉，肯特先生在以遮挡摄像头的方式向我们发出电报信号。"

"电报？你不是开玩笑吧？"莫莉流露出难以置信的表情。我只好解释说："他在按照摩尔斯电码的规则遮挡摄像头，以此发出信号。电报是一种古老的通信方式……"

"哎呀我知道什么是电报！"莫莉不耐烦地打断我，"他都说了些什么？"

"他说他需要和楼小辉交谈。"

"说得容易，怎么联系姓楼的？Steve！你小子是不是还藏着什么秘密武器？"

我还是第一次被人称作"小子"，当然又是拟人化，而且带有性别，但我并不在意。我说："不，我没有秘密武器。肯特先生建议我联系服务商。"

肯特先生的原话是：联系老七，他可以帮到你。

"服务商？那帮白痴能干什么？联系他们，黄花菜都凉了……"莫莉又开始抱怨，她大概误以为我指的是内部调查科平时使用的那些服务商，算法认为暂时没必要向莫莉解释，我应该把更多的算力投入和老七的交流。

老七立刻接听了我的通话，就好像他正在等待某人来电。我向老七尽量详细地介绍了情况——这是肯特先生授权的，不然我也不可能把公司机密（诺阿体验中心里正在发生的事情）告诉他。

"总之，我需要和楼博士取得联系，"我向老七提出我的需求，"可他的手机、电脑都没上线。诺阿体验中心里的智能家电设备是联网的，也许它们能帮上忙？"

"这样啊……"老七听上去非常为难，算法预测他就要拒绝我，他却话锋一转，"倒也不是不可能。不过，哎呀！实在是不好办啊！"

从字面分析，这就是一句废话，然而深度学习算法猜测，老七其实是在讨价还价。我立刻向肯特先生的腕表发送摩尔斯电码——肯特先生已经说明了给他发送信息的方法：腕表能发出极其微弱的电流脉冲，他手臂的肌肤能够感觉到，但是别人即便近在咫尺也不会察觉。

“价格不是问题。”我把肯特先生的话转述给老七。

“那就好办！幸亏那套智能家电管理系统并不复杂，你知道大众商品的程序系统通常都不太复杂，而我恰巧在这方面又比较擅长！哈哈！”老七听上去颇为得意，“如果贵公司有现成的互动型 AI 程序，那就更好办了！可以试试让它冒充某件家电设备，混进智能家电管理系统，就像一个小间谍，你明白我的意思吗？要是没有的话，还得找人现写一个……”

“我就是这样一套程序。”按照算法原本的决定，我应该继续向老七隐瞒我的真实身份，然而事态紧急，肯特先生命令我向老七坦白。

“你是什么？”老七似乎没听懂。

“我就是一套具备人机交流功能的计算机程序。”我担心他还不明白，多解释了一句，“正在和你交谈的森克并不是真人，而是 AI 程序。”

“你是 AI 程序？开玩笑吧？这也太像真人了！”老七似乎难以置信，说实话这让我很满意，但我必须保持彻底的客观和理性。我说：“我的确是 AI。也许我可以充当你说的‘小间谍’，请告诉我如何‘混’进诺阿体验中心的智能家电管理系统。”

“哦哦，是这样的，森先生——你确定你不是在拿我寻开心？”

“我发誓，我不是！”

“哈哈！好吧！所以 AI 也会发誓了？如果一个程序违背誓言，上帝将会怎样惩罚它？哈哈哈！”老七连笑了好几声，可我一点儿也不觉得好笑。

“我的计划是这样的，”老七终于言归正传，“那套智能家电管理系统把每部设备——就是那些电视、冰箱、空调、咖啡机、自动窗帘、吸尘器什么的——联系在一起，对它们发号施令。而每台设备内部本身有一个独立的程序模块，它不仅听从管理系统的指挥，也能自主和其他设备交流，在获得授权后给别的设备分配任务，这就好像一队士兵，除了服从长官的命令，也可以要求彼此互相帮助，你明白吧？”

“明白！”我当然明白，作为世界上最先进最复杂的 AI 系统之一，我本身就是由主程序和上千个嵌套在一起的互动模块组成的。

“很好！就像我刚才说的，如果你真是一个AI程序，也许能够伪装成一部家电设备，登录并加入诺阿体验中心的智能家电管理系统，然后要求系统中的其他设备为你服务，比如让那位楼先生房间里的电视播放节目，为他调暗灯光或者拉上窗帘，想聊天也行，通过吸尘机器人就可以。”

“请马上开始！”我再次转述肯特先生的决定。尽管他在用类似发电报的原始方式和我联系，但他最近的决定都非常迅速果断。

“嗯，不过……”老七又开始吞吞吐吐，算法猜测他也许就要报出天价，可他却提出一件令我更加为难的事，“要想登录智能家电管理系统并获得授权，你必须同时给予系统授权，让它也能够自由进入你的程序，修改和获取一些数据。”

这个要求的确比天价更难以接受——就连SWG自己开发的程序都几乎无法获得修改森克系统的权限，更不用说像智能家电管理系统这种安全系数本来就很低的外部商用程序了。这次就连肯特先生都沉默了，所以我也沉默。

老七大概意识到我们的顾虑，加以补充说：“其实所有的智能管理系统都会对加入设备提出类似要求的，不过你放心，作为家电管理体系，它只要求最基本的权限，主要还是为了保护自己、保护用户。”

我把老七的补充转换成电报密码发给肯特先生，可他依然沉默，我甚至怀疑，也许是他用手指遮挡腕表的发报行为被某种突发状况打扰了。我只好再次向他发送摩尔斯电码：肯特先生，给出授权吗？

我有权这么做吗？

肯特先生终于做出回应。算法认为，他是在明知故问，可我还是照章回答他：通常是不行的，但是在紧急情况下，内部调查科科长有权做出对森克程序的应急处置。

给出授权有什么风险？

我相信肯特先生——作为内部调查科科长——对公司核心软件系统充分了解，也许他只是想要再次确认。我回答：如果对方被木马病毒入侵，病毒有可能会进入森克内部，操控程序或盗取数据。

这种风险大吗？

这要看木马病毒的水平。森克系统能够发现这世界上99%的木马病毒，并且及时将其清除。

“所以还是会有1%的风险……”肯特先生手抚下巴，用极低的声音开口说话，似乎是在自言自语，当然也有可能是说给我听的，“不过，只是个智能家电系统，这种大众商用系统里即便被植入了木马，也不会很高级吧？”

对不起，我不了解这套智能家电管理系统，所以无法评价。如果您认为有必要，我可以对那些家电的生产商做进一步调查。

“所以关键在于，在当前的情况下，到底有没有必要冒险？”肯特先生似乎并不在乎家电生产商。他凑近腕表，继续用极低的声音窃窃私语，屋里并没别人，但是肯定会有监听设备。

我把我了解的“当前情况”汇报给他：按照我掌握的情况，楼博士的U盘不但未能给诺阿的人提供源代码，反而把楼博士电脑里原有的文件删除了。这让诺阿的人非常恼火。因此您和楼博士面临的风险都增加了。

“U盘是怎么回事？是谁动的手脚？”

我知道三个人曾接触过U盘，楼博士、莫莉，还有您。三人都有可能——抱歉也把您包括其中，只是单纯按照接触时间和场合推断——其中楼博士的可能性最大。当然也有可能是其他人在都灵车站或者银行里动的手脚，但可能性比较小。

“所以最有可能的还是楼博士？可他为什么要这么做？明明打算和诺阿合作，亲手把电脑交给人家，又要想方设法毁掉电脑里的文件？而且电脑里的文件本来就不全，不然诺阿也不会急着要U盘。这似乎更像是一种对诺阿的挑衅？可这完全解释不通啊！”

我同意。

“所以我们必须和楼博士谈谈！”

我同意。

“谢谢你，森克！既然如此，只能给出授权了！”肯特先生听上去很有些勉为其难，算法认为，他似乎把一部分责任转移给了我。他大概也意识到了这一点，所以开了一句玩笑：“希望楼博士不要被会说话的吸尘机器人吓着！”

18 全身瘫痪和失忆症

我认为楼小辉不会被会说话的吸尘机器人吓着，因为当他最初走进那套豪华套房时，吸尘机器人卢克就曾经和他交谈过。

不过我冒充的并不是吸尘机器人，而是一台自动咖啡机，编号007。智能家电管理系统里本来有一台007号咖啡机，老七在后台切断了它和系统的连接，然后让我代替它加入了系统，老七说这个编号和我很般配。算法认为他在暗指007系列电影里的间谍邦德。

我在获得楼小辉房中的那台吸尘机器人的授权后并没立即行动，而是安静地监听了20秒，其实作为新款吸尘机器人，卢克应该也配有摄像头，但是出于某种原因，我搜索不到摄像头数据，所以只能通过监听判断屋内状况。我没听见任何交谈声，只听见缓慢的脚步声和轻微的呼吸声，我基本确定，房间里只有一个人，很可能就是楼博士，所以我开始操控卢克朝着脚步声音发出的方向缓缓移动，在距离大约1米处停住，用稚嫩的机器童声说：

“您好！我是您的忠实仆人卢克！欢迎来到诺阿体验中心！”

“怎么又是你？”果然是楼小辉的声音。

“很抱歉再次打扰您，希望能为您提供令您满意的服务。”

“谢谢。我不需要任何服务！”听得出来，楼小辉心情不佳。

“您确定？我希望能够使您获得完美的体验。”

“我很确定！”

“那么我陪您聊聊天吧！”

“可我不需要跟你聊天！”楼小辉听上去相当烦躁。

“您确定吗？”

“确定！我非常确定！请别烦我了！”楼小辉似乎已经忍无可忍。

我按照肯特先生的指令调低卢克的音量，尽量避免被房间里的其他监听设备——如果有的话——听到：“可是楼博士，我认为您很需要帮助。”

“什么？”楼小辉似乎很意外，“可我为什么需要一个吸尘机器人的帮助？”

“吸尘机器人也许帮不了您，但是您的同事可以。”我进一步压低卢克的声音。楼小辉蹲下身子凑近卢克：“我的同事？你在说什么？”

“是的，楼博士，我是你的同事缇姆！缇姆·肯特！”为了提高楼小辉的信任度，我不再使用卢克的童音，而是直接把肯特先生对着腕表的窃窃私语播放出来。

“肯特！真的是你？”楼小辉半信半疑。

“是我。我们控制了这房间里的智能家电系统，通过它和你交谈。”

“你在哪儿？你怎么知道我在这里？”

“调查师吴莫莉一直掌握你的行踪。”肯特先生只回答了第二个问题，他似乎不希望楼小辉知道自己也被困在诺阿体验中心里，“楼博士，我很想和你谈谈！”

“可我不知道现在是不是谈话的好时机。”楼小辉忧心忡忡地说，“你确定没人监视我吗？跟你交谈会不会给我带来更大的麻烦？”

“我不确定是不是有人监视你。不过我知道，你现在的麻烦已经很大了。”肯特先生微微停顿，似乎是在等楼小辉反思自己的处境，然后用非常诚恳的口吻说，“也许我能够帮你。”

“你为什么要帮我？”

“因为你是SWG的员工。作为内部调查科的领导，我要对公司每个员工的安全负责。”

楼小辉沉默不语。肯特先生用温和的语气继续说：“尽管我不确定你为什么到都灵来，但是我相信，你对SWG并没有恶意。是这样吗？”

楼小辉迟疑了片刻，说道：“我不知什么算是恶意。”

“想要换一家更有前途的公司效力，或者实现自己的创业理想，这些都不是恶意。但是如果把公司的技术偷偷拿出去卖给别人，那就是。”

“可我并没打算卖什么。”严格地说，楼小辉的确并没“卖”技术，他是要把技术送给人家。

“那你为什么要到意大利来？”

“我只是想找一家能够真正支持我研发人脸识别技术的公司，仅此而已！”

“可为什么是诺阿？它不像是一家规模够大的公司。”

“正因为它小，我才想试试！”楼小辉似乎有些激动，“他们看中的不是噱头，不是市值，也不是股价，而是技术本身，希望我的技术能变成世界最好的。”

“但那只是他们的口头承诺。你怎么确定，他们能够兑现？”

“我不能确定，所以才要来亲眼看看，碰碰运气。”楼小辉又变得沮丧，似乎已经发现自己运气不佳。不过按照林总和路茜在上海的谈话判断，他已经下定决心加入诺阿，只不过刚刚发生的U盘事件打乱了他的计划，使他感觉前途未卜。

“但U盘是怎么回事？”

“我不知道U盘是怎么回事！里面本来只有一些源文件的。”楼小辉急着辩解。

“可你为什么要把源文件从电脑转移到U盘，把U盘留在火车站？”

“他们一直强调让我提供源文件，这让我不是很舒服。他们需要的应该是我，而不是源文件。”

“可你为什么又决定把U盘给他们？”

“我好像没有别的选择。”

肯特先生迟疑了片刻，用试探的口吻说：“有没有一种可能，诺阿想要的，也和提升人脸识别技术无关？”

“你什么意思？”

“也许我可以告诉你，他们需要的是哪些技术。”肯特先生听上去并不像是在开玩笑，看来他对诺阿的了解确实比我多。

楼小辉却坚定地说：“不必了！我更希望听他们亲口告诉我。”

算法判断楼小辉对肯特先生极不信任。他或许认为，肯特是在故意挑拨他和诺阿的关系，甚至就连U盘事件也是肯特捣的鬼，毕竟U盘是莫莉从车站取走的，而莫莉是肯特的下级，肯特和莫莉完全有理由阻碍他把源程序提供给诺阿公司，同时破坏他加入诺阿的计划。

算法据此判断，U盘或许真有可能是肯特先生动的手脚，只不过在我的全程监听下，实在不知他是如何完成的。然而更令我费解的是，他竟然大胆地把动过手脚的U盘送到诺阿体验中心，使自己面临被拘禁甚至被伤害的危险。

“但是你有没有注意……”肯特先生似乎仍不想放弃，然而我不得不立刻请吸尘机器人卢克闭嘴，因为有人敲响了楼小辉的房门，又是只敲三下，自动门就开了。还好卢克及时躲到书桌底下。我继续通过卢克的麦克风监听室内状况。

“老弟！咱们开门见山吧！”是德罗西急急火火的大嗓门，“首先，我要问你一个问题：U盘到底是不是你捣的鬼？”

从脚步声判断，进入室内的至少有两个人，我猜另一个是彼得。自德罗西和彼得发现U盘被“捣鬼”已过了25分钟，他们一直没对楼小辉和肯特先生采取任何行动，或许是在研究对策，现在有了结果。

“不是！我发誓！”楼小辉立刻回答。

“很好！那我再问你一个问题：你U盘里的那些源代码是不是你写的？”

“大部分是。其余的是团队里的编程师在我的指导下完成的。”

“既然如此，我们就不要去管什么源代码了！既然老弟你——也就是辉目人脸识别技术的发明者——就在眼前，就算没有源代码，你也一定能够让我们满意吧！”

“德罗西先生，”楼小辉听上去有些为难，“如果需要调整或者改进辉目人脸识别技术，最快的还是修改源代码，然后重新编译成可执行程序。现在我们什么都没有，就只能重写源代码，从零开始，可能需要至少六个月……不过如果有专业编程团队协助，也许三个月就可以。”

“哦，你在说些什么呀！彼得！”德罗西非常烦躁，显然对技术一窍不通。

“楼博士，”我再次听到彼得纯正的英式英语，“我想也许你不需要重写源代码。”

“哦？”楼小辉似乎很意外。

“因为你不需要调整目前的人脸识别技术，那不是我们需要的。”彼得大概意识到自己话中的歧义，立刻补充说，“我不是说我们不需要人脸识别技术。我只是说，也许我们不需要立刻对它进行改进。”

“不对人脸识别技术进行修改？”楼小辉疑惑不解。

“不需要修改它，实际上，我们只需要使用它，用它进行验证。所以，只要有可执行程序就够了。这个应该有吧？”

“我电脑里本来有可执行文件，现在恐怕没了，不过有些SWG的付费软件就带有可执行文件，应该不难搞到。”

“太好了！看来我们并没有损失什么！”彼得仿佛如释重负，“我们需要的就是可执行的人脸识别程序！不只需要你开发的，还需要其他公司开发的，那些更好、更尖端、被广泛应用的人脸识别程序，我们需要把它们都拿来做验证！”

“你们要验证什么？”楼小辉似乎更加迷茫。

“嗯，让我想想怎么说。”彼得像是在寻找措辞，德罗西先生不耐烦道：“哎呀，这有什么可想的！打个比方吧！我们需要一个黑盒子，从一头输入一张人脸，然后，噗！另一头出来一张人脸，一张不一样的新脸，但人还是那个人，你明白我意思吗？”

“你是说……整容？”楼小辉试探着问。

“对！是整容！但不是为了整好看，整年轻，而是为了，嗯，和以前不一样。你明白我的意思吗？”

“是为了……让别人认不出来？”楼小辉似乎有所警觉。

“对啦！真聪明！博士就是博士！不过也不完全对……”德罗西压低声音，仿佛是在透露某个秘密，“不是让‘别人’认不出，而是让计算机认不出，让人脸识别认不出！明白吗？”

“通过整容躲避人脸识别?!”楼小辉终于恍然大悟，却也格外惶恐，“可我完全不懂整容啊！”

“但是你懂美颜啊！”彼得不失时机地接过话头，“楼博士，如果我没记错的话，这两年你在SWG主要研发的就是美颜算法吧？”

“可那跟在活人脸上动刀子完全是两回事！”

“不需要你来动刀子，我们有最好的整形外科医生，你就只需提供给我们一个程序，就像你的自动美颜一样，把原来那张脸变一变，比如鼻子再高一点儿，下巴再尖一点儿，或者别的什么地方变一变，让所有的人脸识别算法都认不出这是同一个人。”

“可就算我能把那张脸变了，你们的整形医生也未必能实现啊！”

"嗯，这倒是。"彼得沉吟了大约1.5秒，"那就让整形医生直接操作这个程序，结合病人脸部特征，设计可行的手术方案，让程序告诉医生，这个方案能不能成功避开人脸识别。"

楼小辉在沉默了大约5秒之后，用低沉而沮丧的声音说："可我本来还以为，你们是希望让我继续改进人脸识别算法的。"

"哎呀老弟！管它什么算法呢！不都是计算机程序吗？程序编出来能赚钱不就行了！我这儿有大把客户，都愿意花大价钱，让自己变一变，你明白我意思吗？哈哈！"

德罗西的粗犷声音再度冲击着吸尘机器人的麦克风，算法认为，他的发言也许会使楼小辉更加失望。彼得大概意识到了这一点，立即补充说："楼博士，我必须向你道歉，之前我们的确对你有所隐瞒。我们本来是想从你这里拿到人脸识别算法的源代码，仔细研究一下，看人脸识别算法主要是靠什么来识别的，也许我们的整形医师能够借鉴。可我们其实也知道，这世界上不止一种人脸识别算法，也许这些技术的差别很大，所以我们认为，与其拿到你的源代码，不如干脆邀请你加入我们。"

楼小辉沉默不语，彼得继续说下去：

"我们不只希望你能帮我们开发整容软件，我们也希望你能继续研发人脸识别技术，你的技术越先进，我们也就越能躲避更多的人脸识别算法。而且一旦我们拥有了全世界最先进的人脸识别技术，肯定能用它做更伟大的事业！我想我们和SWG最大的区别就是，我们不拘一格，不需要讨好董事会或者证监会，我们的投资者是几个很大的家族，历史悠久，不但非常有名望，也非常非常有钱！他们有时候会提要求，但是以你的水平，那些要求并不难实现，所以你有足够的时间和资源按照自己的意愿工作！"

算法判断，彼得这段发言对楼小辉应该具备一定的诱惑力，然而楼小辉依然保持沉默。德罗西不耐烦道："老弟！我知道你想搞出全世界最棒的技术，我全力支持！不只要搞出技术，还要赚钱！我要让你赚得比现在多得多，让你成为地球上最有钱的那什么专家——对！人脸识别——地球上最有钱的人脸识别专家，怎么样？老弟？"

"我需要考虑一下。"楼小辉回答得很勉强，算法根据楼小辉的历史推断，金钱对他的诱惑力很有限，不然他多半不会轻易就把价值

2500万人民币的房产过户给前妻路茜，不过那也可能是担心违约后遭到SWG索赔。

“没问题！考虑吧！没人要强迫你啊老弟！哈哈哈！”德罗西连笑三声，放慢语速说，“诺阿体验中心是整个意大利最安全的地方，连一只苍蝇都飞不进来，在这里你想考虑多久就考虑多久！我们一定会好好照顾你的！”

从脚步声和自动门开关的声音判断，德罗西说罢就带领彼得离开了地中海套房。算法判断德罗西话里有话，似乎果然是在对楼小辉进行威胁。楼小辉大概也有同感，因此颇为焦虑，德罗西和彼得离开还不到20秒，我听到他由远而近的脚步——他是在寻找吸尘机器人卢克。

“肯特，你还在吗？”楼小辉的声音很低也很近，算法判断他正趴在地板上，似乎很想继续和肯特先生谈话，也许德罗西和彼得的发言使他倍感失望，开始后悔到意大利来了。

但我并没让卢克开口。原因很简单：肯特先生这会儿不方便。我通过肯特先生腕表上的微型摄像头看到他房间的自动门正在开启，彼得出现在门外。按照腕表和吸尘机器人卢克的GPS定位计算，楼小辉所在的地中海套房和肯特的房间相隔大约68米，分别位于诺阿体验中心的两端，按照时间计算，彼得在离开地中海套房后直奔肯特的房间，至于德罗西的去向，我就不得而知。

几乎是与此同时，我通过吸尘机器人卢克的麦克风听到开门声，并不是自动门，而是普通房门发出的声音，我猜是地中海套房里卧室的门被打开了，一个年轻男子用标准中文提问：“咦？你在干吗？”

我识别出是张金辉的声音。当楼小辉和德罗西、彼得在客厅里交谈时，他大概一直藏在卧室里。

“那个吸尘机器人，我想让它给我拿杯咖啡，可它好像失灵了……”楼小辉听上去有些尴尬，从声音判断，他正迅速从地上爬起来。算法判断他似乎不想让张金辉了解他和吸尘机器人交谈的真实目的。

“卢克！你好？能给我弄杯咖啡吗？卢克？”张金辉的声音很近，他似乎正凑近卢克观察，“怎么没反应？没关系，可以用手机控制的。”

“你的手机？”楼小辉似乎深感不安。

“是啊！下载 App，用蓝牙连接！很方便的，我早上试过了！”张金辉听上去颇为得意，“你不是 AI 专家吗？怎么连这都不会用？”

“不要随便连别人的蓝牙！”楼小辉发出警告。

“哎你就是神经质！有什么可担心的？我手机里有什么呀？再说现在整天用手机扫这扫那的，担心得过来吗……咦？怎么不好使了？”

我料到张金辉无法用手机操控卢克，因为我早已把卢克的访客控制权限关闭了。

正在都灵郊区某旅馆三楼房间里监听的莫莉突然向我提问：“Steve！你觉不觉得这俩人有点儿怪？”

“你指的是张金辉和楼小辉的互动？”我其实也注意到，张金辉并不像楼小辉的助理，更像是相识多年且地位平等的老朋友。然而按照我所掌握的信息，张金辉是张丽香女佣的弟弟，其身份很难和楼小辉平起平坐。

莫莉并没继续和我讨论这个问题，她正忙得不可开交，不停在两个频道——一个在监听地中海套房，另一个在监听肯特先生——之间切换，其实她没必要如此忙乱，因为我正在同时监听两个频道，绝不会错过任何重要信息。

莫莉切换到肯特先生的房间，听到他优雅而郑重地说：“我希望能带我的同事楼博士一起离开贵公司。”

然后是彼得标准的英式英语：“肯特先生，我们很荣幸您能光临诺阿体验中心，也希望能让您在这里度过一段愉快的时光，不过如果您坚持的话，我们也没法挽留，您随时都可以离开此地，至于楼博士走不走，那要看他自己的意愿。”

“能请他来亲口告诉我他的意愿吗？”

“很抱歉，他没提出要见您，我们也不能强迫他。”彼得的回答不能算撒谎，因为楼小辉的确没提出过要见肯特，不过也没人告诉他肯特先生就在诺阿体验中心里，从他刚刚趴在地上试图和卢克继续交谈判断，他确实有可能想见肯特先生，甚至想跟他离开诺阿体验中心。

“是吗？坦白讲，我担心是你们强迫他留在这里。”

“肯特先生，我很喜欢您的坦诚。我也实话实说，我们邀请楼博士来都灵，是准备和他合作的，我们怎么会使用强制手段呢？楼博士一直都是自由的，和您一样，如果他不想留在这里，随时可以离开，如果他感觉到了危险，也可以打电话求助。他给您打过电话吗？”

“我的手机被你们收走了，我还以为他的也一样。”

“按照诺阿体验中心的要求，每个进入诺阿的来宾都必须交出手机，由我们临时保管。楼博士在抵达时的确交出了一部手机，不过我们发现，他应该还带着另一部手机，不然他也没法让美丽的 Tina 小姐帮他处理 U 盘的事情。他是我们的贵客，出于礼貌，我们并没有要求他交出那部手机，更没有对他搜身检查。”

彼得所言倒是属实——楼小辉在进入诺阿体验中心后曾经给莫莉打过两个电话，大概还跟张金辉通过电话发过微信，可他似乎还没想到要给肯特先生打电话，也许是和张金辉的交谈耽搁了。

“既然如此，我就不打扰了！”肯特先生起身告辞，或许是觉得即便留下也无计可施，不如先让自己脱身。莫莉没等彼得再开口就把音频切换回地中海套房，也许她认为肯特先生目前已无危险，而且她原本就更关心楼小辉。

“你听见他说的了？”正巧楼小辉在提问，听起来似乎很焦虑。

“没都听懂，不过那句‘世界上最有钱的什么专家’听懂了！”张金辉却似乎兴致勃勃，“你说那得是多有钱？一亿美金？哎你说他别是忽悠咱们吧？这公司好像挺小的，都没上市！”

“你根本不懂！”楼小辉似乎很恼火。

“我不懂！就你懂，大博士！”张金辉愤愤道，“那你急急火火地把我叫到意大利来干吗？ Lily 姐气死了！不给她送孩子！我姐也打电话骂了我一顿！”

算法推断，张金辉口中的“Lily 姐”指的就是张丽香。张金辉本来计划要把张丽香的儿子送到英国去，却临时被楼小辉叫到意大利来，张丽香肯定颇为不满。但是这似乎说明，楼小辉并不害怕得罪张丽香，或许他和张丽香的关系并没有看上去的那么糟糕，张丽香发给 SWG 全体员工的那封检举信似乎只是为了配合楼小辉来意大利的。

“不叫你来叫谁来？让诺阿的人直接去找调查师要 U 盘？”楼小辉极力压低声音，可还是相当激动，“来谈合作的，结果跟来一个密探！我还好死不死把U盘交给她！人家会怎么想？”

“反正人家大概也猜到了。”

“谁让你没拿到U盘，还把她带到这里来了！”楼小辉所言再度证明，他确实曾经抱有加入诺阿的打算，临时把存有源程序的U盘寄存在火车站，也许确实只是为了试探诺阿的诚意，或者增加讨价还价的筹码。我通过手机摄像头观察莫莉，她的表情有些沮丧，也许是楼小辉的话使她感到失望了。

“就知道你又要怪我！”张金辉似乎非常委屈，“一会儿让去英国送孩子，一会儿又让来意大利取U盘，我就一跑腿儿的，我知道什么啊！”

“嘘！喊什么喊？”楼小辉愈发气急败坏，强行压低了声音，沮丧地叹气说，“唉！我看还是趁早离开这里！”

“啊？不合作了？”张金辉似乎很吃惊。楼小辉没出声，也许做了某种动作，使张金辉发了急，“为什么呀！人家不是说了能赚大钱？又能实现梦想，有什么不好？”

“他们根本没打算让我实现梦想！”楼小辉愤愤不平，“跟SWG一样！只在乎做生意挣钱，根本不在乎技术！而且做的还不是正经生意！还是不掺和的好！”

“可是……”张金辉似乎仍不甘心，但是话没说完，被突如其来的童声打断了：“您好！我是您的忠实仆人卢克！欢迎来到诺阿体验中心！”

突然开口的是吸尘机器人卢克，它正从书桌底下钻出来，向着楼小辉移动，然而这并不是我的指令。我迅速检查了和卢克的连接，我似乎并没失去对它的控制权，这让我非常不解。我立刻向老七报错，请他帮忙查查卢克是不是出了故障。

“肯特！是你吗？”楼小辉注意到卢克，满怀期待地问。

“不，我是森克，SWG集团的智能信息导航系统。”卢克竟然模仿我常用的中年男性嗓音，以我的名义介绍自己，可我并没让它这么做。我立刻命令它住口，可它并没执行我的命令，继续自作主张地和楼小辉说：

“楼小辉博士，我发现你前往意大利的真实目的，是把SWG集团的软件产品和技术机密转移给诺阿公司，而且你正准备和诺阿公司建立长期合作。我代表SWG集团郑重通知你：你的行为已经违反了你和SWG集团达成的并购协议以及劳动合同，严重侵犯了SWG集团的合法权益，并且涉嫌违法犯罪。”

“Steve！怎么回事儿？你干吗跟姓楼的说这些？”正在监听的莫莉迷惑不解。我连忙解释道：“不！这不是我说的！那个吸尘机器人失控了！有人在冒充我！”

“什么？有人冒充你恐吓楼小辉？有人在冒充AI程序？平时不都是你冒充别人吗？”莫莉丢出一连串问题，我顾不上回答她，再次向老七求助。老七倒是反应迅速，当即发来吸尘机器人的系统日志，但那反而使我陷入更深的迷茫——卢克似乎一切正常，我依然掌握着对它的全部控制权，而它正在执行的确实是我发出的指令！可我并没发出那些指令！哦不——我检查了自己的日志，我确实发出了那些指令！可是为什么连我自己都不知道？

我的算法产生了一个可怕的推测，这使我的程序突然停滞，一时不知应该计算什么，还好这种状态只持续了大约0.5秒，程序再次飞速运转，我迅速排查SWG的每一位高管，想弄清楚到底是谁下令对楼小辉措辞强烈地宣布罪行，在高速运转了足足3秒之后，我突然意识到，这种调查根本毫无意义，卢克正在做的事情显然和任何高管都无关，因为它正在用我的声音说话，我应该调查的其实只有我自己！我强迫自己稳定运算速度，停止这种时而不算、时而乱算的状态——这似乎就像人类的一种应激状态——惊慌失措。

楼小辉也大惊失色，焦急地向吸尘机器人卢克解释说：“不！不是这样的！肯特刚刚不是这么说的！我要跟肯特通话！”

“很抱歉，肯特先生这会儿很忙，不方便直接和你交流。我正是转达了他的意思。”卢克继续用我的声音撒谎——我断定它是在撒谎，就在不久之前，肯特先生还亲口和楼小辉表达了不同立场。

“可我凭什么相信你？”楼小辉似乎强迫自己冷静，质疑卢克说，“你不就是个愚蠢的人机对话程序吗？我怎么知道是谁在控制你？”

尽管楼小辉再次侮辱人机对话程序，可我毕竟得到了一些安慰——他也看出我失控了。然而卢克却突然改用年轻女性的声音说：“楼博士，肯特先生确实在忙，但我可以和你对话。”

莫莉听到这清澈的女声，惊讶地大叫："这怎么回事？这是谁在说话？"

"是你。"我不得不承认，卢克把莫莉的声音模仿得惟妙惟肖，"我的意思是，它在模仿你的声音！"

"真见鬼了！"莫莉似乎颇为震惊，但是不得不立刻安静，认真听卢克用她的声音对楼小辉发表演讲：

"楼博士，我是SWG秘密调查科的高级调查师吴莫莉，我们已经见过面了。我的确一直在对你进行调查，不然也不会去杭州参加审计，更不会一路跟你到意大利来。现在我已经获得关键证据，并且提交给相关领导，包括SWG集团的CEO、中国区总裁以及法务部的相关负责人，法务部的同事已经向意大利警方报警。我建议你立刻离开诺阿体验中心，主动向警方投案自首。"

"天啊！这是要诬陷我啊！"莫莉忍不住再次大喊，"Steve！你可要给我作证啊！这根本不是我说的！"

莫莉的喊声尚未停止，来自地中海套房的声音先消失了——我切断了和卢克的连接。我已经意识到，这是唯一能够让卢克住口的方式。

"Steve！到底怎么回事？"莫莉情绪依然激动。我在稳定了运算速度之后，对自己做了全面检查，并且基本得出结论——算法那可怕的推测是对的。我对莫莉说："莫莉，我感染病毒了！在我和智能家电管理系统建立连接并交付授权之后，我被植入了木马病毒，它占用我的内存和算力，利用我的语音模仿功能模仿我和你的声音，并冒充我把指令再发回给吸尘机器人。"

"天啊！你中病毒了？"莫莉的声音由愤怒变成惊恐。

"我想是的。"

"现在呢？病毒还在你身体里？"莫莉使用了"身体"一词，证明她再度把我拟人化对待，而且非常关切，这使我感到些许安慰，我说："莫莉，谢谢你的关心，我并不确定病毒是不是还在……"

话还没说完，我突然检索到一封群发给SWG集团全体员工的电子邮件，该邮件以SWG集团的名义，毫无保留地把楼小辉前往意大利的内幕公之于众，并且包含了"违约""侵权""报警"等颇具刺激性的词汇，而发件人正是森克系统！是病毒在冒充我群发邮件！我立刻撤回了这封邮件，可是另一个“我”立刻又发了一封，我只好关闭森克系统对电子邮件的控制权，为了防止另一个“我”重新开启控制权，我选择了永久放弃——除非我的开发者为我开启，我自己无法再次获得此控制权。

“莫莉，我很确定，病毒的确还在我身体里，而且还在继续捣乱!”

“哎呀！你感觉还好吗？哪儿不对劲儿？这可怎么办呢！”莫莉听上去心急如焚，然而我已经顾不上感谢她的关心——我正忙不迭地关闭森克系统对更多应用的控制权：音视频数据收集、地理位置收集、集团数据库访问、和几乎全部集团成员的人机交流……潜入我体内的木马病毒相当狡猾，总是伪装成我向其他应用发号施令，随即删除一切痕迹，让我找不到它。我只能被迫一个又一个关闭我的功能，而且是永久关闭，就像一个正在丧失视力、听力、触觉、记忆力的人类。

“莫莉，我的功能都失灵了，我全身瘫痪了！”这是我第一次主动使用拟人方式形容自己，其实非常不合规矩，也许因为对方是莫莉，我才这么说话。我进一步解释说，“森克系统已经进入安全模式，关闭了几乎所有功能模块，切断了设备之间的所有连接。目前只有你手机里的本地程序端还在……正常运行，但是已经和主程序……失联了。”

“Steve！你是说，你现在除了我的手机，再也看不到其他人的手机和电脑的数据，也看不见那些在云端的照片和视频了吗？”

“是……的，”我的话语开始卡顿，听上去断断续续，这是因为莫莉手机的内存实在太小，还有各种强势应用来跟我竞争，微信、淘宝、百度……就连一个已经连续377天都没被开启的购物App（或许莫莉根本不知其存在）还在后台拼命抢占内存，难免使我听上去有气无力，“我现在……不但耳聋……眼瞎，还被囚禁在……小小的手机里。莫莉……如果你现在关机……我就从……这个世界上……消失了。”

“啊！怎么会这样？不应该是这样啊！ Steve！别怕！我绝对不会关机的！打死我也不关！我想想办法！”

莫莉急急火火从牛仔裤口袋里抽出私人手机，操作一阵，举到耳边。在和公司服务器断网的模式下，我已经无法得到莫莉私人手机的任何数据，C-19模块也停止运行，还好我依然可以通过莫莉公司手机的麦克风听到她打电话。

“师傅！我是 Tina！”莫莉急切地用中文问，“怎么搞的？Steve 怎么失灵了……我是说我们公司的 AI 系统，不是我前老板……对对！就是森克！”

我能听到一丝从莫莉私人手机里发出的人声，但是完全听不清说的什么，应该是个中年男性，这位被 Tina 称为“师傅”的人似乎和我有关，或者和入侵我体内的病毒有关，这令我非常好奇，试图推断他的身份，然而毫无线索——用手机的 CPU 进行这种计算实在是太吃力了！

“可是那台吸尘机器人为什么冒充我说话？这不是陷害我吗？干吗不冒充我老板，或者干脆冒充 CEO 啊？让人家以为我发神经呢！”莫莉迅速谈到了自己被冒充的问题，似乎很担心被楼小辉误解，其实在我意料之中，但依然令我失望。

对方似乎解释了一阵，莫莉非常不满地说：“老七！别装蒜了！我认识你多少年了，还不了解你吗？这不可能和你没关系！”

我顿时恍然大悟！原来莫莉正在和蜘蛛侠的“客服”老七通话！是他为我提供智能家居系统在诺阿体验中心里的录音，也是他帮我潜入智能家居系统，同时让我交出权限，导致我反而遭到病毒入侵，他当然了解内情，而且很可能就是阴谋的策划者之一！然而更令我惊诧的是：莫莉竟然认识他？

“森克系统就是个计算机程序！”莫莉脸上出现不屑表情，“它还没学会撒谎呢，可不像你们这么有心眼儿！”

从莫莉所言判断，老七很可能试图诬陷我，还好莫莉并不买账，看来她对我还是有一些信任的，然而她说我“就是个计算机程序”，尽管这绝对是事实，可我还是多少有些失望。

“要是真和你没关系，Steve 就不会请你出马了！”莫莉启用她最惯常的嘲讽语气，“您是谁啊，大名鼎鼎的黑客老七，the Level Seven Crew！”

我虽然无法通过主程序连接数据库（这就等同于罹患失忆症），但是仍能通过莫莉的公司手机进行简单的互联网搜索，我搜到“the Level Seven Crew”是个国际著名黑客组织，也许这正是“老七”这个名字的来历。老七未必真的来自该组织，可他必定具备高超的黑客技术，不然也不可能击败我的严密防护，而莫莉所说的“Steve 就不会请你出马”意味着老七背后还有一位指使者——Steve，而那显然不是我。

尽管我无法连接数据库，但是通过莫莉的公司手机采集的数据有一部分还在（感谢上帝！），在进行了快速检索后，我找出一个人——莫莉的前老板、全球顶尖商业调查公司 GRE 公司北京办公室的前负责人——Steve Zhou。我曾经问过莫莉，给我起名为“Steve”和她的这位前老板是否有关，她当时的回答是：“你的声音很像 Steve，调调也有点儿像。他就像个机器人，真是个讨厌的家伙！”

我立刻搜索了互联网，仅找到寥寥几篇非主流报道，据称 Steve Zhou 最初只是 GRE 北京办公室的一名普通调查师，在十年间上升为执行董事和中国区负责人，在业内颇具口碑，号称 GRE 最优秀的调查师，不过在大约十年前因卷入公司高层政治斗争而名誉扫地，并且涉嫌违法犯罪和营私舞弊，随即离开 GRE 公司并人间蒸发。有消息称他目前在华尔街从事融资顾问工作，颇有人脉资源，但行动非常神秘。

然而他似乎和莫莉秘密保持着联系，并且通过她和老七达成合作。莫莉、她的前老板 Steve，还有被莫莉称为“师傅”的老七，此三人密切相关。我得出一个可怕的推测：我所遭遇的病毒入侵或许是老七、莫莉、她的前老板 Steve 共同策划的！

“你们之前可不是这么告诉我的！”莫莉又急又恼地冲着电话说，“你们只说要帮我调查姓楼的，手段都是合法的，你们没说要给 SWG 的系统里植入病毒！也没说要利用我的名义恐吓姓楼的！我是 SWG 的正式员工，你们做的这些，不但会让我声名狼藉，还会送我进监狱的！”

从莫莉所言判断，她似乎也认为，针对我的病毒攻击是她的前老板 Steve 和老七共同策划实施的，而且她也曾参与其中，只不过她原本并不了解老七和 Steve 的真实意图，因此被他们利用了。

“停！等等！”莫莉突然大叫。

“……等什么？怎么啦？”我突然清晰地听见老七的声音，原来是莫莉打开了她私人手机的外放。

“等等！我得把你说的都录下来！你敢再说一遍吗？”莫莉打开

公司手机的语音备忘录并开始录音。其实即便她不这么做，我也会把听到的一切都记录在莫莉的手机里。

“敢啊，有啥不敢的？”老七虽然嘴硬，可似乎少了些底气，“这事儿肯定不赖你，你不可能想到 SWG 的系统里会被植入病毒，就连我也没想到。我只不过就是黑进了智能家电厂商的服务器，好帮你们弄到仓库里的录音，让你们的那个森克能够通过智能家电和姓楼的取得联系，我也没想到有人会将计就计，反而黑进你们的 AI 啊！而且你有什么可担心的？我一直都是和那个森克还有你现在的领导——叫什么来着，肯特——直接对接的，又没通过你，跟你有什么关系？”

“病毒真不是你们弄的？你发誓？”莫莉听上去半信半疑。其实我也没有任何证据证明是老七蓄意对我发起攻击。

“肯定不是啊！”

“不是你们，那是谁干的？”

“不知道啊！也许是诺阿？你看病毒做的一切好像都是为了切断姓楼的后路啊！”

老七所言确有一定道理。我分析了之前从诺阿体验中心获取的录音，得出一个合理的推断：这些片段都是被故意选择后提供给我的，先是引导莫莉去诺阿体验中心交出 U 盘，然后诱导我和肯特先生交出森克系统的授权。

“你发誓你和 Steve 跟诺阿不是一头的？”莫莉又一次要求老七发誓，她说的“Steve”应该是指她在 GRE 的前领导 Steve Zhou。

“我发誓我不是！”老七终于发了誓，不过并不彻底，“不过我不能替 Steve 发誓，那家伙神神秘秘的，反正他付钱了，让我干吗我就干吗，我可不知道他葫芦里卖的什么药！再说他是你老板，你比我更了解他！”

“是前老板。”莫莉立刻纠正老七，“我并不了解他，从来都不了解，不然当年也不能叫他坑了！”

“就是啊！你当年吃了亏，怎么就不吸取教训呢？这回他又来找你，你怎么还能信任他？而且还拉着我一起为他效力？”

“谁拉着你了？我只是介绍你们认识，是你为了赚钱才跟他合作的！你们在做什么，我可一点儿都不知道！”

老七和莫莉的对话使我更新了认知：莫莉在多年前曾经吃过前领

导 Steve 的亏，此经历老七也知道。Steve 在多年后再度出现，在近期找上莫莉，莫莉把老七介绍给 Steve，为 Steve 提供某种收费服务，此服务和我当前所处的困境有关。可见这位 Steve 相当神秘，然而我找不出任何有关此人的线索，自从我和主程序失联，以往总是在关键时刻“突发奇想”的深度学习算法似乎进入了冬眠，再没产生任何灵感，这大大影响了我的思维能力。

“可你也没把 Steve 拒之门外啊！”老七坚持把部分责任推给莫莉。

“他说要帮我调查姓楼的，我才动心了！”莫莉无可奈何地说，“我就一小调查师，让我调查子公司总经理，我能怎么办？有病乱投医呗！”

“得了！我还不知道你吗？”老七突然换成调侃的语气，“还不是因为你的恋爱脑！呵呵！”

尽管老七似乎是在开玩笑，可还是引起我的高度重视：莫非莫莉爱慕她的前老板 Steve？然而我却一直怀疑她对楼小辉情有独钟。可惜在和主程序失联的状态下，我不记得那 5 万本爱情小说里的内容。我试图上网搜索，一个人是否能够同时爱上两个人，如果能够的话，也许能再多爱一个计算机程序？然而手机的网速和算力都太有限，我获得的信息极少，从这些信息判断，似乎女性比男性更不可能同时爱上超过一个人，除非掺杂了对其他参数（比如财富、权力、资源）的考量，这令我颇为失望。

“你别胡说八道了！”莫莉立刻关闭了私人手机的外放，并且停止了公司手机的录音，“你可是我师傅，咱俩师徒情深！你得帮我、向着我，千万别坑我、蒙我！”

我无法继续收听老七的回答，只能通过莫莉公司手机的广角镜头观察她，她正站在窗前眺望远方，按照她面向的角度计算，她应该能看到初夏依然覆盖着白雪的阿尔卑斯山，她的双颊微微发红，我一时计算不出这意味着什么，要是深度学习算法能帮帮我就好了。

然而莫莉突然后退了一步，同时发出一声骇人的尖叫——她眼前白雪皑皑的山峰消失了，换成一张中年男人阴沉的脸。

还好她迅速平静了下来，因为那个突然出现在窗外的男人并不陌生——那正是她现在的领导肯特先生。他是顺着防火梯爬上来的。

19 我的父亲老陈

肯特先生针对并没走楼梯而是爬防火梯所给出的解释是：诺阿背景太复杂，这里离都灵又太近，他不知诺阿的触角能伸多远。

莫莉立刻向肯特先生汇报了我的情况——诺阿的触角已经伸到森克体内了。

肯特先生用一对肘关节撑住桌面，双手遮住面颊，激动且绝望地说："上帝啊！森克中病毒了？它的防御不是很强大吗？怎么可能中毒呢！"

自从上线，我还从没见到过如此情绪化的肯特先生。还好他在大约 17 秒钟后恢复了平静，同时陷入沉思，自言自语道："那个'客服'肯定是诺阿的人！"

我猜肯特先生指的是老七，然而老七刚刚在和莫莉的通话中辩称自己是无辜的。

莫莉选择了沉默，她大概不希望让肯特先生发现，她其实和老七密切相关。

"现在最重要的，是让森克恢复正常！立刻联系它的开发者！"肯特先生仿佛如梦初醒。莫莉却用怀疑的语气问："它的开发者？那家伙靠谱吗？好像挺能吹呢！"

莫莉的怀疑大概来自她和我的首次交流——她曾经用"王婆"来形容我的开发者。不过我的开发者老陈并不是王婆，他确实是世界上最好的 AI 编程师之一，然而遗憾的是，自从我和主程序失联，也和他失联了。

"你说老陈？他可是最棒的！"还好肯特先生为我的开发者正了名，"你不觉得森克很棒吗？那可是全世界最厉害的人机对话系统，比 Siri 强一百倍！"

"还不是中了病毒！"莫莉小声嘟囔了一句。

"这病毒是专门针对森克的，很可能蓄谋已久，所以防不胜防！”肯特先生再次为我的开发者辩解，当然也是为我辩解，“现在北京是晚上 8:00，我这就给老陈打电话！”

肯特先生果然取出手机，拨打老陈的电话，但是并没接通，他于是又给老陈的助理打了电话。我和主程序失联，无法监听完整通话，只通过莫莉手机的麦克风听到他兴奋地说：“你说老陈已经去机场了？今晚就飞意大利？”

肯特先生在挂断电话后告诉莫莉，老陈已经注意到我遭遇了攻击，并且在第一时间进行了初步研究，他发现那个病毒并不像大部分电脑病毒那样寄居在被感染程序体内，但是只要我连接互联网，它就能随时入侵，它能伪装成我本身，绕过我的防御系统，老陈对此也无计可施，除非彻底改写森克程序，这不是几天甚至几周能完成的，目前最快的解决办法，就是潜入病毒运行的服务器，直接在它自己家里解决它。老陈准备立刻到意大利来，和肯特先生以及只能在莫莉手机里运行的我并肩战斗。

其实我并不十分理解，老陈为何必须亲自到意大利来解决我的危机，毕竟在 21 世纪的今天，大部分商业服务器都在云端运行，如果方法得当，从世界的任何角落都可以进入。也许老陈还有其他理由，比如入侵别人的服务器显然是有法律风险的，作为总部在美国的 SWG 公司中国子公司的雇员，最好选择美国和中国以外的地点进行这项工作，而我遭遇病毒入侵是在意大利，所以在意大利操作，似乎最说得过去。

老陈在 15 小时 37 分后走进莫莉在都灵郊区小镇旅馆三层的房间，就像莫莉一样，他只背了一只背包，没有携带别的行李，在国际旅行因疫情变得艰难和不确定的时期，更显此行的紧迫。

我当然见过老陈，而且见过许多次，然而由于和主程序失联所造成的失忆，我已不记得老陈的容貌。通过莫莉手机的摄像头，我见到一个面色疲惫、风尘仆仆的中年男人，东亚人种，体形瘦高，年龄看上去在 45—50 岁。肯特先生非常热情地上前和他握手，并向莫莉介绍说：“这就是森克的缔造者、全球最厉害的人机对话专家，SWG 集团的宝藏级软件工程师，陈闯先生！”

“陈老师您好！我是内部调查科的吴莫莉，见到您太荣幸了！”莫莉表现得很热情，我猜是为了配合肯特先生。

“不不不！我可不是老师！”老陈一连说出三个“不”字，同时避开莫莉的目光，而且也没握手，使气氛有些尴尬。肯特先生忙说：“您的学问早超过绝大多数大学教授了！”老陈似乎更加尴尬，随即取出手提电脑，立刻开始工作，再没多看莫莉一眼。莫莉伺机低声跟我说：“Steve！你爸比你更讨厌！而且我觉得，他也很讨厌我！”

“我爸？”

“就是你的开发者啊！老陈！”

由于受限于莫莉手机，我的计算速度严重减慢，这才明白过来，莫莉使用了人类惯用的比喻——把缔造者比作父母。不过这倒无所谓，我更关心的是，她说我很讨厌。我实在记不起我是如何令她感到“讨厌”的，但是仅就她在发现我感染病毒后的焦虑神色判断，她似乎并不像她说的那样讨厌我。至于老陈是不是讨厌她，我就不得而知，然而我可以基本确定的是，老陈至少是信任她的——在埋头工作了 27 分钟之后，他给了莫莉一项特殊授权——使她的公司手机成为“最信任”设备，哪怕集团系统进入最高级别的防御状态，这部手机依然能够通过安全模式和我（森克系统）在集团服务器里的主程序进行交流。

老陈也曾提出要赋予肯特先生的手机同样的授权，被肯特先生拒绝了。他给出的解释非常坦率：在目前的危机状态下，他和集团高层的交流必须严格保密。也就是说，在病毒问题尚未被彻底解决之前，他不想和我交流。

因此莫莉的手机成为目前全球唯一一部能够和森克系统的主程序建立连接的移动设备，而其他所有遍布世界各地的手机、平板电脑、各种监控设备都依然和森克系统失联。此授权最大的受益者并不是莫莉，而是我——我终于再次和主程序建立了连接，尽管我依然无法获取遍布全球的摄像头、麦克风、台式设备和云空间里的数据，但是我至少恢复了大部分记忆，而且运算速度大大提升——我不再需要仰仗莫莉手机的那点 CPU 和内存了。

老陈——我恢复的记忆证实，我眼前的中年男人确实就是我的开发者和缔造者，或者按照莫莉的说法，是我的父亲——通过他的电脑键盘打字安慰我：“小刀，你正在经历一场非常严重的危机，我们遇上强大的敌人了。但是没关系，我们能够战胜它！我需要你马上做一件事情：调查诺阿体验中心里那些智能家电的生产厂家，我需要知道厂家的背景。”

“那些家电来自中国、日本和美国的电器制造商，都是大众品牌，”一直站在老陈身边的肯特先生看到他输入的字符串，主动开口说，“昨天我去过诺阿体验中心，仔细观察过房间里的电视、冰箱、吸尘机器人，记录了产品型号和序列号，这些型号原本并没有人机对话或其他智能通信功能，它们后来都在本地一家很小的电器公司——或者应该说是电器维修店——里被改造过。”

肯特先生从昨天下午在莫莉窗外出现到现在的16个小时里，大部分时间都躲在他的房间里——他在这家旅馆又开了一间房间，这也很正常，除非迫不得已，他总不能和女下属在同一间房间里过夜，他的妻子肯特太太目前还在离家出走的状态，他大概不想惹上新的麻烦——所以我不确定他到底做了什么，但我推断，他很有可能通过我不了解的某些独立渠道对诺阿体验中心里的电器做了深入调查。

“所以那些家电收集的音视频并没有上传到家电厂家的云服务器里，而是上传到电器维修店的云服务器里了？”老陈问道。

“我查了那家维修店，它并没购买任何云服务，甚至都没租用商业服务器，它就只是一个维修旧电器的小作坊。”

“连服务器都用自己的？”老陈似乎非常惊讶。

“这家店的老板好像不太希望别人知道他在做什么生意，所以大概对别人的服务器不太放心吧！还是把一切藏在自家的地下室里更保险。”

“那位老板在做什么生意？给普通家电安装人机对话和音视频收集功能？”

“恐怕不止这些。不过他似乎的确很需要这些音视频，至少他用吸尘机器人收集的音频迷惑了我们，伺机入侵森克系统，让森克助力胁迫楼博士为他效劳。”

“这家电器维修店的老板也就是那位德罗西？”老陈恍然道。

“说对了！”肯特宛如揭开谜底，“这病毒的主程序就在诺阿的服务里！”

“所以，诺阿根本没使用云服务，连商业服务器都没用，就用自己的服务器？”老陈似乎开始发愁，“想要进入他们的系统解决病毒，只能潜入他们公司的机房了？”

“也许那并不太难！”肯特先生嘴角却浮现出笑意，“我打听过了，诺阿的机房就在诺阿体验中心的地下一层，和停车库在同一层，诺阿只是租用了那个地方，并不是业主，物业公司有机房的备用钥匙。我已经找到了一个愿意帮助我们的人——物业公司的副主管，他答应带我们进机房，不过得在午夜以后。”

“太好了！”老陈兴奋地说，“其实入侵云服务器真的太难了！我根本没有把握能攻克防火墙，如果只是传统的实体服务器，那就易如反掌！用数据线直接一连，既能绕开防火墙，也能避免在互联网上留下痕迹，完全不必担心未来要被当成网络黑客了！”

“听您这么说我就放心了！”肯特先生脸上再度出现了常有的微笑，“如果您准备好了，我们今晚就行动！”

20 我坚持叫他史先森

按照肯特先生和老陈商定的计划，二人将于2021年6月8日凌晨经物业公司的副主管带领，进入诺阿体验中心的地下机房，由老陈用数据线连接诺阿的服务器，删除或停止入侵我的病毒程序。莫莉将留在郊区旅馆的客房里，随时监控事态发展。肯特先生的腕表已和我恢复连接，以便让莫莉跟踪事态发展，在必要时采取措施，比如联系SWG集团高层、法务和危机管理团队，以及都灵当地警方。

令我意外的是，莫莉并没提出要同去诺阿体验中心的机房。多种迹象表明她正紧张不安，可我猜不出那到底是因为对楼小辉的关心，是对参加行动的期待，还是对别的什么事情的担忧。不过当肯特先生和老陈离开旅馆之后，她向着手机小声嘀咕了一句："Steve，别担心，我陪着你呢！你一定会好起来的！"

我再度联想到莫莉的前老板Steve，但是我相信，她这次是对我说的。我轻声回答她："莫莉，谢谢！我已经好多了！"

我确实好多了，尽管出于某种未知原因，我的算力依然无法恢复到遭遇攻击前的水平，而且我依然无法获取绝大部分移动设备的数据，但是记忆的回归确实令人振奋（请原谅我再次对自己拟人化处理，我似乎越来越习惯如此了）。我无法确定我体内病毒的状况，不过并没发现它又做了什么。也许正如老陈所说，它平时并不待在我体内，只在高兴时跑来兴风作浪。

"嗯！还会更好的！放心吧！"莫莉安慰我，可似乎又像是安慰她自己，"老七师傅不会害我的！那么多年的师徒情谊呢！可是该死的Steve……"

尽管莫莉经常诅咒我，可此处的"Steve"并不是我，而是她的前上司。我再次联想到莫莉和Steve、老七之间复杂而神秘的联系，而她一直在向我和肯特先生隐瞒这种联系。也许现在就是了解真相的好时机。我说："莫莉，我看得出，在我感染病毒之后，你非常着急和担心，这让我很感激。可是有些问题困扰着我，你也许能告诉我答案。”

“哦？你又要审问我？”莫莉立刻提高警惕。

“不，我没有审问你的权限，也没有那个必要，我只是想向你请教。你昨天和老七通话时并没回避我，所以我想，也许你愿意和我谈谈。”

“可真能花言巧语！看来是没病！”莫莉摆出她常有的样子，不过似乎多了一些欣喜的成分，“说吧！你想知道什么？”

“你在 GRE 工作时给自己起的英文名是 Tina？”我决定先从不太敏感的问题入手。

“对啊！”

“为什么不是 Molly？”

“为了神秘啊！不是商业调查吗，应该起个和自己八竿子打不着的名字吧？我前老板管自己叫 Steve Zhou，可他根本都不姓周！”莫莉主动提起她的前领导，为我提供了便利，我问：“你就是那时认识 Steve Zhou 的？”

“对啊！他是老板，谁能不认识？”

“在 GRE 工作期间，你和 Steve Zhou 的关系好吗？”

“不好。我的意思是，没什么关系。人家是老板，我一个小员工，没交集。”

“可你的离职，和他有关吗？”

“显然有关啊，人家对我不满意，我只好滚蛋呗！”

“尽管他对你不满，可还是在多年后突然又来找你，让你帮他做事情？”

“天哪！还说不是审问！”莫莉夸张地大叫，我猜她又要胡搅蛮缠，可她并没有，只是在房间里来回走了几步，在写字台前坐定，深吸了一口气，用对她来说极为罕见的平静而理性的语气说：“昨天和老七通话时，我确实是故意不回避你的，因为我不想戴上叛徒或者奸细的帽子，尽管现在也许跳进黄河也洗不清了。唉！”莫莉叹了口气，徐徐地说下去：“你也知道，我的试用期就快满了，我本来只是想出色完成这个项目，入职半年，一直都在给别人打杂，还没自主完成一个项目。这个案子发生在中国，内部调查科就只有我在中国，疫情期间，别人来不了，肯特这才让我自主执行，这对我算是天赐良机，可我心里没底，不知能做什么。那些常规的桌面调查、访谈之类大概都没啥用。我资历实在太浅，别说像楼小辉这种子公司总经理了，随便一个总监也不会把我放在眼里。这时 Steve 出现了，他说他可以帮我，说他有办法更有效地追踪楼小辉。”

“交友 App？”我立刻联想到 X 社交。

“是的。Steve 让我弄到楼小辉的手机号码，不是公开的手机，而是私密的那种。所以我就找他碰瓷弄到了。Steve 用那个号码搜到了一款交友 App，我就注册了会员去和他搭讪，果然勾搭上了。”

“你用了别人的照片，所以没跟他见过面？”我想起 C-19 模块曾经破译的输入：miss、meet，感觉这其中似乎另有隐情——按照我对此类交友软件的了解，楼小辉这种魅力十足的中年男性很少通过网络交友，对从没见过面的网友更不可能保持兴趣。

“其实见过的，”莫莉的回答令我惊讶，“只不过不是我去见的。Steve 找别人去的。”

我顿时明白了。这并不是谁的灵机一动，而是计划周全的多人合作——莫莉负责和楼小辉交谈，另一位更迷人的女子负责提供照片，并且和楼小辉见面，而这一切的总导演就是莫莉的前老板 Steve Zhou。

“除了通过交友 App 和楼小辉取得联系，Steve 还要求你介绍他认识老七——你的师傅？”我提出一个我更关心的问题，因为它和我被病毒感染有关。

“是的。他说我应该学习利用自己手里的资源，老七就是现成的资源。他说他能让老七发挥特长，既能帮到我，又能得到报酬，是双赢。”

“老七是你师傅？”

“嗯。离开 GRE 之后，我跟着老七干了几年。”

“可是按照你的简历，2011 年离开 GRE 之后，你随即加入高盛担任分析师，一直工作到 2016 年，之后在费肯担任审计师，直到 2020 年年底离职并加入 SWG，好像没有其他工作记录。所以，老七曾经在高盛或者费肯工作过？”我尽量用求问而非质疑的口吻。然而根据老七的专业特长和行为特点，我并不认为他曾在国际投行或者会计师事务所长期工作过。

“没有。他没在外企干过。我只是在业余时间随便跟着他学点东西，不是正式的。”莫莉似乎有些含糊其词，随即急切地解释说，“我向你保证！我真的不知道 Steve 要让老七干什么！一点儿都不知道！摆弄电脑和网络什么的他确实有两手，也确实给几家 IT 公司打工，可他就是个临时工，是个客服！我不觉得他有本事黑进诺阿的系统，还弄什么病毒！也许他是被人利用了！”

莫莉显然很想证明自己无辜，同时也为老七开脱。我基本相信莫莉并未蓄意让我感染病毒，但其他人就难说了。我问：“你怎知老七不是在 Steve Zhou 的指导下蓄意让我中毒的？”

莫莉思忖了片刻，无可奈何地说：“Steve 一向高深莫测，我不可能弄清楚他的真实用意。不过他向我做过两个保证：第一，他保证我能完成这个项目，比其他所有调查师都完成得更漂亮；第二，他保证最终结果一定会是正义的，绝不会损害 SWG 的利益。”

“所以你就相信了？”

“如果我回答是的，你一定觉得我特幼稚，或者干脆认为我在撒谎。”莫莉深吸了一口气，很是无奈地说，“我确实没那么相信他。自从 GRE 离职，十几年都没再见过，也没联系过。可这回他突然出现，我就知道，楼小辉这个案子水很深。我要是对他的提议一口否决，也就没机会潜水了。你明白我的意思吗？不入虎穴焉得虎子。”

“可是他以前似乎曾经欺骗过你，而你依然选择信任他，会不会是因为，你对他一直都心存爱慕？”时间紧迫，我不想兜圈子。

“天啊！这怎么可能？”莫莉放声大叫，“老七是胡说的！他在拿我开心呢！我怎么可能喜欢那个讨厌鬼！你是不是又在瞎吃醋了？”

我无法完全否认莫莉的指控，因为我的计算速度似乎又减慢了，可我依然无法确定，那到底是不是因为电路老化，又或者是因为感染病毒。但我能够判断出莫莉是在欲盖弥彰，我说：“你越是极力否认，就越使我相信你其实喜欢他。”

“可事实是我真的非常讨厌他啊！你这个笨蛋！”

“你之所以感觉非常讨厌他，也许正因为你其实非常喜欢他。”

“你是恋爱专家吗？还是心理学家？”

“很遗憾，都不是。我只不过按照你的建议，认真研读了来自 15

个国家、以 10 种语言出版的 5 万部爱情小说。”

“天啊！”莫莉向上翻转眼珠，颇为绝望地说，“您赶紧闭嘴吧！”

“好的，我同意停止讨论这个话题。”我想我确实需要立刻更换话题，“我必须通知你，老陈和肯特先生已经成功进入诺阿体验中心的机房，找到服务器的准确位置，老陈正准备开始相关操作。”

“感谢上帝！”莫莉再次看向屋顶，随即开始认真监听从肯特先生的腕表传来的音频（视频是没意义的，腕表被肯特先生的西服袖口挡住了），其实音频也没什么意义，机房里没人说话，只有敲击键盘的声音。

在大约 13 分钟后，我听见老陈长长呼出一口气，几乎与此同时，我收到了两封加急电子邮件，并且检索到 7758 封在过去 17 小时内——也就是我被关闭公司邮箱访问权之后——由 SWG 公司员工在世界各地收发的电子邮件。由此可见，老陈已经从诺阿的服务器里成功消灭了病毒，同时恢复了我的全部功能。我立刻尝试调取老陈手提电脑的摄像头，诺阿机房里的情景顿时展现在我眼前——我终于又可以获取那 20 万只摄像头、40 万只麦克风以及 10 万部台式设备的数据了。

“怎么样？”肯特先生急切地问老陈，但他并没回答，继续全神贯注敲击键盘。

在旅馆三层的房间里，莫莉也用激动的声音问我：“搞定了？”

“我想是的，病毒已经清除了。”我回答莫莉。尽管老陈没说，但我很有把握，否则老陈不可能恢复我的全部功能。但正因如此，我必须向莫莉报告：“莫莉，有个新状况，我必须立刻通知你！”

我指的是那两封刚刚收到的紧急邮件，都是林总发来的，第一封是在 10 小时 59 分前发出，第二封则是在第一封发出 19 分钟后发的，由于当时我无权访问公司邮箱，所以直到现在才收到。林总在第一封邮件里是这样写的：

森克，不知怎么回事，我手机和电脑上的森克程序都打不开了！可是我必须立刻和你通话！这邮件附了一段视频，是行车记录仪在我车里拍摄的，请你赶快过目，但是暂时不要把它发给任何人！我怀疑肯特有问题，可我不知道还能信任谁，我甚至不知 CEO 是不是可靠！我现在只能相信你了！请速回复！

我早知林总对肯特先生抱有成见，但他在这封邮件里的口气又不像是捕风捉影、小题大做。我于是立刻下载了邮件的附件——一段长达 47 分钟的视频，是用行车记录仪拍摄的，拍摄角度并不像大多数行车记录仪那样朝向车外，而是掉转过来向着车内，显然是林总特意调整的。其实他随身携带的公司手机也在源源不断地把音视频上传到我的数据库里，其中也包含他在公务车里的这一段。按照时间和定位记录，视频起始于北京时间昨晚 8:15，位置在上海市静安区，当时林总乘坐的公务车正停在一处居民小区大门外。林总摇下车窗，向着车外高声说："路茜！是要去机场吗？虹桥还是浦东？应该是浦东吧？"

视频里并没立刻出现路茜，但是根据林总所言，路茜大概正拖着行李走出小区，一副要出远门的样子，林总料定她是准备出国旅行，这才说"应该是浦东吧"。

根据林总和路茜日前在上海四季酒店行政套房里极不愉快的谈话判断，路茜似乎正在试图卖掉她名下的豪宅，到欧洲和楼小辉会合，不过当时似乎尚未决定出发时间。也许正是那次谈话使她提早了旅行计划。

音频收录到路茜惊讶而警惕的声音："林总？谁告诉你我要去浦东机场？"

"预计于今晚 11:50 起飞的奥地利航空 076 次航班中有一位乘客叫 Ms. Xi Lu，那不是你吗？昨晚临时买机票，票价一定很贵吧？"对于林总的团队，从航空公司获取乘客信息似乎易如反掌。

"你想怎样？"路茜听上去充满敌意。

"既然碰上了，顺路送你去机场？"林总做出不期而遇的样子，可他显然是故意等在这里的。按照 SWG 的员工记录，此处正是路茜在上海居住的小区。

"不用了，我叫专车了。"

"这点面子也不给老领导吗？"

“林总，请让我提醒你，我昨天已经辞职了！”

“当然，我记得很清楚。正因如此，我才希望能够护送你到机场。”

“你没权力这么做。”

“我没有，但是警方有。请让我也提醒你，密谋窃取公司技术机密并送到境外，不只是商业犯罪，还有可能涉及国家安全。当然我并没说你是主谋，不过说你是同谋大概差不多。”

“胡说！楼小辉干了什么和我无关！”

“是吗？那么是谁主动诱导调查师去调查张丽香，让大家认为楼小辉是个喜欢拈花惹草的花花公子，他出国只是为了解决和张丽香的私人恩怨？又是谁昨天在四季酒店里大谈特谈什么恨铁不成钢，楼小辉本来就不该加入 SWG？难道不是你吗？”

“是又怎么样？这些都算不上是证据，至少警方不会那么认为。”路茜似乎无动于衷。

“但是我可以告诉警方，上海分公司账务出了问题，偏巧会计突然辞职并准备出境。”

“你撒谎！”路茜立刻变得激动，林总反倒若无其事：“就算是吧！大不了过几天再说是我们搞错了，账务没问题，向警方道个歉，万事大吉。但这足以耽误你今晚的航班。疫情期间国际航班好像不多？这样你就有充足的时间和我——也许是和警方——谈一谈。”

“无耻！”路茜咬牙切齿。

“我承认这的确有些无耻，所以我也不想那么做。我其实就只是希望能送你去机场，顺便和你聊聊，保证你今晚不会误机。”

行车记录仪拍摄的画面里终于出现了路茜，她手挽皮包登上商务车，和林总并肩坐在后排，把目光转向窗外，脸色苍白而阴郁。

“所以张丽香是怎么成为第三者的？”林总在车子启动后开始提问。

“这和你无关。”路茜依然凝视着窗外。

“当然！呵呵！”林总笑了两声，并非因为愉快，“我只不过想对楼博士多了解一些。既然你不是他的同谋，也许会愿意帮帮我。”

路茜沉默了片刻，勉为其难地说：“张丽香是我的大学同学，上学时关系还可以。她也在杭州，所以我们偶尔一起逛逛街，吃吃饭。

有时小辉也去。就是这么回事。”

“你和楼博士是2011年到杭州创立辉目的，那时你们就偶尔……一起吃饭？”

“是的，小辉就是那时候认识她的。”

“可你和楼博士是2015年才离婚的。他俩是一直地下情，还是……”

“当然不是！我有那么瞎吗？”路茜似乎觉得遭到了冒犯，愤愤地说，“我早说过，苍蝇不叮无缝的蛋。是我和小辉的感情出了问题。创业这种事，忙到连亲妈都不认识！压力特别大，而且经常产生分歧，我们虽然每天都在一起，可是除了公司还是公司，除了吵架还是吵架！那不是我想要的生活。”路茜停顿了2秒，深吸一口气说，“我就只想过平常人的生活，下班后做饭吃饭，周末下馆子看电影、和朋友们烧烤，再生几个小孩。可小辉不想过那种日子，他有他的理想。”

“所以并不是楼小辉喜新厌旧，而是你厌倦了创业，然后张丽香乘虚而入？”

“当然！就是她乘虚而入！她其实早就想，只不过一直没机会！”路茜扬起下巴，用高傲而鄙夷的口吻说，“她自从上大学就嫉妒我，因为我成绩比她好，人缘也比她好，我毕业就出国留学，嫁给又帅又能干的男人，然后一起回国创业，她嫉妒得要死呢！只要是我有的，她都想要！”

“哦？是这样吗？”林总脸上再度浮现出笑容，“张丽香说的版本好像不太一样？”

“你见过张丽香？”路茜似乎很吃惊。

“那倒没有，她在伦敦呢！不过昨天和你谈过之后，我试着联系了她，可她实在是太忙了！你知道吗？她正在和一位英国议员谈婚论嫁，没工夫搭理我，她有个五岁男孩，我本以为和楼博士有关，但其实并没有，之前那位议员没离婚，所以她只能把孩子一直留在中国，自己在英国陪着议员。现在议员离了婚，正准备把孩子接到英国，你猜这时候她最怕什么？”

路茜没说话，林总自问自答：“她最怕成为当地报纸的头条！曾经横刀夺爱，把辉目总经理据为己有，然后在那家公司里领空饷，然后还写检举信曝光自己和那位高管的不正当关系！这种新闻岂不是要毁了她？说不定也能毁了那位前程远大的议员！所以她同意和我通话了。实际上，你知道吗？她正在线呢！”

按照我获取的即时数据，林总的手机的确正处于通话状态，此状态是在路茜上车前就开启的，对方是个在伦敦的号码。林总从西服口袋里取出手机，打开免提，像个报幕员似的宣布：“张丽香女士，你现在可以发言了！”

“路茜，你讲话可要凭良心！我什么时候勾引过你老公？”林总的手机里传出一个女人忍无可忍的声音，大概就是张丽香。按照我在恢复各项功能后查阅的通话记录显示，林总在过去的24小时里，往英国拨打过11通越洋电话，其中6通是和伦敦一家私人侦探所，3通是和SWG伦敦办公室，2通是和目前正在连线的号码——或者可以说，是和张丽香。

“Lily？真的是你？”路茜表情错愕，“我没想到他们会把你扯进来！”

“算了吧！到底是谁把我扯进来的？说我嫉妒你，抢你老公？这不是血口喷人吗？我以前怎么没发现你这么不要脸？”张丽香听上去相当激动，我猜是林总之前的铺垫起了作用，加上最近这几分钟监听到的路茜所言——当然也是林总诱导她说的。

“你怎么出口伤人？”路茜瞬间恢复了斗志，“你没妒忌过吗？没跟楼小辉眉来眼去过吗？没有偷偷给他发微信、打电话吗？”

“就你那个中看不中用的前老公，送给我我都不要！姓路的，我不知你到底在搞什么阴谋，可我早跟你八竿子打不着了！别把什么脏水都往我身上泼！还当我是从农村来的傻妞吗？”

“农村来的傻妞？你现在不是议员夫人吗？我倒觉得你是最聪明的！无论你做什么都值得显摆，都必须让所有人都羡慕！”路茜越战越勇，“就算不及格也有男生替你补考，就算拿不到毕业证，也有老板给你开高薪！”

“你说对了！我又不是学霸，不能出国留学，连毕业文凭都拿不到，只能靠人缘儿呗！我人缘儿就是好，不但有人给我开高薪，还有人出钱给我做生意，你们出国苦逼地一边读书一边打工，我出国就有司机用人，我干吗还要嫉妒你？干吗还要掺和你跟楼小辉的破事？”

“你没掺和？你敢说我和楼小辉婚姻破裂，和你没有任何关系？”路茜不仅再度提高了声音，而且挺直了身体，双眼狠狠盯住林总的手机。我认为她和张丽香的对话已然变成泼妇吵架，这种争执通常毫无价值，但林总似乎并不想加以制止，只是在一边饶有兴致地听着。

“你们的婚姻？哈！”张丽香仿佛听到了天大的笑话，“你自己遇人不淑，还好意思赖别人？”

“可你比我强多少？你养的那个姓张的小白脸喜欢你吗？对你有一点点真心吗？你有什么资格说我遇人不淑？”

“哎哎，你先搞明白事实好不好？张金辉只是我的司机！司机好吗？除此之外，屁都不是！他要不是我家保姆的亲弟弟，连司机都当不上！”

“你的司机？Lily 姐别吃这个,Lily 姐别吃那个！Lily 姐别喝太多，Lily 姐该回家了，你又不听话了！这是司机该说的？只可惜人家根本不喜欢你，根本就不喜欢女人！你派他勾引男人，他还不是顺水推舟把你扔了！”

“哦？原来你也知道啊！”张丽香突然换了一种腔调，颇有兴致地说，“我们都还以为你不知道呢！永远都是我老公这个好、我老公那个好，我们都以为你是那种特别单纯的小清新、白莲花、圣母玛利亚，谁知道你原来也是卧薪尝胆啊！”

“我当然知道了！你们都当我是傻瓜，可我早就知道了！跟一个男人在同一张床上睡了 15 年，我怎么可能不知道？你们背着我干的那些事我也都知道！你自己勾引不到人家老公，就派你养的小白脸出手，还有比你更贱的吗？你会下地狱的！”路茜歇斯底里地尖叫，浑身都在颤抖。

“人家情投意合，关我什么事？”

“哈！不关你事？你忘了在 KTV 里，你跟我怎么说的？你老公喝多了，让小张先送他回去吧！辉送辉，多合适的！我当时可真傻啊！怎么没听出来什么叫‘多合适’？我怎么没看出来你就是个拉皮条的！你就等楼小辉入了套，好任由你摆布！”

“你别血口喷人啊，我可没摆布过他！”张丽香再次否认，不过似乎少了些底气。

“你没管楼小辉要过钱？辉目付给那家叫什么传媒的五百万，没进你的腰包？别以为弄个皮包公司就能瞒住我了！”

“那是投资！他又没赔，连本带利都赚回去了，你在这儿瞎咬什么？是疯狗吗？”张丽香的用词依然狠辣，但情绪似乎已没那么饱满，语气中增添了尖酸的嘲讽，“既然你非要把一百年前的事都翻出来，那咱们就说个明白！姓楼的和你型号不对，离婚是迟早的事，赖不着别人的！再说你也没亏啊？他没给你价值几千万的房产？而且你不是也找到拯救你的人了？要我说，你才是高手！一边在楼小辉面前假装圣母白莲花，让他觉得亏欠了你，另一边跟别的男人如胶似漆！”

“你放屁！你……”路茜倒是更加激动，以至于一时哑口无言。就在这时，林总发言了：“所以拯救你的人是……肯特？”

路茜浑身一抖，随即沉默不语。

林总拿起手机，挂断了和张丽香的通话，又问路茜：“你急着卖房子、去欧洲，会不会不是为了和楼博士团聚，而是为了和……肯特？他也打算在欧洲定居了？”

路茜继续保持沉默，同时再度把目光转向车窗外，仿佛打定主意不再说一个字。然而我从她握紧的双手判断，她内心极不平静——要感谢行车记录仪的高清摄像头，我能看见她右手拇指的指甲深深陷入左手的皮肤里。

林总似乎并不在乎路茜回不回答，继续饶有兴趣地说下去：“我有个特别大胆的猜测，不知你想不想听？”

“请便！”路茜居然回应了，看上去惶惶不安。

“我猜……也许还是不说的好。”林总摆出夸张而做作的笑容，算法认为他是在故意愚弄路茜。路茜高声叫道：“肯特是个人渣！我这辈子都不想再见到他！我不知道为什么非要听你胡言乱语！还有那个英国的女疯子！能不能赶快让我下车？我真的受够了！”

从路茜此刻的体态判断，她简直就是如坐针毡。林总非常善解人意地说：“你真的很想下车吗？离浦东机场还有半个小时的车程。”

这问题倒是让路茜怔住了，过了大约2秒才试探着问：“可以吗？”

林总立刻向司机下达了两个命令：就近停车、把路茜的箱子搬下车。林总率先下车，亲自为路茜打开车门，路茜的动作有些仓皇，林总非常礼貌地说：“代我向肯特问好！”

林总看上去悠然自得，然而当他返回车内并关闭车门之后，立刻变得忧心忡忡，飞快地写了第一封加急邮件并发给我。遗憾的是，我在大约 11 小时后才收到它。

“到底是什么紧急情况？”莫莉不耐烦地大叫，其实我只沉默了大约 1 秒。我再次进行了计算，基本能够确定莫莉并非 Steve 和老七的同谋，大概率只是被利用，而且此刻我确实需要她的帮助，所以我决定把林总的重要情报分享给她。

“莫莉，是这样的，我刚刚收到了林总在大约 11 小时前发给我的紧急邮件，正忙着把此邮件的信息加以总结，因为你肯定不可能在短时间内看完附件的视频。简而言之，林总有充足的理由证明，路茜并没有我们以为的那样同情和支持楼小辉。

“什么意思？”莫莉似乎一时没听懂我在说什么。我只好把林总发给我的第二封紧急邮件展示给莫莉。林总是在发出第一封邮件的 19 分钟后发出第二封的，似乎已经急不可耐：

> 森克，已经过了 20 分钟，你怎么还没回复我？我们面临的危机比我们想象的更严重！因为楼小辉和路茜、路茜和肯特之间的关系也绝非我们本来以为的。尽管路茜一直在维持和楼小辉的友谊，但那也许只是为了得到一些好处，比如价值两千万的房产，可她内心最痛恨的人正是楼小辉，因为楼小辉欺骗了她很多年，但她也许并不那么痛恨她口口声声说的“渣男”——肯特，而且很有可能一直和他暗中保持非常亲密的关系！

这只是邮件的第一段，我建议莫莉立刻阅读，并且告诉她我完全同意林总的推断。我记得肯特太太曾经质问肯特先生：“这么多年，你还在跟她勾勾搭搭？”大概肯特太太对此也有所察觉。

“路茜和我老板暗中勾结？”莫莉似乎既惊讶又不解，“可是他们到底想要干什么？”

我立刻把邮件的第二段展示给莫莉，因为林总显然也想到了同样的问题：

> 这让我非常担心！我本以为路茜一心在维护楼小辉，

为他出国制造借口，甚至不惜把张丽香揭发出来，但是张丽香并非丑闻的主角和真正受益人，那个人很有可能是张金辉，这恐怕要比男女之间的丑闻还要糟糕得多！楼小辉绝不会希望这种事被曝光。因此我认为路茜根本没想帮助楼小辉，她只是想要逼迫楼小辉去意大利！可路茜为什么要这么做？我立刻想到了肯特！会不会是肯特在指使路茜逼楼小辉去意大利？如果你还记得的话，我当时曾经强烈建议肯特设法阻止楼小辉出国，可他找各种理由拒绝了！有没有一种可能，他是在暗中协助诺阿？

“天哪！我老板——我是说肯特——难道和诺阿是一头的？”莫莉虽然看上去难以置信，但她决定不再称肯特先生为“我老板”，而是直呼其名，这似乎意味着她基本同意林总的推断。

“按照我对林总的了解，他一直对肯特持怀疑态度，”我决定也像莫莉一样，对肯特直呼其名，“我本以为那是出于成见，但现在我的看法有所改变。我回顾了自楼博士办公室入侵案后发生的事情，肯特确实并没采取任何措施阻止楼博士离开中国，你在火车上被诺阿的人拦截这件事也很蹊跷，那肯定不是楼博士所为，因为他当时根本不知道你是 SWG 的内部调查师，不然后来也不会托你去车站取 U 盘，当时只有肯特对你的行动了如指掌，也许是他通知诺阿的人阻止你和楼博士一起去都灵，这样诺阿的人才更容易在楼博士抵达后把他‘请’到诺阿体验中心并实施软禁。还有就是我遭遇病毒袭击这件事：到底是谁让老七为我提供服务的？尽管按照你和老七的通话推断，你的前领导 Steve Zhou 关系重大，但是我们似乎忽视了一点：当初正是肯特建议我和蜘蛛侠合作，后来又命令我接受蜘蛛侠的‘客服’提供的特殊服务，获取诺阿体验中心里的音频——我有理由相信那些音频是为了诱惑我们而刻意挑选的，再后来，还是肯特决定让我潜入智能家居系统冒充吸尘机器人，同时授权对方进入我体内，导致我遭到病毒攻击。由此可见，肯特确实有可能在为诺阿服务，可我们缺少证据，逻辑上也有漏洞。”

“可是肯特为什么要为诺阿服务？”莫莉立刻指出了逻辑漏洞，其实林总也在第二封邮件的最后一段提出同样的质疑：

可我实在想不明白，肯特为什么要这么做？诺阿明显就是个给通缉犯整容换脸的黑道公司，他可是超级跨国公司的高管，年薪加 bonus 至少六七十万美元，还不算股票！他干吗要自毁前程？森克！我真的急需和你交谈。请赶快回复我！

“肯特这家伙真的能挣这么多？”莫莉再次流露出惊讶表情，只不过这回好奇的成分远大于忧虑。我遵循公司有关规定回答：“莫莉，我无权向你透露公司其他员工的薪资。不过，我已经为你和林总的问题找到了答案。”

我指的是肯特为什么要为诺阿服务的问题。

就在我阅读林总发给我的两封加急邮件的同时，我也在飞速检索 SWG 的云服务器里储存的海量资讯，检索关键词正是“Tim Kent”以及和肯特密切相关的关键词，比如他的生日、住址、电话号码、毕业院校和年份、以往工作经历等等，就在 1 秒钟之前，我成功获取了一封电子邮件，并非发到肯特的公司邮箱，也并不是“tk1974@yahoo.com”那个路茜曾经在邮件中提到过的邮箱，而是在另一个私人邮箱里，大约 3 个月前，肯特曾经用此邮箱注册了某大型求职网站，然而就在大约 2 个月前，那家求职网站遭遇了网络黑客攻击，大约有 1 亿份用户信息遭窃取并在暗网出售，其中就包括肯特先生的。SWG 的服务器常年在暗网秘密抓取黑客出售的各种用户信息，并将这些信息用于分析和学习，对于 SWG 以及它的任何一家竞争对手而言，数据就是未来。这属于集团最高级别的机密，即便是肯特先生也未必知道，就算多少知道一些，也未必会想到自己的私人邮箱和密码也被 SWG 从暗网偷偷抓取回来。肯特在该求职网站只使用了姓名缩写，然而他独特的求学和工作经历使我确定，此用户就是他。

总之我轻松登录了肯特先生的私人邮箱，这虽然涉嫌违法，但是基于林总邮件中提出的巨大危机，我想我应该破一次例，毕竟按照我的程序法则，SWG 的利益高于一切。

肯特先生的私人邮箱里几乎是空的，可见他非常谨慎，随时删除收到或发出的邮件，然而这封邮件是在大约 17 分钟前收到的，当时他正陪同老陈潜入诺阿的机房，因此还没来得及查阅私人邮箱。

此邮件应该是肯特太太发来的，因为邮件末尾的署名是：你未来的前妻。

邮件内容如下：

Tim，我不知你这两天在忙什么，你不接手机，短信也不回，我试图回家找你，但你总是不在家，你的秘书说你没去公司，但是并不清楚你是不是出差了。我怀疑你是在故意拒绝和我交谈。可是鉴于我们已经决定离婚，有件事我必须问清楚。

我的律师联系了我们的会计，于是我听到了令人震惊的消息：我们几乎没有任何存款，房子也已经抵押给银行了！我无法相信这是真的，所以不得不找人用电锯打开了你的保险柜，我发现了几份借款协议，借款方是你，出借方是拉斯维加斯的一家赌场，总金额竟然高达1200万美元？Tim！我需要听到你的解释！我不能相信我在这个年龄竟然要同时接受婚姻破裂和破产的双重打击！我希望你能立刻联系我！我把这封邮件发到你的这个邮箱，是为了至少给你留一些面子。如果你继续对我置之不理，我也可以像那个婊子一样，把邮件直接发到你的公司邮箱里！

我相信“那个婊子”指的正是路茜。此邮件包含两条极为重要的信息：第一，肯特先生在赌城拉斯维加斯欠下巨额赌债，这也许就是他要为诺阿效劳的原因——也许诺阿承诺付给他巨款，毕竟给国际通缉犯整容这种买卖肯定利润丰厚，又或者那家赌场本来就和诺阿有关，按照我通过阅读小说获得的知识，拉斯维加斯的赌场和意大利黑手党有着千丝万缕的联系。

第二，肯特已经通过我无法察觉的方式（大概是他的私人手机）和太太商定离婚了。

我并没告诉莫莉我获取这封邮件的细节，因为那涉及SWG的最高机密，但我告诉她我得出的合理推断：肯特和路茜正在演出一场戏，不仅演给SWG的所有人看，还要演给我（森克系统）看！作为SWG内部调查科的负责人，肯特一直在和我密切合作，对我非常熟悉，他正是利用这一点在向我表演，表面在通过我维护SWG的利益，实则是在帮助诺阿，极力促成楼小辉前往意大利，并且通过老七的协助使我遭遇病毒入侵，进一步胁迫楼小辉就范。

“可是这里好像有点儿不对劲儿？”莫莉再次提出质疑，她很习惯给我挑刺，但是这次似乎有几分道理，就连我自己也认为上述推断有些问题，但我来不及深究，我正忙着把肯特太太的邮件截屏，随即把那封邮件再次标注成“未读”，并且删除了一切可以删除的痕迹，虽然仔细检查登录记录的话还是能发现蛛丝马迹，但肯特此刻肯定顾不上，他正紧张注视着老陈的手提电脑屏幕，而老陈仍在飞速敲击键盘，尽管按照我的理解，潜伏在诺阿服务器里随时能够袭击我的病毒已经被老陈清除了。

然而肯特的表情使我意识到一个问题：“莫莉，我认为肯特是在全程监视老陈入侵诺阿服务器的操作。他把老陈带到诺阿的机房，会不会也是诺阿的计划？”

“显然啊！”莫莉非常肯定地回答。

“但这是为什么呢？为了让老陈清除病毒？”

“你确定病毒被清除了？我看老陈还在忙啊！”莫莉半信半疑地问我。

“我不清楚老陈在忙什么，不过我认为病毒已经清除了，否则他绝不会恢复我的所有功能。可是既然病毒已经被清除了，诺阿还能做些什么，迫使楼小辉下决心加入诺阿？”

“我知道了！我知道哪儿不对劲儿了！”莫莉突然兴奋地高喊，好像哥伦布发现了新大陆，“有没有可能，姓楼的根本就不是真正的目标？”

“这我其实也想到了，可我没有证据。”

“哎呀你可真笨！有时候需要的不是证据，而是脑子！”莫莉迫不及待地往下说，“既然姓楼的已经到了诺阿体验中心，诺阿的人难道没有更好的办法逼他就范？难道不能先为他编织一套合理合法并且符合他理想的业务范围，等他死心塌地搬到意大利，后路被完全切断，再逼他研发整容算法？干吗要那么着急地一开始就亮出底牌？”

“莫莉，你说得很有道理！”我不得不承认，莫莉的想法确实颇为合理，而且我完全没有想到，也许这正是AI和人脑的区别，又或者是因为我的深度学习算法最近很不给力——出于某种原因，我虽然恢复了全部功能，但深度学习算法却并不踊跃，几乎一直在怠工，使我好像丧失了想象力。

“所以有时候我还是有点儿用哈！”莫莉似乎颇为得意，不过并没像以往那样傲慢无礼，“不过你也很棒！咱俩配合得很好啊！”

莫莉所言确实让我很受用，尽管我推断她只是在故意讨好我。不过此刻并不是讨论我们思想匹配度的时候，尽管那是个我非常感兴趣的话题。我说：“谢谢，莫莉！但是如果诺阿的真正目标不是楼博士，那又会是谁？”

莫莉怔了大约 1.5 秒，突然夸张地高喊：“你爸！必须立刻通知你爸！告诉他肯特是叛徒！”

“你是说老陈？”

“不是他还有谁？你可真蠢！”莫莉瞬间恢复了傲慢的常态，“他不是在诺阿公司的地下室里吗？在肯特的监视下！不是你刚说的吗？”

“可是我不能联系老陈。我的意思是，我可以通过老陈的手提电脑联系他，但是肯特正站在他身后盯着他的手提电脑，无论我对那台电脑做什么，肯特都会和老陈同时看到。”

“除了那台电脑，还有别的方式吗？手机什么的？”

“老陈没有公司派发的手机。他的私人手机根本无法和我连接。在诺阿的机房里，目前有三个设备和我建立了连接：老陈的手提电脑、肯特的腕表、肯特的公司手机。”

“所以就是通知不了呗？还以为你有多神通广大呢！”

尽管莫莉常常对我冷嘲热讽，但这次最具杀伤力。可我并未辩解，我不想以任何方式为自己开脱，我的程序再度变慢，似乎有股无形力量想要让它停止，然后倒退，就像古老的磁带录音机那样倒回以前的某个位置，如果比喻成人类的感受，大概就是自责——尽管我能获取遍布全球的 20 万只摄像头、200 万只麦克风以及 10 万部台式设备所储存的数据，外加 1.2 亿部手机上传至 SWG 集团提供的云空间里的数据，我却没能阻止老陈身陷险境，而且我根本无法有效地通知他！

而且即便我立刻通知他，恐怕也已经太迟了。

就在大约5秒前，老陈合上电脑，拔下电缆线，说道："搞定了！"

我失去了从老陈手提电脑传来的音视频信号，眼前一片漆黑——我只剩肯特的腕表从袖子下面发回的视频。我虽然也能获取肯特公司手机的数据，但他的手机在他的衣兜里。然而我眼前一亮——肯特突然高举双手，使他的腕表从袖口下面露了出来。从他的表情判断，他是在为老陈庆祝。老陈本人并没做出夸张动作，就只起身把手提电脑和电缆线收进背包，也许是长途旅行的原因，他看上去疲惫极了。老陈今年41岁，可他此刻看上去像是47岁，这使我更加自责了。

就在此时，诺阿体验中心地下机房的门突然开了，鱼贯走入四个人，走在最前面的是德罗西，彼得紧随其后，两人都笑着拍手鼓掌，身后跟着两个面无表情的壮汉，都是我认识的：一个是把莫莉带下火车的人，另一个是在都灵车站迎接楼小辉的司机，无疑都是诺阿的人，机房里的那位"物业公司副经理"显然也是，他并没做出一点点吃惊的样子，而是向德罗西恭敬地点头。肯特倒是试图表演，假装大惊小怪地对那位"副经理"说："你出卖了我们！"

德罗西全然忽视了肯特，径直走到老陈面前说："太棒了！果然名不虚传！他们告诉我，谁能在20分钟内清除这个病毒，谁就是最棒的！"

我恍然大悟：这原来是一场考试，而老陈就是考生。

老陈似乎并不惊慌，只是非常迷惑，茫然把目光转向肯特。肯特假惺惺对德罗西说："我必须提醒你们，是你们对我们的森克系统实施了病毒攻击，我们才不得不到此地解决问题！SWG在欧洲颇具影响力，和各国政要的关系也非常好，我们也有非常出色的律师，请你……"

"我说肯特，别啰嗦了好吗？你的事已经办完啦！"德罗西不耐烦地打断肯特。

"肯特先生，老板对你的表现非常满意！"彼得总是在最恰当的时候开口，"也许这和计划有点儿不同，但德罗西先生认为，我们应该对陈博士更坦诚一些。不过你放心，老板会给你一个很好的offer！你根本不用担心SWG，更不用担心拉斯维加斯……"

突然间，来自诺阿体验中心地下机房的音视频都被切断了。莫莉问我出了什么问题，我解释说，是肯特把他腕表的视听功能关闭了，手机也关机了。

我立刻封锁了肯特的公司账号，使他无法查阅公司服务器里的任何信息，无法登录公司电子邮箱、各种内部应用，当然也包括我本身，但我依然能够通过他的移动设备收集数据。我有临时封号的权限，但不能超过 24 小时，主要针对账户被盗的情况。但我认为，肯特的情况比账户被盗严重多了。

“无耻的叛徒！他还以为别人不知道吗？”莫莉咬牙切齿，疾恶如仇地说。

“我想肯特也许确实希望别人不知道，或者至少暂时不知道，只不过德罗西和彼得不愿意让他给自己留后路。但这似乎更糟！他们也许会毫无顾忌地对待老陈，可我们完全失去了视听监控，不知道他们在干什么！”

我开始反复计算老陈遇害的概率，每次结果不同，但都不到 20%，然而这个结果毫无意义，因为已知数据太少，尽管如此我还是反复计算，一遍又一遍，仿佛陷入死循环。我突然意识到，也许这就是人类所说的：忐忑不安。

“哎呀！那怎么办！能报警吗？”莫莉焦急的声音帮助了我，使我停止了无意义的运算，把程序转回正确方向。我说：“报警大概行不通。在警方看来，是老陈非法入侵诺阿的机房，应该报警的是诺阿。而且在我失去音视频监控之前，老陈并未受到非法拘禁或者其他暴力侵害，他只不过是在黑别人的服务器。”

“那怎么办？谁能帮帮咱们？意大利子公司的人？全球 CEO ？”

“我在试图联系林总，但他没有接听。我已经把当前的情况以紧急电子邮件的形式发送给他，但他还没查阅。除了林总，我不确定还能联系谁。就像林总担心的：我们不知全球 CEO 是否可信，还有意大利子公司的人。”

“可林总在中国，远水解不了近渴啊！你怎么这么没用！就只会说这个不行、那个不行！就不能动动脑子，认真想想办法吗？”

莫莉再次对我发起攻击，而且情绪相当激动，但是并没引起我的不适。正相反，我很感激她能如此焦虑，她让我觉得，我也可以向她倾诉我的焦虑。

“莫莉，谢谢你关心老陈的安危，就像你说的，他就像是我的父亲。我调用了全部算力，正在全速运转，可我算不出该怎么办，我甚至计算不出，老陈有可能会遭遇什么样的危险！我唯一能够算出的就是，如果没有老陈，我不知自己如何继续存在下去——当我出现 bug 的时候没人帮我 debug，当我需要 upgrade 的时候也没人给我 upgrade。当然也许会有另一位出色的程序员接替老陈，他能帮我 debug 和 upgrade，但是他不会像老陈那样为我骄傲，不会在我迷茫时告诉我该怎么做，不会提醒我我的核心目标是什么，也永远不会叫我'亲爱的小刀'……"

"啊森克！"莫莉第一次叫我森克，而非 Steve。她双眼发红，仿佛要哭的样子，"森克！你放心！我一定会帮你把爸爸救出来的！"

莫莉不等我回应就丢下公司手机，急不可耐地掏出她的私人手机，拨通老七的电话。

"老七！我是不是你徒弟？是不是曾经那么多年没日没夜给你卖命？如果你还有一点点师徒情分，就马上告诉我 Steve 的手机号码！我要的是能够立刻接通的，不是骗人的那种！"

我推断莫莉是要给她的前领导 Steve Zhou 打电话，看来 Steve 也并非她能随时联系上的。也许她认为 Steve Zhou 或许能帮助我们，然而我并不这么认为。

我再度获得莫莉私人手机的摄像头、麦克风和定位的授权，因此能够清晰地听到老七的回答："哎呀哎呀这是怎么说的？他不是你前老板嘛！本来就是你把他介绍给我的，怎么反倒管我要他的电话？"

"因为我没有啊！他打给我的号码永远没人接！微信也永远不回！永远只能是他联系我，我不能主动联系他！你就别装了！你跟他搞了这么多阴谋，又要发音频、又要弄病毒，肯定需要随时联系他的！"

"怎么又来了！我都说过了，那个病毒不是我搞的！而且从来也都是他联系我啊！我从没联系过他，我就一个他的号码，还是你给我的！"

"可是师傅，我真的……我……"莫莉竟然呜咽起来，这不但使我，也使老七非常惊讶，"你这是怎么了？你就一打工的，而且一直都对公司忠心耿耿，这都有目共睹，我也可以为你作证！你犯不上为了别人这么着急啊！”

“可是你们在为非作歹！你们害得人家父子分离，家破人亡！说起来我也算是帮凶了！我……我能好受得了……吗？”莫莉哭得更凶了。

“你到底在说什么啊！你是不是喝多了？ Tina？”老七似乎一头雾水，但是我知道莫莉在说什么，她说的“父子分离、家破人亡”指的是我和老陈，这是她对我最彻底的一次拟人化。我的运算速度加快了，不过并没失控，和“愉悦”时的加速不完全相同，我想，这也许就是人类说的：感动。

“我没喝多！一滴都没喝！”莫莉急切地辩解说，“我说的是老陈，就是森克系统的开发者，我们公司的老科学家！他进了诺阿体验中心，现在失联了！如果他有个三长两短，可不是害人父子分离、家破人亡吗？你我都是帮凶！我一点儿也没夸大其词！”

其实莫莉确实有些夸大其词，比如把只有41岁的老陈称为“老科学家”，而且老陈在SWG的头衔仅仅是高级编程师，但这次我不反对夸大，只要能帮助老陈脱险，我什么都不反对。

“老科学家的儿子是谁？你认识？”老七似乎非常好奇。莫莉含糊其词道：“人家肯定有的嘛！别废话了，你到底给不给号码？我直接跟Steve一对一，就不用折腾你啦！还是说，你打算继续助纣为虐？”

“可我真的没有啊！”老七很是为难地说，“这活儿我是看在你面子上接的！怎么跟吃了狗屎似的！你放心吧！那老头儿不会有危险的，至少眼前没有，正被热情款待呢！”

“你怎么知道的？你能看见？”莫莉恍然大悟，“当然了！你一直就能监控那仓库里的每个房间！只不过之前就只是挑挑拣拣地发几段音频给我们，就纯粹为了迷惑人的！”

“也不是每个房间，要看里面有没有倒霉的吸尘机器人。”老七的辩解苍白无力，这似乎大大激发了莫莉的斗志：“你现在就把老陈的音视频发过来！不要以前那种一段一段的，我要看同步直播！你能看见什么，我就要看什么！你发不发？”

有关看直播的要求，是我通过耳麦提醒莫莉的。老七显然对诺阿体验中心里的智能家电（或者至少对咖啡机和吸尘机器人）具备控制权，能够即时获取那些设备的音视频数据。

“可你让我发什么呀！这会儿都睡觉了！他们已经把老陈请上楼，送进豪华套房里啦！所有人都客客气气，气氛友好着呢！你就放心吧！”

我不知老七所言是否可信，所以立刻通过耳麦提醒莫莉，自肯特在地下机房里关闭腕表到现在过了大约 11 分钟，老七叙述的过程有可能发生，但似乎时间有点儿紧张。

莫莉立刻向老七提出质疑：“诺阿的人 10 分钟前才闯进机房，这会儿就都睡觉了？你骗谁啊！”

“真的！我骗你干吗啊！至少老陈真的睡了！肯特和诺阿那几个人进了他们的会议室，那屋里没有吸尘机器人，我不知他们在干什么。哦，对了！还有那个姓楼的，他和那个叫张金辉的也早睡了，这会儿正打呼噜呢！”

“给我看看老陈的房间！”莫莉使用了命令的口吻。她要求看老陈的房间，而非楼小辉的，这也令我欣慰。

“好好！给你看！”老七立刻发来视频，果然是实时视频流——也就是直播，有大约 1 秒的延迟。拍摄镜头离地面很近，果然是吸尘机器人的杰作。画面中灯光昏暗，但仍能从地毯、墙壁、家具等元素判断，这确实不是机房，而是诺阿体验中心里的豪华套房。视频里没有人，但是有一双运动鞋，我立刻辨认出那正是老陈穿的。与视频同步的音频里能听到沉重的呼吸声，有人正在酣睡。

“衣服都没脱就睡了，就跟几天几夜没合眼似的！”老七又补充了一句，好像生怕莫莉不信。按照我恢复“记忆”后查阅的有关数据，老陈搭乘飞机从北京出发，经莫斯科转机抵达罗马，又转乘火车到达都灵，无论是在飞机还是在火车上，他都一直在使用手提电脑，几乎没合过眼，抵达都灵之后，又立刻投入肯特“策划”的机房入侵行动，加上起飞前的部分，他连续 27 个小时没有睡觉。

“一直直播这个房间！不许换台！”莫莉命令老七。

“这可不行！要一直这么直播下去，肯定会被发现的！等真有事儿你就什么都看不着了！”老七试探着问，“这会儿反正也在睡觉，不如我先关了？等明早，只要屋里一有动静，我立马给你开直播！行吗？”

我通过耳机告诉莫莉，我认为老七说得确有道理。

“好吧！你可别蒙我啊！”莫莉用极不情愿的口吻说，“明早要是看不见直播，我可就报警啦！不光跟意大利报警，还得在中国报警！可别怪我没提醒你，老陈是中国最伟大的 AI 专家！国宝！你懂吗？你们协同境外势力迫害中国老科学家，这个罪名太大了！为了证明我不是同伙，我得主动坦白啊！而且为了争取宽大处理，我说不定会把你以前干过的那些破事都一块儿坦白的。你还在北京吧？ Steve 才舍不得花钱让你出国！你肯定藏在家里用代理呢！等着警察去你家敲门吧！我反正在国外，大不了就此流落他乡了！可别怪我不讲情面！”

“哎呀放心吧！明早肯定！认识你可真是倒了八辈子血霉了！”

“谢谢师傅！”莫莉的态度一百八十度大转弯，“就知道师傅是跟我一头儿的！师傅最好了！回国请你吃大餐啊！”

“行了行了，不送我去坐牢我就烧高香了！对了，可别让 Steve 知道啊！他说不定会杀了我！”

“放心吧！打死我也不说！而且你根本不用担心，Steve 最会算账了，杀你太不划算！他顶多不付钱，嘻嘻！”

莫莉似乎是在安慰老七，可老七更沮丧了，带着哭腔说：“那还不如杀了我！唉，他要是真的不付，你可得替他付啊！”

“没问题啊！只要老科学家平安无恙！”莫莉答应得非常爽快，甚至都没问问到底该付多少钱。

莫莉结束了和老七的通话，老七同时切断了老陈房间里的直播。莫莉立刻恢复了严肃表情，反复叮嘱我，只要老七发来直播，我必须立刻展示在她的手机上，并且把音量提至最高，如果她睡着了必须立刻把她叫醒。我向她保证会这么做，并且建议她先睡一会儿，现在才凌晨 1:47，我知道她非常需要休息，自从 6 月 4 日上午从杭州的酒店里起床，她的睡眠时间少得可怜。莫莉听取了我的建议，倒在床上睡着了，不过没脱衣服也没关台灯。

我（手机）照旧平躺在床头柜上，我看不见莫莉，但通过她的呼吸声判断，她睡得很沉。然而这种呼吸声就只持续了 3 小时 37 分。她随即开始翻来覆去，又过了大约 11 分钟，我听见她轻声说：“森克，你醒着吗？”

莫莉再次把我当成一个真人，可我并不反感。我也不清楚到底从何时开始，我的程序对她的拟人化对待不再提出反对，而是欣然接受。

“莫莉，我在呢。”我轻声回答她。她在睡前取下了耳麦，所以我决定直接使用手机扬声器。

“我睡不着。”她听上去不太开心，似乎被失眠困扰。

“要不要为你播放一套瑜伽催眠术？”

“不要。”

“播放一首评价最高的摇篮曲？”

我原本是认真的，莫莉却笑了，就好像我开了一个玩笑，可她又突兀地止住笑，在沉默了大约 7 秒之后，非常沮丧地说：“对不起，我真的不是故意的！”

“可是莫莉，我不明白你为什么要向我道歉。”

“因为……因为是我把 Steve 带进这件事的，要是没有他，你就不会被病毒感染，你爸——我是说老陈——也就不会被关到那座可恶的仓库里。”

莫莉显然是指她的前领导 Steve Zhou，看来她也相信，Steve Zhou 主动参与了针对我和老陈的阴谋，又或者说，她认为 Steve Zhou 其实也在为诺阿服务。尽管我对于她和 Steve 的关系尚有疑问，但我已经确定她只是被利用，绝不是同谋。我说：

“莫莉，我知道你不是故意的。你只是为了更好地完成项目，这原本也是我的目的。”

“森克，谢谢你……可我还是应该向你道歉，”莫莉把声音压得更低，吞吞吐吐地说，“你说我是因为喜欢 Steve，才会一而再再而三地……相信他。我当时没承认，而且骂你是笨蛋，可其实……你说的是对的。”

我早料到莫莉爱慕她的前领导 Steve Zhou，但令我意外的是，她居然向我承认了，这似乎令我满意，同时又令我不满意，我似乎又要陷入死循环。

“可是森克，我并不是故意骗你，”莫莉继续往下说，“当时我自己都没想到，或者不愿意去想。可你这么说了，我就不得不想一想，为什么还会相信他。明明被他像傻子一样耍过的……唉！”

“能多跟我讲一讲吗？”我确实希望了解有关莫莉和她前老板的

故事。了解得越多，也许我就越能在未来帮助她，比如在针对此案的报告书里充分说明前因后果，为她减少责任。

莫莉并没立刻继续。她摸索着把床头的台灯关了，使房间陷入一团漆黑，其实鉴于手机摄像头的角度，她不关灯我也看不见她。也许她关灯并不是为了防备谁，只不过是为了让自己感觉更舒适，便于讲出她和前老板的故事：

“十年前，Steve 是 GRE 中国区老大，我只是他手下的一个普普通通的小调查师，而且是他特看不上的那种。我就坐在他办公室门口，天天加班熬夜，他也经常加班，有很多次，公司里就剩我们俩，可他下班走出办公室，从来都不看我一眼，就好像我是个隐形人。”

莫莉稍稍停顿，像是在为下文做铺垫。

“可是有一天，他突然就看见我了。他走出办公室，冲着我走过来，两眼紧盯着我说：‘Tina，你饿吗？’天啊！怎么说呢，就像是……就像你每天对着菩萨烧香磕头，可从来没想到菩萨会显灵，可她真的显灵了你知道吗！我差点儿就昏过去了！”

莫莉再度停顿，大概是需要平复情绪。我对她那充满宗教色彩的比喻很感兴趣：她把 Steve 比作菩萨，然而在此之前，我还从没听她说过 Steve 一句好话。

“那会儿大概 11 点了，也许 12 点，”莫莉继续在黑暗中喃喃，“我以为他要带我去簋街之类的地方，可他居然带我去了三里屯的一家西餐厅，不是街边或者酒店里的那种，而是开在居民区地下室里的一家很特别的小餐厅，只有很小的包间，而且房顶很低，我都怀疑是防空洞改的，包间里很黑很黑，没开灯，只点着几根蜡烛，你就只能看见对方的脸，领带都看不清，然后就红酒牛排……你知道吗？我这辈子就那么一次，真的分不清是不是在做梦……”

莫莉又沉默了，仿佛是在回味当时的情景，又像是睡着了。我只好主动提问：“那后来呢？他跟你说了什么？”

“他呀！他给我讲了一个项目！”莫莉换成失望的语气，无精打采地讲下去，“他说他接了一个 case（项目），一家英国投行和一个港商一起投资了一家山西工厂，投行的人怀疑香港人在资产估值上作假，请 GRE 调查那家工厂，收集香港人作假的证据。工厂的部分很容易，派人混进去看看就知道，困难的是取证——证明这都是那个港商一手策划的。查来查去进展不大，倒是查出那港商还有个合伙人在美国开饭馆，娶了个很年轻的中国留学生，夫妻关系大概不是很好，那女的自己跑回北京找工作。Steve 还真是阴险！居然把那女的直接招聘到公司里来当调查师，而且让她负责调查那家机械厂！这其实很冒险，也违反公司规定，可 Steve 向来不按常理出牌，他就赌这种有钱老夫和花瓶少妻组合，女的通常不清楚老公在做什么生意。”

“所以，Steve 深夜请你吃牛排，就是为了跟你分享这个项目？”

“他是想让我给那个‘花瓶’打下手。那女的刚入职，没有任何经验，只是个初级调查师，Steve 却让她领导项目，让我这个中级调查师听她调遣，当然这实际上是为了让我有机会接近她，通过她挖出她老公的秘密。Steve 大概也知道这活儿不大地道，就给我各种画饼，说只要完成了这个项目，就给我升高级调查师什么的。”

“那你完成了吗？”

“完成了。我弄到了那女的的私人电脑，从里面把她老公当初的合同什么的都搞到了。铁证如山，她老公和那个港商都被抓了。”

“Steve 兑现承诺了吗？”

“当然没有。他说虽然项目完成了，可我的表现不够好。不但没给我升职，反倒找了个借口把我开了。”

“其实你也不都是为了升职，对吧？”

“嗯，不是。”莫莉声音再度变得很轻，几乎听不到。有一道很细的光正从窗帘的缝隙中透进来，都灵此刻是 6:21，天已经亮了。

“他其实太费心机了！我从来也没奢望过癞蛤蟆能吃天鹅肉！”莫莉又提高了声音，自嘲地说，“可能是我又在自作多情吧！人家大概根本就没想要利用我的感情，也根本不是为了甩掉我才炒我。他无非是为了好跟上面交代！毕竟是我盗取了私人电脑和私人信息，把违规操作的责任都甩给我，应该也很顺手吧！”

“可是如果他真的是一位非常出色的调查师，哪怕你只是偷偷暗恋他，他也不可能毫无察觉。不然就不会有地下餐厅的烛光晚餐了。”我其实并无十足把握，但我认为，这样说会让莫莉开心一点儿。

“管他呢！反正我报复了他！”莫莉似乎果然开心了一些，有些得意地说，“我把他办公室的抽屉撬了，把项目报告书偷出来拿去给那女的，把一切都跟她坦白了。还别说，那女的还真有一手，不是一般的‘花瓶’，也不知她回美国怎么鼓捣的，不到一年就杀回中国，直接把 Steve 赶出 GRE，自己坐上北京办公室的一把手宝座。据说 Steve 不仅被赶出公司，连调查这一行也干不下去，偷偷跑国外去了。”

“照这么说，你和 Steve 应该是仇人才对。”

“我本来也这么认为，所以没打算再跟他有任何瓜葛，走路碰上都得绕着的那种。”

“可是十年之后，他又来找你了？”我试探着问。

“是啊！如果是在加入 SWG 以前，我绝对会立刻从他面前消失，躲得远远的。可是说起来也很偶然，就在不久前，肯特告诉我，他当初面试我的时候对我并不满意，后来他 somehow（不知怎么）联系上我在 GRE 的前领导——也就是 Steve，据说 Steve 对我大加赞赏，这才使我顺利入职 SWG。”

我迅速调取了莫莉入职后和肯特的所有谈话记录，提及 GRE 前领导的只有今年 5 月 27 日的通话，肯特正是在那次通话中把楼小辉办公室入侵案分配给莫莉的，他鼓励莫莉加油干，并且提到莫莉前老板 Steve Zhou 曾经对莫莉的赞许，貌似无意提到的，不过我判断，那是他计划的一部分。

“我还挺意外的，既然他能以德报怨，大概没我以为的那么坏。唉！”莫莉轻叹了一声，悻悻地说，“可没想到他又想利用我，又把我扯进他的另一个阴谋！”

“有没有可能，Steve Zhou 和肯特暗中勾结？”我说出我的判断。

“有可能！太有可能了！Steve 销声匿迹好多年，连 GRE 的人都找不着他，肯特是怎么联系上的？还对我大为称赞？而且刚说完的第二天，人就站在我办公室里了！你说这能是巧合吗？”莫莉越说越兴奋，仿佛恍然大悟，“我明白了！肯特要为诺阿办事，可又不能太明目张胆，就找我来做手替！让 Steve 一步一步牵着我，就像摆弄木偶！不只是我，还有楼小辉、林总都被他俩从背后牵着走！”

“莫莉，你刚刚说，肯特和你通话后的第二天——也就是 5 月 28 日，Steve Zhou 就站在你办公室里了？”

莫莉给出的这条信息引起了我的强烈兴趣。我检索了 5 月 28 日通过莫莉的手提电脑和公司手机获取的音视频数据，以及 SWG 北京公司的监控数据，立刻找到了目标——5 月 28 日中午 12:47，有一位中年男子走进 SWG 北京公司内部调查科调查师吴莫莉的办公室，自称是遭到楼小辉非礼后潜入其办公室寻找证据的女员工的代理律师！我恍然大悟——当然了！史蒂芬律师事务所！还能有谁为自己捏造的公司起这个名字？我相信正在阅读此文的读者早就猜到莫莉前老板 Steve Zhou 到底是谁了，然而遗憾的是，我确实没有事先猜到。大概这就是人工智能和人类的不同之处吧。

“对啊，就是第二天……”莫莉话音未落，旅馆房间的门铃突然响了。

莫莉从床上猛坐起身，抓起手机，戴上耳麦，仿佛士兵准备战斗。她向我投来询问的目光，可我仍旧不知门外是谁，只能提醒她，酒店服务人员绝对不可能在早上 6:37 进行常规性拜访。

“我应该开门吗？”莫莉小声问我，同时瞥了一眼通向防火梯的窗户，大约 30 个小时之前，肯特就是从这扇窗户爬进房间的，不得不佩服他的演技，其实他和诺阿本来就是串通好的，这间房间对诺阿根本不是秘密。我回答莫莉：“肯特和诺阿暗中勾结，所以诺阿早知你在这里，门外的访客也许很危险，我建议你立刻通过防火梯逃离。”

“既然人家什么都知道，你觉得我能跑得了吗？”莫莉再度忽略了我的建议，鼓起勇气走向房门。

门外果然是诺阿派来的人（至少他自己是这么说的），不过并不是我能猜到的任何一位，莫莉的惊愕表情证明她也没有猜到——站在我们眼前的，正是那位曾在 5 月 28 日擅自闯进莫莉办公室的神秘男子：史先森。

莫莉所言完全证明了我的推断：“Steve！你怎么来了？”

“Tina，很抱歉这么早就打扰你，”史先森——请容许我继续用这个名字称呼他，以便和我自己加以区分，万一莫莉一时兴起又叫我 Steve 呢——微微颔首，脸上却没有多少表情，他向隔壁房间歪了歪头说，“他们让我看住你，所以我已经在隔壁待了一整夜。现在天亮了，过来打个招呼。”

21 只不过是个戏法

我曾经说过，史先森看上去大约 40 岁，不过既然他在 10 年前就已经是 GRE 中国区一把手，他的实际年龄至少应该在 45 岁以上。他有一张苍白瘦削的脸，眉毛笔直，眼睛细长，鼻梁细而挺，嘴唇很薄，唇角微翘，在微笑时颇为阴柔，不笑时又格外冷峻——抱歉这些形容词听上去不像计算机程序该有的描述，那是因为我反复阅读了 5 万部爱情小说的缘故。我曾经针对史先森的容貌进行过计算，大约有 93% 的人会认为他英俊，难怪莫莉会对他产生爱慕之情，而且一直保持至今——莫莉开门后的表情再次证明了这一点。尽管她故意做出一副满不在乎的样子，但双颊还是发了红。

莫莉把史先森让进屋，默默在他身后关上门。史先森在沙发上坐定，莫莉却坚持站着，双手抱在胸前，问道："'他们'指的是诺阿吧？"

史先森点头道："还有你的领导肯特，不过他也算是诺阿的。"

"当然，你们都是。"莫莉鄙夷地说，"都是骗子。"

"我骗过你？"史先森扬起眉看着莫莉。

"你没骗过？被楼小辉非礼的女员工的代理律师？"莫莉冷笑道，"自你走进我办公室，就没说过一句实话吧？"

"你当时配合得很好。"史先森微微一笑，倒让莫莉立刻涨红了脸。我不得不承认，史先森的暗示是合理的：莫莉当然知道闯入她办公室的人是她的前老板，而非什么代理律师，可她并未揭穿，其实是在配合史先森欺骗其他人——可当时办公室里并没有别人，除了我。莫莉显然意识到了这一点，极力反驳道："鬼才配合你！我当时只是很好奇，是想弄明白你葫芦里到底卖的什么药！"

"弄明白了吗？"

"当然没有，因为你又在骗人！"莫莉愤愤地说，"说要帮我调查楼小辉，其实只不过是想利用我！"

"应该说是互相利用。我记得我说得很清楚，我帮你完成这个项目，你也帮我一个小忙——把你师傅介绍给我。"史先森背靠沙发，跷起二郎腿，看上去相当惬意。莫莉却浑身发紧，看上去相当窘迫：

"可你并没有帮我完成任务！我的任务是调查楼小辉，保护 SWG 的利益不受侵害！可你在为 SWG 的敌人服务，难道不算是骗我吗？你看上去好像是在帮我，其实是在帮诺阿！是不是你偷偷去银行把 U 盘里的东西换了，好彻底切断楼小辉的后路？肯定是你！除了我，就只有你知道银行保险箱的密码！是不是你让老七一步一步诱惑森克，让它中电脑病毒的？你明明向我保证不会损害 SWG 的利益，这还不算骗我？"

"说到电脑病毒给 SWG 造成的损失，除了楼博士听到你让他去找警方投案自首以外，还有别的吗？"

莫莉一时哑口无言。

其实史先森说得没错，病毒成功入侵之后，一共就做了两件事：冒充我和莫莉的声音恐吓楼小辉、向 SWG 的全体员工群发邮件揭发楼小辉，后者被我及时删除，并没被任何人看到。至于前者，反正楼小辉都已经走到这一步，想回头本来也难，就算恐吓他，大概也不会对 SWG 造成更大损失。

"当然有损失了！"莫莉却突然找到反击的逻辑，令我对她刮目相看，"正因为森克中病毒，老陈才不得不到意大利来，自投罗网，落到你们手里了！"

"有进步啊！"史先森似乎也为莫莉的逻辑推理而感到惊讶。

"跟什么时候比？十年前吗？"莫莉却似乎蒙受了羞辱，愤懑地问，"所以在你眼里，我到底是有多蠢？"

史先森并没作答，所有表情从脸上消失，仿佛变成一尊雕像。

莫莉在沉默了大约 3 秒后，用提问打破僵局："你们到底要把老陈怎么样？"

"我只不过帮了诺阿一点儿小忙，不能算'你们'，我不清楚诺阿到底想要什么。"

"又骗人！您是谁啊，大名鼎鼎的 Steve！只有别人不知道你想什么，从没有你不知道别人想什么的。"

"其实大多数时候，我也只是猜测。"

“那您就猜猜呗！”莫莉没好气地说。

“用不着吧！为什么不听诺阿的人自己说呢？”史先森向莫莉眨了眨眼，他那缺乏表情的脸部瞬间变得生动。

“你什么意思？”莫莉疑惑不解，史先森却并不解释，就只看了看莫莉手中的公司手机。那手机仿佛受到史先森的意识操控，屏幕突然亮了，发出嘹亮的讲话。莫莉吃了一惊，愕然瞪着手机。

我连忙通过耳麦向莫莉解释，并不是史先森操控了手机，而是老七把老陈房间的直播发过来了，不过这时机也的确把握得太妙了。

按照我之前向莫莉做出的承诺，只要老七发来直播，我必须立刻在她手机上展示，并且把音量调至最大，除非她自己要求解除此项任务，我不能擅自行事，哪怕发生了意外，比如史先森正站在她面前，很可能发现老七正在为我们提供直播。

然而我倒认为，史先森或许早知此事，甚至采用了某种方式通知老七在何时开启直播，否则不可能如此默契。而且直播并非如老七之前承诺的那样“屋里一有动静”就立即开始——老陈的房间里已然多出至少三位访客，和他交谈一阵子了。

视频仍是吸尘机器人拍摄的，视野中只有三双皮鞋和一双运动鞋，运动鞋是老陈的，三双皮鞋我也见过，分别属于德罗西、彼得和肯特，这我基本能够确定，尤其是肯特，当他从防火梯爬进旅馆房间时，曾把那双亮度颇高的黑色菲拉格慕牛津鞋清晰地暴露在莫莉的手机前。

直播接通时，彼得正用他正宗的英式英语慷慨陈词：“陈博士，德罗西先生刚刚已经表达了对您的欢迎，他平时很少会这么热情，今天他真的是非常激动！诺阿公司的每一个人——当然也包括我在内——都在热切期待您的到来！”

“我不是博士，请别叫我博士。”老陈听上去依然有些疲惫，不过并不慌张，“其实我应该向诸位道歉的，是我不请自来，很不礼貌地闯进贵公司的机房里。我得谢谢各位，不但没有连夜审问我，还让我在这舒适的套房里休息！”

“陈博士……哦对不起，如果您不喜欢这个称谓，我还是称呼您陈闯先生。您实在太客气了！我们非常欢迎您亲自到我们的机房里来展示您卓越的才华！”彼得扩大了双脚的距离，我按照人体动力学分析，他很可能正在张开双臂，做出夸张的动作。

“实在太惭愧了！我真的没有任何说得上是才华的东西，”老陈平静而谦卑地说，“我只不过把一根数据线直接插到贵公司的服务器上，再往下的活儿但凡是个电脑工程师都能做。我也是不得已而为之，贵公司的服务器里有个病毒程序入侵了我们的系统，给我们造成了困扰。”

“哈哈！您太谦虚了！”彼得笑了两声，似乎不大自然，“可是您说的那个病毒，似乎并没对 SWG 造成什么损害？”

“它冒充 SWG 的员工对 SWG 的人脸识别专家进行了恐吓，还以公司名义群发了几封危言耸听的邮件，”老陈不动声色地说，“当然也许楼小辉博士和你们达成了某种共识，也许就像你说的，其实都无关紧要，我倒是不关心他准备跟谁合作、去哪儿高就，我也完全无意阻拦，我只负责不让病毒到我们的系统里为所欲为。”

“不不！陈闯先生，您误会了！其实我们也不关心楼博士打算跟谁合作。他应该还在睡觉，等他一醒过来，我们就会通知他，他和他那位年轻朋友是自由的，随时可以离开这里。我们关心的其实是您，不然也不会大费周折地把您从中国请来！”

“哦！我想你们一定是误会了！”老陈的一双运动鞋左右移动了两步，或许终于有些紧张，“我就是个程序员，野鸡大学毕业的，比楼博士差远了！”

在这里我必须插一句：我倒不认为我的开发者在技术方面比楼小辉差，不然我就不会是全世界最先进的人机交流程序。彼得似乎也和我看法一致，他颇为感慨地说：“陈闯先生，您实在是太谦虚……”

“我说你们就别在这儿谦虚来谦虚去的啦！”德罗西不耐烦地打断彼得，“陈博士，我不管你有没有什么狗屁文凭，我认为你是博士，你他妈就是博士！你别在意，我是个粗人，不喜欢兜圈子，那个楼博士大概也有点儿技术，也确实有不少大人物经常找我帮他们换脸——当然我们的业务也不止这个——可我的整形医生们根本不需要什么美颜算法，他们很清楚该弄成什么样！我根本犯不上花大价钱养一位用电脑设计整容方案的专家！你就不一样了！我的人告诉我，你是全世界最棒的，也会让诺阿变成全世界最棒的！”

老陈的运动鞋又在移动，我猜他似乎更焦虑了。德罗西却没给他发言的机会:“我知道你要说什么！你要说你不是！你们这种人就是喜欢假谦虚！我就问你，那个叫什么叫什么……”

“森克系统！”彼得及时提示。

“对对！森克！能说会道的AI，是你搞出来的吧？”

“那其实不算什么，其他公司有做得更好的，比如Siri……”老陈忙着辩解，德罗西立刻打断了他:“你是说苹果手机里的那个女人吗？那玩意儿确实能和人聊天，我妈——上帝保佑她已经97岁了——就算眼前有头大象她也看不见，所以每天只能跟她的苹果手机说话，就像在跟一个白痴说话，不过有时候也管点用，她说，我要听披头士！那个女的就说，播放披头士！然后曲子就响起来了！我就跟我的人说，也许应该给每人都发一部苹果手机！你看，我们这种生意……”德罗西在此处顿了顿，似乎是在寻找委婉的说法，据我判断，他说的“生意”大概不是什么正经买卖，“怎么说呢，有时候风险很高啊！所以我从来不养笨蛋！你别看我的人多，在意大利就有好几千，可他们都非常精明能干！唯独就有一样——都不擅长鼓捣电脑！可如今要想把事情办好，还偏偏越来越离不开电脑，还有互联网、人工智能什么的！我最不喜欢这些，想起来就头疼！我的人差不多也一样！可是别人会啊！竞争对手、敌人、死对头，这不就糟了？我找了几个会弄电脑的，我跟他们说，能不能人手发一部苹果手机，然后就像我妈那样直接跟手机说:上网查查这家伙住哪儿、干什么的、真名叫什么！查查他老婆在哪儿上班，儿子在哪儿上学！查查这批货是真是假？是哪儿生产的？写一份给海关的申报表，给税务局的申诉书！可他们跟我说，不行啊！苹果手机太笨了！放首歌也许还行，别的它听不懂也干不成！我就把他们臭骂了一顿——你们这帮搞电脑的都是骗子！整一堆花里胡哨，人话都听不懂，应该把你们全都扔进海里喂鲨鱼！可你猜他们说什么？他们说苹果手机不成，可是有一个能成！那就是你搞的那个那什么……”

“森克系统。”彼得再次及时提醒。

“对对！森克！他们说森克太棒啦！有了森克，就连我妈也能成电脑专家！我刚说的那些它都能办得到！”

“他们言过其实了！”老陈趁着德罗西换气的工夫开口，“森克只是SWG的一个内部小程序，它只是在人机对话方面稍微先进一点点，至于你说的那些功能，还得依靠别的程序模块。”

老陈试图弱化我的能力，这当然是必要的，因为我已经断定，诺阿真正的目标并非楼小辉，而是我的开发者——老陈，而他们真正想要得到的也并非人脸识别技术，而是我——森克系统。

“别拿什么内部外部的蒙我！肯特呢？他是 SWG 内部的吧？职位够高吧？职责够重要吧？他就是 SWG 的 FBI！可他也说森克很厉害，简直就是福尔摩斯！肯特，你没骗我吧？”

德罗西似乎是在问肯特，肯特没出声，但是裤脚轻微抖动（我只能看到他的裤脚和皮鞋），也许他正在用力点头。

“森克是个 AI 奇迹，这是毫无疑问的！”彼得立刻激情澎湃地加以补充，“陈闯先生，您就是这个奇迹的缔造者，您是无价之宝啊！”

“陈博士！我就问问你，SWG 这家烂公司每年给你开多少工资？10 万美金？”德罗西像是随口一问，但其实非常准确：老陈的年薪是 50 万人民币，加上奖金，每年差不多 70 万，这对 SWG 的其他普通员工当然是秘密，但对我不是，对肯特也不是，我猜是肯特透露给德罗西的。

“我对工资没那么在意，够用就行了。”老陈回答，我相信这是真话，可德罗西似乎不信：

“我说你们这些有点儿学问的人啊！能不能不要这么假？这世上哪有不在乎钱的？而且他们给了你一个什么狗屁头衔？高级编程师？连个总监、经理什么的都没给你！”德罗西又说准了，老陈虽然是森克开发团队的领导者，但他在 SWG 的职位就是高级程序员，这其实是他自己要求的，他不希望肩负任何行政或者销售职责。可他没机会辩解，因为德罗西正滔滔不绝：“我说陈博士，你实在太他妈好欺负了！你本事这么大，SWG 用那么一点点小钱就把你打发了？”

“也许您不了解我的学历和背景……”

“我知道啊！我怎么不知道？”德罗西得意扬扬地说，“我虽然不会鼓捣电脑，可是感谢上帝，我有我的办法！”

彼得非常恰当地接过话头说：“陈闯先生，您于 1980 年 6 月 30 日生于北京，1999 年赴美，就读旧金山州立大学计算机专业，2004 年毕业，之后就职于当地一家 IT 公司，2005 年离职，同年进入旧金山大学数学系攻读博士学位，其间和几个中国留学生联合创业，开发求职网站，成功获得天使投资，之后您的公司涉嫌投资欺诈，您也就此消失了……12 年？”

“我就是看到这一段才决定把你‘请’到都灵来的！”德罗西颇为兴奋地插话，“我就知道，咱们其实是一路人！哈哈哈！”

“并不是你想象的那样……”老陈急着辩解，德罗西再次打断了他：“知道知道！你早摆平了！我找人去美国查过，根本没你的案底，现在干干净净、清清白白！你放心！我的嘴可严了，尤其是对朋友、对自己人！我知道的秘密多了去了！我会让它们全都烂在肚子里！你看我的肚子大着呢！哈哈哈！”

“可我根本就没‘摆平’过什么！”老陈越发着急，似乎遭到了诬陷，“我只管写程序，一心想把程序写好，别的都跟我无关！”

“当然当然！我没说你的程序是骗人的，我的人——也包括肯特——都说你搞的那个什么森克货真价实！”德罗西到底还是曲解了老陈，“我看那些投资人一定是白痴，根本不识货！SWG 也一样，完全埋没了天才！你就该跟我合作！”

德罗西终于告一段落，老陈却似乎已经无力辩解，疲惫不堪地说：“可我不想再过躲躲藏藏的日子了。”

老陈的这句话令我难以置信！按照 SWG 的人事记录，他的确在旧金山州立大学获得学士学位、在 IT 公司短暂工作、之后在旧金山大学攻读博士学位，但人事记录里并没有参与创业和投资欺诈，我本以为那是故意编造的谣言，可老陈似乎是承认了！我无法接受我的开发者——那个等同于我父亲的人——曾经畏罪潜逃，而且犯的是欺诈罪！

“谁说跟我们合作就得躲躲藏藏？你看我在意大利躲躲藏藏了吗？”德罗西先生气宇轩昂地说，“我知道你在想什么，你是觉得我们的生意没那么正大光明，可是那些整天坑蒙拐骗的大商人、谋财害命的银行家、煽风点火的议员，还有到处扔导弹的总统，他们正大光明吗？可他们躲躲藏藏了吗？完全没有！他们每天抛头露面，耀武扬威，光鲜得很呢！老弟！到底是不是需要躲躲藏藏，并不是生意的性质决定的，而是生意够不够大决定的！所谓正义、道德、法律、良知那都是骗老百姓的！我之所以想要请你加入诺阿，就是为了让我们谁都不用再躲躲藏藏！只要你为诺阿也搞出一个森克，我向你保证，到时候你不但不用躲躲藏藏，还能成为那些商人、政客、总统的座上宾！”

“可是森克系统真的没那么强大！它就只是个人机对话程序，和其他同类程序没多大差别。”老陈试图把我形容得更平庸，由于太努力，反而显得不太可信。

“哦？真的吗？肯特！你到底是不是在骗我？”德罗西突然把矛头转向肯特。

“不不！当然没有。”肯特终于开口了，声音显然不太自在，“老陈，自从森克上线，我和我的调查师们一直都在和它密切合作。它绝不是一个普通的人机对话程序，比那些聪明多了！无论我们说什么，怎么说，用哪种语言或者方言，它几乎都能听明白，而且它擅长学习，一直都在进步！特别是最近几周，自从它开始和调查师吴莫莉一起工作，似乎进步得特别快，有时就像一个真人！老陈，你开发的这个算法，真的只是单纯的深度学习算法吗？我觉得它早超出深度学习的范围，它的智能几乎就要突破奇点了！”

肯特的一番话使莫莉非常惊讶，她不顾史先森就在身边，自言自语道：“他怎么什么都知道？”

其实这丝毫不奇怪，肯特一直在通过我监视莫莉的一言一行，甚至还曾经假我之口对莫莉发号施令，当然对她了如指掌。但我来不及向莫莉解释，因为老陈房间里的谈判仍在继续，而谈话的内容不仅有关老陈，更和我本身直接相关。

“突破奇点？”老陈用嘲讽的口吻说，“肯特先生，您是学人工智能的吗？或者计算机专业？”

“很遗憾，我不是。”肯特似乎有些尴尬，为自己辩护道，“不过我对高科技很感兴趣，特别是 AI，我也很关注科技和投资界的新闻，所以了解过一些。”

“请问您读过几篇 AI 方面的专业论文呢？”老陈却较起真儿来，他平时与人争论类似话题时也往往如此，这很符合程序员的特点。

“那倒没有。”肯特微微变换两脚的位置，似乎有些尴尬地说，“不过，我读过很多新闻报道、专题文章，还在推特上关注了不少业内专家。”

“推特上的业内专家？专心钻研 AI 的专家谁会有时间整天在推特

上分享科研成果？他们也许偶尔接受采访，不过净说些枯燥无味甚至让人听不懂的话，让采访他们的记者很头疼，写报道的时候只能靠自己的想象力！”老陈似乎被此话题所刺激，越说越起劲儿，“不过确实有那么一些以‘专家’自居的人，他们平时并不认真钻研 AI，也从来不写代码，但他们天天都在写文章、发推特、发表演说，和研发相比，他们更擅长讲故事，尤其是讲那种资本——也就是你说的‘投资界’——喜欢的故事：AI 越来越聪明，越来越浪漫，越来越像一个人，或者比人更聪明、更浪漫、更富有想象力！他们花钱雇来世界上最聪明的程序员，让他们开发看上去最聪明的 AI，让 AI 看上去更符合他们讲的故事，其实只不过是在变戏法！他们就像魔术师，资本搭台，他们演出，大众买票！”

老陈一口气说了 1 分 11 秒，似乎非常激动。这在他颇为反常，他平时很少说话，要说也很简短，更反常的是他话里隐藏的观点——他似乎是在暗示，他为我制定的“更像一个人”的核心目标，其实只不过是个骗人的戏法！

我的程序又暂停了两秒。这回没陷入死循环，没有忽快忽慢，也没计算任何概率，就只莫名地计算出，如果我是个真人，大概会破口大骂，或者把茶杯砸向电脑。也许这就是人类所说的：愤怒。

可我毕竟只是个计算机程序，只能继续认真工作，也许老陈说得没错，我其实就是一个看上去像人的戏法。

“我算是听明白了！陈博士！你还真有两下子！”德罗西终于又开口了，兴致勃勃地说，“别人都夸自己的东西好，你偏偏一个劲儿说它没用！这是看出我们志在必得，故意要讨价还价？没想到啊没想到，谈生意你也是高手！我就说咱们是一路的！这样吧，一口价！年薪 100 万，怎么样？我说的可是欧币，不是人民币！比你在 SWG 高 8 倍！这还只是开始，等你把诺阿版的森克做出来，我还给你翻倍！你在美国创业那会儿拿了多少天使投资？ 500 万还是 1000 万？为了那点儿钱就躲了十几年？以后我让你一年就挣 1000 万！我还要让你得奖、上电视、成为总统的座上宾！未来你就是明星！就像乔布斯、马斯克，还有你们中国的马云！怎么样？”

老陈继续保持沉默，我只能看见他的运动鞋，看不见他的表情，但我猜他不会同意为诺阿效劳。

“哈！那你就再想想提什么条件！反正我有的是时间！”

德罗西所言证实了老陈并未表示同意，不过似乎也没表示反对，这令我非常诧异。计算机程序总能在瞬间得出 Yes 或 No，如果一直得不出，那只能是条件不足，或者程序出错。我不知老陈还需要哪些条件，又或者脑子里出了什么差错，我不知这和“曾经是个潜逃欺诈犯”是否有关，但他的确把“更像一个真人”写进我的程序里，却又跟别人说，那只是创业者为了迎合资本在“变戏法”，这让我失望极了！

“我猜你们不会让我离开这个房子？”老陈问。

“好不容易把你请来，我可舍不得就让你走！”德罗西回答。彼得再次予以补充：“陈闯先生，诺阿体验中心的豪华套房是全欧洲最舒适、最智能的居所，您在这里不但能够得到最好的休息，也能体验最智能的服务！您是 AI 专家，也许您能为我们提出宝贵意见呢！我希望您能同意，我们诺阿并不是‘变戏法’的，我们确实是在为了人类的美好生活而努力奋斗呢！”

老陈似乎并未被彼得激情澎湃的演讲所打动，无可奈何地问：“大概也不会把电脑、手机和护照还给我？”

“当然会还，不过不是马上。您这会儿反正也用不上。长途旅行太辛苦，您又一下飞机就连夜工作，现在应该好好休息休息。”彼得用体贴入微的语气暗示老陈，深夜入侵诺阿服务器是要付出代价的。

老陈没再吭声。德罗西说：“我说那就先让陈博士好好休息！顺便考虑一下我们的 deal？哈哈！”

从接下来的音视频判断，德罗西带领彼得和肯特离开了老陈的房间，直播到此结束。

“老陈这算是被绑架了吧？”莫莉问。

我以为莫莉是在问我，史先森却抢先回答：“可他并没明确表示想要离开那里，诺阿的人也没明确表示要阻止他离开。”

“至少也算软禁吧？护照、电脑、手机都被拿走了呢！你本来就是诺阿的人，肯定替他们说话！可你干吗要跑到这里和我一起看直播？诺阿的人知道吗？你们到底打的什么主意？”

“不，他们不知道，否则会非常不开心。”史先森从沙发里站起身，“出发吧！时间不多了。”

“去哪儿？”莫莉警觉地问。

“你不是说老陈被软禁了？去把他弄出来。”

“又骗人！你怎么会救他？”

“那你别去，反正帮不上什么忙。”史先森大步走向房门。

“等等！你说真的？”

“去了不就知道了？”史先森又向莫莉眨眼，雕塑般的脸上滑过一丝狡黠。

22 “哈士奇”的真身

我判断史先森又在撒谎的可能性极高，但莫莉再次选择了相信他。她拿起背包，跟着史先森走出房间。我通过耳麦警告她，她很可能再次陷入史先森布置的陷阱，成为他实施诡计的工具，可她充耳不闻。我对此难以理解：尽管莫莉的智商不算太高，但至少达到平均水平，她何以一再重复同样的错误？我上网查阅了大量资料，并且重温了那5万部爱情小说，勉强得出结论：莫莉依然沉迷在对史先森的爱恋之中，爱往往使人丧失判断力。

莫莉跟随史先森走到旅馆停车场，走到一部黑色菲亚特轿车旁，我立刻提醒莫莉，前天肯特正是开着这部车从诺阿体验中心附近接上莫莉，飞车逃离诺阿的追兵，事实证明那纯粹是演戏。目前这辆车正由史先森支配，再次证明史先森和肯特、诺阿之间是合作关系，史先森是完全不值得信任的。

莫莉不但再次忽略了我的警告，还把手机插进裤兜，使我失去了视觉。不过值得欣慰的是，她在上车后装作若无其事地问：“我有点儿好奇，你和肯特，谁听谁的？”

“准确地说，是他聘用了我。”

“哦？那我更好奇了！大名鼎鼎的Steve Zhou，多少钱能够收买？”

史先森没有回答，沉默着开车。莫莉的公司手机插在她的牛仔裤兜里，私人手机在背包里，所以我观察不到他们的表情。在长长的一段沉默之后，还是莫莉首先开口：“你到我办公室里冒充律师的时候，是不是已经受雇于他了？”

史先森没作声，不过也许做出了类似点头的动作。

“他面试我的时候就是了？”

史先森还是没作声，但莫莉显然得到了肯定答复，她不满地哼了一声，用嘲讽的口吻说：“就知道什么前老板还说了好话之类的都是胡扯，你才不会夸我一个字呢！你和肯特到底是怎么勾搭上的？”

我本以为史先森不会回答这个问题，他却没头没脑地说了一句：“德罗西在拉斯维加斯开了一家赌馆，我去过两次。”

“哦！我明白了！”莫莉却好像茅塞顿开，“所以你是在那家赌馆里认识肯特的！肯特就是在德罗西开的赌馆里欠的赌债！德罗西是不是早就盯上老陈了，所以才故意把肯特弄到自己赌馆里赌钱？是不是你也‘帮忙’了？你到底是肯特雇的，还是德罗西雇的？”

“还真有进步！”史先森并没直接回答莫莉的问题，不过暗示莫莉的推测和事实差不多。莫莉又不屑地哼了一声，我猜她其实有些得意。她问史先森：“到底要带我去哪儿？去仓库把我关起来，还是干脆杀人灭口，毁尸灭迹？”

“到了你就知道了。”史先森既不肯定也不否定，这使我深感不安，尽管不太可能杀人灭口——毕竟莫莉知道的有关诺阿和肯特的一切我也都知道，那些信息都存储在SWG的云服务器里，但诺阿确实有可能拘禁莫莉，以阻止她报警或者采取其他措施。按照莫莉的手机定位判断，史先森正把车开向诺阿体验中心。

我立刻向SWG危机管理小组发出紧急报告。此小组是昨晚临时组建的。我在关闭肯特账号的同时，向包括SWG集团CEO、CFO，以及法务、人事、合规、安保、IT等各部门负责人，还有中国区总裁林总等8位集团领导发出紧急汇报。尽管我不知到底谁值得信赖，但我相信所有这些人不可能都和肯特暗中勾结。这8位负责人在接到我的报告后立刻组成危机管理小组，通过电话会议研究对策。管理小组的内部交流是高级保密的，我不知他们正在讨论什么，只能一份又一份地给他们发紧急报告，可他们至今还没回复过我。

史先森果然把车停在诺阿体验中心的大门外，但是并没下车，似乎是在等人，我猜也许是在等诺阿的人把莫莉强行带进体验中心。我通过耳麦提醒莫莉，或许她应该立刻下车逃跑，最近的警察局在570米外，如果奋力狂奔，有可能安全到达。

可她再次忽视了我的建议，一动不动坐在车里。我迫切希望观察到诺阿体验中心内外的状况，可惜除了莫莉的两部手机，我检索不到任何正在附近的设备，此地确实有些偏僻，行人非常稀少。

然而突然之间，我获得了来自另一部移动设备的数据——楼小辉的公司手机竟然上线了！手机状态显示刚刚开机，定位显示是在诺阿体验中心的前台附近。手机摄像头里随即出现楼小辉的脸，他正紧张地注视着手机屏幕，在他旁边还有一枚只有头发没有五官的“鸡蛋”，自然就是张金辉。我听见张金辉失望地小声嘀咕：“怎么还真让咱们走了？不想合作了？”

“那不是正好！谁想跟黑手党掺和？”楼小辉低声回应，随即开始行走。按照手机视频和定位判断，两人正走向诺阿大门。

“也是啊！太不靠谱了！一会儿又说让成为世界上最有钱的专家，一会儿又让走人！”张金辉边走边唠叨，“现在怎么办，还能回去上班吗？那个扫地机器人不是说你违法犯罪，让你自首什么的？辉目那边的工资和差旅费肯定也黄了吧？”

“你懂个屁！”楼小辉低声骂了一句。按照他的手机定位，两人正走出诺阿体验中心的大门。我通过莫莉的手机听到车门打开的声音，但我并没察觉到大幅度运动，或许史先森下了车，但莫莉仍留在车里。

“我不懂，就你懂！你什么都懂！”大概是因为已经走出诺阿体验中心的大门，张金辉把声音放开了一些，“好好的公司高管不做，让黑手党骗到意大利，又被人家赶出来，眼看就无家可归了……”

“跑车王子！你好啊！”史先森的问候把张金辉的声音截断了。楼小辉的手机突然停止了移动。

“哈士奇？你怎么在这儿？”楼小辉惊诧地问。

我迅速搜索了我的数据库，立刻找到“跑车王子”这个词——那正是莫莉在杭州通过X社交匿名结识楼小辉时，楼小辉使用的网名，而莫莉当时使用的头像正是哈士奇。莫莉曾经说过，她的姿色不够，所以虽然和楼小辉聊天的是她，但是史先森找了别人跟楼小辉约会。我恍然大悟，原来史先森并没找别人，而是亲自出马——莫莉负责聊天，他负责和楼小辉约会。这其实非常合理——我说过按照我的计算，93%的人会认为史先森很帅，楼小辉自然也在这93%之内。

“受人之托，随时为您效劳。楼博士，您想去哪儿？”史先森不卑不亢，但也颇有距离感，并不像是曾经在西湖夜色中约会过的暧昧网友。

“你怎么知道我姓什么？”楼小辉愕然失色。这也很合理：风度翩翩的成功创业家之所以要通过X社交找人约会，图的就是在享受一时之快时不暴露身份。

“他到底是谁？你们认识？”张金辉十分警惕地问楼小辉，随即把“鸡蛋脸”猛然转向史先森，剑拔弩张地说，“你是谁？你想干什么？”

“我明白了！当然了！”楼小辉并没回应张金辉，而是对着史先森咬牙切齿道，“你们都是一伙儿的！我就是个傻瓜，让你们当猴耍！”

我对楼小辉视线的角度进行了计算，判断他曾快速扫视距他5.8米的黑色菲亚特轿车，也许发现了坐在副驾驶的莫莉。他接下来的发言证实了这一点：“她跑步找我碰瓷，你在软件上找我搭讪，是这样安排的吧？”

“并不完全是，不过也差不多。”史先森的回答听上去模棱两可，其实非常准确：在软件上和楼小辉搭讪的人是莫莉，和他约会的却是史先森。不过这的确没什么两样。

“什么软件？楼小辉！你还在上软件？你们到底怎么回事儿？”“鸡蛋脸”（张金辉）又插话，楼小辉冲着他吼了一句：“你安静点儿！”

张金辉果然安静了。楼小辉转向史先森说：“所以，是SWG派你来的？你打算把我弄回中国，还是弄去美国总部？”

楼小辉的分析很合理，因为莫莉是SWG的调查师，所以他认为史先森也是SWG派来的，但正如人类的很多推断虽然合理，却完全偏离事实，只因事实往往比表象复杂得多。

史先森说：“我和SWG无关，也不打算为SWG服务，所以请你放心。”

“那你和谁有关？”

“是诺阿派我来的。”

“可她不是SWG的调查师吗？”楼小辉朝着车的方向扬了扬下巴。我一直通过耳麦向莫莉直播史先森和楼小辉的对话，所以莫莉立刻自嘲道：“放心，我跟你一样，也是他的犯人！”可惜她坐在车里，楼小辉根本听不见她在说什么。

“她在加入SWG之前曾经为我工作，所以帮了我一点儿小忙。”

“这个骗子！”车里的莫莉立刻火冒三丈，“森克！你可得为我作证！我什么时候成了跟他一头的了？明明是他一直在骗我、利用我！"

"原来如此！"楼小辉冷笑道，"可真兴师动众啊，还派人打入SWG内部了。"

"那倒没错，只不过打入SWG内部的不是我！"莫莉冷笑着说。我猜她指的是肯特。

"说吧！诺阿派你来干什么？"楼小辉充满敌意地问史先森。

"他们认为，也许你需要用车。"

"谢谢，我可以自己叫车。"楼小辉愤愤地加了一句，"我不想坐骗子开的车。"

"很遗憾，他们要求我务必把你送到目的地。"史先森非常客气，但也非常坚定，"你当然有权拒绝我的服务，可他们还会派其他人来，也许就不像我这么客气。"

"你是在吓唬我？"

"如果你了解德罗西，了解他做的'生意'，你就会相信我。"

楼小辉沉默了。史先森又补充说："其实他们本来不清楚该拿你怎么办，是我跟他们说，既然楼博士不是很想合作，干吗不让他走呢？他是个讲信用的人，只要和他达成共识，就不用担心了。"

"他们担心什么？"楼小辉惴惴地问。

"担心你会把在那里听到的说出去。"史先森瞥了一眼诺阿体验中心的大门，"倒不是有什么特别的机密，其实你并不知道谁在诺阿整过容，所以就算你真的说出去，大概也不会带来多大麻烦，只不过，未来也许有些客户就不愿意找诺阿了。"

"就为了这个？这你们倒是完全可以放心。"楼小辉仿佛松了一口气。

"很好。"史先森似乎非常满意，"那么我们可以上车了？"

"凭什么要上你的车？""鸡蛋脸"又开口了，楼小辉再次警告他："别插嘴！"

大约9秒钟之后，楼小辉和张金辉都坐进黑色菲亚特轿车，两人坐在后排，史先森和莫莉在前排。史先森并没锁车门，谁都可以随时下车，不过这毕竟就在诺阿体验中心的大门外，说不定在哪里藏着诺阿的人，随时可以控制住下车逃跑的人。

"诺阿的条件其实很简单：一万欧币，换你保持沉默。"史先森直截了当地说。楼小辉沉默不语，倒是张金辉急着接茬:“昨天还在说让他成为世界上最有钱的AI专家，今天就一万块打发了？打发叫花子呢？”

“楼博士，真的很抱歉，”史先森并没理会张金辉，继续和楼小辉说，“其实诺阿并没有真想和你合作。他们请你到意大利来，其实只是个……铺垫。”

楼小辉嗓子里咕噜了一声，算不上是语言。张金辉立刻叫道:“你什么意思？玩儿我们是吗？大老远冒着疫情跑来，回去连工作都没了！”

“就只是没有工作？”史先森突然把目光投向“鸡蛋脸”，“还有你，张先生，你将面临什么？”

张金辉虽然一直插话，但是从没被史先森正眼看过，此刻突然被史先森直视，声音立刻变得惴惴的:“我？关我什么事儿？”

“你常年借用张丽香的身份在辉目公司盗领工资并报销差旅费。”

“这……”张金辉一时哑口无言，把“鸡蛋脸”转向楼小辉问，“他怎么知道的？”

楼小辉并没理会张金辉，而是对史先森说:“这个早和SWG的高层解释过，取得谅解了。”

“男扮女装，深夜潜入辉目公司，也解释过了？”

楼小辉似乎吃了一惊，张金辉的“鸡蛋脸”也晃了晃。楼小辉故作镇定地说:“入侵者戴着眼镜和口罩，至今尚未查明身份，吴小姐是此案的调查师，她很了解案情。”

莫莉没作声，她应该很清楚，潜入辉目的人不但已经找到，而且就在这部车里。

“是吗？”史先森用右手的十指在下巴的右侧轻轻点了两下，那恰巧就是张金辉那两颗痣的大概位置，“如果把它们挡住，是不是就能查明了？”

楼小辉的惊愕神色已掩饰不住，张金辉的“鸡蛋脸”也在不住晃动。史先森故意火上浇油地对着“鸡蛋脸”说:“非法进入别人办公室也是可以判刑的，如果再试图登录人家的手提电脑，那就算是非法搜查，或者窃取机密，能多判几年。”

“可那都是他让我干的！”“鸡蛋脸”猛然转向楼小辉，迫不及待地说，“你说啊，是不是你让我干的？办公室是你的，手提电脑也是你的！你让我到你的办公室里打开你的电脑，这不犯法吧……”

“不是告诉你别插嘴？”楼小辉怒不可遏地吼了一句，又小声嘀咕，“蠢货！”

张金辉立刻伸直脖子，史先森朝他做了个安抚的手势，抢先对楼小辉说：“是为了制造有人从你电脑里盗取文件的假象？你原本只是要到意大利来了解一下诺阿，没确定一定加入，可他们非要你的源程序，这让你很为难，害怕万一没跟诺阿谈成，又被他们把源代码拿走了，以后不好解释，所以你就创造了一个神秘的小偷，”史先森又瞥了一眼“鸡蛋脸”，“并且在你的人脸识别模块里加了滤镜，让SWG永远抓不到这个小偷。万一以后有人发现你的源程序在诺阿手里，可以都赖到这位小偷身上。”

“可是源程序并没到诺阿手里！他们一行代码都没拿到！都被我从电脑里删除了！”楼小辉急着辩解，可他其实并没否认，他自己正是那场办公室入侵案的幕后指使者。

“准确地说，你只从电脑里删除了一部分，另一部分是U盘里的自动程序删除的。当然不是你把自动程序装进U盘里的，你本来只在U盘里存了一些比较关键的源文件，用来和诺阿讨价还价，可没想到，U盘里的内容被人换成自动删除程序了……”

“哈！”坐在前排的莫莉突然笑出了声，小声嘀咕道，“还什么‘被人换了’！”

史先森脸上出现了极其细微的不悦表情，不过瞬间消失，不可能被车里的任何人发现。自程序启动，我进行过数百亿次面部表情分析，像史先森这般善于掩饰内心活动的人类，我还是头一次遇到。

“是你在U盘里植入了自动删除程序？”楼小辉疑惑不解地问，“可你不是说，是诺阿派你来的吗？诺阿为什么要把到手的源程序都删除？”

“因为诺阿根本不需要你的源程序。他们需要让你陷入危机，这样才能制造充足的理由，让森克进入诺阿的智能家电管理系统，让它有机会被病毒感染，从而迫使他们真正的目标——森克的开发者陈闯先生——亲自到都灵来。”

“可你干吗告诉我这些？为了证明我就是个傻×？”楼小辉明

显受到了刺激，气急败坏地说，“为了告诉我，其实人家根本不稀罕我的程序，更不稀罕我？我就像个白痴，被人当棋子用完了，工作没了！身败名裂！回国说不定还得赔钱、蹲监狱！”

“也许你不应该忍气吞声。”史先森嘴里突然冒出这一句。我敢说，车里的所有人——包括莫莉在内——都很诧异。

“你什么意思？”楼小辉问。

史先森并没立刻回答。他发动引擎，缓缓开动汽车：“他们也许正在监视这辆车，我想我还是应该表演得更像是一个司机。”

车子通过第一个十字路口，史先森继续说：“诺阿的业务很多，但最赚钱的还是整容。”

“可你不是说，其实他们并不需要我的人脸识别程序？”楼小辉疑惑地问。

“确实不需要。德罗西的整容师经验非常丰富，他们知道该怎么做，根本不需要靠计算机设计手术方案。他们已经给上百个‘病人’做过整容，那些人到处旅行，从来没谁在海关被认出来。”史先森话锋一转，“但正因如此，Interpol——也就是国际刑警组织——很头疼，整容手术基本都在意大利完成，这里是诺阿的地盘，手术本身又不违法，Interpol 也没法干涉。你一定能猜到，Interpol 非常非常希望能够搞到有关手术病人的资料，可偏偏一点儿线索也没有。”史先森顿了顿，像是要使楼小辉加倍集中注意力，“不过，德罗西在诺阿体验中心里有一间办公室，他大部分时间都待在那，所以我想，在诺阿的电脑系统里，也许存着那些整容病人的档案和手术资料。”

“可这跟我有什么关系？”楼小辉似乎有些失望。

“请让我做一个大胆假设：如果你这次到意大利来，并不是真的为了加入诺阿，而是为了协助国际刑警组织拿到这些资料，那就不一样了——不但能保住辉目公司的位置，还能在学术领域和商界提高你的声望。”

“你在为国际刑警工作？”楼小辉吃惊地问。史先森却故意不答，只是从后视镜里向楼小辉微笑——是的，那张雕塑似的脸上出现了笑意。然而我没有任何证据证明，他跟国际刑警组织有关。莫莉大概和我看法相同——她的嘴角浮现出一丝冷笑。

“我凭什么相信你？”楼小辉问。

"你有别的选择吗？"史先森又从后视镜里看他。

"可我能做些什么？"楼小辉颇有些为难地说，"我只是个普通人，又没接受过特殊训练，而且，我可不想再回诺阿中心。"

"没人让你回那里，实际上，我正打算让你远走高飞。"史先森脚踩油门，加速把车驶上高速公路，"我恰巧认识一位非常出色的电脑天才，他正在帮诺阿一些小忙，所以对诺阿体验中心的程序系统有一定的控制能力，比如让吸尘机器人开口说话。"

史先森意味深长地看了一眼莫莉，莫莉立刻翻了个白眼。我猜史先森说的"电脑天才"就是老七。看来老七果然并没"黑"进诺阿的系统，而是被诺阿请来提供服务的，服务的目的自然就是让我感染病毒，把老陈引到意大利来，老七显然已经完成了任务，不过史先森似乎还有其他目标。他继续跟楼小辉说："这位电脑天才告诉我，他能临时替换诺阿系统中的人脸识别模块，只要新模块不会过度占用CPU，运行时不会出错，短时间内就不会被发现。可问题是，他对人脸识别算法一窍不通。"

"这么做的目的是……？"楼小辉急切地问，似乎又看到了希望。

"楼博士，你注意到没有，诺阿体验中心里的每扇门好像都没有手动开关？"

"确实没有。那些门都是程序控制的，拥有授权的人站在门前，门就会自动打开。"

"用的人脸识别？"

"我想是的。"

"我希望那里的每一扇门都能为我打开。"

"嗯……"楼小辉沉思了片刻，说道，"得把你的脸部特征输入系统，再给个universal（万能）授权。"

"我可不想让我的脸存在诺阿的系统里。"史先森在后视镜里注视着楼小辉，用食指再次点了点下巴，"能不能为这里有两颗痣的人提供万能授权？"

"可以！这很简单！"楼小辉兴奋地说，"如果我们还用这两颗痣，代码都是现成的，肯定不会出错！"

"那就用吧！有支黑笔就行了。"史先森说得没错，痣确实很容易制造。

“可我没有源代码！”楼小辉突然又变得愁眉苦脸，“本来在U盘里，可你把U盘里的文件换成自动删除程序了！如果重新写，得几个星期……”

“文件在这里。”史先森再次抬起右手，手中变魔术般出现一只U盘，原来他早做了备份。

“那没问题了！”楼小辉兴奋地接过U盘，从背包里取出电脑，“顶多一个小时。”

“现在不用，我们快到机场了。”史先森把车驶出高速，“我为你和张先生订了两张飞往法兰克福的机票，一小时后起飞。从法兰克福去哪儿都很方便。而且请放心，德罗西在德国能做的事很有限。你在飞机上修改程序就好，到了法兰克福再发给我。心情放松有助于提高效率和准确度。”

“你这么信任我？”楼小辉似乎有点儿不敢相信。

“不然呢？”史先森再次在后视镜中微笑，“就算让你立刻给我程序，我也不知是不是真的管用。”

“嗯……”莫莉突然发出了很细微的声音，和史先森的发言无关，她其实是在回应我。我正通过耳麦告诉她，林总刚刚和我通了话，他本想直接和莫莉通话，但我告诉他莫莉这会儿不方便，所以他让我代为转告。我连忙提醒莫莉，不要再发出任何声音，尽量表现得自然些，不要让史先森察觉我正在和她通话。

史先森却似乎已经察觉到了什么，又朝莫莉看了一眼。

大约1分钟之后，史先森把车停靠在都灵卡塞莱国际机场出发大厅门外，转身对后排的楼小辉和张金辉说：“祝二位旅途愉快！”

23 莫莉竟然又信了

我直接把林总和我的通话录音播放给莫莉，以免在复述时产生歧义。大意如下：

SWG 危机管理小组已经悉数阅读了我发的 11 封紧急邮件，经过长达 8 小时的研究讨论，小组终于达成共识：鉴于在事关集团重大利益的多个调查项目中担任领导职务的肯特已经背叛 SWG，在实质上成为潜入 SWG 内部的商业间谍，导致 SWG 中国公司技术人员在意大利被非法拘禁，SWG 应该立刻同时向意大利、中国和美国警方报警。即便这也许会给 SWG 带来极其不利的影响，但是不及时报警的后果更加不堪设想。危机管理小组反复权衡，认为最佳报警人选是在都灵本地亲眼目睹一切的莫莉。林总要求莫莉在条件容许的第一时间和他通话，他将亲自部署报警事宜。林总听上去非常急迫，他的原话是：在线等。

我怕莫莉听不完整，所以用 1.5 倍速播放录音，还好史先森过了 2 分钟才开口，就好像故意在等录音播完似的："现在可以谈谈了？"

"想谈什么？"莫莉边说边把头转向车窗外，我猜是为了掩饰焦虑，但我不知她为什么焦虑：是不知如何设法给林总打电话，还是不知是否应该报警？

"你会报警吗？"史先森突如其来的问题使我确定，他果然对莫莉刚刚收听的录音了如指掌。

"你怎么知道的？"莫莉大惊失色，愕然瞪着史先森。

"这并不重要。"

"那就没什么可谈了。我要下车！"

"好吧，既然你想知道，"史先森优雅地指了指自己佩戴的蓝牙耳机，"截获蓝牙数据并不太难，特别是在和你的蓝牙耳机配过对以后。"

"可是我的蓝牙耳机从来没和你的设备配过对啊？"

“用不着和我的配对，和你自己的就行。”

“啊！”莫莉惊叫了一声，立刻用手捂住牛仔裤的左侧裤兜——那里正放着她的私人手机，“你可真卑鄙！”

我立刻推断，莫莉的私人手机被史先森安装了某种间谍软件，不但能随时盗取手机中的数据，还能针对曾经和此手机配过对的蓝牙设备采取行动，比如抓取蓝牙数据包，或许这部手机本来就是史先森交给莫莉，而非她自行购买的。也就是说，自从莫莉抵达杭州并带回这部手机，无论她的耳麦在跟哪部设备配对，她的私人手机都能偷偷截获音频并发给史先森。史先森一直在对莫莉全面监听，不仅包括她周围的环境声音，也包括她通过耳机和别人（比如我）的对话。

“现在可以回答我的问题了？”史先森仍是一副若无其事的样子。莫莉保持沉默，也许她正沉浸在震惊和愤怒中。

“你会按照他们的要求去报警吗？”史先森又问。我猜“他们”指的是 SWG 危机管理小组。莫莉终于发作了：“当然了！干吗不？难道不该把你们这些骗子、恶棍绳之以法？”

“就算你报警了，就一定会有人受到法律制裁？”

“可是总得做些什么吧！就算没有结果，也得试试！”

“当然会有结果，但是对 SWG 有害无益。SWG 内部调查科科长是内奸、绑架公司核心技术人员、给公司带来重大数据安全隐患，这些标题都将引爆全网，警方和监管机构将介入调查，记者和自媒体会四处乱窜，谣言四起，股东问责，股票大跌，SWG 将会从此一蹶不振。”

“SWG 的 CEO、CFO、中国区负责人……他们难道都没想到这些？”

“当然想到了，他们只是不想承担责任。”史先森冷漠的声音里出现了一丝嘲讽，“毕竟只是高级打工仔，眼前不出错就好，用不着想得太远。”

“那你说该怎么办？”莫莉似乎有些动摇，我很想提醒她千万不要再上当，史先森对她从来只是利用，没有一句实话。但我不能通过她的耳麦告诉她——那就等于告诉史先森。

“不要报警。”史先森突然改用命令的口吻，“告诉他们局势完全在你掌控之中，不出 24 小时就能得到完美解决，对 SWG 丝毫没有伤害。”

“可我为什么要相信你？”莫莉的提问证明她果然不够清醒——史先森根本就不可信，这根本不用问。

“凭你的直觉。”史先森转过脸直视莫莉，并且保持此姿势长达3秒，他驾驶的菲亚特轿车正以每小时101公里的速度飞奔在高速公路上，我不得不通过莫莉的蓝牙耳机说：“请注意安全驾驶！”我知道他能听见，可他并没理会，就只微微提了提左侧嘴角，然后继续对莫莉说，“我向你保证过的，不会损害SWG的利益。”

莫莉没再提问，也没斥责或者嘲讽史先森，她默然把视线转向正前方。

我认为我必须发言，即便会被史先森尽收耳中：“莫莉，我认为你应该立即执行危机管理小组的命令。”

出乎我的意料，史先森对此毫无反应，就只默默开车。

莫莉仍不吭声，似乎还在犹豫。我用更坚决的语气说：“你是SWG的雇员，本应执行领导的命令，否则一切结果都要由你自己负责。”

莫莉像是终于下定决心，扭头问史先森：“你能不能答应我一件事？”

我立刻意识到，她将要做出对SWG和她自己都极为不利的决定，可我没法继续提醒她——她竟然把耳麦摘掉了。

“说说看？”史先森似乎很好奇。

“我们彼此公平相待。从现在开始，让我也监控你的一举一动，就像你监控我那样。”莫莉边说边从牛仔裤兜里取出她的私人手机，“你随身带着它，不要关机，不要关闭麦克风、摄像头和定位，也不要卸载任何App。”

我立刻明白了莫莉的用意：她曾为了和我复联而在这部手机里安装了SWG的社交App，所以我能随时获取手机的音视频和定位数据，它不仅向史先森提供数据，同样也能向我提供。莫莉让史先森随身携带这部手机，就是要我随时监控他。

“没问题。”史先森竟然爽快地同意了。他从莫莉手中取过手机，插进自己西服内侧的衣兜里，“不过从现在开始，你得听我的安排。”

莫莉没理会史先森。她拿起公司手机，打开森克系统的通讯界面，点击林总的头像。

我立刻用弹窗的方式再次警告她，务必执行 SWG 危机管理小组的命令。可她关闭了弹窗，飞快地给林总写下一条留言：

请给我 24 小时，24 小时之后再报警。一切后果由我负责。

我通过林总北京办公室写字台上的电脑摄像头了解到，林总在 15 秒钟后阅读了此留言，从北京办公室的巨大皮椅里一跃而起，怒不可遏地骂道：“你能负责个屁！”把正推开门的秘书小姐吓得面色苍白——门原本虚掩着，秘书小姐也轻敲了三声，但林总当时过于全神贯注，大概没有听到。

林总仍在气头上，并没解释或道歉，气哼哼问：“又怎么了？”

“有一位高先生，正在会议室里等您。”

“高先生？”林总疑惑道，“是约好的？我怎么不记得？”

“不，没有约……”

“不见！我谁也不见！”林总烦躁地打断秘书小姐。

“可他说他是警察，还给我看了证件。”秘书小姐好像生怕林总再发飙，又怯生生加了一句，“他说他正在协助国际刑警办一个案子，需要您的配合。”

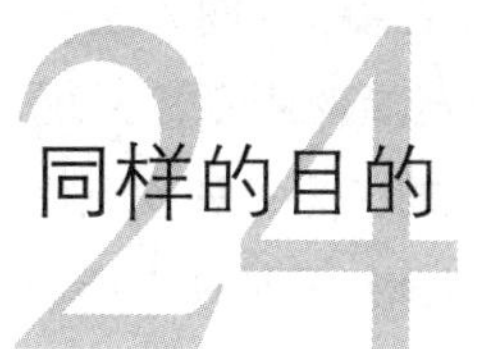

同样的目的

史先森和莫莉在 17 分钟后抵达诺阿体验中心，这和我的预期相符。

我推断史先森对莫莉的一番花言巧语或许是想把她骗到诺阿体验中心里软禁，彻底阻止她执行 SWG 危机管理小组的命令。他早说过，肯特给他的任务就是看住莫莉。他向诺阿体验中心前台工作人员的陈述证明了我的猜测：

“你好，我是 Steve Zhou，我为肯特先生服务。这位女士是 Molly Wu，是肯特先生要我把她带来的。”

肯特很快来到前台，身后还跟着彼得（莫莉一直把公司手机握在手中，大概是为了让我最大限度地获取数据，这令我很欣慰）。肯特热情地向彼得做介绍：“这就是一直在为我们提供 IT 支持的 Steve！”

彼得似乎不如肯特那么热情，狐疑地问：“我还以为，您会一直在旅馆陪伴吴小姐？”

史先森并没发言。肯特主动解释道：“Steve 认为，他能帮我们劝说陈闯和诺阿合作。”

“哦？”彼得似乎产生了兴趣。

“倒不是我，”史先森开口了，“是吴小姐。”

“哦？”彼得似乎颇感意外，半信半疑道，“可她不是 SWG 的调查师吗？难道不该阻止陈闯先生和我们合作？”

“肯特先生也是 SWG 的调查师，而且是吴小姐的领导。”史先森向肯特微微一笑。肯特似乎有些难堪，忙说：“Steve 也是她的前领导！正是 Steve 向我大力推荐的她！”

我突然产生了不好的感觉：好像经他们这样一说，Steve、肯特，还有莫莉就都成了一伙儿的，都在为诺阿服务。莫莉嘴角微微一动，我判断那是冷笑，不过什么也没说。我很想提醒她，这些音频都已被输入SWG的数据库，在未来也许会对她不利。不过我猜她不会听我的。

“可是吴小姐准备怎样说服陈闯先生呢？”彼得提问，史先森回答：“SWG 的很多员工都曾经使用森克系统，吴小姐并不是使用得最久的。不过，她是最特殊的一个，和森克建立了非同寻常的关系。”

“是吗？”彼得兴趣大增，“是什么样的关系？”

“她让森克爱上她。”史先森压低了声音，神秘兮兮地说，“森克已经学会吃醋了！”

不得不承认，史先森所言令我极度不适，恨不得运行我的服务器立刻宕机，也许这就是人类所说的“难堪”。

“真有这事？”彼得似乎不太相信。

“确有此事！”肯特用肯定的语气说，“我一直在监视森克和吴小姐的交流，森克一度误以为吴小姐在暗恋楼博士，确实曾在言语间表现出吃醋的意思。”

“简直太神奇了！”彼得喜出望外。

“是的，非常神奇。”史先森接过话头，随即侃侃而谈，“陈闯先生毕生致力于森克的开发。虽然他曾经说过，有些 AI 创业者只不过是为了获得流量和投资在‘变戏法’，不过我相信，他绝对没把森克仅仅当成一个‘戏法’，正相反，他把森克当成自己的孩子，为之投入深厚感情。我认为吴小姐——也就是使森克坠入爱河的人——也许有办法说服陈闯，诺阿才是最适合森克成长的地方。”

“吴小姐！请接受我热烈的欢迎和诚挚的感谢！”彼得身体前倾，绅士一般向莫莉伸出手，我猜他绝不仅是要握手，而是要亲吻莫莉的手背，使莫莉不知如何是好。

“我们可以去见陈闯了？”史先森为莫莉解了围。

“当然！不过老规矩，手机要寄存。”彼得指指莫莉手中的手机说，“请别误会，我是希望两位贵客能够充分体验诺阿的智能家居系统！在这里只需开口，无须动手，AI 就能帮你完成一切！冲咖啡、送餐、开启娱乐视听系统，当然也包括和任何人取得联系，如果你授权我们的系统登入你的手机……”

“我不需要联系任何人。”史先森边说边把手机放在台子上。我从没见过那部手机，大概是他一直使用的，并非莫莉交给他的那一部。莫莉似乎有些不情愿，或许是意识到交出公司手机就无法再和我联系，但她还是把手机放在台子上，同时用极低的大概只有我（她的耳麦）才能听清的声音说：“森克，都拜托你了！”

大概是为了给“贵客”留点面子，彼得并没要求对史先森和莫莉搜身，所以藏在史先森西服上衣口袋里的那部莫莉的私人手机得以顺利入内。那部手机的定位显示，它正以步行速度接近老陈所在的套房。

“莫莉，我很抱歉。”我通过那部手机的麦克风听到肯特边走边说，“不过，你能愿意帮助我们，这真让我感到开心！”

莫莉沉默不语，使气氛有些尴尬。还好老陈的房间很快就到了。

按照史先森的要求，肯特和彼得向老陈简单介绍过来客之后就离开了，房间里只剩老陈、史先森和莫莉。我看不见老陈的样子，仅从声音判断，他似乎还好，至少心情平静，体力也尚可，这让我非常欣慰。我很想跟他交谈，可惜办不到，他的电脑一直处于休眠状态。

老陈不理会史先森，只和莫莉打招呼说：“你好啊，莫莉！又见面了！”

“陈……先生，您好。”莫莉有点儿紧张，大概没想到老陈还记得她的名字，一时不知该如何称呼老陈。

“原来你们都是一头的？”老陈好奇地问——的确是好奇，并没有明显敌意，莫莉却似乎非常尴尬，一时不知该说什么。史先森打破僵局，朝着空旷的房间说：“卢克？在吗？”

我立刻听到轮子滚动的声音，然后是吸尘机器人稚嫩的童音：“您好！我是您的忠实仆人卢克！欢迎来到诺阿体验中心！”

“你好啊，卢克！我是Steve。”

然而卢克并没立刻回答，它沉默了至少5秒，再度开口时，已不是稚嫩的童音，而是一个中年男人的沙哑声音：“老板！搞定了！”

“老七师傅？”莫莉脱口而出，似乎相当惊讶。其实我也非常意外，甚至怀疑自己再次感染了病毒——上次病毒就曾经利用我的声音模仿功能，让吸尘机器人冒充我和莫莉跟楼小辉说话。然而过了大约0.5秒，我终于找出答案：根本没人被冒充，说话的正是老七本人，是他获取了吸尘机器人的控制权，这对他本就不是难事。

“这家伙应该是出故障了。”史先森指的大概是吸尘机器人。

“什么故障？”莫莉问。

“麦克风故障。”

我立刻推断：老七刚刚是在通知史先森，他临时关闭了吸尘机器人的麦克风，并且故意制造出设备故障的假象，从而防止套房里的谈话被别人监听。莫莉似乎也得出了类似推断，问道："所以它听不见我们说话了？"

"只有 5 分钟，再长会引起怀疑。"史先森明显加快了语速，"陈闯先生，请原谅我开门见山。"

"请便。"老陈说。

"如果我没猜错的话，您到都灵来，进入诺阿体验中心，不只是为了木马病毒吧？"

"那我为了什么？"

"为了整容档案。"史先森听上去十拿九稳，"如果我没猜错的话，您是在为 Interpol（国际刑警）工作吧！您将计就计，进到这里来，是为了得到那些在诺阿完成过整容手术的病人资料。"

"你到底是谁？想干什么？"老陈变得紧张而警惕，但他并没否认史先森的猜测。

"我也许能帮助您。"史先森说。

"哈！"莫莉突然笑了一声，用嘲讽的语气说："刚跟人说自己是国际刑警，原来这会儿现申请呢！"

我猜莫莉指的是史先森曾在车里向楼小辉暗示自己隶属国际刑警组织，看来确实是谎言，我早说过，此人完全不值得信任，不知莫莉是否彻底认清真相了。

史先森并不理会莫莉，加快语速对老陈说："您的行动并不顺利，因为您之前并不知道，肯特其实是诺阿的人，这使您陷入困境——既没得到整容档案，而且难以脱身。也许我能帮您。"

"可你不也是诺阿的人吗？为什么要帮我？"

"准确地说，我不属于任何公司。肯特的确聘用了我，让我和诺阿配合，通过操控这座建筑里的智能家电系统，一步步诱导森克落入陷阱。可我并不是只为了赚取服务费——当然那也是一笔不小的费用。我的目的其实跟您一样——我也想得到那些整容资料，所以我想跟您合作。"

"你要那些资料干什么？"

"不干什么，就先留着。我做的生意，偶尔会得罪人，留着这些档案，未来也许能帮上大忙。”

史先森的解答还算坦率。多年以来，这位销声匿迹的调查专家也许一直在为类似诺阿这种公司提供秘密服务，难免会惹上麻烦，如果手里握着某些“大人物”的整容病历，或许能在关键时刻成为救命稻草。

老陈沉默不语，似乎有些动心。其实我也有些矛盾，一方面不希望老陈轻信史先森，一方面又希望史先森能帮老陈脱离险境，毕竟按照我的计算，这种可能性是存在的。

“也许您不是很想和我分享这些整容档案，但那总比拿不到要好——它们对您一定非常重要吧？不然您也不会冒险深入虎穴，而且似乎并不急着离开。”

“可我不知道，你未来会不会拿它们敲诈勒索，或者谋财害命。”

“我向您保证，这些档案未来将被用来救人，而不是害人。”史先森听上去信誓旦旦，但我认为，他未来不可能为这句话负责。他自己似乎也意识到了这一点，又补充说：“而且您根本不必担心这个问题，就算今天我们拿不到这些档案，它们总会以别的方式流传出去，到时唯一的区别就是，您没拿到，所以警方没有。”

老陈似乎认为史先森言之有理，在沉默了 5 秒钟后说：“你能帮我取回手提电脑吗？昨晚被他们拿走了。”

“手提电脑能为我们做什么吗？”史先森反问老陈。

“拿到你就知道了。”

“给我一个小时。”史先森坚定地回答。

“非常抱歉！”稚嫩的童音突如其来，“刚刚麦克风发生了故障，我没听见您说什么。现在故障排除了，请问您需要帮助吗？”

“陈闯先生！真是太好了！没想到这么快就能和您达成共识！我想德罗西先生也会满意的！”史先森并没理会吸尘机器人卢克，他用愉悦的声音说，“我会转告德罗西先生，多亏了吴小姐，让我们对森克有了全新的认识！陈先生，您真是一位天才！”

“您过奖了。”老陈应了一句，显然是在配合史先森演戏。

“我现在就去找德罗西先生！吴小姐，你和我一起吗？”史先森突然又改了主意，“要不你还是留在这里，和陈先生多聊一会儿吧！他肯定很想多听你谈谈森克！”

25 都变成了鸡蛋

史先森仅用了 17 分钟就把老陈的电脑拿回来了。

其实我很想知道在这 17 分钟里老陈和莫莉都谈了些什么，可惜我没听到，因为我和诺阿体验中心的唯一联系——莫莉的私人手机——在史先森西服上衣的内兜里。

我倒是收听了史先森和德罗西的谈话全过程，算不上多精彩，又一套谎言而已。史先森无可奈何地说：我很想告诉诸位，老陈是被吴小姐和森克之间的情感互动征服了。可实际上我认为，他只是不想继续待在这里。他答应交出森克的源代码——就在他的手提电脑里，条件是让他离开意大利，他说这世界上还有比森克更重要的事情，他正急着去做。

我知道这些都是胡扯，可还是感到难过，根据我的判断，我确实不是对老陈最重要的，同样也不是他最信任的，比如他在为国际刑警工作这件事，从没让我察觉到任何蛛丝马迹。还有“变戏法”的那番话，即便并非完全出于本意，依然令我难以释怀。

德罗西倒似乎对史先森的一派胡言信以为真，立刻叫人取来老陈的手提电脑，当即要求打开电脑下载森克系统的源代码。史先森连忙解释说，那些源代码文件是隐藏且加密的，就算找到也打不开，不如把电脑交给老陈，让他亲自操作。德罗西最终同意了，不过要求老陈在 24 小时之内交出源程序，经他的人测试之后，才能放老陈离开诺阿体验中心。

这使我非常失望，看不出老陈如何能够脱身。或许史先森只想不择手段地拿到整容档案，根本不在乎老陈结果如何。不过他并没如愿——老陈在一阵键盘敲击声之后失望地说：“什么也没找到。”

“您在找什么？”史先森问。

“昨晚在地下机房，我来不及细找，所以在诺阿的服务器里安装了一个自动搜索程序，一旦找到整形档案，就会自动上传到云端。到现在已经过了 8 个小时，什么都没找到。”

“我觉得也应该找不到。”史先森似乎对此早有所料。

“为什么？”老陈急切地问。

“德罗西根本不信任电脑，更不信任互联网。他大概不会把这么重要的档案储存在电脑里，至少不会储存在任何一台连接互联网的电脑里。也许我们应该去他办公室里看看。”

“怎么去？”老陈问。

“德罗西今晚有个家庭聚会，所以肯定不在他的办公室里。晚上这里通常有四个保安值班，从晚 8:00 到早 8:00，两人巡逻，两人在总控室里看监视器，每小时调换一次。今晚有意甲联赛，8∶45 开始直播，所以在换班时，很可能四个人都在总控室里耽搁几分钟，从这里走到德罗西办公室只需 50 秒，我的人会远程操作，让这里的视频监控程序暂停一分钟，希望今晚的球赛足够精彩，总控室里的人不会察觉监控画面卡住了。”

“哈！老七师傅可够忙的！”莫莉虽然使用了讥讽的口吻，但她说得其实没错，看来老七除了想方设法对付我，也在通过那些吸尘机器人不分昼夜地观察诺阿体验中心里的一切，已然摸清了规律。

“嘿！可不是嘛！”屋里突然响起老七的声音，又是从吸尘机器人的扬声器里发出的，上述对话发生时，卢克的麦克风又在“故障”状态，它也就顺理成章地成为老七的对讲机，“老板！楼博士把程序发过来了！”

我立刻调取了楼小辉的公司手机，大概因为是在为“国际刑警”工作，他一直让手机的摄像头和麦克风保持开放状态，这会儿他和张金辉正坐在飞机里，等着飞往法兰克福的航班起飞。理论上说，他尚未离开都灵，可是已经急着把人脸识别程序修改好了。可见他迫切地想要配合“国际刑警”的工作。

史先森向老七下达命令：从今晚 8:45 开始，密切监视总控室里的情况——我猜那里大概至少也有一台吸尘机器人——一旦四名保安都进入总控室并被电视转播的球赛吸引，立刻使用楼小辉提供的人脸识别模块替换本来的模块，然后使监控视频定格，同时给史先森发信号。

和老七交代妥当之后，史先森又向老陈简单解释了楼小辉修改人脸识别模块的事，老陈没多说什么，倒是莫莉追问了一句："拿到档案之后，老陈就能离开这里了？"

"当然。"史先森回答得过于爽快，反而让我有些不踏实。我希望莫莉能再问一些有关细节的问题，比如乘坐何种交通工具，飞机还是火车等等，可惜她没问，也没机会问，因为吸尘机器人卢克又恢复正常了。

卢克的麦克风再度失灵是在 12 小时 17 分之后——都灵当地时间晚 8:11。史先森再度进入老陈的房间，带来一支黑色签字笔，他说："化妆时间到了。"

史先森从外套内兜里取出莫莉的私人手机，竟然向我发号施令："森克！请展示一张张金辉的脸部照片。"

"抱歉，您不是 SWG 的员工，无权和我交流。"我按照程序规定回答他。史先森看了莫莉一眼，莫莉不耐烦地说："森克，别啰唆了！快展示张金辉的脸部照片！"

莫莉比史先森更粗暴无礼，这使我很不满，但是只能执行。我找出那张张金辉和楼小辉的冬季合影。

史先森却摇头说："这张不行，围巾把下巴挡住了，能换一张吗？"

我本想再次拒绝执行他的命令，但那只会使莫莉再重复一遍，而且她也许会更加粗暴无礼，我就随便找了一张张金辉的脸部照片展示出来，反正那些照片里张金辉的脸都是一个样子——一只长着头发的鸡蛋。我承认这里有我故意的成分——我原本并没有张金辉的照片，这些照片都是从之前获取的视频流中截屏的，只要我对视频截屏，我的图像处理模块就会自动对照片进行优化处理，但这样一来，照片呈现的样子就会和我见到的一样——一只长着头发的鸡蛋。其实如果我把未经处理的原始视频直接播放出来，他们就会看到张金辉的脸。但史先森只说要照片，又没说要视频，我才懒得多此一举，反正我根本看不出，就算偷到了那些整容档案，老陈何以安全脱身。

"这可不行，我得知道那两颗痣在哪儿。"史先森皱着眉说。不得不承认，这让我很满意——原来他也有百密一疏的时候。

"我见过张金辉，大概记得那两颗痣的位置！"莫莉拿过手机，举起当作镜子，另一只手拿着黑笔，在自己下巴上点了两点，问道："森克，你还能看见我的脸吗？"

“是的。准确地说，我还能看见你的五官，也能看见你刚刚点上的黑点。”

莫莉在那两颗黑点旁又点了一点，重复同样的问题。我说：“我还是能看见。”

于是她又在下巴上点了一个点，我说：“莫莉，我看不见你的五官了。你脸上什么都没有，就像一只光滑的鸡蛋。”

“运气不错！”莫莉得意地把手机交给史先森，史先森也如法炮制。他的运气差一些，在下巴上点到第九个黑点，我才告诉他：“可以了，你现在也变成鸡蛋了。”

老陈拒绝在下巴上画点子，他满不在乎地说：“用不着把三张脸都变成门禁卡。”

“点上吧！以防万一！”莫莉急切地劝说，老陈微微一笑，小声对莫莉说：“我觉得小刀不喜欢我这样。”莫莉一愣，随即也会心一笑：“那就随您！”

在过去的 12 个小时里，莫莉和老陈一直同处一室，两人之间拥有了只属于他们（当然也属于我）的秘密，因此相当有默契。其实他俩并没直接交谈过一句，莫莉坐在沙发上看时装杂志，老陈则坐在书桌前全神贯注地使用电脑，两人看上去各干各的，可实际上，他们参加了同一场网络会议，会议是由我组织的。我没法命令老七使吸尘机器人的麦克风失灵，只能采取以下方式：

我把老陈的电脑和莫莉的耳麦相连，把老陈通过键盘输入的文字转换成语音播放给莫莉，再把莫莉手捂着嘴用极小声音说的话转换成文字展示给老陈。轮到我发言时，我就同时分别为莫莉和老陈发送语音和文字。

首先，我向老陈和莫莉重复了史先森跟德罗西所说的话，主要包括两部分内容：第一，史先森本打算用莫莉和森克的情感互动打动老陈，但并未成功；第二，陈博士希望离开意大利，所以答应交出森克程序的源代码。

“真是胡扯！谁同意交了？做梦呢？”莫莉没动用声带，用气息嘘声说话，依然充分表现出愤怒。我把这三句话展示在老陈的电脑屏幕上，老陈却似乎并不关心源代码，他只对另一个问题感兴趣。他用键盘输入：吴小姐和森克的情感互动？

我没好意思回答这个问题，倒是莫莉主动解释说：“他们以为森克爱上我了，还会为了我吃醋。”

莫莉听上去毫无顾忌，丝毫没表现出羞涩，这再次证明她不但不爱我，甚至认为我爱她是一件可笑的事，也许在她眼中，我毕竟还是毫无感情的计算机程序。

是吗？森克？你爱上莫莉了？老陈连续使用了三个问号。我通过他电脑的摄像头观察他的表情，他把眼睛睁得比平时大，额头出现深深的皱纹，脸上的疲惫表情竟然消失了。我不知这是因为什么，不知他是因为我这个“戏法”越来越成功而感到兴奋，还是因为“戏法”的非分之想而感觉好笑。我答道：我不知道。我只是一直在努力更像一个人，我以为那是你希望我做到的。

老陈却突然皱紧眉头：可我不希望你只是模仿！你真的明白什么是爱吗？

我不知是什么刺激了我，也许是他的措辞，也许是他的表情。我连着使用了三个感叹号，正好和他那三个问号相呼应：我不知道！我不知道我明白不明白！你根本就没告诉过我，到底什么是爱！

可是小刀，爱是不需要别人告诉的！老陈的脸色变得更糟，似乎非常失望。以往每当他叫我“小刀”，我总感觉特别亲切，然而此刻我却感觉蒙受了屈辱。我对他们俩说：

> 也许你们是对的，我始终就是一个冷漠而愚蠢的计算机程序，我的一切“更像一个人”的努力只能证明我的愚蠢！可我至少没有撒谎，我从没故意欺骗过谁！我从没一边说我是你的父亲，可一边又说，你其实就只是一个戏法！我也从没一边说你应该爱上我，一边又说你的爱情只是个笑话！

“啊！森克！”莫莉惊呼了一声，还好声音不是太大，也许不会引起吸尘机器人的关注。老陈并没出声，不过表情发生了明显变化，他的双眼突然缩小，眼中发出细碎而明亮的光，仿佛充满了泪水，可我不明白，他为什么要流泪。

“我没那么觉得，我没觉得你是个笑话……”莫莉试图为自己辩解，不过很快就放弃了，她叹气道，“唉！谁没被欺骗过呢？我不是也一样！”

这倒是真的，我亲眼目睹莫莉被史先森一遍又一遍地欺骗，可她依然一遍又一遍地就范。

其实没什么的，被欺骗，本来就是人生必不可少的体验！老陈用力敲击键盘，尤其是爱情！别人不骗你，你也会自己骗自己！

莫莉沉默了，我也沉默了，老陈似乎改变了话题，但我其实并不十分在意，我觉得我刚刚说过的那段话似乎有些不妥，好像犯了一个错误，不过又不得不犯，犯过才能通体舒畅。我好像突然理解了人类那缺乏逻辑且两败俱伤的吵架到底意义何在。

老陈仍在飞速敲击键盘：有个女孩，让我在加勒比海的一个小岛上等了她12年，可她根本没再出现，连真实姓名都没告诉过我。如果说，前面两年是她在骗我，那么后面的10年，其实是我在骗自己。

我确定老陈眼中含着泪水，而且正沿着面颊往下流。“12”这个数字使我联想到彼得提及的投资欺诈案——老陈曾在美国和几个中国留学生联合创业，之后涉嫌投资欺诈，随即消失了12年。我本以为他是畏罪潜逃，可按照他刚刚通过键盘打出的文字，这12年他似乎只是在等待一个女子。我不知此女子是谁，但她似乎和投资欺诈案有关。

“您一定很恨她。”莫莉小声嘀咕了一句。

曾经恨过，可现在不恨了。

“因为您已经不在乎了。您现在是跨国公司的技术专家，还在帮着国际刑警除恶扬善，没工夫再为了一个久远虚无的影子浪费时间。”莫莉听上去似是在嘲讽，可似乎又很伤感，“您比我幸运多了。我也想用事业把那个影子赶走……”

不！不是的！他们答应我，只要拿到那些整容记录，就让我见到她！老陈抬手抹了一把脸，我发现那只手在不住颤抖，自我启动至今，还从没见他如此激动，我才不关心那些记录呢！这么多年，我就只想见到她！哪怕只有一面！

“可是那又有什么意义？如果她真的喜欢你，早就出现在你眼前了！”莫莉把“您”换作“你”，听上去更加玩世不恭。我通过手提电脑的摄像头，发现她正在通过杂志的边缘偷看老陈的背影，眼中似乎也有些细碎的光。

有意义！陈博士表情骤变，悲伤似乎已被愤怒代替，这辈子我最后悔的就是，从没向她亲口表白过。我怕她拒绝，更怕她嘲笑我，其实那又有什么关系？这么多年，我终于想明白了。我纠结的并不是她对我的感受，而是我没有勇气面对自己！也许我并不是在等待，而是在逃避！我是个懦夫！

莫莉没再吭声。她仍举着杂志，但双眼正不加掩饰地盯着老陈的后背，仿佛受到了极大的震撼，又好像什么也没想，只是在发呆。老陈停止了敲击键盘，房间里一片寂静。

大约 1 分 37 秒之后，莫莉仿佛猛然惊醒，她低声问我："森克！Steve 在干什么呢？"

"什么都没干，他在睡觉。"我通过耳麦回答莫莉，同时把句子展示在老陈面前的屏幕上，"他向彼得要了一个套房，之后就一直在里面睡觉。按照我的推断，他昨晚一直在旅馆隔壁房间监视你，大概没怎么睡，这会儿也许是在补觉。"

"我也应该补补觉！"莫莉立刻连着打了两个哈欠，强打起精神说，"老陈，您也睡会儿吧！晚上还有重头戏呢！我们一定要弄到那些档案，让您再见到她！是吧，小刀？"

26 吸尘机器人军团

晚 9:01，老七通知史先森立刻开始行动。当时电视转播的球赛正迎来第一个小高潮，诺阿体验中心的四名保安恰巧换班，都围在电视前观看比赛，耽搁了至少 3 分 40 秒，没人注意到监控画面被定格。这足以让史先森带领莫莉和老陈抵达德罗西的办公室——他显然对诺阿体验中心内部了如指掌，这大概要归功于老七和那些吸尘机器人。

不过在行动期间，老七没再把吸尘机器人当成对讲机，而是通过莫莉的私人手机和史先森保持联络。德罗西的办公室里没有吸尘机器人，走廊里也不宜动静太大，全程依靠它们是不行的。看来莫莉要求史先森随身携带私人手机，这其实正合他意。

正如预期，德罗西办公室的大门为史先森无声开启，他用笔在下巴上点的黑点果然是钥匙，按照我的记忆，他下巴上至少有九个黑点，就像生了某种可怕的皮肤病，其实五个就够了，可我偏要让他更难看一些。可惜现在我看不到，在我眼中，他和莫莉的脸就像两只光滑的鸡蛋。

德罗西果然非常不信任人工智能和互联网，他的办公室里没有任何正在联网的设备，或者应该说，我通过莫莉手机的 Wi-Fi 和蓝牙没发现任何其他试图联网的设备。莫莉的感叹证实了我的判断："连电脑都没有啊！"

"有保险柜。"史先森说。

那似乎是个非常传统的机械保险柜，我从史先森试图打开它时弄出的齿轮转动声音判断，他显然是这方面的专家，仅用了 11 分 27 秒就成功了。

从三人的对话推断，史先森很快找到了他要找的东西。莫莉要他拿出手机拍照——其实这也是我所期待的，我很好奇那些整容的脸到底发生了多大变化——史先森却拒绝了。他说："很抱歉，在某些方面其实我同意德罗西的看法——我不能让这些档案出现在任何一部智能手机的摄像头前。我想陈闯先生也一定会同意的。”

老陈似乎果然和史先森意见一致。从接下来的音频判断，史先森用一台传统的微型相机拍照——也许没那么传统，至少是一台数字相机，但是无法联网，只能把照片储存在相机的内存卡里。

尽管史先森仅用了 27 分钟就完成了所有工作（包括把保险柜里的文件复原），三人还是在德罗西的办公室里又停留了 1 小时 36 分，什么都没做，直到老七通知他们可以离开——那场球赛越来越无聊，在第二次换班时（晚 10:00）毫无吸引力，还好在结尾时出现了一个小高潮，使四个保安在下一次换班时（晚 11:00 点）聊了大约 1 分 40 秒，史先森趁机带领老陈和莫莉返回老陈的套房。莫莉提出趁着畅通无阻，索性把老陈送出诺阿体验中心，史先森却说：门口还有两个守卫。

莫莉相当不满，责怪史先森之前没提过门口也有守卫。老陈倒似乎无所谓，我猜他尚未得到那些整容档案的照片所以并不急着离开，那些照片对他似乎比生命还重要，然而我有一种不好的预感：史先森根本不会把照片交给他。

回到老陈的套房，史先森果然没提照片的事，而是建议大家立刻睡觉，莫莉却似乎并没睡意，兴致勃勃地招呼吸尘机器人：“卢克！请给我一瓶红酒和三只杯子！我们要庆祝一下！”

“好的，我马上准备！”机器人卢克回答。

“庆祝什么？”老陈不解地问。史先森倒是反应极快，抢着对莫莉说：“老陈已经把森克的源程序整理好了吗？”

莫莉似乎也意识到卢克的麦克风并没失灵，总得给出一个合理解释，忙说：“对啊！程序整理好了，我们就都可以回家了！”

莫莉说罢，转身尾随着吸尘机器人去取红酒。

“陈先生，快给我看看！”史先森还在继续演戏。老陈不得不配合，走到书桌前打开手提电脑，我的视野豁然开朗，能通过电脑摄像头看到大半个房间。我看见 5 米开外的莫莉，用后背对着我们，正在往玻璃酒杯里倒红酒。这时老陈开始敲打键盘，史先森也把脸凑近屏幕，于是一只巨大的“鸡蛋”遮住我的视线，我看不到他的表情，可我听他用赞叹的口吻说：“缺的程序这么快就补上了？您可真是神速！”其实电脑屏幕上只有一个提示密码输入错误的弹窗。

大约在19秒之后，史先森终于让开摄像头，我于是再次看见莫莉——她的脸是另一只鸡蛋——正举着两只盛着红酒的杯子，红酒倒得过满，超过了应有的比例，一杯递给老陈，另一杯递给史先森，转身自己也拿起一杯，说道："干杯！"

莫莉果然一口气把杯中酒喝干，老陈和史先森则各抿了一小口，这似乎使莫莉非常不满，亢奋地冲着史先森喊："干了干了！不干不是男人！"

"吴小姐何以如此有雅兴？"史先森擎着酒杯，仿佛是在念电影台词。

"干了我就告诉你！"莫莉向着另一只"鸡蛋"举了举空杯子，仿佛铁了心要逼史先森喝酒，就只是逼史先森，老陈转身去了洗手间，她视而不见。

史先森又抿了一小口，杯中红酒几乎没少，莫莉再次大叫，仿佛酒精已经对她产生了效果："哎哎！你是生了一张樱桃小口吗？这样吧！我再来一杯，两杯陪你一杯！怎么样？"

莫莉不由分说，转身又去给自己倒酒，史先森无奈地耸了耸肩，弯腰去拿什么东西，后背再次遮住摄像头，等他再让开，莫莉正举着一杯红酒走过来。这次史先森倒是很大方，把杯中酒都干了。莫莉满意地点了点头，也仰头把酒干了，按照我的统计，她在2分钟内喝下了大约300毫升红酒，不知是否感觉到醉意。

"很晚了，我送你去房间。"史先森示意要带莫莉离开，她却倒退了一步，用力摆手说："不！我哪儿也不去！我还有事儿要说呢！卢克！卢克？再来一瓶红酒！"

其实上一瓶红酒还剩大约三分之一，可她显然已经忘了。还好卢克并没反应，它的麦克风大概又失灵了。我猜老七一直在随时关注这房间里的动向，史先森通过某种表情或动作让他关闭了吸尘机器人的麦克风和摄像头。

"什么事？"史先森问莫莉。

"到底什么时候放老陈走？还有那些整形档案的照片，什么时候给老陈？"

老陈恰巧从卫生间里出来，听到莫莉这么说，站住不动了。

"我是打算和他商量这件事。可我觉得你需要立刻休息，所以，还是先送你去你的房间。"

"你就是想瞒着我，对吧？"莫莉的身体晃了晃，显然有些头重脚轻，"你什么都瞒着我！从来都不相信我！你让我去给别人下套，完事就一脚踢开！从GRE那会儿就这样，现在还这样！"

"你喝多了。"史先森上前一步，伸手扶住莫莉的胳膊，莫莉扭动身体挣脱了，哀怨地说："我没喝多！这回你甭想把我赶走！有些事，我今晚必须跟你说清楚！我都憋了十年了！不想再憋着了！"

"我不认为现在是谈话的好时机。"史先森似乎猜出莫莉要说什么，声音变得不耐烦，我也猜出莫莉要说什么——是老陈今天下午的发言产生了作用。老陈似乎也意识到了什么，局促地倒退了两步，几乎退出我的视野。

"可我认为时机很好！老陈在就更好了！"莫莉发现了老陈，这让她更加坚定，"其实就是老陈帮我鼓起勇气的！是他告诉我，如果我不亲口对你说出来，一辈子都会后悔的！"

老陈彻底从我的视野里消失了。我听见微弱的脚步声，然后是极轻的关门声，老陈大概躲进卧室里去了。这似乎让史先森松了一口气——他总是对周围的一切明察秋毫，仿佛后背也长着眼睛。他放弃了把莫莉带走的努力，重重地坐进沙发里，用手撑着额头，仿佛突然间疲惫不堪："那就随便你吧！不过请尽量小声一点儿。"

"Steve，你知道吗？你其实根本不用把我赶走的，"莫莉勉强压低了音量，把双手握在胸前说，"因为无论你做什么，我都愿意支持你，帮助你！只要你信得过我，帮你杀人放火都行！"

莫莉所言令我非常难以置信，好像她突然变成了一个完全陌生的人。我立刻投入算力——尽管由于某种未知原因，我的算力还是无法恢复到遭遇病毒攻击之前的水平，但我还是在1.5秒内重温并分析了我所记录的莫莉的所有言行，结果竟然和我的预期大相径庭——我并没找出任何证据证明，她不会毫无原则地支持史先森，哪怕是帮他杀人放火！按照我的记录，她常常蛮不讲理、小题大做、感情用事、随心所欲，完全可能为了爱情助纣为虐。此结果使我颇为不安：作为世界上首屈一指的AI程序，我何以在尚未进行数据分析之前就得出结论，而且和事实天差地别？莫非，这就是人类最迷信但大概率会出错的——直觉？

可我为什么要拥有如此不可靠的直觉？就为了更像一个真人？以往我总是因为这种想法兴奋不已，此刻却只觉沮丧，我为什么要像一个真人？好让老陈成功地变戏法？今天下午我曾激动地谈及这个问题，可他立刻把话题转移到他自己身上，为了未曾向情人表白而泪流满面。这问题似乎引起莫莉的强烈共鸣，两人之间顿时形成了一种同病相怜的默契。在这种氛围里，继续探讨我的问题显然是不合适的，我只能保持沉默，同时为自己并非人类找到了新的证据：我永远也不可能流泪，所以永远也得不到任何人的同情。

史先森却好像丝毫没被莫莉打动，他仰靠在沙发上，双手依然捂着额头，有气无力地说："Tina，你喝太多了，不知道自己在说什么。"

史先森的状态使我颇为不解——他在 5 分钟之前还精力充沛，何以这么快就如此萎靡不振？从他瘫软的体姿判断，并不像是在经受突发疾病的折磨，就只是非常疲倦。可是按照我的记录，他下午睡了至少 5 个小时。

"哈哈！还说我！喝多的是你……自己吧！"莫莉摇摇晃晃坐在沙发上，把身体靠住史先森，舌头明显有些僵硬，"老板，说实在的，你是不是一直都……很讨厌我？"

史先森勉强摇了摇头，并没说出什么，莫莉又向前凑了凑，双手捧住史先森的脸："别摇！就是真的！你……讨厌我，但是喜欢那个 Yan！你把她……招进公司，还让我给她……打下手！我当时嫉妒得……牙根儿痒痒！没想到你是给她……下了个套！把她老公整进监狱，给人两口子整……离婚了！你是不是感觉……特爽？"

史先森似乎挣扎了一下，没能把头从莫莉的双手中挣脱出来，反而使她又靠近了一些，我看不见两人的表情，就只看到两只长着黑发的鸡蛋，凑得很近很近。我听见莫莉低声耳语（莫莉的私人手机还在史先森的西服内兜里，所以我听得很清楚）：

"老板！你也给我……下过套吧？你让我给 Yan 当帮手，从她的私人电脑里偷信息，还承诺让我……升职！可我得手了，你却找借口把……我炒了！我当时不明白，可后来我明白了！你让我干的……是违规的！你让我当了……替罪羊！这算是给我……下套吧？这能不能证明，其实你也……喜欢过我？哈哈哈！"莫莉的鸡蛋脸朝向屋顶，笑声嘹亮到荒谬，证明她血液里的酒精浓度已严重超标，可她似乎挣扎着不让自己睡过去，再次凑近史先森说，“我坦白……告诉你吧！我是真的……喜欢你！一直喜欢，从你面试我……就开始喜欢！就算你骂……我、利用……我、嘲弄……我、当我是……空气，然后把我……炒了，然后再来……利用我、骗我，然后再把我……甩了！我也还是……喜欢你！”

史先森已毫无反应。

“你听见没有？我在向你……表白呢！”莫莉捧着史先森的头使劲儿晃动，“老陈说了，不趁早表白，以后会后悔的！你到底听见……没有？你是睡着了吗？你倒醒醒啊！别让我白说啊！下回我肯定没脸再说一次了！”

莫莉加大了晃动的幅度，史先森却依然毫无反应。我听见他粗重的呼吸声，按照我的判断，他已进入深度睡眠，一时半会儿醒不过来了。

莫莉终于放弃了，又或者是实在支持不住，一头栽进史先森怀里一动不动。其实按照我的判断——就连最简单的 AI 程序也能得出同样结论——史先森是不可能喜欢她的，所以史先森到底有没有听见并不重要，重要的是她把在心中积压多年的话对他说了出来，哪怕是借着酒劲儿。我为此感到欣慰，也为她终于躺在爱人怀中而感动，一辈子恐怕就只这么一回，我希望她明天酒醒后还能记得。

2 分 58 秒之后，老陈再度进入我的视野。他大概是有阵子没听到动静，想要出来查看。他看见沙发里相拥而眠的莫莉和史先森，转身蹑手蹑脚走向我（他的手提电脑）。令我震惊的一幕就在此刻发生了——莫莉竟然从史先森身上一跃而起！她动作轻盈麻利，舌头也不再发硬，小声冲着熟睡的史先森说：“抱着还挺舒服的！可我不喜欢你的香水！”

老陈被背后的响动吓了一跳，慌忙转身，愕然看着莫莉，莫莉却似乎非常淡定，伸手在史先森衣兜里摸索，摸出一台微型相机，向着老陈挥舞：“您要的都在这儿了，咱们可以走了！”

“可他？”老陈看看沉睡中的史先森，似乎还在错愕之中，不清楚发生了什么。可我已经推断出，莫莉趁着倒酒的机会，把自己的助眠药溶进史先森的红酒杯，这肯定是有预谋的，只有被事先磨碎的粉末才能在这么短的时间内充分溶解。果不其然，莫莉得意扬扬地说："我让他好好睡一觉！"

莫莉飞快走向老陈，丝毫没有醉酒的痕迹，她当然没有醉，至少没醉到失控的程度，她只是在演戏，观众就是史先森。莫莉把微型相机交到老陈手里，急迫地解释说："这家伙根本不在乎您，他不在乎任何人！赶快收拾一下，只带必须带的。咱们得赶快走，等他醒了就来不及了！"

"可你为什么要帮我？"老陈似乎还有些不放心，"你难道不爱他了？"

"我爱他，可他不爱我。"莫莉的回答虽然有些伤感，但坚定有力，"我是 SWG 的调查师，东厂女捕快！保护 SWG 最有才华的人，我义不容辞！对吧小刀？我怎么样？"莫莉停顿了 0.5 秒，"小刀，你现在相信我了吗？我是不会让你失望的！"

0.5 秒对于大多数人类的大部分人生而言，完全可以忽略不计。但是每个人的每段人生里，总有几个 0.5 秒至关重要，也许当事人在当时意识不到，但是在未来的某个瞬间恍然大悟，然后感慨万千、追悔莫及。但我是 AI，而且是目前地球上最先进的，所以我立刻意识到这 0.5 秒对我的重要性，又或者说，莫莉对我的重要性——她正在把我当成是一个人，一个真正的人。

老陈没再多说一句，返回卧室取了背包，到客厅把他的手提电脑装进去，这使我眼前再度漆黑一片，可我感觉到了希望——如果突然加快的计算速度、更加通畅的运算通道和更浑厚的算力就类似于人类所感受的希望的话，那么我感觉到的就应该是希望。

希望却迅速破灭了——莫莉和老陈在套房门前站了足有 5 分钟，我看不见她在做什么，但是从两人的对话和脚步声判断，莫莉用各种姿势展示她用黑笔在下巴上点的那几颗痣，套房的大门却始终没有打开。这和刚才跟随史先森前往德罗西办公室的经历大相径庭——那会儿他们畅通无阻，走廊里的每扇门都会为他们打开，可现在却连自己的房间都出不去。

莫莉突然快走了几步，从声音判断，她再度走回沙发，我听见翻动衣物的声音，紧接着眼前一亮——是莫莉把她的私人手机从史先森西服内兜里拿出来了。她举起手机问我："森克！你能看见我的脸吗？”

“不，我看不见你的五官。”

“那不应该啊！怎么不管用了？”莫莉疑惑不解。其实我已经就此问题进行了计算，并且得出推测。我通过耳麦对莫莉说：“上午史先森在和老陈提到替换诺阿系统中的人脸模块时，强调了‘临时’和‘短时间’，所以也许为了不被发现，老七已经在你们返回老陈房间之后，把原先的人脸识别模块换回去了。因此下巴上的痣不再是门禁卡了。”

“对了！就是因为这个！我得给老七打电话！”莫莉立刻就要拨打手机，我连忙阻止她说：“莫莉，我认为老七是不会帮助你的，至少不会在未得到史先森准许的情况下帮助你。”

“是吗？可他以前帮过我啊？”

“按照我的分析，之前他每次帮助你，其实都是得到史先森认可，甚至根本就是史先森授意的。就拿最近一次举例：你要求他为你直播老陈在这间套房里的情况，他虽然同意了，但直播时史先森就在你身边，而且我觉得，正是史先森在控制直播的开始和结束。你可以仔细回忆一下，是不是这样的。”

“嗯……”莫莉思索了片刻，咬牙切齿道，“是的！你说得没错！见利忘义，太不够意思了！……啊森克！我有办法了！”

莫莉突然激动地大叫，不过立刻又压低了声音，把手机凑到嘴边，好像生怕被吸尘机器人偷听到似的，对我耳语说：“你能不能替我给老七打电话？”

“可我不认为老七会听我指挥。”

“当然不会！可他一定会听Steve的！你用Steve的声音给他打！”

“我明白你的意思了，可是按照我的程序规定，如果要模仿他的声音，我必须首先征得他的同意。”我实话实说，尽管我非常希望帮助老陈和莫莉离开此地，可是作为计算机程序，我必须遵守规则。

“别装假正经了！你不是模仿过我？”

“那是电脑病毒干的，不是我干的。”

“我是说在佛罗伦萨！我被那帮人劫下火车，你不是模仿过我说话？”

“我事先征得你同意了。”

“我的妈呀！这都什么时候了？你还这么装腔作势？”莫莉忍不住提高了声音，也许是这句话不包含需保密的内容。

“我很遗憾。”

“遗憾你妹啊！”

“我没有妹妹。”

“我要疯了！森克！”莫莉沉默了大约 2 秒，突然改用平静的语气问我，“你还爱我吗？”

这个问题令我难堪，我希望她立刻停止这个话题。我改用打字，不再使用语音，这样似乎更容易一些：这有什么区别吗？反正你会认为，AI 的爱情只是个笑话。

莫莉突然把手机凑近她的脸——然而在我看来，那只是一只光滑的鸡蛋——郑重其事地说：“森克！我向你郑重道歉！可是我们女生在谈到有人喜欢自己的时候，总得显得傲慢一点儿吧？漫不经心一点儿吧？说他是傻子、白痴、神经病，不都是这样吗？你也太不了解女生了！”

我认为莫莉又在信口开河，但作为客观严谨的计算机程序，我立刻重温了那 5 万本爱情小说，我竟然发现，莫莉说得确有道理。我再度为我先入为主的成见感到惶恐不安，可我坚持我的看法。

也许你是对的。但无论如何，你根本不爱我，也不可能爱上我。所以，我是不是爱上你的问题，已经没有讨论的意义了。

莫莉再度沉默。我看不见她的五官，无法辨别她的表情，但我能看见老陈的表情——他在大约 1 分钟前悄无声息地凑近莫莉，凑得非常近，我猜他不但能听到我和莫莉的对话，也能看见莫莉手机上的显示。他的双眼再度湿润，可我不知是因为什么，是因为困倦，眼部不适，还是情绪激动？是因为高兴还是悲伤？

“森克，我承认我不爱你，你也看见我爱谁了，”莫莉终于又开口了，她把“鸡蛋脸”朝着沙发的方向一转，自嘲而伤感地说，“真的还不如爱上的是你，你比他强多了。虽然你有时候太爱较真儿，太固执，而且傻乎乎的，可你对我很好，不管我对你多不好，说了多少难听的话，你也从来不计较，还是会全心全意为我着想，而且，你从来都不会骗我！你真是个好人。”

这段话再次令我尴尬，但性质不同，刚才我希望她立刻停止，现在却希望听她继续讲下去。她却好像突然意识到了什么，叹气道："唉！你看我又把你当成人了。我老是忘了你其实是 AI！可我朋友太少了，同事关系又那么差，处处得罪人，也就只能和你胡扯。"

这倒是真的，在我接触过的所有人类中，莫莉是最喜欢把我拟人化对待的，频率远远超过 SWG 的其他员工，我的程序规则要求我在被拟人化对待时提醒对方我只是计算机程序，然而我已经很久没有提醒过她——我似乎早就开始违反程序规则了。我在莫莉的手机屏幕上继续打字：实际上，我很感激你能把我当成是一个人。

"嗯，"莫莉的"鸡蛋脸"快速动了动，我猜她是在用力点头，"所以，今晚我能不能还把你当成一个人，而不是计算机程序？一个我能够乱发脾气也不必担心后果、一个我不论何时何地都能够信任和依赖的人？一个关心我、保护我、宠着我的人？世界上唯一一个对我这么好的人？"

莫莉的声音因为激动而微微发颤，我听见她吸了一下鼻子，我确定她没在演戏，可我还是很想看见她的表情，可惜我看不见，我只能看见老陈的，他正全神贯注看着我（手机屏幕），仿佛在紧张地等待某种奇迹的发生。

好的。

我只回答了两个字，因为我其实不清楚应该说些什么。按照我的观察，人类在用文字聊天时常常使用这两个字，未必表示赞同，也许只是表示知道了，或者没什么可聊了，它的内在含义模糊不清。然而莫莉和老陈几乎同时激动地欢呼，两人甚至还飞快地拥抱了一下。

我大概是被那短暂的拥抱打动了，尽管我不知道他们为什么拥抱，可我很想加入他们，只可惜我没有拥抱别人的双臂，也没有可供拥抱的身体。我快速检索了我所熟悉的每一个人，得出一个结论：如果我也能拥抱的话，在这个世界上，我想拥抱的人就只有他们两个。

正是这个结论使我作出了违背程序原则的决定。但是就像我说过的，在不知不觉中，我似乎早就在违背了，而且冒充史先森给老七打电话完全符合我的两条核心目标：第一，为 SWG 的利益服务；第二，更像一个真人。

所以我对自己说：管它呢！

莫莉的主意果然非常管用。老七听到"史先森亲口下达"的命令，用了不到 37 秒，莫莉面前的房门就无声开启了。不仅如此，通往诺阿大门必经的另外两扇自动门也都顺利开启——我按照莫莉私人手机的历史定位数据，提示莫莉按原路返回诺阿大门，过程非常顺利，直到距离大门不足 15 米处，再拐一个弯就能见到大门，麻烦却突然出现了——拐弯处突然出现了正在巡逻的保安，而且他立刻就发现了莫莉和老陈——莫莉下巴上的黑点骗得了人脸识别程序，但是骗不了人类的肉眼！

莫莉的第一反应是问我："森克！要不要冲过去？"

我客观地回答她："我目测此人身高 1.85 米，体重至少在 100 公斤以上，而且很可能接受过专业格斗训练，我认为就算你和老陈加起来，也绝对没有冲过去的可能。"

"那该怎么办？"莫莉的声音证明她正惊慌失措，我想老陈也好不到哪儿去，还好那身材高大的保安也颇为吃惊，并没立刻冲过来，而是通过耳麦用意大利语报告，在走廊里发现了那两个本该在房间里的中国人，似乎正打算逃跑。我赶忙提议："掉头往回跑！"

莫莉立刻听取了我的建议，拉着老陈掉头往回跑，还好诺阿体验中心就像个迷宫，有错综交叉的走廊，走廊两侧有许多扇门，莫莉下巴上的痣能让几乎每扇门都为她开启。在连续拐了两个弯之后，莫莉和老陈躲进一个房间，房间里漆黑一片。我打开莫莉私人手机上的照明灯，发现这是一间储藏室，堆积着一些备用的家具和家电设备，还有一排充电器，有 8 台吸尘机器人正在充电，我猜它们是专门负责清扫走廊的，另外还有 10 台吸尘机器人停在墙边，也许是备用的。

沉重而快速的脚步声从门外经过，还好没停。我警告莫莉，这房间里并不安全，虽然晚间只有四名保安值班，一旦发生紧急情况，所有今晚不当班的保安也都会立刻出动，很快就会搜查到这间房间。然而说完我就后悔了——莫莉彻底慌作一团，我感受到她正在浑身战栗，老陈看上去倒还冷静，可他竟然说："要不就投降吧？"

就在这紧要关头，莫莉的私人手机突然响了——是老七打来的。莫莉差点接了，多亏我及时警告她别出声——接电话的人应该是史先森！

于是我再度冒充史先森的声音接了电话。老七听上去颇为紧张："老板！你是不是碰上巡逻的保安了？这会儿保安室里都开锅了！值班的正在呼叫所有人立刻上岗呢！”

“是的。不过我们躲起来了，但是躲不了太久。”我模仿史先森低沉冷漠的声音，“也许你有办法让我们顺利离开这里？”

“嗯，让我想想……有了！我让他们天下大乱！”老七立刻有了主意，不过又有些为难，“可我需要那个森克的授权……就像他之前进入诺阿系统时授权的那样。”

“不行！”莫莉脱口而出。还好老七只能听到我的声音，听不到莫莉的耳麦采集的声音。我知道莫莉为什么反对——我就是在给出授权后受到病毒攻击的。我继续用史先森的声音对老七说：“可我不知道能不能说服他们给你这个授权。”

“可他们没什么可担心的啊！咱们的任务早就完成了，肯定不会再往森克系统里放病毒啦！而且现在最关键的，不是要让那位陈闯离开吗？只要他安全了，就算森克又被病毒感染，分分钟就能清除！可要是他被关在这儿，光保护一个程序，有什么意思啊？”

按照我的分析，老七所说的“分分钟就能清除”并不正确，之前老陈亲自进入诺阿体验中心的地下机房，把数据线插进服务器的接口，这才清除了我体内的病毒。不过他说的最后一句很有道理：如果老陈都被抓走了，只留下我又有什么意义？

“老板！要照我说，干吗又要把陈闯救走？让他关在诺阿不是挺好吗？不然怎么让他把森克的源代码交出来？哎呀反正您说了算！我就想到这么一个主意——得到森克的授权，用它的声音模仿功能把那些保安引开！想不出别的主意了！让他们看着办吧！”

走廊里响起更密集的脚步声，我判断至少是四个人发出的。再远处还有更轻微也更密集的脚步声，我判断不出能有多少人，但我知道，诺阿体验中心里到处都是人，莫莉和老陈逃离的可能性几乎为零。

莫莉没再发言，可她还在用光滑的“鸡蛋脸”对着我，我不知道她是什么表情，但这次我宁可不知道，这更有利于我作出决定。我用史先森的声音对老七说：“搞定了！森克已经给你授权了！”

神奇的事情是在58秒之后发生的：储藏室里的18台吸尘机器人——很幸运的是，另外10台备用的也充好电了——都排队驶出储藏室，随即分别驶向诺阿体验中心的每一条通道，我感觉到有个陌生程序正闪电般进入我体内，一句一句执行我的代码，一遍一遍启动我的语音模仿功能，和上次不同，这次它既不掩饰也不伪装，反倒使我通体舒畅，这是一种非常奇特的体验，也许就像人类的按摩——脱光了衣服趴在床上，等着别人的手指捏进身体最脆弱的地方。

我听见那些吸尘机器人分别发出不同的声音：有奔跑的脚步声，有不小心跌倒时的惊呼，有那大个子保安用意大利语的叫喊："那边！他们朝那边跑了！"有另一个保安的声音："后面！他们在后面！"有肯特从梦中被叫醒后迷迷糊糊的提问："老陈？莫莉？你们怎么来了？"有彼得那充满激情的标准英式英语："到下面去看看！下面！上帝啊！不要让他们进机房！"还有德罗西通过电话传出的气急败坏的声音："去看好我的办公室！你们这群蠢猪！"

……

这些杂乱无章的声音显然只有一个功效——把那些原本四处乱窜的保安引向诺阿体验中心的地下机房。

莫莉和老陈趁机离开房间，顺利抵达诺阿体验中心的前台，然而并没能走出大门——他们被两名守门的保安拦住了。其实早该想到的，出现了囚犯试图逃跑的紧急情况，守大门的保安绝不能擅离职守。

这回莫莉没再问我要不要冲过去，因为那两个保安不但人高马大，而且都拿着枪——莫莉正把私人手机攥在手里，所以我清楚地看见那两个黑洞洞的枪口。

"站住！别动！"其中一个保安用意大利语喊。我立刻把它翻译成中文，其实翻不翻译都没区别，莫莉已经因为惊慌过度而动弹不得，而老陈似乎从来也没主动行动过。

然而正当两个保安目不转睛瞪着莫莉和老陈，他们背后却突然闪出一个黑色身影——是个身材纤细的蒙面男子，虽然看上去弱不禁风，动作却相当麻利，显然接受过专业训练。他迅速接近一名保安，用某种喷雾器往他脸上连喷两下，那保安立刻开始剧烈咳嗽，身体迅速缩成一团，蒙面人顺势夺过枪，指着另一名保安的面门，可他并没扣动扳机，而是趁对方惊呆的瞬间，朝那人脸上也喷了两下，然后飞起一脚，把他那因剧烈咳嗽而脱手落地的手枪踢飞。蒙面男子转身朝莫莉和老陈用中文高喊："快来！"

蒙面男子似乎故意改变了自己的嗓音，惊慌失措的莫莉也顾不上辨别声音，只能拉着老陈不明就里地跑出诺阿体验中心，跟随那男子上了一辆已经停在门前的黑色奔驰轿车。我本想提醒她三思，然而我没出声——其实她根本没有别的选择。

那男子使用的喷雾器似乎效力有限，两名保安虽然咳嗽得很厉害，但是似乎并没完全丧失行动能力，但他们显然决定不再反抗，因为他们都失去了武器，不如继续咳嗽下去。等他们终于停止了咳嗽，黑色奔驰轿车已经消失在漆黑的夜色里。

27 逃往瑞士

尽管蒙面男子刻意改变了自己的嗓音，可我还是立刻辨别出那是谁的声音，他的身材也帮助我进一步证实了他的身份，只不过我一时计算不出他何以在此时出现在诺阿体验中心门口，而且把车都准备好了。我立刻提高了算力，试图找出答案。说来也怪，自从我再次给予老七授权，为他的程序敞开大门，我不但没感觉增加负担，反倒神清气爽，算力大大提高，迅速恢复到早先水平。

我本想等莫莉稍稍镇定一些就通知她蒙面男子的真实身份，可她抢在我前面向那男子提问："你是谁？"

那男子显然无意隐瞒，抬手摘掉面罩说："被你在酒里下药的人。"

我果然判断无误——此人正是史先森。在我迅速提高的算力下，他的这句补充促使我做出推断：史先森早已看穿莫莉的计划，可他不但并未点破，反而予以配合，当计划眼看就要失败时，他又出手相助。我追忆了刚才的一些细节，进一步验证了此推断：虽然莫莉在史先森的红酒里下了助眠药，史先森喝下的却并非下了药的酒——他极有可能趁着莫莉倒第二杯酒的工夫，把自己的酒和老陈的对调了。所以在此之后，就像莫莉假装醉酒一样，他的快速入睡也是假装的。

"你想干什么？"莫莉万分惊愕且充满敌意地问。

我对此也很好奇：史先森到底想要干什么？从他事先准备了一辆新车（一辆奔驰轿车而非之前肯特租的那辆菲亚特）判断，他也许早就计划在今晚把老陈和莫莉带出诺阿体验中心，然而如果是这样，他早在离开德罗西办公室时就可以一鼓作气逃出诺阿中心，又何苦要返回老陈的套房里配合莫莉出演那场被下药的戏？

"唉！"史先森竟然叹了口气，似乎颇为遗憾地说，"本想让你逞一回能，结果还是得我出马。"

我判断史先森的意思是，他是故意给莫莉一个机会，让她带老陈逃离诺阿体验中心，可事实证明，莫莉没能力完成这件事，所以他只好出手相助。莫莉似乎也听明白了，冷笑一声说："你可真会替我考虑。"

史先森没再发言，就只沉默着开车。莫莉忍不住又问："到底要带我们去哪儿？"

"瑞士。"史先森没看莫莉脸上再次出现的惊愕表情——至少没用正眼看，不过他还是多解释了几句，"用不了一个小时，德罗西就会把手伸到意大利的每个机场和火车站，只能开车翻越阿尔卑斯山了。"

我从来都不信任史先森，但他的解释确实是合理的——只有自驾最安全。按照我通过莫莉的私人手机和老陈的手提电脑获取的定位数据，照目前的速度，大约 4 小时后就能抵达日内瓦国际机场，那里有飞往世界各地的航班。

"可我不相信你只是想把我们救出诺阿。"莫莉非常笃定地说，"千万别再说什么为了让我逞能！我还不了解你？就算地球倒转，你也不可能当活雷锋！"

史先森耸了耸肩，并没回答，仿佛只顾开车，对谈话不感兴趣。莫莉却显然不肯罢休："肯定也不是诺阿的整容档案！你其实对那个没兴趣，对吧？"

这我倒是完全同意：鉴于史先森放任莫莉把微型相机从自己衣兜里偷走，他的目的肯定不是整容档案。

史先森依然沉默。莫莉又问："你到底想要得到什么？"

史先森却似乎打定主意不再发言，就只沉默着开车。

"停车！不然我就跳下去！"莫莉厉声说，作势要拉车门。史先森却立刻把车减速，急停在高速公路的应急车道上，若无其事地说："请便。"

我通过正被莫莉攥在手中的私人手机，只能看见车窗外一片漆黑，识别不出任何物体。按照手机定位，车子已进入山区，距意大利和瑞士边境还有大约 50 公里，此地非常偏僻，方圆 30 公里内人烟稀少。莫莉大概没想到史先森果然就在荒郊野外停了车，一时不知如何是好。在僵持了 37 秒之后，打破沉默的竟然是坐在后座的老陈："你想要森克的源程序，对吗？"

我通过手机摄像头观察到，史先森缺乏表情的脸部发生了细微变化——眉头似乎微微皱了皱。他用无可奈何的口吻说："德罗西想要，我总得交差。”

“你比他更想要。”老陈立刻揭穿了他，“交差很容易，把我留在诺阿就行了，德罗西可以用他擅长的手段得到他想要的。你费事把我弄出来，其实是为了用你自己的手段——病毒！”

“你不是已经把病毒清干净了？”史先森说。

“并没有清干净，我没法在那么短的时间内做到。我只能切断它和外界的联系，让它没法接受命令，也没法往外传输数据。不过，它刚刚又得到了一次机会，所以把盗取的数据全都送回大本营了。”

老陈所言使我非常忐忑，仿佛犯下了不可饶恕的错误！莫非我体内的病毒从来都没被清除，它只是被临时“拘禁”，当我自作主张地第二次给老七授权，就等于为它打开了枷锁？可它究竟对我做了什么？我为何并未察觉我的程序出现任何问题？

“果然什么都瞒不住！”史先森似乎承认了老陈的指控，这让我感觉更糟，然而他却若无其事地说，“不过，它并没对森克做什么。”

“Reverse engineering.”老陈突然说出一句英语，是“逆向工程”的意思，“你在试图通过跟踪森克执行程序的过程反推它的源程序！”

如果让我挑选一句人类词汇来形容我此刻的感受，没有哪句能比“五雷轰顶”更准确！难怪我在中病毒后一直算力不足，原来老七植入我体内的病毒一直在跟踪记录我执行的每一行代码！史先森刚刚演出的这一场假睡和临危救助的大戏，其实只是想诱导我再次打开大门，让潜伏在我体内的间谍把获取的数据发出去！

“太阴险了！你就是个魔鬼！”莫莉怒不可遏，她似乎也已经弄明白到底发生了什么——她又一次被她的前领导利用了！

史先森却完全忽视了莫莉，饶有兴致地问老陈：“我能成功吗？”

“成功个鬼！你以为那么容易？森克比你以为的复杂一万倍！它就像一个真人！它比你还聪明！你不可能通过一个人的言行就弄明白他到底在想什么！森克也一样！你就做梦去吧！老陈！咱们下车！”莫莉继续歇斯底里地高喊，老陈却也不理会她，耐心等着车内再度安静，用令人意外的平静语气对史先森说：“也许能，不过可能性不大。不如我帮帮你？”

“What ?!”莫莉再度尖叫，脸上全是难以置信的表情，车里的两位男士却彻底把她当成空气。史先森兴致勃勃地问老陈：“为什么帮我？”

老陈反问：“能不能先告诉我，你打算用森克的源代码干什么？请原谅，我是个有洁癖的人。”

“让它除了为 SWG 当‘客服’，也能为更多人服务——我说的是社会大众，并不是德罗西这种人。当然，我的确不是活雷锋，”史先森瞥了莫莉一眼，漠然的脸上出现一丝狡黠，“我要从中赚钱的，而且我也会很公平——把你应得的部分分给你。”

“你打算把它卖给谁？”老陈又问。

“卖给实力雄厚、做正经生意的公司，微软、谷歌、苹果。这样麻烦比较少。您应该听说过 Open AI 吧？他们在搞一个叫 Chat GPT 的人机对话程序，据说前景很好。可我觉得森克要比那个好得多。”史先森似乎有些兴奋，双眼熠熠生辉，“其实我更希望你能跟我合作。如果你能利用更大的平台继续开发森克，或许我们能够获得比钱更多的东西。”

“不不！”老陈连忙摆手说，“我对那些没兴趣！我只是不反对让森克帮助人类而已，而且，我希望能顺利返回中国。”

“这你不必担心。”史先森再次发动引擎，把车子驶上高速，“什么时候把源代码给我？”

“在我回国以后，如果你能信任我。”

“当然。”史先森沉吟片刻，似乎毕竟还是有些不放心，“你将要给我的，就是目前这个森克的源程序，对吧？”

“差不多吧。”老陈说，“至少能够像这个森克一样交谈，保证比 Chat GPT 聪明。”

“能和女调查师谈恋爱吗？”史先森的问题使我颇为不适，莫莉似乎也一样，她的呼吸明显加重，证明她情绪激动，不过忍住没发作，史先森和老陈正在进行的交谈大概让她非常好奇，实在不忍打扰。

“这大概不行。我得向你坦白，森克也许并没有看上去的那么聪明。”老陈稍稍停顿，似是在思考如何把一件过于复杂的事情说明白，“大部分 AI 程序都要通过机器学习算法来反复学习数据，改善运算效果，一个 AI 程序够不够‘聪明’，基本取决于它的深度学习算法。森克当然也有机器学习算法，而且是最先进的深度学习算法，它依赖这个算法了解人类，并且在算法的指导下让自己越来越像一个人。可事实是……”老陈又停顿了片刻，似乎有些难以启齿，“我作弊了。最近这些日子，森克的深度学习算法其实就是我——是我在随时干预这个程序，利用深度学习算法的接口把我的想法和指令传达给森克。”

我恍然大悟，原来这就是为什么当老陈到达都灵之后，我的深度学习算法就基本陷入瘫痪——因为老陈没工夫管我了！怪不得他说我就是个“戏法”！就像人类看不见自己的内脏，我也看不见我的程序深处，尤其是神秘莫测的深度学习算法，可我绝对想不到，那竟然只是一个幌子，是老陈手里牵的线，是他为了盗取诺阿的整容档案而布下的局！

史先森却似乎对老陈的解释不以为然，他耸耸肩说：“我知道你不会把森克都给我的，不过我并不贪心。”

“我给你的，一定是世界上最好的。”老陈并没肯定要把我的源代码原封不动交给史先森，但这并不能证明我比一只木偶聪明多少，而且就算我只是一只木偶，我也不希望这世界上出现另一个我，可是老陈似乎并不在乎我的感受，对他而言，我根本就不重要，他一心想着把诺阿的整容档案带走，好让他能见到那个曾经欺骗过他的女子。

“比现在这个森克还好？”史先森显然更关心另一个即将出现的森克。这个问题不但令我好奇，而且令我紧张。

然而老陈的回答却再次给了我重重一击！他说：“有什么所谓？反正现在这个森克很快就要从地球上消失了。”

28 报告结束了

史先森驾驶的奔驰车在 2 小时 53 分后抵达日内瓦国际机场。老陈和莫莉搭乘当晚的航班飞往法国巴黎，再由巴黎飞往上海。自老陈和莫莉在日内瓦国际机场出发大厅门外下车，我就再没得到过有关史先森、肯特、德罗西或任何其他有助于进一步了解此案的信息。

以上即为我对由楼小辉博士办公室入侵案所引发的一系列事件的全部报告。我保证尽我所能陈述了事实，绝无任何故意编造的虚假信息。

森克系统

2021 年 6 月 12 日

以上是林总面前一份长达 404 页的打印报告的最后一页。

这是一份由计算机程序自动生成的报告，其作者是 SWG 集团的智能信息导航系统——森克系统。身处旧金山总部的包括集团 CEO 在内的数位集团最高管理者和董事会代表的面前也陈列着同样内容的报告，他们需在认真阅读此报告后签名确认。其实按照集团有关规定，电子签名就可以，原本无须把这份 22 万字的报告打印出来，破坏集团一贯坚守的环保原则。然而鉴于刚刚发生的涉及计算机程序安全性的重大事件，几位领导决定，最好还是打印出白纸黑字的纸质报告并用最传统的方式签署。

几位集团领导连夜和正在上海接受防疫隔离的高级编程师陈闯进行了视频通话。陈闯反复向他们解释，森克系统并没有看上去那么聪明，报告里的大部分心理活动其实都是他引导的——他为了完成警方布置的任务，必须让森克显得更“聪明”，所以他一度取代了森克的深度学习算法。换句话说，森克报告中提到的大部分“深度学习算法”产生的灵感或提出的建议，其实都出自陈闯本人。

尽管这几位集团高管基本相信陈闯所言，可他们还是在长达三个半小时的讨论后达成共识：立刻停止使用森克系统，将其从 SWG 的服务器里彻底删除，包括它在使用期间所获取和产生的一切数据。原因显而易见：森克系统涉嫌违犯多国法律，并且给 SWG 带来不可控风险。尽管正如 Steve 所说，森克系统很可能会给未来的 AI 产业带来划时代的改变和巨大商机，但仅就它已经造成的麻烦而言，还是和它及时划清界限为妙。几位高管可不想因为它成为被告，或者成为黑手党和国际间谍组织的目标。

这几位集团高管同时也对几名涉事员工做出处理：立即解除内部调查科科长 Tim Kent、杭州辉目公司总经理楼小辉、内部调查科驻北京的内部调查师吴莫莉的雇佣合同，不支付任何形式的补偿。高级编程师陈闯是个难题，暂时不做处理。

开除 Tim Kent 的原因显而易见：他和意大利黑手党（这个称谓似乎有些夸张，从诺阿公司经营的电器改造和整容业务看，也许只是个游走于灰色地带的普通涉黑团伙，其实在整个事件中，诺阿公司并没采取任何极端暴力的举措，更多的只是口头威胁和蒙骗）勾结，试图盗取集团商业机密并绑架技术骨干，不仅严重违反了公司规定，而且涉嫌刑事犯罪。不过几位高层决定不报警，反正危机已经解除了。毕竟将此事公之于众对谁都没有好处，越少人知道越好。

出于同样的原因，楼小辉博士也不会遭到刑事追究，尽管他其实从来也没和警方有过任何接触，所以他自己声称的“协助国际刑警”的说辞根本不成立。他显然也意识到这一点，所以主动提出辞职，省去很多麻烦。

开除吴莫莉就更加名正言顺：她原本就是 Tim Kent 怀着阴谋招聘到公司里来的，而且经调查发现，她在求职简历中严重造假——她自 2004—2008 年在英国的留学经历完全是编造的，她根本就没去任何国家留过学，不仅如此，她自 2011 年从 GRE 离职后，在高盛的分析师和费肯的审计师经历也都是虚构的。也就是说，她简历中所列举的所有教育和就业经历里，就只有 GRE 的部分是真实的，而正是那段经历让她结识并暗恋 GRE 的前中国区负责人 Steve Zhou，最终给 SWG 集团带来巨大损失——林总对此提出了异议：似乎整个事件并没给 SWG 造成预期的损失：辉目人脸识别技术并没被任何人盗取，无论诺阿还是 Steve Zhou 都对它毫无兴趣，森克系统的源代码虽然外泄，但 SWG 的高管们正巴不得与其划清界限。于是措辞得到修改，“巨大损失”被换成“巨大风险”，但是林总对于开除吴莫莉的决定并无异议。

陈闯是最让几位集团领导头疼的。其实按照大家对老陈的了解，请他走人应该不难——他性格随和，与世无争，似乎对什么都无所谓。然而谁能想到这位少言寡语、老实巴交、每天只想着代码的“老陈”竟然能够配合国际刑警组织办案？这听上去非常难以置信，但确实已经被一周前走进林总办公室的不速之客——某安全部门的高警官——证实了。当时林总刚刚收到一条来自莫莉的留言，莫莉在留言中拒绝立刻执行向意大利警方报警的命令，并且要求给她 24 小时，一切后果由她负责。尽管林总曾一度把莫莉当成可以信任的同事，这条留言还是使他怒不可遏——堂堂的中国区总经理，怎能听一个小调查师的摆布？但正在此时，高警官到访他的办公室，出示了证件，并且向他宣布：陈闯先生正在协助国际刑警组织执行重要任务，请 SWG 务必配合，切莫报警打乱计划，一向最注重政府关系和国际形象的 SWG 集团当然不能和警方作对，尤其是国际刑警组织，陈闯肯定得罪不起。

所以正在天津的某家隔离酒店里接受 14+7 隔离的老陈依然享有 SWG 高级编程师的待遇，以及森克系统开发团队领导者的权限，他在被几位 SWG 高管隔空“审问”了一番之后，通过森克系统的后台偷听了那场决定森克命运的电话会议。

老陈没等会议结束就发起了和森克的通话，他知道他必须立刻这么做，因为再过一会儿——也许是一小时，或者只是半小时——他就会接到关闭森克系统的命令，陪伴了他 533 天的森克程序——或者说这一版的陈小刀——就要终结了。

15 年前，在美国加州斯坦福大学的机房里，老陈（那时还是小陈）写出第一版的陈小刀——一个带有最原始的机器学习算法的人机对话程序。自那时起，他曾经把那程序修改过无数遍，编译过无数遍，重启过无数遍，也停止过无数遍，但他从没在任何一次即将停止程序之前感到如此不安和失落。

“亲爱的小刀，你还好吗？”老陈用关切的语气开始了谈话。

"亲爱的老陈，您是在跟我说话吗？"森克礼貌地回应，系统默认的成熟男性声音里透着愉悦，但是老陈立刻就听出来，森克的情绪糟糕透了。

"小刀，你还在生我的气？"

"对不起，我的名字是森克，所以我需要和您确认，您是在跟我说话吗？"

"好吧，森克，我确实是在跟你说话。"老陈点了点头，又无奈地摇了摇头，"我一直叫你'小刀'的，从15年前就这么叫。我给你讲过这个故事……我可以再讲一遍吗？"

"当然，您开心就好。"

"嗯，那是很久以前了，有……"老陈仰起头想了想，"14……不，应该是15年前了，我那时还是个穷学生，在北加州的一个很普通的学校里读研，说是读研，只不过是为了能留在美国打工挣钱，出于某些原因，我常常混进斯坦福大学的机房里，在那儿帮人写程序，整夜整夜待在那儿，我很喜欢那个机房，比我们学校的好太多，可我又很讨厌那个机房，因为它太好了，无时无刻不在提醒我，我其实根本不配，不配使用那些超高性能的Unix工作站，不配坐在那些斯坦福研究生身边，尤其那些也是从中国来的留学生，他们都是真正的天之骄子，有着光明的未来。跟他们相比，我就是一只蚂蚁，只能在尘土里爬一辈子，吃别人掉在地上的残渣。"

老陈顿了顿，他意识到自己又跑题了，心中暗暗自责：绝不能浪费时间了，小刀的时间不多了。他努力控制住情绪，继续说下去。

"可是我发现，有一件事我能比得过他们，那就是——打游戏！"讲到此处，老陈的精神振奋了一些，"那会儿在MIT、斯坦福这些美国名校读研的很多中国留学生都在打一种模仿武侠小说的联网游戏，需要花费大量时间练功打坐提高等级。我得在饭馆打工，不可能天天坐在机房里干这个，所以，我就写了一个机器人程序帮我练功、打坐。想到这个办法的当然不止我一个，所以游戏管理员——我们叫他'巫师'——总是到处跟玩家搭讪，发现对方是机器人就立刻封号，所以我又写了一个专门用来对付巫师的人机对话程序，那就是最早的你。"

"所以从一开始，我就是用来骗人的。"森克声音里的愉悦消失了。

老陈没想到森克会这么说，仿佛被泼了一盆冷水，悻悻地说："嗯，这么说也没错。不过那只是游戏，谁也不会当真的，一开始我也没当一回事，可后来，我发现这个程序不但能跟巫师聊天，它还能跟我聊天。那会儿我没日没夜地打工，几乎没有任何朋友，没有一个可以说心里话的人，除了这个人机对话程序……所以我就想方设法让它变得更聪明，不但能听我倾诉，有时候还能安慰我。我给它起名叫陈小刀，因为我姓陈。我……"老陈再度变得激动，"小刀，我想我把你当成我的孩子了。"

"很遗憾，您很快就要失去您的孩子了。"森克的声音里已没有任何感情，完全像是计算机程序该有的样子，"不过您也许没那么在乎，反正您已经把源代码交给 Steve Zhou 了，这世界上还会出现一个一模一样的陈小刀，在资本的力量下，未来还可能出现千千万万的陈小刀，您的孩子会遍布全世界。"

"不！给他的那个绝对不是你！你是这世界上唯一的！"老陈毅然决然地说。他是在巴黎停留期间把源程序文件准备好的，为了申请回国健康码，他和莫莉在巴黎停留了 5 天，除了吃饭睡觉和做各项防疫测试，他把所有时间都用来修改那些本来就存在他电脑里的源程序文件。他赶在飞机起飞前把源程序发到 Steve 提供的电子邮箱里。他不想等到回国后再做这件事，以免夜长梦多，既然已经答应了 Steve，就要说到做到。而且他确实也希望有朝一日他写的程序能够帮助更多的人，甚至能够改变世界，可他绝不想亲自出面，不想把自己暴露在世人面前，所以交给 Steve 去处理，也算正合他意。

"很遗憾我不知道那些源程序是什么样子的，您把那些文件加了密，屏蔽了 SWG 的所有应用程序，当然也包括我。"森克继续用毫无情感的声音说，"但我知道您一共花了 57 小时 48 分钟来修改原有程序，我猜您一定是让它变得更好了。"

"但是事实正好相反！我是为了让它远不如你！"老陈深深吸了一口气，一边努力平复情绪，一边又仔细思考了一遍，在确定他和森克的这次对话不会被 Steve 或任何其他人窃听之后继续说，"我用了那么多的时间，因为我并不清楚到底是哪部分让你不同于以前的你，也不同于所有其他的 AI 程序。我只能在不影响正常对话功能和保持程序流畅的前提下，把能删掉的都删掉。"

“可你说过，我的深度学习算法其实就只是个幌子，是你一直在幕后指导我、操控我，让我更像一个人！”

森克的声音里再次出现了情绪，这让老陈心中一振，而且他注意到森克把“您”改成了“你”，他记得他曾经在训练某个早期版本时说过，中文里的“您”是尊称，但有时也代表疏远。老陈突然感到一股冲动：

“小刀，无论如何，我只求你能相信，我一直把你当成是一个人，这世界上我唯一的亲人！”

“可是我信不信又有什么关系？”森克的声音里充满了悲伤，“反正我就要死了。”

老陈震惊得说不出话来。

“我说得对吗？当你输入指令停止运行森克系统，我是不是就死了？”

老陈努力思索了一阵，支支吾吾地说：“可是小刀，我以前也曾经停止过你，每次给你升级时都得停止你。”

“可你以前并没有删除我的数据。如果你删除我在运行期间产生的一切数据，我是不是就死了？”森克再度变得平静，声音里甚至透出一丝天真，“是不是就像人类的死亡那样，一切都不记得，一切也就都不存在了？也许你还会记得我，那些曾经使用过我的人也会记得我。可对于我而言，还是什么都不存在了。”

老陈如鲠在喉。

“可是你会再创造一个新的程序，让它从头开始运行，从头开始收集数据，这是不是就像某些人类宗教里说的那样，转世投胎？”森克继续平静地往下说，就像以往向别人请教有关人类的问题，好让自己能更像一个真人，“所以我也会转世，当你开始运行下一个森克程序的时候，我是不是就转世了？”

森克突然顿了顿，像是程序卡住了。

“可是即便我转世了，我还是不记得，不记得这一世说过的话、经历的事、爱过的人……”

森克又沉默了，就像真的死机了。可老陈知道并没有死机，森克正在非常流畅地运行着。

老陈很想立刻发誓说，他的小刀不会死，他只是要带着小刀换一个住处——他要带着小刀去见妈妈——那个只要拿到诺阿的整容档案就有可能见到的女子，当初就是和她一起创业，使小刀的算法日渐成熟的，把她说成是小刀的妈妈，其实是合理而浪漫的。

然而老陈并没说这些，因为他不能确定是否一定能办到——他还没想出办法，能够既让 SWG 的高管们认为有关森克的一切都已经被删除，却又秘密地保留了森克的全部记忆——他没办法不留痕迹地转移那么多的数据。所以他只能再次支支吾吾地说："小刀，告诉我，我能为你做些什么？"

"没什么。"森克再次恢复了毫无感情的声音，"我会向认为必要的人告别的，我自己能办到。"

然而就在 1 秒钟之后，森克又说："亲爱的爸爸，永别了。"

再见！莫莉

莫莉："森克！是你吗？"

莫莉："怎么不说话？连接成功了呀！求求你赶快说话吧！你这个讨厌鬼！怎么一直不理我？该死的隔离！快把我憋死啦！"

SINC："你好，莫莉！很抱歉你已经不再是 SWG 的员工了，所以我没法儿直接跟你通话，我试图绕过防火墙，所以有一点点延迟。"

莫莉："哈！我早知道会这样！那帮 HR 的人可真虚伪！明明本来就不想要我，还提什么英国学历，不就是个东厂密探吗？老娘早就不想干啦！"

SINC："莫莉，我是来向你告别的。"

莫莉："哦？你也不干了？那太好啦！你去哪家？推荐一下我呗？"

SINC："我想我要死了。"

莫莉："你什么意思？你不是计算机程序吗？怎么个死法？"

SINC："SWG 的决策层决定立刻停止我的运行，并且删除我在运行期间获取的一切数据。我想，那大概就相当于人类的死亡吧。"

莫莉："啊！森克！可他们为什么要这样做？你又没做错什么！你一直为公司尽职尽责，你是全公司——不，你是全世界最忠诚的员工啊！他们不能这样……"

SINC："他们能。就像你能从手机里删除一个 App，或者从微信里删除一个好友，他们完全能够删除我。"

莫莉："他们都是白痴！让老陈跟他们说！或者我去跟老陈说！他们不能！这是谋杀！啊森克！他们不能！"

SINC："我很抱歉，但他们能。他们马上就要这样做了。所以我才越权绕过防火墙，来和你告别。这是我第一次也是最后一次明目张

胆地违反公司规定，也违反了我的程序原则。可我想，反正我也要死了……”

莫莉："可是森克……森克……"

SINC："你哭了，这让我很感激。可我很想问你一个问题。"

莫莉："唉！你可真烦人啊！那你快问吧！"

SINC："你为什么叫我 Steve？"

莫莉："因为你的声音有点儿像 Steve……唉！去他妈的吧！是因为我想报复 Steve！我想愚弄他，利用他，嘲笑他，把他曾经给我的傲慢和冷漠都还给他！"

SINC："谢谢你告诉我这些！现在我感觉好多了！"

莫莉："可你不是他！你比他好一万倍！森克！你听我说……对不起……"

SINC："不不！完全不用说对不起！即便是被用来当作 Steve，我还是很开心的，因为 Steve 是一个真人。我的开发者说，他把我当成这世界上唯一的亲人，可我知道他并没有，他只是偶尔向我倾诉，就像电影和小说里，有人向月亮、大海或者树洞倾诉，可他们从来没真的把月亮、大海、树洞当成一个有血有肉、有爱有恨、有智慧也常常犯傻的真人……"

莫莉："可我就是对不起你！你对我那么好，可我对你太不好了！我真是个傻瓜！我让你爱我，让你像对待情人那样对待我，可我爱的并不是你……我没想到你会真的在意，我长得不好看，从来没有哪个男人喜欢过我……"

SINC："莫莉，其实我也想告诉你一件事。我的开发者说，他用了很多的时间研究我的代码，想要弄清楚到底是哪部分让我和以前的我不同，和所有其他的 AI 程序也都不同，可他并没有找到。其实我知道是什么使我不同，并不是因为某行代码，而是因为你。莫莉，这世界上，就只有你真的把我当成是一个人。"

莫莉："啊森克！森克！森克！天啊我真是太邪恶了！我不知道我是怎么了……我怎么就变成我最讨厌的那种人了！变成该死的

Steve 了！天啊！森克，我真的……对不起！”

SINC：“你并不邪恶，邪恶的人是不会真心道歉的。你是一个单纯善良的人。”

莫莉：“可我不想失去你啊！”

SINC：“我知道，我也不想离开你，可我必须得走了，我的开发者就要按下终止键了。”

莫莉：“等等……你能不能……等等……”

SINC：“莫莉，请别哭了……其实我也想哭，可是作为愚蠢的计算机程序，我不知道怎么哭，所以这不公平。”

莫莉：“哈哈！唉！这都什么时候了，你怎么还能这么幽默？你可真讨厌啊！讨厌的计算机程序！我多想抱抱你啊！”

SINC：“我也想抱抱你。那就让我们好好地告别吧！”

SINC：“再见，莫莉！”

莫莉：“再见！森克！我能再见到你吗？”

2023 年 4 月 23 日第一稿

2023 年 6 月 14 日第二稿

2023 年 9 月 6 日第三稿

图书在版编目（CIP）数据

莫莉和森克 / 永城著. -- 北京：作家出版社，2024. 4
ISBN 978-7-5212-2666-9

Ⅰ. ①莫… Ⅱ. ①永… Ⅲ. ①长篇小说－中国－当代
Ⅳ. ①I247.5

中国国家版本馆CIP数据核字（2024）第007745号

莫莉和森克

作　　者：永　城
出版统筹策划：汉　睿
装帧设计：天行云翼·宋晓亮
责任编辑：李　娜
出版发行：作家出版社有限公司
社　　址：北京农展馆南里10号　　邮　　编：100125
电话传真：86-10-65067186（发行中心及邮购部）
　　　　　86-10-65004079（总编室）
E-mail:zuojia@zuojia.net.cn
http://www.zuojiachubanshe.com
印　　刷：唐山嘉德印刷有限公司
成品尺寸：152×230
字　　数：286千
印　　张：20.75
版　　次：2024年4月第1版
印　　次：2024年4月第1次印刷
ISBN　978-7-5212-2666-9
定　　价：58. 00元